灯羡

张俊平　李英俊　邓洁舲　主编

作家出版社

写作就是生活和思考本身

  2023年，中国作家网原创频道进入第六年，我们着力打造的品牌栏目"本周之星"也走到第四个年头。2023年，原创频道经审稿通过发布的作品已近十万，投稿作品数量更远在此之上，反映出基层创作群体的广泛和对文学源源不断的热情。延续以往的做法，以作品品质和推荐新人新作为原则，我们从海量稿件中综合质量、体裁、风格等因素，精选出了46位"本周之星"，结识了众多新朋友，也欣逢仍笔耕不辍的老面孔。同样，中国作家网在2023年继续与《天津文学》《诗选刊》《梵净山》等文学刊物和文学内刊合作，推选周星作品在刊物发表。一则以此加强网络和传统刊物的联动，二则希望能呼应写作者的期盼与需求，使越来越多原创平台的作者与更多读者相逢，走向更广袤的文学天地——也正基于这一初心，我们继续推出了这本《灯盏2023：中国作家网"文学之星"原创作品选》。

  在原创频道的日常工作中，我们编辑之间常常在选稿时就某个作品展开讨论，也会说起某个作者创作中令人印象深刻的地方或遗憾之处。其中的绝大多数人与我们素未谋面，仅通过文字相识，但我们深知，每一个用户、每一篇作品背后的人，都拥有自己的生活和人生际遇，那些上传或发布的文字，记录着庞大的创作群体对于生活的热爱、理解、体悟，也展示着由生活和个人经验而生发的想象与创造。通过文字和网络，人与人之间相互观看、探究、交流，并发生着真切的联系。原创作品展现出或清晰或模糊的面孔，都像一簇微火，在屏幕见方之处汇聚成光带。最微小的文学个体构成广阔且不断扩展的文学园地，反映出丰富多样的文学生活。

2023年，文学作品影视改编的跨界；老牌文学期刊直播带货走向读者、"请人民阅卷"的破圈之举；外卖员、快递员、出租车司机、农民、菜场大姐等基层写作者走入大众视野，被更多人看见……种种文学现象无不反映出人们对于文学艺术与生活建立紧密联系的需求和渴望。文学要反映新的时代背景下的斑斓图景和复杂经验，也更需要关注现实与生活，特别是容易被忽视的平凡的个体经验、记忆、生命历程和情感状态；不仅滋养心灵和精神，也让人获得观察和审视生活的不同视角以及直面生活与现实的勇气。正如评论家何平所说，文学不止简单的写作、发表和阅读，也"应该扩张到更大的国民日常的文学生活，唤起文学激活日常生活和介入公共生活的力量"。

文学与日常生活的紧密联系，也可以约略概括2023年的"本周之星"作品的共性。入选的46篇作品，散文、诗歌占据较重比例，在体裁和创作人数上有较强优势。20篇散文多记述各地传统民俗、历史典故、农事、风物，从西北部的土窑、胡同到鲁北平原、旷野村庄，从水乡南浔到湖湘赣的围屋、丝竹锣鼓……在乡土书写之外，也有人在冬日傍晚忆及旧友对酌，思接千古；朴实记述红旗渠爆破手的生命硬度；或与大树为邻，在四时流转中体会教书甘苦。无论是落笔农耕劳作、年节习俗等具体而微的生活场景，书写家族往事的生活记忆，还是由此生发的情感思绪，都带着与具体生活和人的血肉联系。19位诗歌作者也大都从自然景象、生活片段和日常事物中寻找题材和灵感，从个人经验、感受中提炼诗意，写出某一时刻的思想灵光和隐秘情绪。诗人们具有一定的诗歌创作经验，注重诗歌语言的打磨，显示了风格的多样性。

入选小说也以现实题材居多。《水渍》写城市中年妇女在生活的"一地鸡毛"中的辗转腾挪，读来令人心有戚戚；《高楼湾》《西码头的奋子》都聚焦乡镇女性面对生活之重的韧性和倔强，不失泼辣本色；《拘魂枕》从留守老人的视角展示了年轻人离开后的村庄景况；《眉眼盈盈》《盗戏》则细腻探究现代人的情感关系以及人物在关系中的成长。这些作品都具有生动鲜活的细节和复杂微妙的情感，人物塑造深入生活肌理，可见写作者在对现实的观察和感知上下了功夫，同时也融入了自己对生活的理解和思考。而小说中唯一一篇科幻类作品《A.I.》的作者是理工科博士，他的文学想象正来自科学特别是人工智能飞速迭代发展的现实。在2023年底网站策划选题的回答中，他这样描述自己的文学生活，"对我来说，写作就是生活和思考本身"。

纵观2023年"本周之星"，尽管许多作品的呈现面目和情感表达方式相似，表现手法相对传统，但不难发现，故乡、土地、童年特别是平凡琐碎却真切可感的人间烟火，依然是来自各行各业的众多写作者所乐于书写的。这大概缘于在快节奏、碎片化和充斥着种种不确定性的当下，以文学方式观照日常生活并加以呈现，能够为我们抵御现实洪流提供相对稳定的力量和情感价值。相应地，从创作层面来说，写作者也仍需认真思考几个"老生常谈"的问题——如何以文学的审美的方式来表现细碎庸常的日常生活，如何透过浮于表面的现象来看待现实深潭之下的历史时代变迁、人际和情感关系的变化，如何从对故乡和田园的回望中将视线投向当下和未来，在探索个人心灵的同时，也向更广阔的社会和人民敞开怀抱。

中国作家网原创频道的作者都有着对文学的梦想和执着热爱，他们坚持创作，其中不乏优秀作者和作品，"本周之星"就是代表。追梦的路上他们同样也有困惑和苦恼：如何弥补题材同质化、语言风格过于传统、结构松散等技术短板，如何突破创作瓶颈，对坚持写作的意义的追问，以及在长期默默无闻埋头创作中渴望被看到被发掘的迫切心情……我们了解也理解基层写作者的创作感受，从2024年4月起，我们在"本周之星"常规推送的基础上对栏目做出调整：一是在以往"编读往来"栏目的基础上，定期就写作者关心的创作问题展开讨论；二是开设"星·人物"专栏，关注"本周之星"有代表性的基层作者创作经历和人生故事。愿这些改变，能够为写作者们带来鼓励支持和创作上的切实帮助，愿大家的文学生活都能过得脚踏实地、有滋有味。

最后，想对原创频道和"本周之星"的工作团队表示感谢——网站有想法有朝气的编辑同事让这个栏目有"喜怒哀乐"的表情；原创频道的审稿编辑以专业负责的态度日复一日地发掘优秀作者；"本周之星"的各位点评人用精当的文字给予作者充分的肯定和切实的启发；有声广角诵读团队则赋予周星作品具有感染力的听觉感受。当然，更要感谢许多对原创频道和周星给予关注和支持的文学界的师友们，大家的肯定、建议、意见，给网站原创频道和基层作者们继续前行以激励和力量。

目录

散文卷

003	大地之灯	欧阳杏蓬
010	能饮一杯无	许家强
016	炊烟远	曾 辉
029	旧事录	萧 忆
038	北方的庄稼	北 方
044	火灰里的童年	苏万娥
049	轻墨杂弹围屋内外	廖彩东
058	龙湖记	刘海亮
063	生命的硬度	流水方舟
077	清明 清明	鲁北明月
096	墙根下的缩影	毕海林
101	写给南浔的组章	庞文辉
111	圪塔院记忆	西贝侯
126	尘封的胡同	静 河
135	旷野三章	红山飞雪
142	耳朵里总养着几只鸟（外一篇）	叶青才
146	与大树为邻	王贺岭
157	穿越时空的弦歌	黎 采
172	花未开，花已落	邹冬萍
189	冬至节里裹新年	艾 华

诗歌卷

201	她小心摘下易变质的词语（组诗）	宋　煜
205	如果一条河流送走很多事物	余　穗
213	人间如此辽阔（组诗）	原　莽
220	月亮下的篝火（组诗）	徐　赋
228	站在秋天中央（十年十首）	西　厍
239	念钦街诗稿（组诗）	嘎代才让
250	辽西北的月光（组诗）	启　子
257	月亮，是一粒药丸	肖　笛
263	老屯子的脸（组诗）	王国良
270	幡然醒悟（外两首）	雷云峰
275	每一天都不是多余的（组诗）	刘文邦
281	向日葵（组诗）	森　森
288	乡村辞（组诗）	蒋戈天
293	与秋书	南　苡
299	九月诗抄（组诗）	李日清
307	高处（组诗）	野　川
317	渡船者	小雪人
322	一只水鸟落进黄昏（组诗）	弌晓姐
327	雪的若干形式	黎　落

小说卷

337	水渍	墙有棘
349	高楼湾	梅　钰
366	西码头的畬子	程文胜
384	眉眼盈盈	许　城
397	拘魂枕	陈　华
408	A.I.	九　天
418	盗戏	陈春琴

散文卷

大地之灯

欧阳杏蓬

日出的时候，地里的庄稼汉们已经汗湿鬓角，头发短的，脑顶子上已经闪出了微薄亮光，背上的衣服也湿了一片，贴在后背上，跟随肌肉一块运转。东干脚的农民，不喜欢戴草帽。尤其是男人，不仅不戴草帽，汗巾也不会备一块。汗润湿了衣裳，牵扯了行动，爽性脱了衣服，光着上身，什么蚊虫尘土，随便。女人讲究一些，终究有爱漂亮的天性，年纪大一点的，戴一顶黑顶黄边的棕丝斗笠，在高粱地里、玉米地里、红薯地里，忘乎所以地挥动着双手。年纪轻一点的，顶一块带着绺子的绿花白汗巾，偶尔捋起垂在胸前的一角擦擦脸，脸上是细细密密的汗珠子，不擦净，会流进眼里，会流到胸前。太阳从东边出来，预告火热的一天开始了。对于东干脚的人来说，日上三竿，是回家吃饭的提示。手头还剩点活的人，手上的动作频率加快了。

日落的时候，太阳像卡在了西山的平顶上。苍茫之中，一片通红，要把山顶半边天熔化了。夕暮下的大地，染了一层淡黄的夕光，人的投影，被拉长了许多，也单薄了许多。天上鳞状的、片状的、絮状的、肉瘤状的、不可名状的云，像烧红的铁。云间的阳光像金光一样，道道射出来，还没落下来，在半空里就消逝殆尽，把天空的瓦蓝衬托得更为深远。夜幕苍黄，人们在地头开始收捡工具，把边上的草用手薅到一块，不管老嫩，抱起来，小跑到附近的枞树下，扔在树根旁，把边上的杂草盖了起来。不忘回头看看村庄，机耕路上、阡陌上、村口晒谷坪上，见不着一个人影。庄稼地边土坡下的田野，已经完全被山阴和暮色笼罩，绿色已经染了夜色，一潭死水般乌青。

太阳落山，最肆无忌惮的，是蚊子。

蚊子藏在草里、水田里、山脚的犄角旮旯里，暮色一起，大地清凉，它们就飞出来，芝麻蚊子、长脚蚊子、花蚊子……一团一团，在庄稼地里飞，在路上飞，在水面上飞，跟着人飞，嗡嗡嗡地，吵成一片。

在地里干活的人受了蚊虫的侵扰，干不成活了，一边骂"今年的蚊子比往年多，还饿"，一边扯过搭在篱笆上风干了的汗衫穿上，也不扣扣子，敞着胸，背起锄头，不甘地回头看一眼庄稼地，才轻缓地往水田方向走去。

农民的算计，不是在地里，就是在田里。

农民的时间，不是在地里，就是在田里。

农民一心扑在田地里刨挖，遵循着自然规律，一季又一季，一年又一年，直到归土前，还在想着一年的庄稼，还一门心思扑在作物上，还一门心思想着饭碗，没有所谓的诗和远方，心头在乎的只是春播秋收和温热的一日三餐。

东干脚，是农民用了几代人在南岭山区扎下的一个楔子。

这个小盆地四围都是山。北面的阳明山余脉像个"人"字，左边一撇撇在了西边，像一条蛇逶迤，也像牛背脊一样平实，直接撇到了宁远县城北面的仁河，与南面九嶷山的北向余脉相撞，撞出了县城那块谷地。西边这一面山威严壮实，势若奔牛，加之山上枞树、杉树成排成行，一年四季一片青色。早上的阳光让树林染了淡黄，加之林叶水汽，看起来满眼明媚，到了日上三竿，林叶收了水汽，山林便显出老气，一派沧桑。到了太阳西下，阳光溜过山坡，遗留一片暗青，犹如淡墨。太阳似乎就坠在西山脊背之上，天空中的云朵，这时候也像收到了邀约，凑拢了过来，围聚在夕阳之上，告别白天。

东边的山是"人"字的那一捺，也是阳明山的余脉，直接捺到了新田的武当山。东边的山比较多样和零散，给早晨的太阳普照大地留出了空间。东干脚后面那一堵墙一样的山，石土混杂，岩石占了一小半，青石头、石灰石、方解石……各占山头。在山坡如亭，在山顶如船。捺到几公里之外的朱家山，用一座不长寸草的岩峰做了总结之后，再往东就是适合杉木生长的黄土岭，最高峰"马脑壳"，峰顶上常年云雾缭绕，被当作了气象台。天晴云薄，像一堆棉絮；天气变化的时候，收集了四方雨云，黑压压的，大有摧城之势。"马脑壳"起云了，东干脚的人从观望、判断，到手忙脚乱。十来里路，雨说来就来。"马脑壳"再往东，是完成了这一捺之后掉落的墨汁，山峰一座一座，互不相连。朝阳便捡了山之缺口，"太阳出山"便成了一句催人起床的俚语。太阳出山，排场很大，初大如轮胎，红若火球，徐徐地，带着计谋一样地，敛收着光芒，先露一角，再现半轮。大家看着脚边晶莹的露珠儿，看着头顶万里无云的天青色，判定是个艳阳天。日上树梢，光华扑下大地，柔柔和和，亮亮堂堂，带了劲儿来了。

东边的东春水，西边的西春水，隔着一片二十几里的山地，泛着波光，向着南边的阳明山余脉奔流。它们在流过这片大地之后，在南边山尾名曰"五百亩"的地方相会，之后舍掉了春水之名，成了"仁河"，继续向南汇入潇水。两河之间，村庄、水田、庄稼地、道路、阡陌交织，这片天地里的十数万人口，靠山靠水，悄悄默默，生生不息。

　　山不巍峨，却层层叠叠。
　　河不滔滔，却弯弯曲曲。
　　山是那么坚硬，水是那么微弱。
　　唯有这里的人，不屈不挠。

放眼望去，鲤溪、永安、柏万城、礼仕湾、坝子头、双井圩、柏家坪、郑家、平田、清水桥……泥瓦村庄绵软脆弱，都要趴在大地上了。正是难堪的时候，村边的水田、河边的垂杨、纵横交错的阡陌、生机盎然的庄稼，拼出了生活图案，如一面大旗，一个季节一个季节传接，一代一代人维持，烟火味道在天底下弥散开来，悲凉与温润交替，希望与四季纠缠。天还是天，不会悲悯人间，地还是那块地，如同画布，绣着农民的不屈。蝼蚁一般的人前赴后继，咬着牙关洒着心血，推着生活向前。

我是惧怕白天的。

白天的劳动无止无休。除了田里除草施肥耕种收割，地里也是刨挖不尽。偶尔抬起头，看到的是庄稼，是山林，空气含含糊糊得裹人，让人有种莫名的窒息感。然而，人狂躁，却没有想法。大家都钉在这块土地上，除了清水桥圩日——忙忙碌碌地赶场，也是带着任务的，看不到世界的变化，或者，收不到外界传来的消息。四周的山像一堵一堵墙，各种走向的山，在这片大地上组成了一个迷宫。大汉的春陵侯在这里繁衍生息不过三代，便一意带领子民北迁，回头的人都没有一个；大唐的大历在这里设立县制，仅仅是维持了三个年头，便无疾而终，至今寻无可寻……

王侯可以一走了之，衙役可以一哄而散，而在这里落脚生根的先民，却不折腾了，野草一般，把全部家当、希望和生命与这片天地融合在了一起。

白天虽然不得闲，黄昏也不得闲，什么人约黄昏后，可能只是十几里外小镇上年轻男女的浪漫。村里人踩着暮光回家，也不得闲，挑着猪草，或者搂着柴草，不能甩着两条胳膊晃荡两只空手而归。回到屋，鸡鸭猫狗猪，都要伺候。点上灯，在厨房、杂屋、猪圈一顿忙，鼎锅的米饭熟了，灯也搬到堂屋中间的饭桌上，一家人看向灯的时候，一天的事情，才算清了。

男人吃完饭，会在大门口的石墩子上歇歇脚，默默然卷上一根烟，对着月亮消遣。

爱喝酒的大伯父，把小酒桌搬到门口的空地上，省了灯油，趁着月光，一个人自斟自酌，一个人叹息，一个人哑摸，或者什么也没有想,只是身体太累,发一下蒙而已。

其他喜欢饭后闲聊的人,有的洗澡了才赶往晒谷坪,有的还轮不上洗澡,摸上一条澡帕,一边走一边挥着赶蚊子,赶向晒谷坪,来"打话平伙"(聊天)。

月光里的晒谷坪铺满月辉,柔柔的,像极了一个水波平静的池塘。

人凑在晒谷坪边缘,或坐着,或蹲着,或站着,像极了蛙或鸭。

他们凑在一块,各人发布各人的见闻,把所有的小道消息在这里公布一遍。只要家里有女人叫唤,回去了,就不再出来。每个人都辛苦,听了几个消息,心满意足,疲倦就起来了,两杆烟都顶不住。这个时候,巴不得有人叫唤,好有个理由大大咧咧离开。而一个人离开后,另外一个人也似乎记起了什么事,要赶紧去做,也走了。

人一散尽,田里的各种蛙鸣虫叫叽叽呱呱哇哇混在一起,像汹涌春潮般覆盖过来。

昌盛在跑广东之前,为了凑路费,卖给了我一筐子旧书——他上学用过的教材:《中国文学史》《中国历代文学作品选》《外国文学作品选》《文学概论》《历史唯物主义与辩证唯物主义》……二十几本,算作二十元。我以为捡到宝了,好说歹说向父亲讨了二十元——父亲说这一堆书只能值十元,裁了做烟纸可以勉强用一年。我答应过昌盛,自己又没得其他搞钱的办法,只能硬着头皮向父亲讨要,说除了可以卷烟,还可以读。父亲似乎被我这个"读"字打动了,管它有没有用,读书总比围在晒谷坪边上和大家"打夸夸"(瞎聊)强。书到手,我异常兴奋,把所有的书都翻了一遍,还特意在《中国历代文学作品选》里找到了柳宗元的《江雪》——千山鸟飞绝,万径人踪灭……我小学就读过,而且,这诗写的就是我们这个地方的地理风景。再读一遍,心里还是激动,感到亲切。再读其他的,好吧,有的字认识,有的字不认识,它们连在一起,我一时半会儿就读不懂了。我知道这些作品是经典中的经典,但读不懂,感受不到作者寓意,也领略不到词藻的美,就越读越乏味,枯燥之后,就是烦躁,从屋子出来,自己卷上一根旱烟棒——烟丝是我父亲用菜刀切的,粗大得像面片,划上火柴点上,抽一口,那一头还能着火。

门外遍地月光。

放眼望去,大地像个无边的湖面。

四边的山岭,像码头,堆满了盖了篷布的货物。

那些模模糊糊的村子,大大小小,像泊在湖边一动不动的船。

田野中间的苦楝树,像水文标志杆。

村前的石板路,像铁甲,闪着清冷的光。

草丛里,蝈蝈、土狗子已经一声响一声断,要打烊了。

稻田里,田埂上,青蛙偶然会叫一声,像往湖里投下了一颗石子,响了一声,没有回应,也偃旗息鼓了。

龙溪河从柳林里出来,过了桥底,在桥前的滩头铺了一摊闪闪的银光,哗哗地,奔向春水,潇湘。

河水的浪花像白杨树在风里翻动着银叶子。

田野、土堆、林子、山岭,在月光下默哀一样,静得人心一片萧瑟。

天空里几抹形态各异的云朵,不再随风而动,像鱼的标本一样挂在了那里。椭圆形的月亮,像落在水面的一瓣梨花。

附近的庄稼地鬼影幢幢,分不清篱笆、豆角、高粱,还是坟茔上的黄楸树。那里是各种传说各种故事的发源之地,阴暗和月光各占一块,诡异不可测。我拧身回头看身后的东干脚,风水林之下,东干脚像一只蜕皮的蝉,我屋子里的那盏油灯,像鬼夹眼的星星一样微弱幽远。

我像一只孤独的虫,瓢虫、椿牛,或者其他什么虫,反正,我觉得自己不是泥土里的虫,蚯蚓、土狗子之类。我不喜欢黑暗。我喜欢这无边寂静,喜欢这浩渺月色,我喜欢星月满天——然而,今夜只有一枚椭圆的月亮。

正在我意兴阑珊的时候,在遥远的西南大山下的春水边上,看到了一盏灯,像星星落在地上。

那里有一架木桥,叫寡婆桥。

西春水在大水田边上带起一番绿意，龙一样向南进发。

河上的郑家院子的泥瓦如龙在月夜里留下的爪印。

月已向西。

在茫然和模糊的夜里，居然还有一盏灯，像一瓣桃花一样神秘，像一个弹孔一样隐藏着故事，像一个故事一样埋伏着传奇……

但它和我一样寂寞。

月亮在天空里是否寂寞，我不知道。

月宫里的嫦娥是寂寞的。

千山起伏的春陵大地会不会寂寞？

春水边上的那盏灯并不能给我温暖和希望，我身后的那盏灯亦不能照亮我前行的路。在这片天地，在最含混不清的时候，总会有一盏灯，不是指明方向，只是给人一点亮光，不至于绝望。就像我们无休止的劳动，谈不上丰功伟业，但一定有创造。为一日三餐，为心有所系，为一生平安，我们愿意日复一日，不怨劳累，不怕麻烦，如一根灯芯插在大地之上。

作品二维码
主播：于新

欧阳杏蓬，湖南人，现居广州经商，散文领域自由写作者，有作品入选《中国作家网精品文选：灯盏·2019》《灯盏2020：中国作家网"文学之星"原创作品选》，多篇散文作品被全国各地中学选为语文测试阅读题，作品曾获湖南省2020年度副刊作品年赛银奖、湖南省2021年度副刊作品年赛金奖。散文集《南漂记》《乡关　大地之灯》正在出版中。

能饮一杯无

许家强

一

那天的雪,飘飘扬扬下着,朋友踏雪而来,进屋后,他抖了抖围巾上的雪花:走,我为你饯别。

雪花自围巾抖落下来,不及落地就化了。

我戴上一顶棉帽子,与朋友一起走到雪里。

出门就是江畔,大江纯白,空蒙壮丽,际天而来,消失在浩浩荡荡的漫天飞雪中。

朋友与我饯别的小酒店,临近江边,但门关着,我们看不到雪。火炕暖暖地烧着,酒辣辣地入口,筷子击着空空的酒碗,我们说着来日相聚、再醉雪夜的话,但心里都知道,相聚遥遥无期,甚至,今生,再会无期。

至今已经整整九年,九年的雪夜寒风,九年的对酒高歌。此刻,坐在寂寞的灯光下,那夜的酒意雪飞,大江独行,仿佛自心中激荡而出,铺陈于桌上,铺陈于笔下。

黑河的夜,黑龙江上的雪,朋友的酒,构成铭记一生的深刻记忆。

二

那是在一千多年前。

诗人正用一根竹筷,轻轻挑起新酿上细蚁般微绿的酒渣。酒香馥郁,诗人的长袖,从酒面上拂过,颜色淡黄的酒面,微微浮动。

天色昏黄,阴云凝聚在唐朝的冬日傍晚。雪还没有下,雪意已浸透在竹屋茅篱间。

几里外的刘十九,在看一封短短的帖子。将帖子放入宽大的袖子里,刘十九走进雪意的唐诗。

红泥火炉朴素地烧着。诗人闲闲地望着微暗的来路,看到了他正在等待的人。

就在这一个雪夜之前,无数个雪夜之前,唐诗的宏大正浩荡展开,一个叫杜甫的诗人,坐在落雪的黄昏,雪花遮断了他的视线。天色渐渐暗下来,没有人来,细绿的酒渣,淡淡浮在身前新酒中。

"无人竭浮蚁,有待至昏鸦。"这是诗人的叹息。在唐诗的天空,白居易的惬意与杜甫的落寞,同时让我变得脆弱。

三

十七岁的那年除夕,雪在室外落着。

几个同是十七岁的少年,在窄小的房间里围坐,酒全部打开,倾倒在中间的脸盆里。

每一碗酒都是对成熟的向往。一碗碗酒褪去了少年的纯情。

明天即成人。酒在这少年的最后一晚,成为最好的见证。来日辉煌,天高海阔,是在酒碗倒干,脸盆倒干后,燃烧的梦想。

拉开室门,雪冷冷下着。远远近近响起零星的鞭炮声。雪仍不为所动。

雪,铺天盖地。几个即将成人的少年酒梦,从此湮没在雪中,悄无声息。

四

宋初的那场大雪,曾经让我长时间感动。

那个叫赵普的宰相,在大雪茫茫的夜晚,在自己的府门前,积雪中,看到静候的皇帝,也感动得心潮激荡。这感动,贯穿了他一生,也贯穿了人文鼎盛的两宋岁月。

雪落在赵匡胤兄弟的身上,酒暖在赵普的厅堂。

那一夜纷飞的大雪中,美酒如兵戈,炉火照版图,大宋君臣三人的谋略规划,指天下如探囊,共信任如手足,这种豪壮深情,让我在初读之时,即心驰神往。一向以为两宋软弱,无豪迈之气。但在这个宋初的雪夜,一股酒气与王气,猎猎作响,纵横八荒。

雪落在战乱的夜晚,所有的割据势力在雪止后才知道,大宋的一统,在那个无际的雪夜,就已经完成了。

三个人的雪夜,指顾江山、吞吐六合的雪夜,与宋朝的酒香一起,再也无法触及。

五

是从哪一个雪天开始,我期待着朋友的电话?

"下雪了,我们走吧。"朋友的声音简洁、清楚。

是从哪一个雪天开始,我习惯与朋友去酒店共饮?

肯定不是豪华酒店。是在路边,最不起眼的那种,门面歪歪扭扭写上一个并不雅致的店名。进得店来,连单间都没有,我们就去放蔬菜的房间过道,那里正有火炉燃着,酒坐在炉上暖着,我们在炉边围坐着。

都谈了些什么?没有谁还能在事后想得起来。我们只是在这样的雪天,这样的炉火旁,喝尽一杯杯酒。

不能击箸高歌，却可以纵论千年；没有香车名剑，却依然心越万仞。

炉火红红燃着。偶尔静下来的时候，雪花打在窗上，瑟瑟有声。几千年前，几百年前，这个地方，是否也有好友如我等，杯酒共坐，肝胆相倾？

从小店出来，雪花扑打在脸上。下一次的落雪，是否要再等上一年两年？下一次的相聚，是否仍如今日？

因为不知道，我在离别的雪中如梦醒茫然。

六

其夕大雪，过垂虹桥。

南宋的天空阴云密布。卷起船篷上的帘子望去，天地一片苍茫。只有年轻的艄公，站在船尾，手中木橹轻摇。大雪从他身侧，无声地飘过，又无声地落入江心，无声地融去。

小红就坐在舱中的对面，乌发流瀑，银钗溢彩。小红低唱。歌声很快被弥天的大雪遮掩。

词人的手自船的篷窗收回，词人的手上是一管洞箫，词人吹起箫，吹的是自己最凄凉的一支自度曲子，那是小红正在低唱的歌。

南宋的乌篷船内，一炉火，一杯酒，一管箫，一个词人，一位歌女，慢慢摇过松陵渡口，慢慢摇过十四桥头，慢慢摇入凄迷的南宋雪深处。

大雪隔断了歌声与箫声，摇船的艄公只听到徐缓的橹声。他不知道，离开了那个晚上的雪花，还能落到谁的心上？

七

离开了十七岁的雪夜，那一脸盆的酒，已渐渐在心中凉凉地消融。有了家庭，担了责任，空的饭碗，瘪的腰包，都已无法再装下十七岁的酒滴与雪花。

离开了黑龙江的浩荡与静白,江边的小店是否依旧?再有雪舞雪劲的日子,朋友还会再进入那间小店吗?

最遥不可及的是回忆。再浓的酒香,再纯的雪花,终究也无法穿透记忆的空茫。

在这个暖暖的冬季,只有一次下雪的日子,微微的雪,淡淡的雪,若无其事的雪,在我身边飞扬,看我一个人,走在曾经熟悉的路上。

酒香就在身边不远处,雪也如往日纯粹。

一个人在雪地里走着,十七岁的雪,黑河的雪,小店内外的雪,在心中飘着。

更有何人相约,倾怀共谋一醉?

八

王子猷居山阴,夜大雪,眠觉,开室,命酌酒。四望皎然,因起彷徨。咏左思《招隐》诗,忽忆戴安道。

在那个支离破碎的年代,居然有这样一场雪,这样一只小船,承载着这样一个人,在一千多年前的那个夜晚,划破剡溪二百里水道,寻访一位相知的朋友。

那条小船只划过了晋朝的某一个夜晚,只划进了王子猷的雪意与酒兴。并没有划入戴安道的雪夜,就折首,自晋朝的史册划回山阴。

那一个夜晚,二百里剡溪上空的雪,记住了这个风雅的故事。从那之后,一千多年间,每一个雪夜的每一片雪花,都被这个剡溪行舟的画卷击中。

那是雪夜与酒香的绝唱。目睹了这曲绝唱后的每一片雪,都是有灵性的。却再无人,划过那条溪流,寻访那位朋友。

九

小舟已远。两晋，大唐，南北宋，雪时落时止。

隔断了几百、千余年的时空，舟行的声音，倾酒的声音，都已遥不可思、遥不可闻了。

或许，这一切的声音与情怀，就凝结在一片雪花里，行过九万里湛湛长空，就在今天，就在你我的身前，飘过。

我们却无力捡起她。

雪花消融。心事寂寞千年。

十

在一个冬天的下午，写下这些文字，已是晚寒天欲雪。

更有何人堪问——

能饮一杯无？

作品二维码
主播：边国威

许家强，迄今已发表小说、散文、杂文、诗歌、评论、纪实等作品千余万字，曾在多家报刊开辟时评、读书、旅游、杂文等专栏，出版著作二十部，曾获各类文学奖、社科奖、新闻奖百余次，山东省首届新闻出版奖优秀人物获得者。日照市文艺评论家协会主席、日照市作家协会副主席。现供职于日照报业传媒集团（日照日报社）。

炊烟远

曾　辉

一

外婆家是临湖而住的，白濒湖的水蓝得像天空，飘荡着一些蓝幽幽的梦。

外公在湖滩上种了很多的速生杨树，屋后阶矶上便堆满了码放整齐的烧柴，在那个贫穷的年代，有充足的柴火，也是幸福的，冬天有火烤，就是温暖的。

房子面南而居，屋前是田地，外公就在屋前的田畔上种了菊花和月季。菊花是大朵的狮子头，匙形瓣，不是本地的品种，是外公从外地带回来的，金黄金黄的，色泽像绸缎；月季一年四季都开，花朵大，很好看，但没有什么香气。小的时候不大明了，外公为什么种这些花。那是一个食不果腹的年代，人们都在为食物而劳碌，外公却把小院侍弄得像花园一样，让我和外婆安逸地生活在其中，是那些花美丽了我的童年。

外公只有两个女儿，都出嫁了。我妈是小的，嫁得近。我小时候是常住外公家里的，直到要上学了，爸妈才把我接回家。在我印象里，对外婆家的记忆要比老家真实得多。

仁者乐山，智者乐水，外公从祖居的老屋搬到这湖边来，应该是看中了这个湖。涛声伴随着我入眠,浅滩上的水杨柳给我们提供了四季的烧柴,让日子温暖。

外公在房子的北边挖了一条沟,沟边种了铁荆棘、猫公刺和野蔷薇,形成了一道厚厚的篱笆,风都吹不透。

那时候的春天,最先,是在野蔷薇上驻足的。一点点突起,膨胀,再弹开。等到春风柔软了,那种汹涌澎湃的绿便挂满了整个篱笆墙。

野蔷薇上会长出许多紫绿色的嫩芽来。

从根部长出来的嫩芽,比从茎上长出来要肥大壮实得多,像小笋一样直立着,叶子和身子都是淡紫色的。掐出来,撕掉嫩叶和表皮,一条翠绿的嫩芯就出现在眼前。一口咬下去,清脆的口感和自然的清香,让人精神一振,口舌生津,好像把春天也吃进了肚子里,充满了朝气和活力。吃得多了,也会有一些涩味,但过后会回甘,是脆香的,我们叫它"刺嫩子"。

外婆则会提个竹篮子,把开在野蔷薇茎上的嫩芽摘下来,以苞芽为最好。摊开放在楠盘里晾干水汽,再放到锅里杀青,炉灶里的火多是草火,炒芽时用不了大火,火太大,芽就会烧煳,有苦涩之味。

摊开手掌贴着锅面炒嫩芽,并不时地翻卷扬散,厨房里便氤氲着一股湿涩的青气。灶里的火光一闪一闪的,那种气息便填满了整个空间,思绪里都是嫩绿的味道。

烟囱里的烟是青色的,在空气里飘散,加速了春天的开放,春便渐渐浓了,由嫩绿变成深绿了。

春色浓了的时候,野蔷薇和猫公刺就都开花了,四瓣白中带粉的花,有很浓的香气,把蜜蜂和蝴蝶也招引过来了,篱笆成了关不住的春色。

炒好了的叶子,要放在楠盘里不紧不慢、轻轻细细地揉,把藏在芽叶里面的春色叫醒,也像是拍着婴儿入睡,让它们回到青色的梦里来,直至揉出青色的汁水来。这样揉出来的茶,成形之后,泡出来的茶汤才会清亮而浓郁。

制茶的过程中，揉茶是个细致活，是决定茶叶成形的一道重要工序。芽叶揉好才会紧实，有模有样，然后打散放到楠盘里摊开，放到太阳底下晒干。

晒干的叶子还只能算是茶的半成品，还有一道重要的工序要做，那就是熏制，这种茶本来就叫熏茶。

熏制的茶叶不能是刚晒干的热叶，而要用冷叶，太阳底下刚收回来的干叶，要放在室内使其冷却，去掉燥气之后，才可以熏制。否则熏烟味进不到茶叶里面去，泡出来的茶汤味道就会寡而淡，也不会有回甘的效果。

熏制时把秕谷、橘子皮、枫树球、陈年的艾叶放到火缸里点火生烟，撒上少量的米粒，上面罩着筛子，把干叶铺在筛子上面，用一个箩筐倒扣着，筛子有细小的孔，跑不出来的烟就会罩在里面循环往复地熏，直到把干叶熏得墨黑油亮才成。我们湖区肥沃的黑色土壤不适合栽种茶树，多是吃这种方法制作出来的土茶叶。

早上把水烧开，放上一把茶叶，一家人一天的茶就泡好了。茶是装在包壶里的，包壶是我们湖区特有的装茶工具，里面和外面都上有褐色的釉，一个短而小的壶嘴，还有一对绳扣，方便穿绳和提手，没有盖，多用茶碗扣在口上，当盖用。这种茶叶泡出来的茶汤色泽金黄明亮，带一点涩味，有淡淡的熟栗香，过后回甘，很是止渴。

骨子里风风火火的性格，让我的乡人不会那种轻啜慢饮的品茶。加之湖区人生活节奏快，喝茶只是为了解渴，大多是牛饮。从包壶里倒出一大碗茶，几乎不换气，一大口就吞下去了。喝时随着喉结的上下滚动，发出"咕隆咕隆"的吞咽声，酷似水牛喝水。

到了夏天，装茶的包壶就改成茶缸了。炎天暑日做工回来，汗流浃背的，一般要喝上三大碗，才能止渴。喝完，用手背擦擦嘴唇，拍拍灌得滚壮的肚皮，打出一两个饱嗝，露出满意的神情。

茶叶在开水里打开自己，再变成汗水，从人的身体里冒出来。是这些水的波浪，滋润了大地，长出了丰饶的收成，养活了我们自己。

外婆喜欢做这样的熏茶，我们叫它"外婆牌熏茶"，她的熏茶不光供我们自己用，也送给亲戚朋友和左右邻居用。

我的两个妹妹，一到春天便会随外婆去外面采摘野蔷薇的嫩芽。她们一边采芽，一边唱着渔歌。春天，便在她们的歌声里醉了，浓了。唱着渔歌采茶，那些茶叶里也有了渔歌漫溢出来的歌的味道，真情满满，浓厚悠长。

从小到大，至我离开家乡外出谋生之前的二十多年里，都喝这种"外婆牌茶"。那是家乡独一无二的熏茶，它带着外婆手工淳朴的温度，带着浓浓的爱。这种茶的味道，便在心里扎下了根。就算是现在，那种清淡的茶汤和慢慢的品茗还是不能满足我对茶的热爱，只有浓酽的茶汤和豪爽的畅饮才是痛快的，这也是外婆遗传给我的性格。

二

屋的东北边过去一段，是一片坟地。

春夏时节的雷雨季里，草地上就有地木耳捡。坟山上的草长不深，是贴地蔓延的马根草。

马根草有两种：茎呈暗红色的是铁马根，硬而细；另一种是肉马根，肉马根的茎比铁马根要粗一些，也脆一些，颜色是灰绿色的，有甜味，牛比较喜欢吃。

几场雷雨下来，草丛间就会长出很多墨绿色的地木耳来。嫩嫩的，滑滑的，比木耳小，是轻薄的，也没有那么厚实，有点像紫菜，但形状像木耳，一朵一朵地散落在草丛中，也叫雷公菌。

天晴的早上，便会看到有人提着篮子在捡地木耳。他们把地木耳一朵朵捡到篮子里，我看着好玩，便也跟着捡，只是我捡回去的地木耳，都会被外婆扔掉。那个时候，外婆家不吃地木耳的。她固执地认为，坟地里长出来的东西，是吃不得的。

童年里离我很近的地木耳，一直没有尝过它的味道。

天连着晴了几天的时候，地干了，草丛中的地木耳会逐渐变小变薄，薄得如蝉翼一般，紧紧贴在草根上。只有在下雨打雷后，才会吸水膨大，像一朵朵墨绿色的小花，开在草地上。

外公外婆不让我独自一个人去坟地玩。

可坟地中间却住有一户人家。有三个小孩，大的年纪和我差不多。他们的娘是山区嫁过来的人，说话带有一口腔，大人都叫她"上头鸭"。

他家煮饭，烧的是牛粪。

捡拾回来的牛粪，用手团成饼状，贴在墙面上晒干，取下来当柴火烧。小时候，我有洁癖，以为牛粪烧出来的饭菜很脏，不敢去他们家玩耍，也不和他们做朋友。只是远远地，猜谜一样地观察着他们一家子，生出许多奇妙的想法来。他们的娘因为不会游泳，后来掉到湖里淹死了。

湖里经常能见到打捞水草的船。

一般两个人，一人摇桨，一人撑耙。耙是竹耙，长长的竹签子像篦子一样并排立着，一米多宽，竹柄支撑着，置于船头下面。船向前行进时，水草就挂到了耙上。过一段时间提上来，翻倒船舱里，如此反复，几个小时就可以捞到满满一船。

捞草的人有时会扯着嗓子唱渔歌，是我外婆教的，多是一些湖区的小调，很有生活情趣。

　　南风悠悠对北飘，
　　搭信娇莲心莫焦。
　　我的姐姐哎：
　　你看二黄三月工夫紧，
　　四月又是插田忙，
　　要去看姐等端阳。
　　北风大，对南飘，
　　搭信情哥心里焦。

我的哥哥哎：

你看禾线子扬花正要水，

娇莲年少正要郎，

如何等得到端阳！

那些歌声粗犷嘹亮，在湖面上打滚，随着滟滟水波传得很远很远。唱歌的人并没有去看他的娇莲姐，却迎来了一群白鹭在湖面飞。它们忽高忽低地伴随着歌声的节拍飞舞着，像是来伴舞的，偶尔也有几只滑过湖面飞，长脚便在湖面划出了一串串长长的音符来。

水草多是黑藻子和蓼萍草，如小山一般堆在船上，到船装不下了的时候，便会划到岸边，卸了。用竹夹子，担到田间的粪凼子里去沤肥。

这些水草经过高温和太阳的暴晒，再经过一段时间的沤制，就会变成肥料，用来肥田。大人把船上的水草卸下来，装到竹夹子里。我们这些小孩子会围在边上玩，有时还能从水草中捡到小鱼小虾。

水草中见得最多的是五彩的鳑鲏鱼，养在水里，似一条彩虹在水中游动，煞是好看。但这种鱼小，肠子又特别多，我们叫它半边屎，没有人吃，多拿回去喂鸡鸭。

那时的湖水湛蓝，捧上来就能喝，湖水清澈甘甜。

三

我们喜欢在湖滩上玩耍。

用沙子堆山。用瓦片在沙地上挖井。水从低处漫上来，凉浸浸的，再把水引到挖好的沟渠里去，灌溉庄稼。庄稼就是湖边捡来的水草。

我们把梦想种在沙滩上，乐此不疲。

那时候的梦想，不切实际，就像那些断了根的水草，太阳一晒就萎蔫了，波涛一来就卷走了。但童年的快乐却是真实的。

当红彤彤的太阳从湖面沉下去的时候，暮色就从远去的湖面罩了过来，农家的屋顶上就开始冒炊烟了。

青色的烟，在晚霞映照的天空下飘散，融进了从地面升起的暮霭里，天就会渐渐暗下来。这时，外婆叫我回家的呼喊便会从暮色中传来，和着湖水荡漾，带着浓浓的爱意，在天地之间回响。

我童年的颜色也是水色的，对于湖水的观察与记忆大都来自那个时候。变幻的湖水，有着一种魔幻般的力量，让我沉迷其中。

清晨是橘黄色的。

朝阳在湖水里洗澡，搅动了一湖光影，它的色彩便融进去了，是一种橙黄的鲜亮，温暖而爽滑。

随后慢慢澄净，透亮，变成了碧色。湖水在蓝天的映衬之下，成了一块巨大的碧玉。

风在上面舞蹈，用脚尖在上面划出了许多波纹来。那些波纹翻卷、拥动、推挤，便形成了音乐的旋律，既有画面感也有音律感，让小时候的我沉迷其中。

随着旋律的推进，风在水面打滚，便有了波涛。那些波涛书页一样地翻动着，形成一个又一个的高潮，让我品读着大湖四季轮回的变化。

那些时光雕刻出来的水的纹理，有玉石的质感，也有风的节奏，还有人世间的清凉。

太阳，高挂中天。

曾经走得很近的它们，现在离得很远。白晃晃的太阳融不进湖水里，它的光在水面闪烁，反而让湖水变得更加蔚蓝，和天空的蓝相互映衬。

傍晚，夕阳西下之时，太阳才又融入到了湖水中。似外婆蒸蛋时搅得均匀的蛋液，是嫩黄色的，这时的湖水才是暖色的，有质感的。

成年以后，当我站在夕阳下面对湖水凝望，还能从时光的深处听到外婆唤我回家的呼声。

到了晚上，湖水就变成青色，融进夜幕里去了。

如果不是湖水的涛声，你很难分辨出哪是夜，哪是湖。那些涛声代替了妈妈的手,拍着我进入甜甜的梦乡。小时候的我,总要抱一件自己的衣服,才能睡得安稳。那是一个孩子黑夜里的唯一的依托,生怕梦里飞得太高太高,落不下来,而手里抓住的衣裳,是我回到大地的依靠。

有月亮的晚上,月亮挂在天边,月辉却溶不进水里。水是水,月是月。水是墨色的,幽暗深远。而月是清亮的,沿着月亮的倒影,也能找到一条细碎的泛着光亮的路。

好多年后,当我站在游轮上,天高海阔,皓月当空,哪里会想到自己走得这么远。童年时,望着白濑湖遐想的那条月亮之路,没承想真的是通往异乡的呢。

四

外公是个手艺人。

大部分时间都不在家里,挑着一个零担给人接铝锅,补洋盆、把缸,最远去过南京与汉口。

上世纪七十年代尚是计划经济,物资并不丰富,铝锅、搪瓷的脸盆与把缸是家里重要的物品。那时,城里大多烧蜂窝煤,铝锅可煮可热可烹,除了用来烧水、煮饭,当火锅用,还可用来蒸食物。

铝锅并没有锅的形状,是一种上下一样大的圆柱形的铝桶,带两个耳子,用得久了,铝锅的底自然会烧坏。而搪瓷的脸盆与把缸总会在碰碰磕磕中掉瓷,掉瓷的地方时间长久了,就会锈出一个洞来,没法用了。

外公用一把圆锉,将坏洞周围的锈清理干净,再用剪刀根据洞的大小剪出一小块铁皮,四边还会剪出齿形的铆角,嵌进洞里,把铆角从两边翻过来,用小木锤锤实,外面再涂上一层防护层,坏了的洋盆、把缸就修好了,又可以继续用了。

接铝锅底要麻烦得多,工具也多,还有各种不同型号规格的锅底。

先用剪刀剪去坏了的锅底。用铁锤沿锅缘敲出一个浅浅的沿子来，这个沿子要比新锅底的沿子小一圈。然后把锅底与锅身对接，用钳子把锅底的沿口覆一小半过来，盖住锅身的沿子，平着放到铁钎的边上，用小铁锤不紧不慢细细地敲过去，要敲得严丝合缝。再把锅横放在铁钎上，用大木锤把剩下来的大半锅底的沿边翻过来，贴到锅身上面，用小木锤细细地顺着反着来来回回敲好几个回合，要敲得像是焊接好的一样，没有一丝缝隙才行，在外面抹一层防护层，才算好了。

外公性子缓，笑眯眯地与人说着话，拉着家常。他面容慈祥，语调绵软，从不急管繁弦。手却没有停下来，有条不紊仔仔细细地做好各道工序，加之沿口处有两次铆合，工艺求精，所接的铝锅底经久耐用，而且价钱公道，在本地和外地都有口碑。

防护层是石膏粉、黏土加桐油调制好的。我那时还小，兴趣在玩，没时间去想这些，但外公所用的木箱长年有股子桐油味，我想这防护的涂层应该是这几种东西为主。老家打木船为防漏水，木匠往船缝里填的也是这东西。

外公在家里的日子是开心的，可能因为我是男孩子的缘故，对于外公的依恋要比对外婆多一些，他对我的影响也要大一些。

外公茶余饭后喜欢躺在躺椅上抽旱烟。躺椅是竹制的，有暗红色的包浆，夏天躺上去也是凉浸浸的。旱烟顺着烟管吸到嘴里，再从鼻孔里冒出来，鼻孔就成了烟囱，冒出青色的烟来，屋子里便弥漫着一股旱烟的味道。那个味道一直留在我的记忆里，就算是现在，我都能循着那个味道，回忆起外公的笑脸。

有的时候，外公会用胡夹子夹胡子。

我像只小猫一样蜷在外公怀里，看着花白的胡子被连根拔起。他把拔来的胡子种在我脸上，东偏西倒的，生不下根来，有些滑稽。

好多年后，我都记得这个场景，我不知道外公的用意何在，但我知道这不是恶作剧，外公性格沉稳，不是个随意之人。

直到我自己也当了外公，才明白他当年的用意，现在的我也常常在想，再过二十年或者三十年，我的外孙女小奇会有一个怎样的人生。

外公其实是盼着我早点长大成人，想陪我走更多更远的路；或者是想拥有一双慧眼，能看清我今后的人生，给我一些建议，让我少走弯路。

他有个习惯，早上起来或者临睡前都要哼唱一段京剧。压着嗓子，咿咿呀呀地唱，有时一个高音，要晃几晃，高到云端上去了，如孙大圣的筋斗云一般，翻过去十万八千里了，还一个字没唱完呢。提腿摆手，并着指头，唱得有板有眼。前些日子，看京剧《空城计》，熟悉的旋律一响起，才知道以前外公唱的就是诸葛亮在城头唱的这一段。

他教我唱过一段时间的京剧，可我提不起兴趣来，反倒喜欢听外婆唱的渔歌，他只好作罢。

现在回头来看，外公其实是想用唱京剧来压压我的性子。我娘性格直，风风火火的，说话做事不会委婉，吃了不少的亏。我性格随她，对那个咿咿呀呀，半天也唱不完一句的老人戏自然提不起兴趣，直来直去、风风火火的性子当然也依旧。

他终究没有等到我长大成人，在我读高二那年就走了。屈指算来，外公离开我们已经三十六年了。

他挑着走四方的那个木箱子后来给了我，我带到学校，放在床底下盛书和衣服，现在应该还在老家的阁楼上。

五

秋天，荷叶枯了，芦苇白了，湖里的野鸭就渐渐多了，它们的叫声有时会吵醒我的梦。

这时，篱笆上的乌泡刺就要熟了。

乌泡刺不同于蓬蘽。蓬蘽结的是单果，春天开花夏天熟，而乌泡刺却是夏天开花秋天熟，叶子上密布绒毛，枝上长有许多刺，果子是成串的，也叫高粱泡。最先是青色的，然后慢慢变成红色，红色的乌泡刺还是有些酸的,只有变成了黑紫色的乌泡刺才最甜,吃到嘴里,甜蜜向舌根浸润,一点点透进心里。

到了冬天的时候,就有人用推枪来打湖里的野鸭了。那是霰弹,枪膛里装着满满的铁沙子,一打一大片。吃鸭肉时,牙齿嘎嘣的一声脆响,那是咬到了嵌进鸭肉中的铁沙子。

外婆不让我过去看他们打野鸭,我也没见到过推枪打野鸭的场面,大概是他们都在夜晚或者清晨进行,那时的我可能还在做梦呢。

早上,便见有人担着野鸭叫卖。

用竹篾穿着嘴巴,扁担两头各挂一串,那些睁着的小圆眼,让我觉得有些恐惧。

野鸭都是不肥的。

外公说,野鸭要是肉多就成家鸭了,也飞不了这么远。

我想想也是。

家养的鸭,肉是要多一些。人都吃不饱饭,野鸭又能肥到哪里去呢。要是有吃的,它们也不会飞这么远,来这里被人枪杀。

外公外婆都是从战乱中走过来的人,经历了抗日战争和解放战争,把粮食看得像命一样金贵,一粒也不能浪费。

我小时候,吃饭有时不讲究,心里急着要去找同伴玩,常常把饭粒掉到桌子上或者地下,外公都会默不作声一粒粒捡起来,放到嘴里吃掉。耳濡目染,我也变得爱惜粮食,吃过饭的碗,总是干干净净的,不会留下一粒剩饭。

天冷的时候,打神仙米的那个人就来了。

打神仙米是一角钱一炮,多是用鸡蛋抵。那时乡下人没有什么收入来源,买油盐的钱都要从母鸡身上抠出来。一个冬天,一户人家能打一两炮,就很不错了。

打神仙米的是个中年汉子,脸上都是煤烟熏出来的黑,像是从黑暗中走出来的,人就显得苍老了。他一手拉风箱,一手摇缸。缸是装在一个支架上,里面装了米,是密封的。缸在火炉上转动,它的上头连着一个气压表。当缸内的米加热加压到了一定的时候，就可以启动开关，让里面的米膨化而冲出来了。

　　这是一个神奇的过程。加热过了的米在高压的状态解除之后，会一下子膨胀好多倍，变成白白胖胖的神仙米。原先只有一升的米，可以打出一撮箕的神仙米来。神仙米从缸子冲出来的时候，会发出很大的响声，并伴有很大的水汽，类似于烟雾，就像放炮一样。因而大家便把打神仙米，说成是打一炮神仙米。

　　男孩子胆子大，挤在他身边看稀奇，女孩子胆子小，用手指塞着耳洞，只是远远地看，怯生生地不敢靠近。不管是谁家的神仙米，倒出来了，大家都会一窝蜂地挤上去，抓一把，也只抓一把，美美地吃着，那感觉比做神仙还舒服。

　　那时神仙米也是难得的零食，可以干吃，也可以用开水泡了吃，但不能饱肚子，不能当饭吃，大家便调侃，神仙米只适合不食人间烟火的神仙吃。

　　神仙米还有另一个更常见的名字就是爆米花。

　　多年以后，我都还记得打神仙米的那个人，他可真黑啊，一身都是黑的，只有笑时能看到白色的牙齿。寒冷的冬天，我们围在他的身边转，看着炉子里烟煤烧出来的红火光，好像感觉不到冬天的冷了。

　　外公家东去一两百米有棵大樟树，枝繁叶茂的，树干两个人都抱不过来。原是给土地庙遮阴的，那土地庙"文革""除四旧"除掉了，树却保存了下来，历经沧桑，有上百年的树龄了。

　　外公出去或者回来时，都要从那里经过，小小年纪的我，常望着那棵大樟树出神，看外公迎着朝阳出去，有时能够看到他踏着夕阳回家，看他渐渐走远或者慢慢清晰，心都有些许的颤抖，我知道，那是牵挂或者惊喜。

　　过上一段时间，外公就能从外面带回来一些钱。但大钱都要交到生产队上去，要不然就分不到粮食。在那个统购统销的年代，就是有钱，没有票也是买不到想要的东西的。买粮要粮票，扯布要布票，打油要油票，称肉要肉票，只有钱票齐全了，才能买到想要的东西。

箱子里剩下的都是分币和角票，我也常帮外婆一起在煤油灯下清理那些硬币和纸票。我们把硬币按一分、二分和五分，分别叠成三柱，用草纸包成一捆捆。把纸币摊开，压平整，分成一角、二角和五角的三沓，到第十张时便用一张腰折，这样便于计算金额，整成一沓沓和一柱柱，放进柜子里那个带锁的小木箱里。因为有了这个小木箱，外婆家的生活才有了底气。那些数钱的时刻，也就成了记忆里最快乐的时光。

昏黄的灯光照着我红扑扑的脸蛋，那样的场景是温暖幸福的。外公扛着他那根长长的旱烟枪，吐出长长的烟圈来，躺在摇椅上陶醉地笑了，不久就能听到外公轻微的鼾声。

那缕从外公的鼻孔里冒出来的烟，和外婆做饭时屋顶上飘着的炊烟，让我觉得踏实而温馨。

那些烟把大地喊醒了，便有了四季更替，有了大地上的春华秋实。它也把藏在内心深处的记忆喊了出来，那是故乡真实的存在。炊烟飘过故乡的大地，漂白了外公外婆的头发，最后，把他们也变成一缕轻烟，融入到故乡苍茫的天际里去了。

作品二维码
主播：靖华

曾辉，湖南省作家协会会员，中国诗歌学会会员，中国散文学会会员，著有诗集《心弦集》。有作品入选《当代散文精品》《当代百家散文诗精选》，多次入选《年度中国散文诗选》。作品散见于《文艺报》《诗刊》《散文诗》《散文百家》《散文诗世界》《年轻人》《长沙晚报》等。

旧事录

萧　忆

维系着我安静的，是旧的斑驳时光。

季节的光色，晕染了午后的城市。借着楼层的缝隙，阳光打在淡蓝色的玻璃上，反射出刺眼的白。这些本来柔弱的光芒，竟一瞬间硬朗起来，像是援军到来时即将解困的古代军队，杀气腾起，咄咄逼人。

叶片脱离了母树的坚持，如初出茅庐的稚子，飞向未知世界，它如何也预料不到，一场霜冻就要来临。可那短暂的脱缰时光，也点缀了不多的时日，让经历，乘上驰骋的扶摇。

走在路上，耳畔吹过的，是清冷。我觉得它有时像极了我的心境，多了一些寂寞，多了一些不在意。

有时候，在长期生活的城市也感受不到半点温存，它始终是一个陌生的地方。人们川流不息，你来我往，可这一切，绝非我所要的。待得久了，就想着说一些话，亲近一些人。于是把自己丢进晚市，不买什么，只是与人擦肩而过，偶尔听几句他们嘴角漏出的不着边际的言语。叫卖声和讨价还价声，顺着我的耳廓，瞬息远遁。这是我最能亲近城市的方式了。

夜色稠密，嘈杂的晚市上点起了灯光。它们或明或暗，照亮的是生活，还有嘴角呼出的热气。正是这时，才会瞬间发现自己，原来正在与整个世界妥协。那时的父亲，也是这般感受吗？

十九年前的那个夜晚。一夜疏风时断时续，吹得窗棂呼哧作响。

月悬暗枝，一片白茫。父亲躺在后炕，眼神中少了明亮。他呆呆地望向窗外，月光流苏般倾泻而下。他蜡黄的脸上，没有丝毫表情。瘦削的身体，浅挪一下都格外艰难。

深深的皱纹，凝成了结，紧紧贴在脸上。母亲时睡时醒，眼睛红肿。父亲的时日不多了。唯有他自己，在暗夜，一直醒着，一直醒着……任疼痛，吞噬身体，父亲似已麻木。辛劳半生，最终却没跨过中年的坎。

人间苍茫，诸事蹉跎。

一

冬日的夜里，道路干冷，踩在上面，发出硬邦邦的声响。

骡子，驮着采石场的石头，在月色下的东条（地名），喘着粗气，缓缓而行。父亲手持皮鞭，嘴角叼着纸烟，沉默地走着。

山村的冬夜，静得出奇。虫吟鸟嘶，都没了踪迹。

父亲极善歌唱，流传在高原古老又古老的信天游，总会在他嘴里唱出新意。信天游仿佛是他的一种力量来源，然而此刻纵是倦意满满，他也不会低声哼唱，只因夜深人静，而或有几声孩提的哭喊，有汉子一长一短的深鼾，有风吹瓷碗坠地的刺耳声响。

父亲驼着低矮的身影，寂然不语。

采石场距宅基地东条，约莫六七里路。道路，安稳地摆在沟谷间。父亲和骡子，一前一后，踽踽前行。过两座小庙，三座石桥，四眼水井，然后爬坡向山，便到了东条。

东条是新舍沟村民新开辟的。之前大多住在红崖渠。开枝蔓叶，人们向西发展，东条山坡上，就有了一孔孔新窑。父亲选了一块坡地，开山箍窑。窑洞旁，是曾祖父的坟茔。坟茔前，只有方石桌一座，无碑无文，蒿草依依。

新窑地基，父亲已经挖好。接下来，便是石头。有了石头，新窑就有了希望，便可雇石匠，錾刻花纹，进而砌墙箍窑。

此前，父亲一直借住三叔家的偏窑，生活之间，难免磕磕碰碰。父亲便下定决心，开辟新家。春种，夏锄，秋收，父亲一半务农，一半外出务工。只余冬天，没了活计，才可将窑洞大业，继续进行。时间，于父亲而言，最是珍贵。白天，夜晚的，他都需好生利用。他远走三边，骑着人力三轮车，载着瓜果梨枣，走街串巷，一路叫卖。

石头，被父亲码放得整整齐齐。不论条石、块石，他都独自搬上卸下。

终有一年，三孔窑洞的石头，全部置办妥当，父亲拿着烟酒，雇请匠人，破土箍窑。一个月工夫，三孔窑洞，威武而立。窑洞的南面，父亲又留了第四孔窑洞的位置。

多年以后，父亲才积攒够第四孔窑洞的所需。而院墙，却是在他入土多年后，母亲才延续了他的构想，圈了起来。

只是，自此小院内，再没了欢声笑语。回老家的次数，随着祖父祖母的逝去，越来越少。有时回去，也是草草上坟，不到一个小时，便转身远去。

大门，锁着一院的荒草和记忆，渐渐变得颓败。

那方父亲心与血堆砌起来的院落，却成了我内心解不开的结。

二

人活一世，草木一秋。父亲一生拼搏的血汗，换来的也终是荒坟一座。父亲的坟茔坐东面西，在一个唤名为张弘家峁的山坡上，山坡的对面，就是他和母亲开荒的边地。

那年仲春，我踏着雨后的沃土，回到山腰遍布红枣树的那个山头，红葱正郁茂地生长，薤白擎举着白色的花蕊，临风轻舞。每一寸土地，似乎依然奏响着童年的铃音。顺着山路，逶迤而行。红崖上，是横长的酸枣树，一簇簇，灵动浩然，别具风骨。

张弘家峁，甘草随处可见。或者是远走他乡，或者是后继无人，有两条梯田，在我记忆中，一直荒废。

初识甘草，来自父亲。那日，父亲挖出甘草，褪去杂根，用衣襟轻轻擦拭，浅黄的根茎便显出真身。父亲递给我一条，说它叫甘草，味道甘甜。随即，他自己也嚼了一条。甘草入口，那沁人心脾的甜，让我第一次感受到大山的魅力。

集市上商贩虽不收甘草，但甘草却成了我进山的重要收获。镇子的集市，逢五开放。平日有时间，我便手持铁镢头，来到梯田上，挖甘草，挖远志。甘草的甘甜，长时间滋润着我的少年时光。

远志娇小，要仔细查看，才可发现。集市商贩，不收甘草，只收远志。甘草就成了烈日高照时刨远志时的及时干饮。后来，才渐渐得知，甘草和远志一样，亦是多年生本草，可入药，清热解毒、祛痰止咳。

张弘家峁，倾注了父亲大量的心血。

彼时，新箍的窑洞离村子水井足有四里地。早上，只能肩挑扁担，在铁桶清脆的碰撞声中，下山取水，甚是艰辛。于是，父亲和左邻右舍商议，在三牛沟开井取水，而后铺设管道，把水引上山，引进院落，人们一拍而合。如今看来，这是一项多么宏伟的工程，它一劳永逸地解决了多年取水困难的难题。

接下来，便是选址。三牛沟原有一水库，后修建坝地，取土填埋，前后已有几十年。循着老一辈口中水口的大概位置，人们持镐头、铁锹、镢头，从一片生满芦苇的地方开挖。男人们打炮眼，上炸药，安雷管，女人们蒸馒头、熬稀粥、挑水送饭，提供后勤。

只十余日，指头粗的山泉水，就顺着石头的缝隙，汩汩而出。

人们喜极而泣，水井很快便修筑完工。更大的艰难，是掩埋水管，引水上山。为了不影响庄稼，只能秋收开工。

一时间，山头人影涌动。嚼甘草又成了人们倦意满身后，除却香烟最恬然的享受。

父亲身材低矮，在壕沟里方便自如。他被深沟掩住的低矮，只有顺着金丝猴纸烟漫出的烟气才能寻到。经过秋冬之交近一个月的努力，壕沟完工。又经数日，压水管，回土，取水工程即告成。当清澈的山泉水顺着水管涌出的那一刻，纯澈的笑容久久不息。

多年以后，我才深刻明白这项工程之于家庭的意义。菠菜、韭菜、西红柿、黄瓜、茄子、莴苣、尖椒、西葫芦，这些新鲜的蔬菜自此走进了我贫寒的家庭，甚至母亲还播种了香瓜、西瓜等。那些硕果累累的夏日，母亲变着法子给我们调剂饭食，让那些瘠薄的岁月，多了诸多温馨。

清风依依，时光茫茫。

父亲永眠之地上，那条水管依旧源源不断地劳作着，那些生生不息的甘草依旧蓬蓬勃勃地生长着，那些镀满金色的岁月依旧在记忆之河翻腾着……

三

一列挺拔的杨树在山坳迎风昂扬。

它们整齐站队，叶茂枝繁，密密层层，守候着高原深处这处偌大的院落。如今，空阔的院落上再也听不到孩提们嬉闹的笑声和琅琅的读书声。

院落里，承载着太多记忆的老枣树，孤苦地向天空摸索着什么，皲裂的树皮，写满沧桑。

斑驳的墙体上，还能隐约看出：发展体育运动，增强人民体质，锻炼身体，保卫祖国。

这是一所毫不起眼的乡村学校，也是父亲带着对我的无限希望，送我上学的学校。

学校操场上，曾生长着一畦畦向阳而生的蔬菜，它们为四五名老师提供着早晚餐食。那里种植的蔬菜一直都很旺盛，体态丰盈，随风摇曳。

在单调的校园生活中，一年一度的运动会绝对算得上是学校最为隆重的活动。运动会一般在每年七月举行。每到运动会举行的时日，邻近乡里的农人们就会放下锄头，换上干净的衣服，笑盈盈地来学校操场观看。

运动会简单质朴，参加比赛的小运动员们，甚至没有统一的着装，家庭条件稍好的买一双回力足球鞋，就是运动会中最大的亮色。

小商小贩早就得知了消息，早早来到操场。生意最好的，是麻花摊，香脆可口，着实馋人。父亲从皱巴巴的衣兜内，拿出两毛钱，然后买一根麻花给我。

运动会的项目不多，田径和乒乓球是重头戏。

比赛跑道用白石灰画出，较宽。父亲和我围站在赛道前，盯着小小的运动员。当挂在杨树上的旧犁铧被敲响后，赛场上你追我赶，争得面红耳赤。

乒乓球项目参赛的学生最多。那时的乒乓球案是用砖头垒砌的，表面均匀抹一层水泥，但四周早已被侵蚀得皱皱巴巴。乒乓球案旁，里三层，外三层，围得水泄不通。我和父亲，忽而屏气凝神，忽而大声欢呼。

赢者笑意盈盈，面含春风，输者垂头丧气，表情黯然。

和父亲看运动会的那份热烈和激情，是出现在我内心的一帧帧最美的风景，那风景永远是那样葱茏。

四

那年，应是1998年。

风，悠悠地从山崖而来。郁茂的野酸枣树，圆润得犹如黄豆般大小的青粒，风中若隐若现。

父亲承包了一块地，耕了一大片西瓜。

西瓜地被酸枣枝围得密密匝匝。边边角角的劣地，父亲还种了一些甜瓜。那年雨水出奇地多，隔几日便下一场雨，西瓜一颗颗裸露在地表，着实喜人。

六月刚过半，西瓜争先恐后成熟。父亲一颗颗挑选着最好的瓜，搬上骡车，太阳还没铺洒下来，就在骡铃的叮叮咣咣中出发了。

滚圆的西瓜在父亲声声叫喊下被小心地抱上坡，为人们对抗夏日增加了底气。

当月色如水，父亲才赶着骡车，缓缓归来。一路清苦，唯有古老又古老的信天游，才能排遣他内心的孤苦。于是在远离村庄的小道上，总会传来声声时断时续的歌子。父亲嗓音浑厚，清澈，信天游唱得极好。

骡车所到之处，草木和月光一样，可以享受父亲的歌声。歌声一边传，一边就变成了岁月。好几次，我睡在骡车内，父亲的歌声拍打着我，父与子有一搭没一搭的对话，一直持续……

又一次回家，院墙里的草子，疯长。

窑洞门框上的油漆，裂了缝，落了土，有的正在翻卷，有的已经掉落。

母亲盖的平房端端地坐落着，里面杂七杂八的物品，不经人的擦拭，锈迹斑斑。小院旁边的那条葡萄藤，那棵夏桃，早早把院落丢弃，没有留下一丝一毫。唯有几株黄花菜和泽蒙花，一年又一年地生长着。

如今，父亲的骡车落满尘埃，被丢弃在墙角，风栉雨沐。那头苍色的骡子，早已隐去了身影。远去的，还包括绾着头巾赶骡子的父亲。

但我知道，黄土高原的褶皱处，闪着白光的路上，那些随风摇曳的草子，那些花开花落的老槐树，定会记得，父亲的歌子。

五

和许多陕北人家一样，我家门前也有一片枣树。每天清晨和向晚，都被浮游的烟岚遮掩。

枣树是父亲亲植，父亲总说，枣树能养活了他这一辈，也能养活了我这一辈，还有他的孙子一辈。

春天，父亲踮着脚尖，剪掉枣树的零零碎碎，枝枝末末。他像一个深情专注的理发师，一刀刀修剪着枣树。从早上到天黑，剪了一棵又一棵。夏天，父亲一担一担挑水，然后倒进枣树根部干涸的土地。第二天，枣树就变得容光焕发，浓郁苍翠。深秋，当瑟瑟的秋风轮番清扫着陕北高原的时候，枣树也在悄悄发生着变化。起先，黄了树叶，而后，软了枣子。红柳条编就的筐子，像开遍山野的打碗碗花，密布村庄。父亲爬上枣树，将最高处的几颗枣子，抖了下来。

那一刻，父亲也长成了褪去树叶和果子的枣树。

枣馒头、枣黄、黄米枣窝窝……这些甜美的食物，总能让我的味蕾，一次次绽放。

枣树是唯一的经济林木，也是父亲心头最牵挂的，直到他弥留之际，依然对枣树念念不忘。如今，枣树鲜有人打理，颗颗枣子，散落一地，如同父亲最后的那抹忧伤。

十九年前的那个夜晚，正值中年的父亲，在病痛中再没等到远在百里之外求学的我，永远地闭上了双眼。当我再次看到父亲时，他无声地躺在棺木中，再不被生活和病魔困扰。

当我渐入中年，总一遍遍在记忆中，不断追寻父亲曾和我一起的时光。

可父亲离开我已近二十年，无论我怎样努力，那些泛黄的时光，都如秋叶般萧索，有的甚至悄悄剥离了我的记忆……

身后，玻璃窗外的阳光如一盏金黄的茶水，渐渐坠落。一座接着一座的高楼似成了远山，起起伏伏。

作品二维码
主播：德蕙

萧忆，本名李阳阳，生于陕北佳县，系中国散文学会会员、内蒙古作协会员。作品见于《人民文学》《天津文学》《黄河》《延河》《星火》等。作品入选多种选本。曾获《人民文学》美丽中国征文奖、汨罗江文学奖、《延河》杂志最受读者欢迎奖、陕西青年文学奖等。著有作品集《漫步陕北》《行吟大地》等。

北方的庄稼

北　方

北方大地上，出产山脉、河流、树木、牛羊，出产庄稼。庄稼们在土地上招摇，舞蹈，被收割，深埋，又重生。有了庄稼，养育了人，于是生生不息。

在故乡翟山庄，远山近岭，房前屋后，巷内路边，一转身就是一片庄稼地。庄稼包围着山庄，它们之间的关系，可以用形影不离来形容，可以用耳鬓厮磨来描述，可以用生死相依来表达。不可想象，一个村庄怎么能没有庄稼，庄稼怎么能远离村庄。

唐山地震过后一个月，我家搬回翟山庄，第一顿饭是在大伯父家吃的。那时满地锅碗瓢盆，杂乱无章，等待主人收拾，疲惫不堪的家人实在提不起心劲做饭。正在左右为难，大伯不由分说把我们拽到他家的窑洞里。我一进门就嗅到一股清香，大伯掀开锅盖，哇——！满锅挤挤攘攘全是黄澄澄的嫩稻黍。那是辗转颠簸魂不守舍后的第一餐，我吃得贪婪，顾不得雅相，满头大汗，涎水鼻涕直流。稻黍，我从此深深记住了这个名字。

稻黍就是玉米。大凡在乡村里出生长大的人，都是玉米前世今生的见证者。我也是，并且，相对于其他庄稼，我对玉米抱有非常特殊的感情，它陪伴了我整个懵懂的少年岁月，喂养我的身体，滋养我的精神，驯养我的性格和脾气。玉米是大秋作物，生长期长，从春播，夏间苗，开花孕育，结子，秋收获，要经历一年的大半时间。它们高大丰盈、英俊洒脱的样子，从一开始就感染了我。它们身子舒展，抬头挺胸，摆臂阔步，齐刷刷向上的姿容，跟七八岁拔节成长的我们多么神似。一阵风起，它们勾肩搭背亲密无间的样子，窃窃私语分享秘密的姿态，跟年少好奇的我们多么神似。它们的绿外套，从嫩绿，浅绿，白菜绿，涩绿，到深绿，墨绿，成熟的绿，天然的色彩晕染着我们的心。

能被农民称作兄弟的庄稼，除了玉米，当然就是高粱。它们高大、颀长、挺拔、俊朗，手足相牵，面目可亲，实在当得起这兄弟的嘉许。高粱株距和行距相对于其他庄稼都要开阔宽敞得多，根上也不带豆角等攀援植物，最多间种些绿豆或者黄豆，地垄边植些麻。高粱身子高过玉米，叶子却比玉米要狭长柔软，在高粱地里钻来钻去，并不会如在玉米地里那样被坚韧的叶片划破皮肤，一旦被划破划伤，又被汗水浸湿，又疼又痒的感觉真是让人懊恼。高粱叶子不这样，它们一任我们狼奔豕突，有时还踩倒秆苗，有的家伙不小心或者干脆故意滚翻，压倒一大片。即便这样，高粱们也不以为意，它们轻舒臂掌，温柔以待，叶子抚上脸、脖子、胳膊等裸露的肌肤，凉凉的，柔柔的，如姑娘的发梢轻轻拂过。成熟的高粱低垂着禾穗，仿佛思考者密密麻麻的思想结晶。又仿若恋爱中的女孩，报红着脸，刘海掩饰着娇羞，双手绞扭着辫子，欲说还休。我们这群糟小子，急切地等待大人们砍掉沉甸甸的禾穗，剩下细长的禾秆，那就是新的乐园。我们迫不及待地刈倒高粱秆，然后各逞所能，造"手枪步枪机关枪"，然后就打仗，攻山头，一个人要"壮烈牺牲"几次，抓俘虏，枪毙汉奸，斗争翻译官。肩扛武器排成队列，雄赳赳气昂昂走过翟山庄，专门往姑娘媳妇堆里撞。不小心被哪个路过的多事鬼识破，一声断喝，作鸟兽散。

在北方的庄稼里，有一种植株高大、枝干硬实、叶子阔大如伞的作物，结出的果实去掉硬壳，形如鸟卵，黑白相杂，花丝繁复，圆润如玉，再去一层壳，里面是莹白的果肉，润泽油滑，用来榨油，大人们都说是飞机上用的润滑油。这种作物学名叫蓖麻，我们叫大麻子。它们长相粗壮，枝干硬朗，最适合"七八岁狗都嫌"的孩子们玩耍。大麻子长到秋季，主干足有大人手臂粗，分枝也有小孩胳膊粗细，它在离地一尺左右的地方分叉，顽童们攀爬起来非常方便。于是，它就成为我们的汽车、拖拉机和火车。大麻子株距疏阔，它三支枝杈张得很开，空间大，在枝杈间闹腾，跑来跑去，绕来绕去，竟然不被羁绊阻挡。它的叶片巨大，我们不管不顾地摘下来，顶在头上，当雨伞当遮阳帽。一行顽童排成队列，头戴大麻子叶，在小小的翟山庄招摇过市，引来许多白眼。大麻子果籽裹在绿皮硬壳里，分几个隔间，一个隔间包裹一粒果籽。最初，无所不吃的我们以为这也是美味，饥不择食剥开来，再剥开来，直到露出白仁，心怀疑虑放进嘴巴，眼见几个年龄稍大的已经做出美滋滋咀嚼状，这才放心咬下。啊呸！啊呸！几个贪吃鬼龇牙咧嘴吐出果仁，一脸苦相。一抬头，看见几个家伙一脸坏笑乐不可支，这才知道大上其当。

最早知道五谷不分这个词，是跟四体不勤连接在一起的，用来回击看不起山里娃、说我们是山猫的城里学生。真正了解五谷，却是很久以后的事情。五谷，简言之即黍稷麦稻菽，黍就是糜黍，翟山庄的人称为软米，稷是谷子，就是小米，菽是豆类总称，麦稻自不待言。我要说的是黍和稷，糜黍和谷子，小时候，对于这两种庄稼，我很长时间都分辨不清，闹了不少笑话。大人们自然可以轻松区别，问，他们又语焉不详，还要引来嘲笑。糜黍和谷子的枝干叶片极度相似，高低相当，颜色也近似，不仔细分辨看不出不同。要到秋深，它们结出沉甸甸的穗子，才能一眼看出差别。糜黍结穗，穗子纷披如头发，低垂着，在风中缓缓摇摆，很优雅，手摸上去，滑溜溜，手感舒服极了。谷子结穗，穗子是独立的一簇，也低垂，摸上去粗糙，它们结籽好像不很结实，不小心就碰落，挺可惜。我们有时就装出大人样子，训斥年幼的跟班：别摸！看蜇了手！也有稗子滥竽充数在其间，稗子脑袋是高昂着的，因为籽粒瘪小，空，在风中摇晃。我们都能够认出，遇见了，随手连根拔出，厌恶地扔下地垄去。等到黍和稷收回到打谷场，脱粒，摊开，翻晒，垒起谷堆，黄灿灿地发亮，我同许多孩子不约而同又傻眼，分不清糜黍和谷子了。

喜欢过一首歌，叫作《垄上行》，是香港歌手张明敏演唱的。几十年过去，那优美的旋律、悦耳的发音依然在耳边萦绕：我从垄上走过，垄上一片秋色……在伙伴们的簇拥下，我投入地哼唱着这首歌，翻坡爬垄、不辞辛苦地游荡在翟山的庄稼地里——玉米高粱谷子糜黍黑豆棉花，落秧子西瓜山药蛋红薯萝卜茄子辣椒葱，无所不往。或者为牲口和猪羊割草，或者是帮着大人去摘豆角割艾蒿，有时干脆只是无所事事瞎转悠。当然有时也目的明确，那就是看见秀气出众的灵凤带领着几个女娃在不远处的庄稼地里忙活，几个小子就像被磁石吸住一样，双脚不由自主往她们那里迈动，还要装作若无其事的样子，提心吊胆地迂回。因为这个，我们没少被大人们骂过，他们骂得很难听，似乎我们都十恶不赦似的。我们走在地垄上，走在深绿的海洋里，一阵阵秋风送来瓜果蔬菜和秋作物的芳香，心里还有个女孩子巧笑倩兮美目盼兮，这不让人陶醉吗？

后来，我远离村庄，为讨生活进入小城。一次走过玉峰街，忽然一家门店里面传出酸溜溜的鸣唱，醇厚绵长，自由无忌，鲜亮明快。我驻足，倾听，惊喜又感慨。门口矮凳上坐着的可能是老板娘，旁边是一个十一二岁的小姑娘。我问，里面是酸溜溜吧？是。几只？三只。果然。哪里逮的？村里人捉住送的。本想进去到笼子跟前看看，可是里面有几拨客人在，我还是拔腿离开了。身后母女俩在笑。逮？她们可能不理解这个字。我走着，思绪一下子扑进翟山庄的庄稼地里，这个季节，正是酸溜溜的主场演出时间，它们是山野里的歌者，优雅的钢琴手，尊贵的流行音乐家。但要捉住一只心爱的酸溜溜，却要大费周章。除非你在庄稼地里遇到它们，庄稼有行距和株距，尽管也长得密不透风，到底是舒朗开阔些，酸溜溜附在枝叶间，很容易捉到。问题是，聪明的酸溜溜大都藏身在酸枣刺遍布的荆棘丛中，酸枣刺也是庄稼地垄上的土著，它们跟罗罗蔓丁香丛野白蒿都是亲戚，你不离开我我不离开你，弄得我们伸出的手投鼠忌器，又欲罢不能，到底还是被刺出血珠，被划伤皮肤。要想逮住一只鸣声清越铁锈色雄壮的酸溜溜，除了流汗还要流血。当然了，酸溜溜也是庄稼的好朋友，它们有个鲜亮的名字，叫蝈蝈。

我家院子里的小块地是母亲亲手垦植的菜园，倚着院墙，用暗红色的机制砖围起，我用脚步丈量，南北四大步，东西七大步有余，算起来不足三十平方米的样子，母亲打理得很精心。这当然也是一块庄稼地，细数过去，玉米上藤藤蔓蔓爬满开着白色喇叭形花朵的豆角秧，鲜艳夺目的西红柿、垂首深思的茄子、队列整齐的大葱、耳坠一样的青红辣椒点缀其中，几垄香菜韭菜油菜，几株攀缘到车棚上面去的南瓜秧，黄色的花朵，招招摇摇，一直探头探脑到邻居院墙那边去了，墙里坠着五六个海碗大小的青皮南瓜，竟然都没把秧子喊回来。母亲对其视同儿女抚养，翻松、平整、捡离破碎砖石、施上家粪、购回菜种，然后静等一场春雨。下种、出苗、除草、施肥、间苗、打倔芽，这些劳作大多在我们看不见的时候完成，瘦小的母亲将她的菜园精心打扮，贡献出一个秋天的丰盛。菜园里本来结着瓜果蔬菜，儿女们隔三岔五还要带来自以为新鲜的超市菜，母亲不断把采摘的蔬菜送给左邻右舍，儿女们临走时再强塞进他们的包裹。

"人间无限事，不厌是桑麻。"这是农耕时代里的怡情自洽。如今，故土上原住民们远走他乡，乡愁游离无依，所能寄托者，只剩回忆。我们离养育自己长大的庄稼渐行渐远。无意间的"偶然逢故旧，小坐说桑麻"，苦涩，言不由衷。每日里吃着粮食蔬菜，有许多是故里亲人辗转着送来，谁家办完婚丧嫁娶，糯软香甜的枣米蒸饭是断不可落下的礼物，那里面的红枣红豆，刺激着味蕾也刺伤着良心。每次回村，车辆后备厢前后排座位上，都是挤挤挨挨的土豆红薯萝卜南瓜，这是土地上的出产，曾经养育过你，你离开了，仍然追随着你。你不知道从什么时候起，不再关心物候和天气，无视雨水和霜降，漠视墒情和种子，不再过问庄稼和收成。扪心自问，即便故乡的消息扑面而来，你又听到了几分庄稼的吟唱？特别在秋雨缠绵的时刻。

作品二维码
主播：若言

北方，中国诗歌学会会员、山西省作协会员。作品见《山西文学》《黄河》《山东文学》等，入选《山西文学年度作品选》《百人百首·中国诗歌学会会员作品选》等选本；主编《辽阔是可以触摸的》，获临汾市"五个一工程"奖；散文《大地上的事物》获《文艺报》"窖藏88岁月弥香——我与光阴的故事"征文三等奖等。

火灰里的童年

苏万娥

一

"麦粑烧火!"

"麦粑烧火!"

当树林里的鸟儿站在枝头唱响这首嘹亮又婉转的歌儿时,家乡的麦收时节就来了。

四月底五月初,迎来了农村的第一个农忙时节——收麦子、收菜籽、收胡豆,还要犁田插秧。

金黄的麦田扬起饱满的麦穗,那尖尖的麦芒,在阳光照耀下格外耀眼。风一吹,整个山包、整个田间就漾起了金色的波浪。

这个时候,村里的学校会放一周的农忙假。大人小孩齐上阵。割麦、打麦、犁田、插秧,好一阵忙碌。

麦子收完了,打完了,晒干了;田犁好了,秧苗插完了,农忙就暂告一个段落,迎来休整期。我们小孩子也结束农忙假,开始上学了。

空闲了的爸妈会背上几十斤麦子来到沈坝大桥碾子上,把麦子磨成面。

周末,一家人围在灶台边,开始制作各种各样的面食,什么面糊羹、软粑子,什么炸麻花、炸油条,什么油馅饼、锅盔……

在花样繁多的吃食中，最好吃的，非"火烧子"莫属了。先把揉好的面团在菜板上摊成一个大圆饼，放进锅里炕成两面黄，再把它铲起来埋到灶膛温热的子母灰里烧，然后拨开火灰，用火钳夹出来拍打干净，放在菜板上切成块，就可以吃了。

"火烧子"又香又脆，咬一口，那麦子的清香，裹挟着泥土、植物、火灰的气息，在口腔里混合成一种特有的滋味，永远停留在我童年的记忆里，和着那鸟儿嘹亮的歌声：

"麦粑烧火！"

"麦粑烧火！"

……

二

七月，家乡的小山村一丝风也没有。

夕阳西下，太阳的余晖仍是那么毒辣。一阵阵热气从地面腾起。

一所青瓦房旁边的泥巴路上，走来一个弓着背的壮年男人：近一米七的个子被背上满满一大夹背玉米棒压弯了腰；满头的短发杂乱，落满了干枯的玉米花；一张被太阳晒得黝黑的脸庞布满了密密麻麻豆大的汗珠，淌成了一条条小溪，汗珠啪嗒啪嗒不停滴落下来……

人影越来越近，步子越来越实。他迈进了地坝，迈上了屋檐，站定，猛一弯身，一背玉米棒"哗"的一声倾泻在地上。他到屋里喝一盅茶水，又转身匆匆向地里走去……

这是小时候父亲收玉米留给我最深的印象。

收回来的玉米棒总有一些是青壳的。撕开后，玉米粒稀稀落落，东一颗，西一颗；玉米籽也还没完全成熟，能掐出浆水。我们管它叫"稀落子"。有时收一批成熟的玉米棒，这样的"稀落子"会撕一畚箕呢！

看着它们，我总是疑惑：同一块地，同样的种，同样的管理和施肥，为什么有的玉米棒结籽饱满，有的却如此稀疏？有的完全成熟，有的还是嫩籽呢？

疑惑总是一闪而过，顶顶要紧的还是吃。

"稀落子"玉米棒是我们的最爱，因为它是我们童年辛苦劳动后幸福的"零嘴儿"——味道好，吃法多：剥粒后用石磨碾碎炕嫩玉米粑；或者剥粒后在锅里煎玉米籽吃；要么在清水里煮熟吃；又或者做饭时在灶里的火炭灰里烧熟吃。我们小孩最喜欢的是最后一种吃法。

灶里的火燃起一段时间后，存了一定的热火炭灰。母亲拿起火钳熟练地把燃柴拨在一边，把热火炭灰拨拢一堆，然后用火钳夹起一个"稀落子"玉米棒，在热火炭灰里来回"冒"几下，再换一个面继续"冒"。接着再把玉米棒调一个头重复刚才的动作。一两分钟后，一个玉米棒就烤好了。母亲用火钳把玉米棒夹出来扔在地上，我们迫不及待地抓起。好烫！玉米棒被从左手扔到右手，再从右手扔到左手，拍打掉残留的火灰；嘴不停地朝它吹气，好让它早点变凉；然后左手忍住烫抓紧，右手用早已准备好的一支竹筷迅捷地从蒂部插进玉米核中去，剩下的，就是快乐逍遥地享受"美食"了。

剥一粒扔进嘴里一咬，热腾腾，软糯糯，甜滋滋中有嫩玉米特有的清香，表皮的焦味混合着草木火灰的热气，拍着，吹着，吃着，跑着，笑着，闹着，日子就这样清清浅浅地淌过……

这样的幸福日子会持续整个收玉米的季节。

家乡的玉米又熟了，唇齿间似乎又泛起了火灰里"稀落子"玉米棒的香味，还有那已成岁月过往的童年……

三

老家门前是一坝稻田。

春末时分，随处可见在田间辛勤劳作的农人，挽起裤腿，弓起背，耕田、铺田坎、扯秧苗、插秧苗，然后抽水、除草、施肥……承载着农民的希望，秧苗儿拔节生长，整个夏天，田野绿意盎然。

秋风送爽，田里翻滚起金色的谷浪。

"打谷子喽！"

人们抬着拌桶（力气大的男人能一个人拱起走），扛起挡笆，背起背兜，拿起镰刀，提着筅筅，朝着田野出发。

田野里顿时热闹起来。女人们割谷，抱谷把，男人们打谷，背谷，拴草。呼，呼，一人割一道，刀起谷把堆，排成端直的两行；砰，砰，打谷声有节奏地响起，此起彼伏，唱起古老的歌谣；拌桶经过的地方，两排整齐的草垛就如列队的士兵在等候检阅。

大人们忙起来，孩子们也没闲着，忙着逮自己的美味——油蚱母（蚂蚱的一种，它种类繁多，青呢、灰呢；尖脑壳儿、齐脑壳儿；长翅膀的、光肚皮儿；壮打皮儿、瘦打皮儿……）。随着镰刀的挥舞，田里的小生物都惊惶起来，一股脑儿乱飞，蚂蚱，纺棉花，纤担公儿，拜佛老娘（学名螳螂），当然还有我们小孩最爱的油蚱母。站在田坎上，眼睛全神贯注地盯着谷叶面。一有油蚱母现身，忙屏息凝神，手悄悄地伸过去，猛然加速，使劲一把抓住。逮住了！欣喜若狂，掐脚个儿，掐半边嘴壳，然后放衣兜里；没逮住，遗憾无比，唉！好可惜哦，心里不断责怪自己，咋不小心呢？咋会逮跑呢？

中午、晚上回家，总会清理一下自己的"战果"——逮了多少油蚱母，随即开始烹饪"战果"。从灶间里铲出一铲子热炭火灰放地下，把油蚱母放上面，再铲一铲子热炭火灰盖上。等上几分钟，用火钳扒开热炭火灰，油蚱母被烧成了金黄色，捡起来在手中拍几下，就迫不及待放入口中。简直就是天下最美味的东西了!

如今,门前的田虽然大部分仍种着水稻,可遇到好天气,收割机一两天就把整坝稻谷收割殆尽,儿时收割水稻的记忆只在脑海中偶尔浮现,逮油蚱母的快乐也变得模糊起来,只有那灶膛红红的火焰,那一铲铲温热的火灰,那已走远的童年却清晰如昨天……

作品二维码
主播:小辉

苏万娥,四川洪雅人,小学语文教师,中国作家网会员。喜欢阅读和写作。作品《水杉·老妇·山火》在四川省"森林草原防火"主题征文中获优秀奖,作品《打卡网红地——洪雅县龙吟滩湿地公园》在眉山市开展河长制五周年之"寻找最美 家乡河湖"主题征文中获三等奖。

轻墨杂弹围屋内外

廖彩东

农历壬寅年十二月十六日。

桃水流域。

江西省龙南市桃江乡。

一

龙村坝宽阔的湖面轻舟飘过，褶起涟漪微微，很快散去，水面恢复平稳如镜。小寒刚刚离开，没有留下萧瑟冷酷的印迹，惠风和畅，土地朴实亲切，天空纤云澄明，辽远豁达。清新的自然气息，包裹着平静安详的左坑——九连山北麓一个小小的田洞。风轻柔，从山岭吹下来，拂过田洞中央站立的龙光围，问候了墙边的芭蕉林，水也轻柔，从田洞远处逶迤而来，无喧声地环绕龙光围流淌，然后汇入桃水，去逐浪田洞外面神秘莫测的世界。龙光围像一个世纪老人，从悠远走来，脸上密织皱纹，衣衫上落满仆仆风尘，停下来歇歇脚，扬臂擦去额头汗水和满面疲容，定定地四下倾听细响轻息，生命行吟的声音，回望历史来处，朦胧缥缈，陷入长长沉思。草根深藏了一个冬天，欣然探出了头颈，毛绒绒黄嫩嫩的，挟带黑土的新鲜芳香，由微风梳成一缕一缕的，在空中飘散。

脐橙园遍布山岭，宁静得只有一种颜色。赣南脐橙采摘季已经结束，脐橙下山，做客大城小镇，乡村里弄，千家万户。脐橙树的碧绿颜色还是那么沉着，只是没有了橙子，少了些橙黄颜色的烘托相随，前后乍比较，令人感觉多少有点单调乏味。这是脐橙园乃至周边山野，在这个季节里应有的单调。单调也是宁静，不热闹。说起今年的热闹，当然要数脐橙采摘期，客家人都领略了那股子热闹劲儿。就像现在平静的龙光围，曾经围绕它，热闹非凡过，平静过，再热闹，又归于平静。此消彼长，似乎是事物更迭发展的规律。脐橙园的宁静和龙光围的平静，真像一对孪生姐妹，相携相依，让人感到格外恬适。园主们却没有闲暇享受，他们还有一些园活要做，剪枝抹梢，追肥培土，除虫拔草，舒缓自主，井然有序，这些活计是果园收获后必须做的。

早在三十多年前，我办案去往安基山中坪，曾经过这片山岭，经过围屋。那时的山岭还没有种植脐橙，生长着松杉杂木竹。大大小小的林场遍布山里。一路上人们砍伐竹木卖钱，肩扛车运，靠山吃山，一幅热闹繁忙的景象。围屋内外妇孺老幼劳作生活。姑娘遇到生人，倚靠围门，手绞罗帕，悄悄地远远观望，及至生人走近，迅捷转身默然退去。那时的围屋内外是热闹的，围内山民的心是平静的。

此一时宁静，彼一时热闹，此处宁静，彼处热闹，宁静和热闹，是怎样一种关系？是宁静遮盖了热闹，外漾起单调沉着的宁静，还是热闹内敛起殷殷热情，用宁静酝酿起下一个春天更丰富更盛大的热闹呢？

二

围门口遇到一老汉。看到来人，老汉面容平静。

围内还有多少居民？

没有人了，都迁出去了，围外屋场还有几个留守老人。

平淡无奇从他的语气和眼神中满溢出来。

围门额头石板上，镌刻描红的三个楷书大字"龍光围"，笔力苍劲精致大气。"龍光"两字冠于围名，料想就是祥瑞智慧之光照耀围屋的意思。两扇厚重围门无私敞开，来不及迈过高高门槛，抬眼就望见祠堂深处静立的香案和祭龛，缭绕起袅袅的寂寞青烟，庄重肃穆。粗粝的石墙缝，磨得圆润光亮的镶地卵石缝，岁月风尘厚重沉淀。围屋先民，玩积木一样，用一间间大小无异的房子排列叠加起整个围屋，一共三层，围成四方形，四角炮楼兀立高耸，屋屋有过门，层层有楼梯，固定的活动的，左右上下交通，机动联络照应，二层三层悬吊木质骑楼，骑楼四周环复连接，从一间屋子可以到达任何一间屋子，通达二楼三楼的炮楼，上炮角，下地面，出围门。麻条石垒筑外墙，砖木砌隔屋子，木板紧楼，浑然一体，繁复不冗余，和谐不冲突，典雅不俗套。围内地面，明沟暗渠纵横排布，除了秋冬干旱时节，其余时间山泉可以淌入围内，又流出围外，源源不断。冬日暖阳，翻越高峻的石头墙和青瓦屋脊，投身围内，披在骑楼的木栏杆上，涂抹上一层金黄色，陈年围屋固有的灰黑色调，变得有些淡漠，围内光线明亮起来。细木拼花图案组合的骑楼栏杆，斜斜地映照在楼板上，呈现出茫茫然迷宫画样，又演化出皮影戏一般梦幻的光影，令观者恍若时光穿梭，置身于另一个不同于现实的世界。围屋空空，围屋无言，但我知道，有形的空间里面一定深藏了许多无形的内容。

  从老汉口中得悉，围内居民大多外出务工经商，少部分经营果业农业，在城市购买了商品房，小孩在城市就学，一家人平时居住也是在城市，只有节假日抽出时间回到围屋，耕种土地，寻根祭祖，让孩子体验静谧的乡村慢生活。按部就班的时令，尚有余温的熟悉方向和路径，引导他们像候鸟一样，在城市和乡村之间飞来飞去，在归兮来兮的召唤声中权衡取舍，犹豫不决，在曲曲折折的乡间道路、长长的田洞、方方的围屋盘桓留去。有人气感染老屋，老屋也有活力，才不会年久失修坍塌。也许像一枚种子，围屋已经种在子孙心中，永远揳在阳光雨露哺育的肥沃田畴，又不甘心被泥土湮灭，春风欢腾起来，种子会在左坑田洞里发起芽氽出绿来，蓬勃出来的生命，跨过地理和心理的边界，迅速加入到田洞外面挨挨挤挤的人世。

龙光围异常平静。进得围屋，上楼下楼，环绕一圈，再走出围屋，平静像一条老狗，忠实热情，黏人不弃，缠绵脚音，紧跟你身后，像尾巴一样拖曳着，依附着，时不时撩一下你的小腿，又随你一路行去。这种平静灌进耳膜，彻入心扉，沉浸其中，聆听得见怦怦心跳，窥得见细微触须深入肌肤骨髓。这种感觉，许多年没有如此真切的体验了，还是我二十年前离开律师事务所，去关西镇党委短期从事党务工作，第一次进入关西新围时才有过。执着寻求享受心内身外的平静，应该是人之共情。难怪历史上绝大多数的围主，无论是商贸营生，还是仕途发迹，无论走得多远，还要回到交通不畅、吞烟吐岚的穷山僻岭，斥资建围，宁愿与鸟兽为伍，与溪山相伴。宁心寄之所向，不就是希望安享平静的居家田园生活吗？为宁静，筑一座坚固围屋或者西方人所说的城堡，雄踞身心，围外山冈种植一片荫荫果园，牧之又自牧，完全符合人性。子孙绕膝，可以含饴，鸡鸭牛羊成群，可以驱驾，薄田三分，瘦山一亩，可以耕耘。一杯茶，一本书，可以打磨心情，哪怕胡诌一首小诗，眯一会眼，打个小盹，足以慰藉时光。这是一种不同于俗人的生活方式，是在自己内心环绕围墙信步徜徉。一枚心，就是一座围屋。

三

曾经，两声枪响短促刺耳，打破了龙光围的惯常宁静，打破了山乡恬淡的梦境，连远处曾在屋围外那棵老樟树上昏昏沉睡的栖鸦也被惊飞。平静一旦被打破，围屋空气变得脆弱和骤然紧张。围屋不再安宁。桃水水花大得热闹，呼应着前方翻天覆地的热闹，一隅动荡，映衬了中国广袤土地的宁静失衡。前方，先是志士们抗日正酣，随后又是三年内战鏖急。土地上有形的围屋变得渺小如丸，可有可无，心中无形的围屋支离破碎，伤孔累累。

宁静，随八十多年前的枪声远遁消逝，直到共和国成立，才伴随游击队的昔日战友，回归这方土地，回归围屋。因了围墙炮楼上隐约闪现的寒峻的刀光剑影，龙光围被后世称为红色围屋。至今红色故事还若春风，十里传扬，还时常激荡山乡岁月，时序风云，加速挚情青年们的心跳和脉搏。

我许多年前徒步寻访龙光围，走累了，瘫坐在围屋门洞里，伸腿舒背仰首，贴靠门洞遐思。游击队略施小计洞开围门，突破了石造坚实、设计巧妙的龙光围，铲除了内奸。是龙光围坚不可摧呢，还是当年那群革命青年的理想信念锋锐无比无坚不摧？长城蜿蜒绵亘一万里，高耸入云端，终究阻截不住先进文化理念的渗透和九州大融合的春风，迟滞不住民族大团结和文明大交流的脚步。围屋比较长城，如何？围坚城固有何作用和意义？要说最雄厚最坚实的围屋，是人心；最锐利最强悍的武器，又是人心，慧心之外为无物，智慧之光到达之处，围屋关隘无防，诚然斯言。

石头坚硬，围墙坚固，围门厚实，不能送给人们祥瑞安宁。围主再智慧，也不能未雨绸缪，运筹帷幄，永保世代平安。

同样被鲜血染红的围屋，我知道的，还有安远县镇岗乡镇岗村的尊三围和全南县南迳镇古家营村的五星聚围（水围）。

尊三围是一座方形围屋，由四排围楼构成一个封闭的正方形，窗户设计得极小，四角有碉楼，易守难攻，如同一座坚固的堡垒。尊三，有尊君、尊父、尊师之意，从围名读出了围屋主人浓厚的传统儒家文化理念，读出了围屋雅致的文化符号。尊三围是二十世纪三十年代乡苏维埃政府驻地。1933年5月，国民党军陈济棠部用两个团的兵力，重重包围尊三围，进行围剿。围内赤卫队员和居民200余人，依托坚固围屋，用少量土枪土炮，顽强抵抗达40天之久。后国民党军攻入围屋。围内除13个幼儿被转卖外，156名乡苏维埃干部、赤卫队员和革命群众，全部被杀害，史称"尊三围之役"。

五星聚围（水围）比龙南猫柜围还小，可能是面积最小的赣南客家围屋。方形围屋四层，全部用河卵石浆砌，不像龙光围用麻条石砌筑那么容易，建筑难度极大，十分罕见。五星，是指五行元素：木、火、土、金、水。引五星命名围屋，有揽尽风水宝地之意，寄托了围主安居康乐、业兴人旺、祥和平安的人生追求。五星聚围是赣南最先解放的地区全南古家营（兴仁乡）军事管制委员会旧址。共产党翁虔独立大队与国民党兴仁乡公所为此两度激战争夺，付出了血的巨大代价，红旗才插上五星聚的围墙。

九连山的罾岗围，算是被红色映照过的围屋。共和国建立后，全南土匪头子"瓦钵头"借机盘踞围内多日，让剿匪部队一直好找，后被侦悉。围屋坚固，"瓦钵头"负隅顽抗。部队勇攻不下，调来迫击炮轰了两炮也没有打开围墙，转用火攻，才迫使"瓦钵头"弃围奔逃。形如捕鱼器具罾岗，寓意鱼米丰收富足期待的围屋，成了土匪的梦断魂离之所。"瓦钵头"逃出罾岗围不久，在潜往广东连平的路上被民兵查获而覆灭。因为炮轰火焚，围屋被废置。前几年去看罾岗围，残围浑身披满罗织一样的藤萝，围内房屋墙倒屋败，长满芭茅杂草，没了人烟。

与龙光围、五星聚围、罾岗围和窑坑无名围相比较而言，龙南关西新围没有悬奇旧事。无论是围屋的人，围内建筑，门前关西水的潺潺流波，甚至连围屋上空的氤氲气息，都中规中矩，从历史风尘中一路平凡稳健走来，百年如斯。口口相传于民间的故事，说的是围主向流浪青年施以援手获得福报，发财发迹，门楣荣耀；是围主风流韵事，迎娶两个娇媚苏杭女子为妾，置于园圃小花洲上，好不风光；是围主创设大书房，举办乡村私塾，教化子孙，诗礼传家，三里之外琅琅书声犹闻；是围主疏财济世，旷达之士佳话传颂。关西新围历史上没有遭致兵燹之祸，完好无损，一直都是人丁兴旺的关西客家乡亲的日常家居。

前几年，关西新围搞起了旅游开发，围屋乡亲走出围屋，进城镇，上高楼，热闹，注入了围屋乡亲的新生活，热闹，成了围屋风格的新基调。得耶？失耶？

四

　　王阳明曾任明朝正德年间的南赣（南安府与赣州府的合称）巡抚。在皇家诏书里，在史志里，在王阳明浓墨重彩的官声里，记有其南赣巡抚任上一笔。其实他当巡抚的唯一任务就是来南赣平定农民起义，这也是朝廷重用王阳明的唯一目的。异于前几任南赣巡抚，王阳明下重手镇压起义军，暂时为朝廷除去了心头之患。王阳明及其将士的战刀，不知喋了多少南赣子弟的鲜血，残酷杀戮太甚，成为王阳明在南赣巡抚任上的败笔，他的人生因此蒙上了悲情色彩。后来有文章说，王阳明回忆起这段南赣的戎马岁月，竟向学生钱德洪言辞切切地慨叹："某自征赣以来，朝廷使我日以杀人为事，心岂割忍，但事势至此。譬之既病之人，且须治其外邪，方可扶回元气，病后施药，犹胜立视其死故耳。可惜平生精神，俱用在此等没紧要事上去了。"在他眼中，一腔鲜血如一杯清水，可随地泼洒，一颗头颅如秋后一个南瓜，可随意剪摘，视生命如草芥，其是也。在一片诺诺连连的颂圣（史学界文学界有人称王阳明为圣人）声中，王阳明通过悟道立心建立起来的心学的坚固围屋动摇了，王阳明心中那面招摇在围墙炮角上用来昭示仁善的心旌失色了。

　　后来王阳明奏请明朝皇帝设立和平县、崇义县，寄希望于在行政治安辖制上为明朝添建两座坚固围屋，防范南赣重新民乱，延续明朝日渐短微的气数，费尽心机，亡羊补牢，于事无益。只可惜王阳明永远忽视了营建民心这座围屋。

　　呼吸了一口新鲜空气，一个激灵，从深思中清醒过来。哦，快近中午了。一边走，一边看，一边想，忘了时辰，不知不觉回到了围门前。旷野覆盖着如娴情少女般的宁静，在游者身心内外脚步轻移，或远或近，或颦或笑，我不禁大胆地假想，乘四顾无人之机，掠一片小家碧玉的宁静随我私奔而去，溯桃水，转濂水，蹚过渐渐熙攘的街市，带回恣肆扩张的城区，我们大模大样地穿过周围奇奇怪怪的眼光，穿过创投营销博彩集资挣快钱的忙碌身影，穿过麻将声声吆五喝六觥筹交错众宾喧哗，与窃窃私语指指点点擦肩而过，目不斜视，径直通过门岗，上楼，开门，关门，躲进"围屋"成一统。

走出左坑很远，转头仰望宝莲山峰，阳光已驻足其上。光明甩脱了阴霾的桎梏，相信也快驱散三年来笼罩在人们心头的新冠疠疫，还这片土地、这个世界民心长久安宁。

远眺围屋，围屋变得很小了，小得如同我家的老屋，老屋是我家的"围屋"，我的"围屋"，那里收藏了阴天的忧郁，晴天的骄阳，雨水的滴答，收藏了崩河坎的雁阵，神秘白衣人的飘逸身影，围后的老榕，收藏了我儿时的哭笑，我的小人书，我驾驶的箍圈，我的青梅竹马，收藏了未及谋面的祖父的遗传气息，祖母的音容笑貌和鬼怪故事，父亲清浅的微笑，母亲婆娑的眼泪，红薯味道，收藏了老水牛的哞哞声，鸡鸭唧唧鸣，我家的光荣和梦想，收藏了我中年以后长年累月的宁静……有一天这一切都随烟尘和无情的冷风，飘零无遗了。案牍劳形，养家糊口，尘路奔波，压迫了思想的围屋，挤占了围屋的空间，很多记忆慢慢模糊散佚，我以为今生难再重逢。左坑的围屋，提醒着我，唤起了我，我家的围屋，我的围屋，逐渐清晰起来，丰满起来。眼前的围屋，一定也是收藏颇丰，它们绝不仅仅是这里听到看到想到的这些，模样可能也相异，它们隐藏在屏风后面，香案和祭龛后面，阁楼炮角里，飞檐翘梁上，砖石缝里，卵石地面之下，老汉平静表情下，围屋子孙生活日常背后，他们的血肉骨头皮肤里，甚至祠堂深处袅袅香烟里。

具象的围屋，不就是围起来的屋子吗？适于四代生息，五世同堂，六服皆宜，聚族而居。是用来包裹身心，庇避风雨，日食夜宿，潜心家学修身之所，不应该拥有超乎伦常的功能，不能让它承载更多的崇高使命，更不能潜藏龌龊行迹。如果平常人们想赋予其太多的奇特功能、角色和企图，肉心长出围外，或者肉心锈蚀如铁，结果可能事与愿违。

抽象而论，围屋是神圣纯洁的民心人情，不容许恶心杂念和人世尘垢，污染清新干净的那一方私密乡土，不容许先事功利用，后弃之如敝履，当小心呵护，置于眼窝，放在心上，挺立在它的围墙上，为之执着坚守。

一个人，应遵从生命本来的自然，在用道德廉耻敬畏人道修筑的身心"围屋"里，日出而作，日落而息，一日三餐，荤素搭配，以素为主。应像一座围屋一样，坚其墙厚其门，清静生活为上，守敛持正，安分守己。人生岁月里没有栽种过多的热闹，也不会滋长过多的烦恼和动荡，就会宁静似水，平稳如汤，平安一家，善哉一生。

作品二维码
主播：苏启民

廖彩东，江西龙南人，专职从事律师之余，行走乡村，叙写心情，叙写生活，偶有小成。系龙南市作家协会会员。

龙湖记

刘海亮

龙湖像烛火,有的时候,则更像红颜知己。

一

有些出乎意料,三月里来,最先报春的竟是龙湖畔的几树梅花,红似火,白胜雪,即便遥遥相望,那浓郁的馨香已然沁人心脾。落日余晖,诸峰环抱,湖水粼粼而鸣,矫健的鸥鸟冲霄飞去。

大约有六年,每每黄昏时刻,我都会自龙湖的西岸登山,一路逶迤,转上一大圈,再度回到出发点,纵目四眺,早已万家灯火。后来终于走坏了膝子,将养了好久,才恢复一点点状态,但最多也只能做到绕湖缓行,望山而兴叹。

二

龙湖的前世今生,如若探赜索隐,钩深致远,自另有一番浮沉。"龙湖"是我的简而言之,它真正的名字应当唤作老龙眼水库。"老龙眼"的来历本是指此地一处舜耕山的地下涌泉,因为泉眼周围有巨石酷似龙形，故名"龙眼"，久而久之，逐渐演化为"老龙眼"。而另一个构成部分的"水库"二字，则是因为早先附近开山挖煤，形成了巨大的矿坑塌陷，上世纪五十年代拦谷筑坝，遂有了大水的轮廓。后来毗邻的舜耕山大规模绿化，二者自然而然地共同形成了今日著名的舜耕山森林公园风景区。

三

自2012年抵淮，从现实意义上讲，所谓苦行生涯便拉开了大幕。

一征人，一陋室，白日里忙于搬砖尚可消遣，最难熬的是五点半下班之后，以及节假日里仿佛留白一样浩荡的惆怅与苍茫。这与当年名噪一时的北大教师王青松、张梅夫妇归隐山林还不同，他们至少可以相互支撑，后来又有了儿子王小宇，其间苦恼无非是物资匮乏而已。况且前后不过十年。而掐指一算，2012年至今，也已十一年了，教我如何不唏嘘。

十数载间，除了偶尔北归，大部分光阴消耗在江淮。所幸要辅导小孩子，每晚两三个小时视频，女儿与儿子高中之前，没怎么上过课外班，他们把做好的作业或者试卷拍过来，然后打开摄像头，我逐一检查讲解，有时苦口婆心，有时"慷慨激昂"，忍不住了便嘱托网线那端旁观的妻："屁股上给他（她）拍两下，可气死我了！"所以，对那些妖魔化网络时代之辈，我历来侧目视之，先不说写作的便利，单在解决辅导孩子学习的问题上，已称得上有功。

四

龙湖距寓所，向南一点几公里，舜耕山亦然。要想抵达龙湖，先要经过老龙眼菜市街，街以湖名，顺其自然。昔年的老龙眼菜市街破败粗糙,地上凹凸不平不说,间或污水横流。但那时候,摊贩们相对闲散一些,个中不乏老头老太,从近郊的农村里来,兜售些家里的土产。后来,菜市街改造,在南端建立了专门的室内市场,街道上只剩两侧的店面与来往的行人,市面清减了不少。

一般而言,基本的生活物资菜市街一应俱全,从日用百货,到水果蔬菜,到衣帽饮食,甚至还有理发馆,药店,通信公司,酒坊(可以自酿那种)。总之,就像所有中国城市里最温暖最近地气的那条老街,熙熙攘攘,喧喧嚣嚣,人间烟火,悲欢离合,或许本地人并不觉得如何,但对于一个孤独沉默孑然而行的外来客,却有着难以言喻的治愈作用。

到菜市街采购,因为寻常多素食,西红柿,黄瓜,豆芽,豆角,豆腐,再加上绿叶菜,满满的"修行即视感"。陶渊明讲得甚为鞭辟入里:"结庐在人境,而无车马喧。问君何能尔?心远地自偏。"

心里静不下来,纵是逃到喜马拉雅山,也算不上真正的隐士。

五

要到龙湖去,走过菜市街,一条大道直贯东西,这条大道便叫金家岭路。说是岭就是岭,因为地势海拔明显增高,想来遥远纪年,此地已经入山,至少也到了丘岭地带。

龙湖附近的山岭,多带个"家"字。金家岭之外,还有刘家大山,张家大山……从字面上揣测,像是"老辈子"高门大户各自的私产。江淮多煤,多到似乎随便找个地儿掘下去,就能掘到厚厚的黑金。山上,岭上,有田,有木,有水,有鱼,若是说无主,绝对教人难以采信。

现在的金家岭路,尤其是与老龙眼菜市街相接的岔口区,左近的酒店饭馆鳞次栉比,一家挨着一家,惯常如果不去田东或大通,便与朋友们在这儿小聚,大江南北的特色菜系,云集荟萃,一到夜晚,霓虹闪烁，流光溢彩，别有一番繁华气象。而连带着，与金家岭咫尺之遥的龙湖西岸，这些年也多出来些"山庄""小镇""人家""大院"，你方唱罢我登场，走马灯也似。

六

过了金家岭，正是龙眼湖。

举步而上，顺着曲折的甬道攀登，几分钟的路程，忽而豁然开朗，一座大湖冲撞而来。两面环山，两面围城，龙湖称得上是得天独厚。北侧是大堤，西侧、东侧，各由坡势，南侧则属舜耕山，环湖公路宽阔平坦，绕湖一遭，定会汗生涔涔，心旷神怡。

湖中有小岛，那儿是水鸟的栖息地，能叫得出名字来的就有凫、鸥、鹭，莺雀则不计。湖畔亭也有，桥也有，特别是与舜耕山融为一体的南岸，树木参天，行人络绎。吊嗓子的，唱歌的，跳舞的，拍视频的。全家出行的，同样不在少数。

不过呢，明明属于静谧之地，到了人影幢幢，反倒变成不讨喜。因而，哪怕想找个地方坐一会儿，要么到山上，要么去更南一些的山谷。

七

无法与梭罗的瓦尔登湖，史铁生的地坛，甚至是陈先发的黑池坝，相提并论。

也不可能因为一个外来行者的寄居，而上升到文化符号的高度。龙湖自有着独特而深厚的历史人文底蕴。

可不是有人说嘛，这世间所有的相遇都是久别重逢，冥冥之中，就是结缘而来，至于何时缘尽而去，尚且没有发生的事情，莫管。

眼前顶顶重要的，莫过于你和着它的波澜，赏梅，赏荷，盟于鸥鸟,贪于斜阳。

春它的春,秋它的秋,别无旁涉。

作品二维码
主播:谷路路

刘海亮,笔名故园风雨,70后,河北省沧州市孟村县人。部分作品散见于《检察日报》《诗刊》《诗潮》《诗选刊》《星星》《散文诗世界》《散文风》《西部散文选刊》《西部散文选刊》(原创版)等。参加河北省第四届青年诗会。河北省作家协会会员,中华诗词学会会员。

生命的硬度

——记红旗渠工地爆破手李虎山

流水方舟

那是一个燃烧的时代
即使你是一根湿漉漉的柴
也会憋出冲天的青烟

一、生死未卜

1963年4月12日："今天天气格外晴朗，风和日丽……"（《红旗渠日记》349页）

任村回山角朝西的半山腰上，红旗渠工地一派繁忙。山体高处插着红旗，隧洞南北，曲折绵延的工地犹如一条长龙。

这天午后，43岁的爆破手兼安全员李虎山像往常一样，要对中午爆破后的山体进行安全检查。下午4点钟，他来到了山腰一处"鼻子洞"（一渠双洞）的西洞内，举着一根两米多长的木杆，东敲敲西捅捅，认真地查看着洞壁和洞顶。

洞内光线昏暗，仍弥漫着浓烈的炸药爆炸后呛人的硝烟。叮叮当当的凿击声从隧洞深处传来。不远处，三四个人拉拽着一辆装满石渣的平板车，颠颠簸簸地快速驶来，而担着几束錾子从外面进来的年轻人桑根生则刚好走到他身边，趁喘息的机会好奇地看虎山检查。

这时,虎山突然发现洞正顶上一块竹帽大的石头不对劲,待他仔细查看时,吃了一惊,他立刻对已经走到跟前的出渣民工和身边的桑根生大喊一声:"注意!躲开——躲开——!"

尖利的声音在施工的隧洞内,显得异常突兀、吓人!

桑根生,现年76岁,黄华镇马地掌村小庙庄自然村人。

"我担着铁匠炉新捻的錾往洞里送,走到虎山跟前时,听他一声大喊,我吓得赶紧靠在了洞边。就听'呼啦'一声,一股凉气夹着尘土朝我扑来,再看时,一块圆头圆脑的大石头挟着很多碎石已经砸在虎山身上。"缓了缓气,老人又说,"要不是他喊那一声,我可能就没命了啊!"近60年过去了,老人的语气里仍然带着深深的感激。

被喝停的出渣民工也被眼前突然的事故惊呆了,醒过神来,大家七手八脚地刨、用木杠撬,从洞内抬出了血肉模糊的李虎山。

"虎山被抬到洞口,浑身是血,一动不动。我当时还年轻,吓得不敢多看!"桑根生老人说完这句话,面露惊悸,嘴唇不由得张开,露出了稀疏的牙齿。当年惨烈的情景仍然让老人心有余悸。

两个隧洞一个方向,相隔数米。

魏存喜和李虎山是同村近邻,当时20岁的他正在东洞内出渣。

"一听西洞出事了,李天仓带着我们跑了出去。虎山躺在洞口,砸得不像个人样儿了。赶来的战地巡视医生给他打了一针,他才像离开水的鱼儿一样,张着大嘴一口一口地呼吸了几下。当时,医生叹了口气,只说了一句:'赶紧送医院吧!'"存喜老人说完,下意识地用手揉自己的腿,又摸摸身边的双拐。存喜老人腿疼,穿着厚厚的棉裤,行走已经完全依靠双拐了。

把出渣的平车去掉轱辘,人们把虎山抬到了几百米下的河沟里,指挥部已经派人等在那儿了。虎山很快被拉到了回山角工地临时医院。

当虎山的弟弟——宋家庄连的连长李福山赶到隧洞时,他没见到二哥。他提着二哥那双沾满土和血、钉着掌的鞋,望着回山角方向,一时呆成了个石头人……

血红的残阳下，太行群峰齿列；阴影里，台壁如铁。

二、我要去修渠

1960年农历正月十四晚上，《引漳入林动员令》刚宣布结束，城关公社宋家庄大队魏家庄村四个小队便一下喧闹沸腾起来。

属于魏家庄一队的庄稼汉李虎山是个倔汉子，他是在小队食堂吃晚饭时听到修渠动员令的。他找到正在拟定修渠名单的小队队长和党组长，一看没有自己的名字，就一句话："我要去修渠！"

看着虎山，队长一脸不解："就你那家！能离开？"

虎山的脸斜过一边说："咋不能！谁说不能？！"

地处山根，属于坡地的魏家庄，土薄石厚，雨水存不住，旱季来时小旱就是大旱，大旱庄稼完蛋。村民祖辈都在为水发愁。

早就听消息说上面准备修渠引水，虎山一直暗暗憋着要去修渠的心。

队长和党组长无话可说，迟疑半天，同意了他的请求。他激动得扭头就往回走。

没想到和老婆秦二妞一说，老婆死活不让去。

"你瞧瞧！你瞧瞧！能不能去？！"秦二妞指指几个孩子，又指指75岁身体不好的公公和年近70岁的婆婆，用近乎吵架的语气反问。

13岁的大闺女变英拉着3岁的妹妹变花，可怜又无奈地仰头看着吵架的父母，7岁的弟弟根立则被吓哭了。

"这是小队派的咱去修渠，咱能不去？你说，谁家没点事？！"面对老婆，虎山隐瞒了他去找队长的事。

回头虎山又对着灯光暗处的大闺女说："放学了就回来，替娘看弟弟妹妹！"

秦二妞想去找队长，可谁都知道队里决定的事，差没二派。她抽泣着走到院里，摸黑坐在一块石头上。虎山过去抚着老婆的肩头，轻声说："全县都要去修渠，今天咱不去，明天也得去！况且咱也不能给老四拖后腿啊！"

　　虎山四弟李福山在宋家庄大队当副支书，明天一早就要领着几百号民工去修渠。

　　拗不过倔丈夫，秦二妞不说话，只是抹眼泪。黑暗里，虎山紧紧攥着老婆的一只手，手心都浸出了汗。

　　第二天天不亮，虎山寻出炕洞里那双钉了掌的布鞋塞到铺盖卷中，又把舍不得用的那张铁锨拿出来，从其他农具上退下一根结实光滑的木把儿，锨尖朝上，在院里的引路石上"咚——咚——"地用力蹾紧。那声音夹着钢铁的颤音，在冷扑扑的黎明里格外响亮，像壮士出征的礼炮，在院落间回响。

　　在小队的食堂吃过早饭，把路上当干粮的两个糠窝包好，虎山回家用锨把儿挑起铺盖卷，扛在肩头，扭头看一眼一直瞅着自己的老婆，心头一酸，头也不回地消失在街道的呼喝声里。

　　村子里的魏文吉、李来生、魏凤先、李贵生以及其他几个人，把行李驮在五六个牲口上，人则挑着箩筐，推着锅碗瓢盆，背着钢钎、大锤，一面走出石头墙的胡同巷子，一面互相呼叫着名字，逐渐形成一支小队伍，向宋家庄大队集中去。然后，二三百人的队伍在虎山四弟李福山连长的带领下向城关公社集中去。再后来，更大的一队人马便行进在去往山西漳河河谷的路上。

　　虎山满怀对水的渴盼，对生存的希冀，映着曙色的身影在村头的土路上一点点变小，最后融进了蜿蜒向北、气势决绝的洪流当中。

　　"战天斗地，愚公移山；重新安排林县河山！……"沿途写满了豪壮的标语。

　　千年缺水的林县人，一经登高一呼，就再也不能等下去了。

　　而等待他们的将是与太行红崖浴血的较量。

三、开山猛虎

虎山他们是天黑洞洞的时候赶到豫晋接壤的南平村，随后才到山西西丰的。

四周漆黑，荒山野岭，还下着小雪。宋家庄连二三百人又饥又累，晚饭也没吃。扫开山上的雪，找个背风的山崖，相互挤靠着，熬过了寒冷的第一夜！

同村和虎山一起前去、今年77岁的老人李贵生说："第二天起来，用雪搓搓脸，扫开山上的雪，二话不说，我们就干开了！"

贵生他们年轻，分在了打钎队；虎山年龄大，做事沉稳细心，被分在了爆破组，当了爆破手。

爆破是最危险也是最讲技术的活儿。每天捻炮捻儿、装药、点炮，侍弄的都是危险的雷管、炸药。一天两次点炮，每次都要点几十个。中午、傍晚一下工就是爆破手最忙的时候。

特别是中午，12点收工后吹戒严号，禁止人员在山下走动。有人在两头摆小红旗，爆破手就在山上盯着。头次摆，是准备信号，再摆，接着吹点炮号，爆破手就要点炮了。

点了炮，爆破手就要按照预先选好的路线赶紧躲到避险洞里，腿脚必须麻利。

所谓的避险洞，就是爆破手躲炮的地方，在附近的山崖上挖个小洞，再用石板挡住口。

爆炸中，躲在避险洞里的爆破手都要仔细分辨，在心里默数自己的炮响了几个，等最后一炮响过半小时后，他们才能走出避险洞。直到确认完全起爆了，工地才会吹响解除号。

一个山崖好几百米长，连环炮一响，惊天动地，烟尘弥漫，巨石挟着碎石滚下河谷。

"好家伙！那场面厉害啊！一半山就下来了！"贵生老人双手有点颤抖地举在空中，突然用力往下一按，好像这崩塌的半架山是他摁下去的！

哑炮处理是最危险的活儿，必须交给熟练的爆破手。宋家庄连队都派虎山去处理哑炮，每次他都安全、圆满地完成排险任务。

捻炮捻儿，就是把导火线起头的一段慢慢解开，去掉里面的火药，再捻在一起，目的是延缓导火线的燃烧速度，节省导火线。去掉的越长，燃烧的时间就越长。几十个炮，凭着经验，爆破手会用炮捻儿的长短来控制爆炸的时间和先后顺序，为自己点完所有炮并躲到避险洞留下一定的时间。而装药的多少，爆破手会根据岩石、山体、爆破量等情况凭经验而定。

一开始的时候，虎山经验少，就差点出了大事。

那次，是虎山和魏文吉一起点的炮。

由于经验不足，对要爆的岩体没有估计透。炸药装多了，封口就浅了。炮一响就"撒了渣"，碎石飞起很远，一个小石子砸到一个民工头上，出了血。

这可不行，要是石头再大一点，还不要了人命？工地对爆破手的管理和要求十分严格，装药既不能多也不能少，既要炸开岩体还不能大量"撒渣"。

组长魏永吉虽说和虎山是一个村的，却六亲不认，那顿饭没让他俩吃，直接在吃饭现场"讲理"，也就是批斗处罚。

虎山没有争辩，一声不吭，忍着饥饿的肚子，咬着嘴唇，瞪着红崖，暗暗下了狠心。

从此，每一炮装多少炸药，炸成什么程度，从哪儿打炮眼，导火线一分钟能燃烧多长，炮捻儿捻成什么样不熄火还能按时爆炸，虎山都进行了认真琢磨、测算。每次爆破后，虎山都要亲自查看爆破效果，前后对比，以纠正下次的做法。小炮要装几百斤炸药，大炮或者老炮就要装上千斤甚至好几千斤。

封炮口也是一项细致活儿，装药、捣固严禁用铁器。虎山更不敢马虎。封口时黏土的干湿程度，封层的高度、厚度，捣固的轻重，特别是雷管周围捣固，要特别小心。

平炮、立炮、药壶爆破、小炮修边、边凿眼边扩孔的"烧炮"，还有抽芯炮、排炮、坐炮、老炮等等，每一种炮从装药到封口，再到起爆的先后，都会对爆破效果产生很大的影响。虎山通过学习、讨教，对每一种炮都了如指掌，运用自如。

虎山经手的爆破每次都利落安全，且达到爆破的预期效果，为工地节约了不少导火线和炸药，受到领导和民工们的交口称赞。

逐渐，虎山成为宋家庄连队爆破组的一只开山猛虎！

"你硬，我比你还硬！你硬，能硬过我的雷管、炸药？"

红崖轰然爆开，渠道在峭壁间显现。最硬的太行红崖低头屈服在了虎山脚下。

"虎山是个有心还细心的人啊，从此以后，再也没有听说他点炮出过啥事，一直受到连队表扬！"贵生老人说到这儿，浑浊的眼里现出佩服的光，"我是60年那年秋天从渠上回来的，虎山不愿回来，一直在渠上点炮，崩山！"

为了不影响生产队种地，指挥部采取几个月一轮换的方法，交替派出民工到总干渠修渠。有的民工为了早日引来漳河水，轮换时不愿回去，犟着不走，就又留了下来。

虎山就是这样留下来的。

他知道，拿着简陋工具的人们对付坚硬的红石崖离不开爆破。

红旗渠总干渠是最艰难且凶险的工程，渠道修在陡峭的悬崖绝壁上。虎山和宋家庄连的修渠人一样，为了早日喝上漳河水，忍饥挨饿，住窝棚、睡山崖、遇沟架桥、逢山凿洞、放炮崩山，不讲条件，没有怨言。

到1962年10月，红旗渠总干渠一、二、四段工程相继完工。宋家庄连队在最艰险的谷堆寺、鸬鹚崖、木家庄、坟头岭等地段攻坚，彼时已锻炼成整个红旗渠工地响当当的"钢铁连"，后来宋家庄连还被评为"特等模范连"。身材高大的李虎山始终是"钢铁连"里专门碰硬的一只"铁拳"。

1962年10月20日，红旗渠总干渠第三段工程（木家庄至南谷洞段）开工。总指挥部移师任村西北的回山角。

爆破手虎山又随着修渠的宋家庄连来到了任村回山角对面的石界村住下。

石界村人口不多，坐落在山脚下。红旗渠总干渠从村西的山腰经过，在南边跨过露水河，又弯转到东面回山角的山腰上。

虎山仍是爆破手，最大的一个责任是巡视工地的安全。每天上工要比大家早，下工却要比大家迟。

爆破后，到处都是松动的岩体，浮石经常坠落。修渠期间的人员伤亡大都是塌方、落石造成的。轮换过来的很多农民工没有安全意识，在这样陡峭的山腰上修渠，危险时刻威胁着每一个民工。

除了巡视安全，连队还在晚上组织民工学习，提高安全意识。李虎山时常还拿铁挠钩、木杠或拿一根长钢钎，在松动的岩体上除险。

而除险也是异常危险的工作，既得胆大还得心细。即使这样，虎山还是经常被无法躲避的碎石砸中。

"我们攻（拱）洞的回山角，土搅着分化的石头，危险时刻都有啊！就是这个原因，上面才把这儿的隧洞设计成跨度小的鼻子洞，就和山西王家庄的隧洞一样。谁知道，还是出了事！"魏存喜老人说完神色黯然。随后老人又扳着手指回忆着当年石界的工友："小楼庄的高有金、俺村的魏伏全……"

四、生死之间

虎山被石头砸住，生死未卜。

这件大事，却一直瞒着他老婆秦二妞，怕家属一下承受不了。

工地临时医院说是医院，其实就是回山角的几间水磨房，设施、条件极其简陋。

李虎山右腿多处骨折，且失血严重，一连几天昏迷不醒，再加上内脏受伤，大小便失禁，医生摇摇头对上面说：估计不行了！趁着还有口气，让他回家吧！

指挥部通知大队：来几个人，把李虎山抬回去！

魏家庄四个小队，每队派了一个人去抬。

李贵生老人说："我和魏老才、魏文喜几个人走了多半天才到了回山角。到那儿后，谁知道虎山'醒'来了，哭着要留在渠上！第二天，我们空手回来了。上面还让我们保密，不准给家属说！"

其实，那时候虎山还处于半昏迷的癔症状态，说话前后不搭。

为啥虎山"醒"后哭着不回家，也许是模糊的意识中想在那儿继续治疗，也许是不想离开修渠工地，想伤好后继续修渠。其中究竟我们不得而知。

随后，指挥部直接把虎山送到了安阳十三医院。

秦二妞得知丈夫出事，已是虎山在安阳住院十多天后的事了。谁都清楚，安阳十三医院是解放军医院，收治的都是重症伤员。

这不啻于一个晴天霹雳。老老小小一大堆谁来养活啊！秦二妞一个女人家陷入了极大的恐惧和不安之中。

坐着上面给安排的汽马车①，随着石子土路的颠簸，挎着一个大包袱的秦二妞成了个摇摇晃晃、没有思维的木头人。

当第一眼看到浑身纱布绷带的丈夫时，她再也抑制不住了。嘴唇哆嗦着，鼻涕眼泪直往下流。丈夫打着石膏的右腿直直地挺在床上，药液正通过输液管一滴滴地流入身体，一条导尿管伸出被子，接在一个搪瓷便盆内……

虎山扭过缠着绷带的头看着老婆，忍着剧痛，蜡黄疲惫的脸上明显带着安慰的微笑。

命是保住了！

---

① 汽马车：地方方言，意思是大马车，马拉车。

但没人知道，这段时间虎山是凭着怎样的毅力从死神的怀里挣脱出来的。

当巨石突然落下时，虎山来不及躲避，上身本能地一闪，巨石将他压倒，直接砸在了右大腿根部，还伤及了部分内脏，导致大量出血。

虎山右腿多处骨折，在医院接受了接骨手术，打着石膏和绷带，每天只能直板板地躺在床上。这让正值壮年的虎山很不适应，心里异常烦躁。而让虎山最害怕的是自己不能控制大小便了。

二妞擦屎端尿，认真伺候着虎山。每每看到虎山咬牙咧嘴忍着巨痛大汗淋漓时，秦二妞总是背过脸，偷偷抹泪不敢看。医院当时还允许家属做饭。秦二妞每天尽量做些有营养的粥饭，一勺一勺地喂。而虎山内心忐忑，他不知道自己啥时候才会好，还能不能再去修渠、种地。

四五十天后，虎山从安阳转院到林县人民医院继续治疗。

毛驴拉着，不能动的虎山躺在一辆汽马车上。

由于剧痛，虎山产生了语言障碍，话也说不清。

虎山侄子、李福山连长的儿子、今年68岁的本立说："据我三大爷（李贵山）说，由于是土路，坑洼不平，我二大爷不说疼痛难忍，却抱怨起马车晃荡，嘴里一会儿说一句：'吭当当！'别人问他说的啥，他就又重复一句：'吭当当！'当饭后别人问他吃好了没有，他说：'极（吃）美了！'"

从此，村里街坊间，虎山就有了个外号"极美了"！

在林县人民医院的病床上，虎山就想渠上的事，想水啥时候流到自己的家、流到自己小队的地里。他想自己每一次的捻炮捻儿、装药、点炮……作为爆破手的他曾多么激动和自豪。他时不时扭过头和槐树池村修渠受伤住院的人说话，用这些来打发时光。

如今73岁的虎山大闺女李变英虽然对渠上的事不太了解，但对当时家里的情况还记忆犹新："父亲出事后，为了替娘分担，我不得不谎称有病，退学了，从此再也没有上过学。俺娘去安阳伺候俺爹，我当老大就在家拾柴，给老人和弟妹们做饭。"

在林县医院时，变英坐着叔叔福山的自行车经常替娘去伺候，让娘回来给全家缝补拾掇。

1964年的春节，饱受伤痛折磨的虎山和老婆是在医院里度过的。

直到临近夏天，在病床上躺了一年多的虎山才出了院。

五、生命的硬度

爆破手李虎山再也不能去修渠了。

他被人扶着从汽马车上下来，勉强挂着双拐"走"进家里时，右腿从膝盖一直到臀部，手术刀口缝得密密麻麻，把皮肉揪得变了形。

右腿成了一条不能弯曲走路的"直棍儿"。

一开始，还没有调养过来的虎山骨瘦如柴。每天都是躺在炕上，吃饭、上厕所都得人帮助。

可虎山还是改不了他那"硬"脾气："恁硬的红崖咱都不怕，我就不信！这会难倒咱？！"

吃饭，他固执地不让别人喂，把僵直的右腿放在床边，斜靠在被子上吃；

走路，他尝试着双拐变成拄单拐，这样就能腾出左手来干活儿；

上厕所，他不叫别人帮助，右腿僵直蹲不下，就扶着墙半蹲半站着如厕，夹着拐单腿立着系裤带……

不知吃了多少难言的苦头，几个月后，他习惯了自己的生活。

虎山大闺女变英说："一开始，俺爹不管去哪儿，俺娘都要暗中指使我们姊妹，偷偷在后面跟着，生怕他一时想不开，做出啥傻事来。到后来，他一拐一拐地出去和邻居们一起吃饭、说笑，我们才放心了。就是俺爹右腿不能弯曲，坐到哪儿都占地方。"

为了对付小便失禁，虎山把猪尿脬绑在僵直的右腿根，再在尿脬下面插一根指头粗的输液管，捆在右腿上，一直沿裤腿顺到脚跟处。虎山只要在哪儿站一会儿，右脚跟儿地上就会湿一片。后来，避孕套替代了猪尿脖，可时间一长，贴着肉的地方都给捂烂了，钻心地疼。虎山咬着牙，不吭一声。

裤裆不干，身上有尿骚味，街上的人和他说话时总要保持一段距离。

虎山今年63岁的二闺女变花："夏天还好，冬天就难了。裤子裆部冻成了铁疙瘩，走路都难。俺娘要准备六七条棉裤，让他替换着穿。阴天，用烟篓熥，屋里时常一股尿骚味，很难闻。床上的棉被和铺的，被尿扎得烂成了一个个大窟窿！身上穿着的裤子泛着碱花，被尿渍得僵硬，洗的时候得反复揉搓才能变回原先的柔软。"

就是这样，虎山从不把伤残当成借口，也从没向队里提过任何要求。但大家都看在眼里。

那时候，国家还很困难，为了减轻虎山一家老小的生活压力，经宋家庄大队研究后，决定让魏家庄一队每年给虎山记360个工分作为补助，让虎山一家吃到当时社员的口粮平均数。

对于这样的照顾，虎山很感激，也觉得自己不能白挣工，"总得做些力所能及的活儿"。

在他的一再要求下，大队安排他拄着拐到村西通往山坡的路口执勤，当护林员；到村边的"鸡嘴地"撵鸡，护夏、护秋；庄稼下来，夜里麦场巡夜，都是虎山的事。村里村外，黎明的曙色和傍晚的黄昏里都有虎山一瘸一拐艰难走路的身影。

红旗渠工程到最后"长藤结瓜"阶段时，魏家庄村西南要修回龙湾水库（后改为批修水库），1974年左右水库基底施工，虎山拄着拐到工地去喊夯。

虎山似乎又找到了当初修渠的感觉，好像又找到了红崖轰然爆开，翻滚着坠入山谷时那个激动、豪气的自己。面对着一圈圈抬夯的人，虎山用自己随口编的夯歌斩齐所有人的行动，指挥着抬夯：

抬夯好比那打豺狼的哟！
抬不好饿狼要咬人的哟！

谁要是抬夯不操那心的哟！
咬住你你就要受那疼的哟！

每喊完一句，抬夯者都要在一声"嘿——哟——"的应和声里，抬起沉重的石夯。

石碾是更大、更重的石夯，抬的人更多，虎山喊起来更用力。他胳膊夹着拐，双手还做着用力的手势：

石碾砸地震天地响诶！
水库打底要打实在的诶！
修水库是为了咱子孙的诶！
打不好水库底要留祸根的诶！

沉重的石碾在夯歌节奏的指挥下，被人们用力抬高，再轰然砸下！

嘿——哟！嘿——哟！几十个抬夯者深沉、粗犷、原始的应和声伴着石碾撞击大地的沉闷声响，在红旗渠畔回荡。虎山用吼声释放着自己体内憋了多年横冲直撞的力量。

这是一种硬度对另一种硬度的撞击、对抗，

这是不屈如铁的生命对生活发出的铮铮强音！

几年后水库建成，虎山夫妇就吃住在水库北边荒凉野外的两间小房内，成为水库日夜的守护者。每天挂着拐巡视水库周围，赶走那些冒险的游泳者和好奇靠近的孩子，拔除库边的荒草。干旱时节各队浇地，他负责开闸放水。库里水不多了，西边的红旗渠水闸一开，哗哗的渠水就流进了巨大的圆形水库，激起的波纹一圈圈荡满整个水面。

闲了，虎山夫妻就爱呆呆地盯水库里这些漾动的波纹，就爱看水库、红旗渠里映着的粼粼阳光，好像他俩永远也看不够这荡漾的水，好像这水的波纹和阳光里有无尽的秘密……

1977年春末，老婆秦二妞患胃癌辞世后，虎山仍然独自坚守着水库。

1979年秋后，虎山开始感觉浑身无力，卧床半年后于1980年正月廿四日辞世。享年61岁。死后，虎山葬于距红旗渠一干渠不远的山坡。

这个当年修建红旗渠的硬汉子，没留下任何照片和遗物。以至于我们现在只能依靠想象来重塑这位修渠英雄的仪容。

如今，开山的隆隆炮声已经远去，硝烟已经散尽。一条孕育了共和国创业精神的大渠蜿蜒在太行陡峭的山腰。

无数方正的红色山石砌成这条蜿蜒的大渠；而无数红崖般坚硬的生命铸成红色精神的基石。

静静的红旗渠水从铁汉子李虎山身边缓缓流过，滋养着林州的广阔田野，润泽着林州的每一株庄稼和草木。

站在魏家庄村西整洁漂亮的渠东路，向东，眺望低处的林州大地——

此时，金色阳光照耀的美丽乡村和城市正是当年修渠人浴血奋斗的憧憬！

此时，大地草木葳蕤、庄稼丰收的景色正是当年修渠人浴血奋斗的梦想！

而回首太行，丹崖如血，大山如碑，巍峨入云。

作品二维码
主播：宝喻

流水方舟，本名刘俊生，河南林州人，中国诗歌学会会员、河南省作家协会会员、河南省报告文学学会会员、河南省诗歌创作研究会会员。著有诗集《趺坐的人》《与风絮语》。作品发表于《河南诗人》《天津诗人》《中国诗界》等，并被收入多种诗歌和散文选本。

清明　清明

鲁北明月

序

　　人生，有时需要某种停顿。

　　只需短短数日，离开曾经熟悉的一切。譬如城市。这个由不同形态的水泥钢筋玻璃砌块组成、富含93号汽油味、植物被修剪成各种形状、永远匆忙的车流人流以及灯红酒绿组成的综合体；

　　譬如互联网、微博、朋友圈、短视频，以及永远第一时间跃上浏览器的各式广告；

　　譬如工作、地位、财富以及由交织的欲望引发的办公室政治；

　　如果有可能，把那个永远能找到你的手机也丢弃！

　　如果舍得，总会有收获。

　　我们平时都在面壁，我们的四面都是有形或者无形的墙壁。

　　我们与笼中动物、塘中游鱼并无本质的差别，它们被有形禁锢，而我们，被我们自身的思想或者欲望禁锢。

　　有趣的是我们已经习惯，当我们偶尔想到什么的时候，尚未驻足，永恒的惯性早已把我们推入既定的轨道，永往直前。

　　姐姐突然来电，说她清明欲返乡为父亲扫墓，问我是否一同回家。

　　那时我正在参加一个培训，正在宾馆十五楼的窗口俯瞰这个繁华的都市。高楼参差，灯影迷离，流光溢彩，充满着令人神往的喧嚣与奢华。

清明和父亲却一下子走进脑海，再看窗外的风景，已经全然不同。我当即决定与姐姐同行，回家。

一、归家

回乡的大巴在次日的晚上出发。

仰躺在长不足2米、宽约60厘米的狭窄铺位上，我的脸距离车顶不过60厘米，左右两边是通道，大约也有60厘米宽。

这是个由灰白的实体与灰暗的虚无构成的立体空间，没有明确的光源，有时窗外会有各色的光影迅速滑过，但很快再次陷入一片昏暗，只有发动机声、鼾声和小儿哭声、汽油味、脚丫子味以及某种食品味共同组成的一片混沌。

离开鲁北平原上的那个小村，我在这个繁华的都市里已经生活二十年，工作、读书、买房、娶妻、生子，尽管操一口流利的沪语，但我知道，我没有改变。我一直恪守一些传统甚至古旧的东西。譬如天道酬勤、功不唐捐，甚至相信三尺之上有神明。

我从未否定甚至质疑这个原则。这与宗教或者信仰无关，只是一个简单的主观概念：我相信。

我推测我的原则更多来自父亲，来自鲁北那片古老的黄土深处。

偶然碰到父亲已零散于城市各个角落的在沪老友，往往问起父亲近况。我便说父亲谢世已经六年了，伊沉默良久，然后说声好人啊。再次碰到时还会问，我便说父亲谢世已经八年了，伊沉默良久，然后说声好人啊。三次碰到时还会问起，我便说父亲谢世已经十年了，此次伊只有沉默。

父亲是出名的好人，他的敬业负责与清贫共生，他的诚实敦厚与"无能"相伴，世间残存的道德与良知会使许多人记起他，但他只是一个用来缅怀却不值得仿效的回忆而已。

现在仍然有人在我的面前称道我的父亲，我不置可否，敷衍而过。

我并不清楚在当下现实，这个话题到底还包括哪些丰富内涵？

父亲病重时我没有回老家探望，我忙碌在工作或者事业中，以至于父亲辞世时我并未守在他身边。记得十年前那个清冷的三月，接到三哥的电话，我们星夜兼程赶回老家时，父亲已从医院被接回家中，安静地躺在正屋的床上，穿着整洁的蓝色中山装。按照传统，他的脸上覆一张黄表纸，面容安详。梦想也好，烦恼也好，一切都不复存在，平静如水。

长途大巴疾驰在暗色的夜里，一如十年前我们奔丧时的情景。所不同的是我们没有了焦虑、担心和悲戚。下铺有吃奶的婴儿一直在啼哭，他不知疲倦的哭声成为这趟清明前夜班车的背景音乐。

父亲的葬礼完全按照鲁北的传统，那些烦琐的仪式更是一种排场，这与一生俭朴低调的父亲并不相称，但我们只是这个仪式的配角。我联系公司工会，以官方的名义送出花圈和挽联，并与三哥商量买了两棵小小的柏树苗种在父亲的坟头。父亲喜欢园艺，相信他会喜欢。

在整理父亲遗物时发现父亲撰写的祭母文，原来父亲在家养病期间，给祖母立起墓碑。我不知厚重高大的青石碑对于逝者意味着什么，但对父亲而言或许是未尽的孝心与纪念，或许他撰写时已经设想在下个清明时节举行一个庄严的祭奠仪式。祭文用清秀的小楷写在黄表纸上，古文体，却并未完成。只读数行，我泪已盈眶。于是在深夜人静时提笔续写：文未成，然斯人已逝……

二、上坟

相较当初，父亲安息的墓园已经改变许多。新增了些坟墓，也有新竖起的墓碑，扎有或新或旧的如剪彩用的红绸带。我第一次得知这个习俗，却不知崭新的墓碑、崭新的黄土是否意味着另一个世界新生的开始？

我很奇怪父亲时常会出现在姐姐等人的梦中，她们活灵活现地描绘一个个梦中的场景，揣摩父亲明示或者暗示的某种需求。所以从上海出发前，一直到回家后，我们一直在抽时间把金色、银色的锡箔纸折成金银的元宝。他们说：我们难得回来，给爸爸多存些钱吧。

而我，记忆中似乎从未梦到过父亲。我专心在她们的话语中把一张张锡箔折成一个个小小的精致的银元宝，再轻轻吹一口气，让它如真实般规整。

父亲坟前的两棵柏树长高许多，在清明前午后的阳光里宝塔般静蠹着。我们一行人在三哥的带领下静静地执行扫墓的既定程序，先是在墓前焚香，告诉父亲我们来了。然后在坟前画圆圈，供上果品等，烧纸，也把那些金银元宝投进去，待烧完洒水、磕头。嫂子念念有词，让父亲把送来的钱钞取回。

先是父亲，然后是大伯，最后是奶奶。我们在枯黄的坟头与杂树间穿行，完成了所有的仪式。对奶奶我依稀有些记忆，至于大伯，我搜遍脑海，全无印象。

这些都不妨碍仪式的庄严和内心的虔诚。

墓园是呈南北走向的长方形，祖母与大伯在墓园最西面的一排南端。父亲则是在最东面的一排，亦近南端。

他们团聚了吗？

三、父亲

十年后，家中父亲的痕迹已不甚明显。

唯一有些醒目的是父亲的一幅书法，显然是父亲在闲暇时的涂鸦之作，并无落款。纸张用的是鲁北年节奉神敬祖常用的一种赭黄色粗纸，虽不规整倒也有些宣纸的模样。内容是杜甫《春夜喜雨》中的四句：好雨知时节，当春乃发生，随风潜入夜，润物细无声。或许是二哥也或许是三哥找了一个镜框,把它镶在里面。

但也有些随意地丢在橱顶。

父亲在家中的痕迹本就不明显。

父亲十四五岁便远赴青岛做学徒,再赴上海,直到古稀之年回家。他是一艘古老的帆船,几乎尚未造好便出海远航,直到再也不能航行才回到出发的港湾,在病痛中消磨掉最后的时光。现在,这个港湾连古旧的船板也不剩多少了。

在这个家庭中,父亲是强大的精神和经济的支柱,但他几乎是隐形的。父亲赚钱,母亲持家,两地分居几乎是一辈子,养活了我们五人。在我的印象里,父亲就是一位友善的访客,过一两年造访我们一次,带来许多好吃的东西和新衣服,他来的时候家里很热闹,这让我们牵挂不已。但母亲曾经说过一个真实的笑话:不知是哪个哥哥或许是我,在极小年纪已经颇具男子汉的气概,将千里还家的父亲坚决地挡在门外——哪里来的陌生人,怎么往我家里闯?!

然而,我觉得父亲更像春蚕或者蜡烛:春蚕到死丝方尽,蜡炬成灰泪始干。父亲在退休后仍然继续工作了十年,其间我正好买房准备结婚,我记得有一个月工资是1150元,而还贷是1124元。于是我便到父亲那里吃中饭,大多情况下是一荤一素一汤,极合胃口。记得有次父亲问我:知道这个月我们俩开销有多少吗?我没概念,只有瞎猜,父亲有些得意地告诉我:55元。

父亲做了大半辈子的会计,我相信他。我也很自豪。我们现在住的瓦房、哥哥们结婚的新瓦房都是父亲从微薄的工资或者牙缝里节省出来的。

七十岁时,父亲患上肝病,在上海的治疗颇见效果后,父亲决定回家。我陪他一起整理他居住几十年的斗室。小件的旧家具多是父亲的同事换新后送的,五斗橱里的衣服有新有旧,却多是公司历年发放的工作服。有一些小小的收藏譬如漂亮的烟缸、精致的瓷瓶、玻璃器皿等,还有一大捆特殊年代的《解放日报》和《上海画报》。父亲说他最得意的收藏是数百枚的毛主席像章，可惜留在原来的居所，想必已经无从找寻。

父亲回家后那段并不长的时间里，他慢慢整理了西厢房作为夏天消暑的所在或是书房，精心地布置从上海带回的家具、小物件和一幅友人赠送的油画。当我踏进书房的时候，恍惚间仿佛走进父亲原在上海的那间宿舍。

一直感觉父亲那时肯定有一个极美的关于晚年生活的创意。记得奔丧回家时发现，小小的庭院已被父亲整饬成一个小花园，月季花高过围墙，已然成树，有超过半年的时间枝繁花盛。有小银杏、小李树各一棵，还有其他的草本植物成团成簇。

可惜回家不到四年，父亲的病情加重，当地的名医回天乏术。西厢房很快变成堆放杂物的仓库。院里的银杏树没有了，李树也没有了，只有月季的根还在，在这春天里重又萌出一簇簇水红的嫩芽来。

问起母亲，母亲说，果树无人侍弄，生了虫，于是便伐掉了。银杏有邻人喜欢，便也送掉了。于是院子花园的部分慢慢变成母亲的菜园，一半已经种了大蒜，绿油油的，有近一尺高了。另一半尚闲着，母亲说天再暖和些便可种茄子、辣椒或者黄瓜了。

于是，这个院子又恢复成父亲不在时候的样子了。唯一不同的是滴水檐下铺就的青砖缝里、院子水泥砖的甬路边上长出来许多苦菜和荠菜，苦菜细细密密地匍匐地上，柔柔弱弱的荠菜竟也擎起一枝浅浅小小的白花，为小院平添一些生机，或者荒凉？

四、外公

我决定延长我的假期。

因为我的小姨春节后远走边陲，我们决定第一次替代阿姨为外公扫墓。

那是母亲的老家，一个距离更近渤海的小村，大约有半小时的车程。然而我并无深刻印象，他们一路谈起家族的往事和变故，我大多没有印象。四月的鲁北，车窗外的春天里绿色已经萌动，路边沟渠沿上柳枝叶绿如帘，随风而动。麦苗也早已返青，正绿油油、活泼泼地准备拔节。休耕或者稍后种植经济作物的土地有些绿色点缀其间，即便还竖着些经年的秸秆，长长短短。

在我的印象里，外公高个，矍瘦，且文质彬彬，家里存有外公着深色长袍的黑白照片，颇有儒雅风气。

外公如历史上的大多数地主一样，外出闯荡积攒下的钱用在老家购地。所不同的是外公事业似乎更为成功，最盛时据说在北京（那时叫作北平）的长安街拥有绸缎庄、制冰厂等众多家产，可定义为民族资本家，当然在老家也已成为真正的地主，大约先后买下数百亩土地，拥有长短工数名，屋舍均为青砖瓦房，在茅屋散乱的旧时农村蔚为壮观。

但回到老家的外公没过多久，一顶漏网地主的帽子套在他的头上。

大约为富没有不仁，而老家毕竟都是同族甚至本家乡党。或许外公的乡党有过最初的犹豫，但最终隔壁的邻居发现了隐匿在家的外公，国仇家恨涌上心头。交代两家历史上一个非常适合镜头表达的场景：外公家由于男丁多在外，财富引人觊觎，于是在某次返乡时便买回步枪，请长工适时做好安保工作。果真某夜就有海盗登陆，高举火把大刀呐喊而至，长工们见势不妙，开枪示警。海盗不过是些乌合之众，听见真正的汉阳造步枪的黄铜子弹滑过夜空的脆响，大惊失色，慌忙撤退。只是心犹不甘，便点燃外公家就近的草垛。邻居有位大哥见状，冲出门外大呼救火，海盗们正气急败坏，随手一枪将他打死。

若干年后，时机终于成熟，大哥的兄弟勇敢地站出来，声泪俱下，振臂高呼，控诉藏匿在家的外公害死他的大哥，罪大恶极，不杀不足以平民愤云云。

外公兄弟五人，地主也好，民族资本家也罢，他们现在是村东头公墓里高高低低的五个坟头。想来那个兄弟也应作古，他们在奈何桥的那边相见会是怎样一种情形？

度尽劫波兄弟在，相逢一笑泯恩仇吗？

五、苦菜

完成外公兄弟五人的扫墓仪式之后，母亲和大姨回车上稍事休息，三哥带领我们去挖野菜，新翻的土地如发酵般松软，沟渠上是星星点点的野菜，多数是苦菜。记得很久以前父亲也喜欢吃野菜，一种是苦菜子，一种曲曲芽，都是鲁北的寻常野菜，去根洗净后蘸酱便可下饭。

苦菜，多年生草本植物，菊科，顶生头状花序，黄色。亦可用作草药，加水煎汤饮之，可治急性细菌性痢疾等症。父亲探亲回家如果适逢节气，我们便会去挖苦菜以佐晚餐。我偶尔尝过，极苦，咋舌。冯德英有《苦菜花》一书，以苦菜暗喻生命的艰难和隐忍恰如其分。不过现如今苦菜忽然身价倍增，据说周末会有潍坊等城市居民不远百里驾车而来，只为挖苦菜，谓之无污染，且有保健功效等等。

不止父亲探亲时段，记得少年的我有一个阶段，放学后主要的工作便是挖野菜。灰灰菜用来喂猪，青草、苦菜等多用来喂兔，那是一个劳动着、快乐着的童年。我清楚记得放学后，丢下书包，拿一冷馒头，手执铁铲刀，挎柳条篮，迎着夕阳的最后一抹残红，走向鲁北广袤的原野。

事实上我一直缺少关于父亲的准确记忆，他是这个家庭的精神领袖。母亲带领我们姊妹五个（大约在我二年级以前母亲还有奶奶作为好帮手）是这村里生活得最艰难的人家之一。我们都在读书，无法去生产队里赚取那宝贵的工分，于是母亲得交钱买工分方能分得口粮，分粮后我们却又无力搬回家。

我清楚记得小学时候，在农村特有的秋假里，我每天早出晚归去捡豆。鲁北秋天的主要作物是玉米和黄豆，收获后的豆田里经常会有散落的豆粒甚至残留在根部的豆荚，生产队不会再顾及这些，于是我们捡来这些散落的豆换成豆油或者豆腐，改善生活。

书包这时变成劳动的工具，每天我都能捡回两三斤黄澄澄的豆粒，那一小片平原上几乎每块田地都留下我的足迹。最初的时候是结伴而行，到最后往往只剩下我一个，一直捡到所有的豆田被深耕后播种了冬小麦。

母亲终于年纪大了，她再次说起我的童年，说起她为激励我一个人也要将捡豆的伟大工作进行下去，给予我每斤五分钱的奖励，甚至许诺我可以自由支配这笔奖金。母亲带着歉意重复着这个故事：当捡豆结束后，我的奖金已有几块钱之巨，而这笔巨款多数不等我策划好用途，便因某次犯错而被全部没收。我其实没有在意这些，我觉得为母亲分担一些家庭的责任是我开始长大的表现。

家里还养过兔子。先是灰兔，后来也养过黑白相间的花兔。这是我的主要工作，放学收集树叶或者青草，把它们从小小的温顺的小兔养育成健壮的调皮的大兔子。我为母亲小小的花园制作了篱笆，但多数时候兔子们会自己找到或制造一个缺口。

我记得最多时院里有三十只左右的兔子，或坐或卧，或走或奔，或梳洗或交谈，也有为某事而打斗的，也有在院角刨一深坑准备越狱的。《木兰辞》云：雄兔脚扑朔，雌兔眼迷离。双兔傍地走，安能辨我是雌雄？的确，我那时尚未读到此诗，否则我会仔细研究一下我的兔子们。

不过我仍然觉得骄傲，因为只要我一招呼，兔子们就会呼啦一下围上来，用它们长满胡须的豁嘴轻触我的手指。

兔子们长大后会被卖掉，它们会在某个我离家读书后的清晨被塞入铁丝笼，带到集市上卖掉。我不知它们以后的故事和命运，更无法得知它们离开时的心情……

于是，直到现在，我也从不吃兔肉。

六、命运

　　母亲当年跟随外公从北京回到老家，由东家的二小姐变成地主的女儿。中产之家的奢华都已经远去，她不得不面对，甚至在以后的人生一直都面对的是呛鼻的泥土味儿。这变化让母亲嫁给父亲有了更大的可能，于是我的出现也成为可能。

　　母亲有一张泛黄的旧照片，是她和她的同学，身着美式女童子军的军装，长袖、束腰、中裙还有肩上的红色的流苏，我那时从未想到世上会有如此漂亮的制服，直到后来在《虎胆英雄》里的阿兰身上看到。

　　母亲那时只是一个单纯的女孩，她无法改变命运。身处乡村，但她仍然怀念城市。然而改变命运的机会似乎只剩下最后一个：婚姻。因为她似乎已经到了谈婚论嫁的年龄。

　　母亲的选择是父亲。

　　我很想知道当时是怎样一种情境。父亲家里很穷，据说除了三亩薄田身无长物。但我知道一个有利条件便是父亲那时在青岛。那是一座美丽的城市。母亲梦想通过婚姻有朝一日会回到她熟悉的城市生活，时至今日，那是一个有着六十年跨度的美丽梦想。

　　父亲和母亲似乎被命运划分了各自飞翔的领域，他们每一次短暂的相聚都意味着更长时间的分离。

　　我曾读过他们往来的书信：谈他们共同读过的某本书，如《第二次握手》；谈他们共同看过的某部电影中的人物，如《苦菜花》中的曲云、《一江春水向东流》中的上官云珠……可惜，这些书信都未能保留下来，这些珍贵的情感和记忆悄悄散失在时间的隧道里。

　　父亲的登记学历是高小，这同样是个快被历史遗忘的名词。我不知准确的定义，而是直观地理解为高等小学。但这不妨碍父亲对古典文学有一定的造诣。初到上海时，父亲的斗室里有一套全本文言的《聊斋志异》，闲时我便用来消遣。父亲偶尔考察我的阅力，我却不经意间领略了父亲的古文造诣。

回乡的这几晚，我暂时告别了电话以及互联网。

鲁北的夜显得特别黑。偶尔的几声狗叫使得夜愈加静谧。三哥拿出他收藏的父亲得病后直至谢世的日记，我便以这种形式再次探究父亲的世界。

返乡后，父亲竟然着手创作他的自传——黑色的硬抄簿，蓝色的钢笔，娟秀的行楷，就从他十四岁离家远赴青岛做学徒开始。那是一家竹编制品的贸易货栈，父亲的聪慧很快得到掌柜的赏识和重用，除了简单的学徒业务，他更多接触报关、处理商业信函等新业务的机会。那时的父亲身着蓝色的学生装、球鞋，去海关多不乘车，喜欢走路趁机欣赏街景，虽稚气未脱，却是一个蓬勃、昂扬和快乐的少年。

战时货栈闭门歇业，父亲便用旧账页来练毛笔字，日复一日，数月便大见成效。以我对书法的粗浅理解，父亲的楷书带有魏碑风骨，尤其竖笔略加粗，硬朗如铁，风格自成。

可惜，父亲的自传没有继续下去，他的生命走到了尽头，就像老家曾经用过的那种古老的煤油灯，在灯油烧尽时火苗忽闪几下，突然亮了起来，然后很快一片黑暗。母亲和三哥每每说起父亲的弥留之际，总感觉他有许多话要说，然而却说不出来。说者与听者于是都沉默着，良久无人说话。

突然的静谧让三哥家原本卧在地上的黄狗从前爪上抬起头，迷惑地观察着我们。

七、文字

父亲的日记断断续续跨度数年，极其简单客观地记录工作、生活和患病的某些片断，很少见他表达自己的观点，某些篇章就如简讯甚至电报般简约、准确。

在三哥收藏的数本簿子里有一张更早的信笺，那是父亲的一篇随笔，记录着很多年前的一个简单场景：雨中，上海某个繁华的路口，一位年轻男子抱着只有两三岁的孩子，全身皆已淋湿。与撑伞的父亲擦肩而过时，父亲略一迟疑。在那张泛黄的纸上，父亲用三分之一的篇幅表达自己的后悔和自责，自己为什么不立即把雨伞送给他们，或者送他们回家？如果那个小小的孩子病了怎么办？自己为什么会迟疑和犹豫？而且，自己再也无法弥补这段道义上的亏欠了。

看完后，我没有对三哥说我的看法。

这是真实的父亲。数十年的独居，父亲或许已经习惯把思想、情感隐藏在最深处。这段文字或许是在某个酒后的深夜，无法入眠的父亲披衣起床，拧亮台灯，把这个郁于心中的故事轻轻写下来。

那些电报般简约的文字可能是父亲孤独的白描，而这个故事，则是父亲不经意间留下的情感彩绘。然而，我再也无法得知父亲世界里更多的信息，他就像一棵古老的树，我触摸到他的年轮，却无法得知那里面的时空记录。

可能源自父亲吧。我在上海的这些年里，文字一直成为业余生活的主体部分。读史铁生的《我与地坛》，欣赏他在病痛中玩味生与死的永恒意义。我对里面一个故事记忆深刻：那是一名风雨无阻的长跑者，每年都参加一年一度的全市环城长跑比赛。当他是第四名的时候，前三名出现在新闻里；当他跑第七名的时候，前六名披红挂彩；当他跑第二名的时候，报纸上出现第一名的照片；当他终于跑到第一名的时候，新闻只用简讯的形式报道了这次群众体育活动，配一幅千万人从起点出发的照片；若干年后，当田径教练终于发现他的时候，长叹一声，只是说了一句：如果你再年轻十岁多好！

上帝总是会开些玩笑。

八、母亲

我的价值观已经老去，所以彼岸遥远。

我的村庄近在眼前，却仿佛正在老去。

小村有路直通烟潍公路（烟台到潍坊的国道），记忆中虽为土路却平坦齐整，路边多为杨与柳，盛夏时节浓荫蔽日，深秋时分黄叶纷飞。归耕时母牛记着圈里的牛犊，背着枷锁缰绳、四脚踮起几乎小跑着回家，倒是主人草帽荷锄，不疾不徐，悠哉而后。树下是灌溉和排水的沟渠，多水的季节竟然会有小鱼儿游弋，在水草的边上来去倏忽。

　　如今，路还是那条路，那些粗壮的杨柳早已不在，换些杂树参差错杂。树下沟渠想必疏于管理，淤至几与路平，偶见零星的草与花点缀在一片枯黄里。至于路面，坑洼如斗。牛车早已不见，每有农用车或是轿车开过，浮尘弥漫，车后如随了一条黄龙，经久仍在翻滚。

　　村里的中央大道仍是土路，稍见平整，但远不如我想象中的整洁。零散的杂物，稀疏的小树，阳光下晒太阳的老人们，跑来跑去的各色土狗，一个安静得有些寂寞的村庄。我记得小村原来的大道上房前屋后有许多大树，柳树、梧桐、槐树，每年柳花、梧桐花和槐花次第开放，就像是古老的传统，年复一年。

　　树如此，路如此，人何以堪？

　　村中老人大多已不敢相认。有位本家老哥伫立在路中凝视良久，再三招呼却不作反应。直至握手执臂方作惊喜状，见我口唇动作，便贴耳上来，说道：老了！不行了！牙齿都掉了！耳朵也听不见了！

　　老哥有孙子与我年近，三句不到便转到孙子身上，说他离婚后远赴四川打工，至今未归，电话都没打一个。言语间眼睛开始混浊起来，原本紫红的脸膛仿佛愈发紫红起来。我无话可说，只是握着老哥骨节粗大、皮肤粗粝的手再三邀请：午后来喝茶！

　　再往前走，有亦步亦趋，每步移动不过三寸者，亦为本家老哥。听见声音气喘吁吁停下来，攀谈数语方知：数年前中风，鬼门关上走一遭后只余半条命矣。唏嘘不已，唏嘘而已。

　　闻声出来者再三，步履蹒跚者相貌依稀，只是我已有些搞不清辈分，便有些胡乱叫了。至于绕膝而奔者，多是小我者的下一代了。亦有远望交谈者，多是外村嫁来的媳妇，我更不识。

胡同里一下子人多起来，却都是妇孺病残，同窗、同龄者一个也不见，他们正在县城或者工场的某地赚钱。鲁北的四月，阳光已有些泼辣，不知谁家院里的梧桐正在开花，光秃秃的枝条高出院墙屋脊，浅紫色的梧桐花正待开放，寂静中仿佛有些热闹。

转至家门前，远远看见母亲拎一袋物什，正缓缓远去。听到车声和我们的叫声，停下来，回望一阵，兀自转身离去。

我们皆笑。

原本想给母亲一个惊喜，母亲却是淡定自若。

事后母亲说：我总得把那袋垃圾扔完吧？

时间仿佛已经改变一切。

那个在北平身着美式学生装的二小姐；那个北平回来的穿旗袍的大家闺秀；那个被许多人称作有教师气质的知识女性；那个在夏天的雨后纳着鞋底为我们清唱周璇《天涯歌女》的母亲……

事实上，时间一切都没有改变，虽然头已花白，背已佝偻，牙齿也快掉光，这就是母亲。

九、小姨

每次回家，母亲总有说不完的话。

村里的、家族的，现实中的、历史里的，母亲时常把它们串联起来，人物、时间会发生一定程度的偏移。但似乎并不妨碍故事的循环往复。不过这一次的重点话题之一是小姨。

小姨是外公回到山东后出生的。她的童年与外公作为漏网地主被游斗，与丧母，与家族的迅速败落相系。我无法想象她的命运多舛，只记得母亲说小姨甚至沿街讨过饭。

我开始有记忆的时候，小姨已经嫁至母亲所在的小村。姨父一表人才，是当地的武术名家，脾气却有些暴躁。

不过小姨没有生养，后来领养本村的一个二胎男孩。曾有段时间我放学会去帮小姨看会儿小孩，让小姨把晚饭做好。我完全不懂照料一个比我小不了几岁的男孩，只会紧张地抱着他，直到两个人都热到满头大汗。最快乐的时光是周末替小姨去放羊，那最惬意，一片蓝天，一块绿地，一人一羊，世界安静到只有蝴蝶在挥动翅膀，青草在拔节生长……

小姨父在若干年前中风并留下轻度的后遗症。小有名气的武术家变成身体臃肿、行动迟缓的退役农民了。上次回家探亲，小姨家中曾有若干股兵器或损或送，只余下一把宝剑，一口朴刀。宝剑出鞘仍然闪亮，朴刀却已锈迹斑斑，红绸的刀穗也已污浊和残破不堪。因为那个长大的男孩经商欠债的牵连，小姨不得不携病中的姨父远走新疆。

现在，那房子空着。我路过时，仿佛一切依旧，仿佛在下一刻就会听到门响，笑吟吟的小姨推门出来。

稍等片刻，不会再有。

再等片刻，也不会再有。

一切都已经结束，都不会再重新开始。

十、村庄

给父亲扫墓回来时，三哥带我们寻找老屋的旧址。一切都已改变，那里早已是别人的新居，我只剩大概的方位印象，但曾经发生在这里的情景仍然清晰。

老屋是正房三间朝南，简陋的东厢房是柴房，后来也用作牛棚。南屋对称亦有三间，外公曾在此小住。小院面西，开门便是南邻一个有些荒废的闲园。垛些秸秆，有梧桐刺槐之类杂树三五株，夏秋季青草近膝。园子虽有些荒凉，不过可算我童年的乐园。春天可捉蚂蚱，顺便熟悉园艺，弄些植物的种子学习播种或是扦插；夏天则是捉知了龟或是用蛛网缠在竿头捕蝉，知了龟洗净浸在盐水中，一周后煎炸可成无上美味；秋天可以收获了，园里的青草野花也时常成为兔子们的口粮；冬天的雪后，小园高高低低一片洁白，有鼠或野兔的脚印规整对称，可以学鲁迅支起筛子捕鸟。

碰巧的是，我们小院的东面也是邻人堆柴的园子，在我的散文《花事》里曾记录这个园子里的芍药和木瓜。后来新房造好后，老屋便彻底地拆掉了。现在已经无从寻找当初的半点痕迹。

胡同向北可通小村得名的大河，那时河水清澈，荷花摇曳，亦可垂钓。烧红的缝衣针可弯作鱼钩，至于浮漂鹅毛也行，干树枝也行。鲫鱼肥大，味极鲜美。母亲将其与大锅咸菜共烧，咸菜亦有鱼鲜，日常佐餐有些奢侈。如今河水早已干涸，河床已被垦荒。大河南村徒有其名了。

向南则是村里原先的中央大道。家家门前都有高高的土堆，是用来清理猪圈做厩肥的。老树、土堆、荒园是捉迷藏的好处所。

一路走过，新房固然青砖红瓦，却也有破败的无人居住的院落。断垣残顶，门窗歪斜，杂树横生。一棵需两三人合抱的古槐已经死去，仍然直立在一处土墙边。三哥便介绍这是谁家谁家，或是举家外迁，或是人丁零落，我仍然只有模糊印象，如一张过度曝光或是对焦不准的照片。

扫墓完成后，三哥特意带我们去大河的桥头，观瞻孙氏在此地的祖先。河南河北两村的长者共同竖起了一座新坟，墓碑厚重，上书"孙氏祖坟"，旁有碑记，追溯此地孙姓由来，传世六百四十余年云云。

又据说，孙氏家谱也已修完。

碑竖起来了，家谱修好了。来源或可追溯，但我们真的找到根了吗？至于今生去往何方，来世又在何处，又有谁弄得明白？

十一、面朝大海

回家数日，三哥放下手中的活儿几乎全程做了司机和导游。他的五菱面包车也几乎成了我们的专车。

我们兄弟四人，脾性都如父亲般内敛。在外形上却是三哥与父亲最为相像，兄弟中也最为心灵手巧。尽管初中毕业便不再继续学业，然而这不妨碍他继续发挥天赋中的聪明。我记得他学会木匠、泥水匠，而且都能做得很出彩。后来他学会维修各类农机器具，成为附近活儿漂亮、收费厚道的技工，小有名气。再后来，他学会铝合金、塑钢门窗及与之相关的一应技术。他的院子就是他的工场，他的作品就是他的名片。

三哥还专门驱车送我们及大姨、姨父到渤海边上、到新的经济开发区去转转，可见心思缜密。我只在中学时曾和同学骑车到过渤海边一次。再来时印象已经全然改变。四月的海风猎猎，海堤上巨大的风力发电机组嗡嗡作响，金色的沙滩松软如绵，碧蓝的海水无限延展，远处有花花绿绿的十数点人影，三哥说那是在沙滩上挖海蚰蜒呢。

近海有方正的大池，想必是晒盐池。岸堤边上尚无绿色，经年的枯草有高而直立者，孤立者如铁条般在风中呜呜作响。

迎着风，面颊有些发凉。背后太阳直晒，居然有些发烫。忽然想起海子和他著名的《面朝大海，春暖花开》：

从明天起，做一个幸福的人／喂马，劈柴，周游世界／从明天起，关心粮食和蔬菜／我有一所房子，面朝大海，春暖花开

从明天起，和每一个亲人通信／告诉他们我的幸福／那幸福的闪电告诉我的／我将告诉每一个人

给每一条河每一座山取一个温暖的名字／陌生人，我也为你祝福／愿你有一个灿烂的前程／愿你有情人终成眷属／愿你在尘世获得幸福／我只愿面朝大海，春暖花开

这首明丽的、快乐的、激动的和踌躇满志的短诗如新绽的百合花般纯净。你无法判断快乐的缘由，却不由得被这快乐深深地感染。大海作为诗中的核心意象代表着广阔、浩荡、壮美，而春暖花开则意蕴生机、希望和幸福的开始。当然，从另一个角度，我固执地认为"面朝大海，春暖花开"是海子的半句箴言，极其准确地预言了天才诗人

短暂却极富张力的一生。

诗与现实的反差如此之巨大，我是在接触现代诗歌后才慢慢意识到的。《面朝大海，春暖花开》创作于1989年1月13日，那是个尚未花开的季节，我相信两者都源自诗人激扬的想象。这位十五岁考入北京大学法律系的少年天才，他的未来本该是面朝大海春暖花开，只是他没有等到那年真正的春暖花开。两个月又十三天后，1989年3月26日，海子静卧在山海关附近铁路的慢车道铁轨上，远方的机车缓缓驶来。

那是海子的最后一首诗，有律无字。

我曾经梦想过成为一名作家，那么，在这个鲁北的春天，在渤海的海边，在这个春暖并即将花开的季节，且为这个天才诗人的二十年祭默哀一会儿罢。

尾　声

在归期到来之前，我们为母亲换了台新的电冰箱。

旧冰箱是父亲留下来的古董，体积小，单门，且耗电严重，因新冰箱的购买方式是家电下乡的以旧换新，所以随着它的到来，旧冰箱被装上送货的卡车，很快消失在一片烟尘里。房间里，父亲的痕迹便又少了一些。

行期临近，家里人都最大限度地到齐了，于是从村里的小饭馆里叫了外卖。这次来送菜的仍然是我初中的英语老师。我回家后的第一次叫外卖便是她来送的。她以为我已经忘记，但我一眼就认出她来，我说你是教我英语的张老师。她开心地笑了，仍然像许多年前一样，眼睛眯成一道缝。

那时她大约高中毕业，当了我们初中的英语代课老师，腼腆的大女孩而已。班里有的男同学高出她许多，并不怕她，时常有些恶作剧般地顶撞她，即使她动手也打不疼我们。不过她最好的办法是开始抹眼泪，这时我们反倒乖了许多。张老师后来嫁到了我们村，家里开了饭店，也转为正式的教师编制了。我仍能认出她，但她已经完全不是我记忆中爱哭却也容易破涕而笑的大女孩了。

哥哥们家里的小孩子都到了，侄儿读高中，侄女读初中，虽然已经回家数日，他们仍似有些害羞般不大会主动跟我说话。我离家时只比他们现在大不了几岁。对他们而言，我只是一个远在上海并不常回家的叫作叔叔的人而已。

他们都很健康，就像四月的阳光，明亮而且带有春天的芬芳。

母亲有些不舍，但仍催促着我们快去赶火车。

时间还早，途中我们在杨家埠稍作停留，我选了几本木刻年画，都是传统题材、手工雕版套色印刷的，非物质文化遗产。内容有秦琼、尉迟恭的门神，孔子先师像，钟馗捉鬼等等。传统正在式微，且留几本作纪念吧。

三哥把我们送上火车，硬卧的空间似乎更小。和衣躺下，一路半梦半醒，次日醒来，窗外已是绿的香樟树，黄的油菜花，桃红柳绿，草长莺飞，间或小桥流水，竹林老屋。江南到了，俨然另一个世界。

在这个世界里，我将继续我的所谓事业、偿还贷款、关心子女教育、应对办公室政治，一切都如数日前。停摆的钟又上足弦，恢复原有的节奏。我闻到熟悉而又陌生的93号汽油的味道，手机的短信提醒我江南当地的天气如何如何……

一切仿佛重又开始。

我还是我。江南还是江南。

我还是我吗？江南还是江南吗？

作品二维码
主播：王玮琦

鲁北明月，本名孙振明，上海市作家协会会员。作品散见《解放日报》《新民晚报》《劳动报》《新读写》《中华辞赋》等报刊及中国作家网等网站。有作品入选《解放日报》文学副刊"朝花"副刊散文精选集《树什么都知道》，有作品被全国多地选为中考语文试卷（模拟卷）阅读理解题，结集出版散文集《我在南方》《从流飘荡》两部。

墙根下的缩影

毕海林

在晋西北神池县的一个偏僻的小山村里,冬日的早晨是在祖父的一声咳嗽中苏醒的,然后是细碎的穿衣声,祖父身材短小,身体消瘦,穿衣服的动作简洁快速,然后昏暗的房间里就会传来一阵阵摸索的响动,这是祖父在找寻他的旱烟袋,随着火柴"刺啦"的声响,清冷的早晨就渐渐有一点暖意随着忽明忽暗的光传来,这时候我就会在暖和的被窝中闻到让我心驰神往的旱烟的香,那是一种无以名状的香气,充满着农村的气息,充满着北方清晨的气息,也充满着祖父刚毅的气息,更加充满着我对未知遐想的气息,这气息会伴随着我和祖父的早晨,慢慢地度过那最美好的时光。

多年之后,我依然可以想象出祖父手捧烟袋、凝神聚目,蜷缩在屋角锅台边的情形,那几乎是一直以来我对祖父最清晰的记忆。

在北方冬天昏黄的阳光中,老农们常常以相同的姿势出现在村里任意一堵可以被阳光照射到的山墙下。那里聚集着村庄里所有上年纪的老人们,他们目光温和、笑容和蔼,几乎每个人手里都有一柄旱烟杆,或长或短,或粗或细,或精美或简单。烟袋的情形也大不相同,家里婆婆手巧的烟袋就精巧一些,有的还会绣着一些图案:喜鹊、梅花、兰花、喜字、长河落日、瓜洲晚渡等。有的婆婆手笨一些,就随便找一块布,好歹缝一个布袋子,能装烟叶子就好。在老人们的脸上可以看到村庄所有的隐秘，也可以看到村庄所有的历史过往，而从他们的言谈中又往往能梳理出一个村庄的脉络，细小到李家的母牛下羔子的时候经历了生离死别、王家的娃学习情况如何、赵家那两孔窑洞的修缮……老人们也常常会开一些玩笑，多是年轻过往的一些风流韵事和绝代豪情。每每说到这些，乡村厚实的土墙下就会传来祖父们爽朗的笑声和嘻哈的起哄声，也常常惹得另一面墙角的女人们和奔跑在乡村道路上的孩子们侧目凝望，我们都不知道这些年近古稀的老人们的欢乐来自何处，我们也无处猜测他们的轻松从何发出。老人们的笑声是自然的，或者说是天然的，他们的笑声中没有丝毫无奈，也没有丝毫做作，更没有丝毫勉强，来自心底的欢乐会感染村庄的牲畜、树木、鸟雀、土地，以及冬日冰封的河流和轻轻吹过的微风。

每当这个时候，我就像一个潜行者，蹑手蹑脚地来到老人们的身边，穿插在他们的对话中，以窥其中的奥秘，静静等待神秘的事件发生，每次我都收获颇丰。在笑声中，阳光一点点升起来，墙根下的视野也渐渐地开阔起来，老人们纷纷变换着姿势，由之前圪蹴的形态变换为舒适地瘫坐，或靠墙，或盘腿，泥土的冰凉和污浊并不是他们需要考虑的问题，只要有阳光，只要感受到暖和，或者说只要有祖父在，他们就觉得这一切都是美好。在姿势的调整和变换完成以后，我知道一定要发生一些事情，果然，所有人的目光都会移向祖父，这个平常稍显木讷的老农人有另一个被所有人羡慕的身份——木匠，而且是方圆三十里村庄都闻名的木匠。这是一个神秘的职业，祖父的脚步在几十年来遍布周边大大小小的每一个村庄。大家所期待听到的就是祖父在这些村庄做活时的故事，每次祖父都会故作正经地以一句或者几句方言（"其实也没屎甚意思"）作为开场，然后就开始了他真正的讲述。而这个讲述在我听来，漫长而缺乏生动，至少在我有限的记忆中，祖父讲过的那些事情我没有一点记忆，除了那句独特的开场白。我不知道当初祖父是如何吸引着乡人们的注意，以至于祖父在讲述过程中，片刻停顿用来抽旱烟的时间，都会有人催促他不要卖关子，要像李婆子家的黄瓜一样有始有终（有丝有种），这句话通常会引得大家哄堂大笑。而祖父不紧不慢地抽着烟，不紧不慢地吐着烟圈，不紧不慢地看着所有人，然后不紧不慢地继续开始讲述，恍惚间我发现自己早开始神游，思绪随着身边叽叽喳喳的麻雀和天空中的浮云飘远。

后来我想，大概农人们的讲述是带有密码的，那些话语只有他们自己可以听懂，就像他们可以和牲畜对话，可以和鸟雀对话，可以和树木对话，可以和庄稼对话，甚至可以和泥土石头对话。他们用自己的独特语言讲述村庄的每一件事情，讲述村庄的每一个秘密。而我只记得，在冬日的墙根下，每一个老农包括祖父在内，都以同样的姿势出现在村庄这熟悉而普通的场景中，他们蜷缩起自己因农活而疲惫的身躯，在温暖的阳光下，以此表达着对生活的理解。

在我童年记忆尚存的时候，我常常见到祖父带着父亲背起装满工具的行囊出门远行。他们去往需要做活的村庄，有时候往西，有时候往东，而我最喜欢他们往南。因为每次从遥远的南方回来，他们总会带回一些稀罕的东西，有时候是烧饼或者柿子，有时候是一些充满神秘色彩的瓦罐，那些瓦罐或大或小，有的肚子圆有的脖子长，还有的大到需要父亲打着；甚至有时候他们还会带回来一些玩具，有木制的手枪，还有让我记忆一生的电动火车，在物质匮乏的八十年代末，"轰隆隆"鸣响着的电动火车几乎温暖了我的整个童年。祖父和父亲一高一矮的身影行走在乡间小路上，由大变小，带着我的期盼离去。归来时，身影出现在视野中，由小变大，我的期待也渐渐变为现实，而祖父每次都让我充满惊喜。作为回报，我认真对待祖父对我提出的好好学习的要求，常常能拿一些奖状，就每每得到祖父的赞许。

气温一点点降低，雪花慢慢飘舞起来的时候，祖父和父亲就不再出远门，我常常会在寒假之后和祖父祖母住在一起，在祖父温暖的窑洞里度过一天的时光，祖父盘腿坐在炕上看我写字读书，他会让我讲述书上的文字内容，而我则喜欢听祖父给我讲那些外面的人和事，在祖父的讲述中，所有的事情都充满乐趣，所有的人都和善。就这样，一大一小两人，一个盘腿坐着，一个贴炕趴着，我们以这样的姿势度过了一个又一个下雪的日子。那时候我最大的梦想就是长大后背着和祖父父亲一样的行囊，跟着他们行走在大大小小每一个村庄，见识着乡村里所有的事情，认识着村庄里所有的人。

北方的冬天，雪花总是不期而至，在你尚未做好准备的时候，某天早晨，当你打开窗帘，铺天盖地的雪花覆盖了村庄的每一个角落。如果恰巧家里养狗，就会在洁净的雪地里看到一串串清晰的脚印，它从家门口一直延伸到院子里围墙的每一个角落，大概是怕有生人的出现，而习惯性地巡逻。我在下雪的时候醒得分外早，几乎早过了祖父，或者没有早过祖父，因为我的醒是在被窝里的，而祖父的醒已经在屋角院落里。每次一下雪，我就奇迹般地醒来，然后猛然拉开窗帘，"哗啦"一下，祖父的声音几乎同时响起，随即就会听到他下地的声音，听到他抽烟的声音，然后会从满是窗花的玻璃上看到他缓慢地行走在落满雪的院子里，操起扫帚，缓慢地开始清理积雪，先是扫出一条路，然后是团成一堆，再然后……他居然会堆一个漂亮的雪人，这一切做完以后，他又以固定的姿势蹲在门口台阶上，抽着旱烟袋，静静地看着雪又一片一片落下来。

雪停下来以后，太阳出来，雪化起来无声无息，像是怕人发现它来到这个世界一样。在农村，雪化是最烦人的事情，干燥的泥土会被浸湿，甚至会出现水坑，泥土开始松软起来，布制的暖鞋踩上去就会深陷其中，一踩一脚泥，稍不注意就会摔跤，爬起来以后浑身都是泥巴，我那时候最讨厌雪化的时候。这时候祖父却最高兴，他说"瑞雪兆丰年，好年头就靠下雪哩，你娃要感谢老天爷给咱下雪的"，祖父说完会看着我笑，他知道还是满脸狐疑的五岁孩童听不懂村庄腹语，看不懂村庄形态。

雪停了，老人们就又开始在村庄里聚集起来，他们不约而同、心照不宣，同一时间以相同的姿势出现在同一地点——村庄厚重的山墙下，那里温暖而舒适，他们还是那样爽朗，还是那样祥和。先是圪蹴着,慢慢就坐下来;先是大家七嘴八舌、笑话连连,到后来大家静听祖父的讲述。我则还是走神,听鸟叫,看白云,神游太虚。那一年唯一的不同是,祖父的开场白发生了变化。他说:"时代不同了,乌鸦要变凤凰了,现在的娃娃们比我们老家伙知道得多了。"说完,他长长地吸着旱烟,长长地吐着烟圈,眼神悠悠地看着远方。许久许久,才开始他神秘而绵长的讲述。

作品二维码
主播:夜宇

毕海林,1984年生于山西忻州市神池县,曾就读于山西水利职业技术学院。2021年开始小说创作,作品散见报纸杂志。

写给南浔的组章

庞文辉

夜与白天

曾在南浔坐了一夜摇橹船。

夜幕低垂之下，船行慢慢，水声潺潺。黯黑无边的夜，本是从天空直接与河水接壤，却在这船行时，被船上的灯光生生豁开一道口子，灯光散发，于一摇一晃间，消去了一条河上的冷意。

留在我记忆中的画面，清晰无比，像是一张墨色画纸上缀着星光点点，那星光是灯，是暗黄的远端射灯，是大红悬挂于连廊之下的灯笼，摇橹船扶摇在南浔入夜的河里，漆黑一片便是河道与同样暗不可见的岸边与楼房。船行黑暗之中，船首之下也是黑的，黑色让河水显得更深，然而我心知它本身是浅的，平和的，因此自然不会滋生黑暗中的畏惧。我的心境，在那黯黑的夜里，在那潺潺的水声里，在慢慢前行的船中，在船娘均匀而有力的呼吸声里，在四周被明黄氛围灯勾勒出的河道轮廓里，早已经淡泊无比，仿佛沉醉，仿佛酒酣之际的满足。

天空如墨一般漆黑，月亮不知被高起的檐角挡在了哪个方位，船中的人，如我，早辨不出方向，四方都陷在夜色包裹中，唯有船身，左摇右晃着，一路无畏闯向前方。

这片区域的白天，我抵达过。那时两边是条石铺成的河岸，岸上是路，水中也是路。水中路是一条，不时路过的船，浮沉着踏过平整无波的水面，岸上路有两条，分隔水的两边，靠中间横跨的拱桥牵线，有多少座拱桥便有多少个网格，数不清的人们走在上面，熙熙攘攘。恍惚间，古镇商贾云集的昨天如在目前。

白天，这里还能看见充满古意的层楼，江南一带水乡独有的骑楼民居，主体木结构，分上下层，楼与楼间以高耸的白色马头墙隔开，目光所至，错落起伏，连绵成片。这种场景极为经典，与水的结合使它从任意角度，都充分展露出水乡风采，它的神韵，也被人自然捕捉，去到照片、邮票、海报与纪录视频中，展露给向往水乡的世人。

我在其中一个白天过后又到了这里，这个夜晚有一程船，载着我和后方两人。那两人均是女子，年纪不大，她们在船娘的桨摇起来后，便开始聊天，聊过往，聊近况，她们已经很久没见，这是久违的一次重逢，有数不清的话题要谈。我听着她们的声音从我身边路过，朝向前方渐渐远去，于黑暗中消失，看不清它们是被黑暗吞噬，还是淹没于水中。感觉有股清冷，却不萧瑟，它飘摇于途中，渐渐像是在疗愈我的过往。

夜更深，远处民居里的人相继进入睡眠，便只剩下虫声，划桨的水声，甚至连水上的风声也少了。好像这风声也在被黑暗吞没，留下空荡的、无边的、漫长的寂寥。坐我后方的两人仍在交谈，话语间依然兴奋，只有偶尔不适时忽然停顿，像是听曲正酣时戛然而止，那股源自灵魂的渴望，让我整个人莫名坐立不安。

我因而有些冷了，稍一抬头，一股寂寥之意蓦地升腾而起。仿佛一瞬间，它已凝聚成挂在远角天边的一轮月。

水　乡

水乡南浔。

已记不清第几次，抵达这记忆里，始终像是存在于照片和画中的地方。照片与画，本是挂在网络、电视、海报以及国家地理介绍南浔的书中，我阅读，观看，进而神游，不觉间多次来到水乡。实地实景，我也多次来过，看过，也住过。虚与实之间，走访与神游交互，偶尔还有入梦，不断加深着我对水乡的记忆，直至深刻成一幅画。

画里，是典型的江南水乡，画着岁月宁静的水面与岸边民居，河道流淌，远处有拱桥，将两边的岸紧密相连。似乎水乡古镇都有这种相似的韵味，逐水而建，排屋相连，此后便将一切都交付天光与岁月，在时间的发酵中产生风味，散发清芳。千百年来，它们常驻这里，与饱含水分的土地融为一体，屋子长在水上，也长在地上，水游在河里，也游在岸上，蜿蜒去了远方。古朴的房子，除了修缮、扩建，以及翻新，便不再动作，像是要维护传统，以此保持千百年苦心营造的形象。但偶尔也会产生变化。水乡静默，偏偏有多变的天光与岁月，它们时常操控着自然伟力，变换季节、天候与时光，像是用无数的工具在水乡的脸上调试妆容，使之出现无数的风景。

于是，在这水乡，好似上演了一场换脸大戏，随春夏秋冬四季更迭，阴晴雨雪雾风六候变化，逐一奇妙登场。

春日，广济桥边晴朗的清晨，我见过。那时旭日初起，霞光已越过桥上栏杆，薄雾浮于水面，水几乎静止，仿佛久睡未醒，一位春困的美人，便是水乡此刻的模样。

夏日，一番暴雨喧嚣于午后，惊扰起刚入梦的人。天空到屋檐，颗颗豆大的雨滴斜着落下，拍在岸上，打在水中，落在高傲挺立的莲叶上，小莲庄的莲叶和花怎会放下它们的骄傲，只是抖了抖，便将身上的水抖落下来，依旧骄傲。

秋日，需沉浸在如水的夜晚。那一弯凉月挂在墨色天边，有时远，有时近，若是有一艘船让我停泊水中央，是否便能做上一个"满船清梦压星河"的千古好梦？

冬日，雪后晴天，昨晚落了一夜的雪，正巧白满整个世界。雪将水乡房子的黑瓦都盖上了白玉琉璃，岸边的栏杆，拱桥的扶手，水上系着绳子的竹排也都成了白色,却见竹排上昨日立着的那三只鸬鹚,已不见踪迹,或许早被它们的主人带回屋里避寒,暖日升起老高,路廊的长椅上,坐满了晒太阳的人们,彼此松弛地聊着。

时光定格一个个水乡画面,它们像照片般清晰呈现,又像无比真实的场景,我正坐看其中,在一个个画面中一次次沉醉,恍惚多时,渐至步入梦境一般不可自拔。我真实地感受着自己,已然去到水乡深处,成为画面的一部分,成为故事的一个插曲,成为南浔漫长时光中,一名真诚的住客而非浪迹的旅人。旅人,终归迟早要走的,住客,会住到地久天长。南浔收留了我这个住客,留我住了多久呢?还要留我住多久呢?

我想我若真的在里面住那么久,或者在里面沉醉那么久,到那时可真要彻底记不清了。漫长的时间,让许多经历快了起来,也让许多感受变得缓慢,时间仿佛被无限拉长,逐渐趋于静止。我住到那时,应该已是很漫长的时间之后了吧,应该也已习惯了水乡的一切。

那时我自己就会成为水乡,迎来我的住客。

拱　桥

从小莲庄码头到广惠宫码头,船走了一个正直的折角,先是自西向东而去,与寻常河流的走势一样,随后穿过几道拱桥,从拱桥那边折而北上,去往广惠宫那边的码头。这里所谓的码头,和水乡一带浣纱洗衣的石板踏台差不多,几平方米大小的一块石板近水铺着,像是刚好浮在水面。它比岸低出许多,从岸边沿台阶下来便可,船靠岸在这边,人上船也在这边。更高处的岸边还矗立着高耸的桅杆,上面是绣旗印着的大字:广惠宫码头,目光越过拱桥,遥遥见着便知道这是一处登船的所在,只需穿过这一程最后一座极为高大的拱桥,便到了。

在水乡,像这样的拱桥不计其数,它们每隔一段不长的距离就会出现,以一道彩虹般的身姿横跨两岸。累累青砖砌成的桥,侧面还有经年累月的青苔附着，它在日照与水的作用下呈现下深上浅的渐变状态。巨大的条石块铺成了台阶，沉重地压在桥的脊梁之上，为了承受住重量，它把脊梁更高地拱起，如此就顶起了半边的天空。我每一次走在这桥的台阶上，脚底踩着纹丝不动的长条石块，便感觉踏上了一道伟岸又谦卑的脊梁，它有地球上最硬的骨头，它用这些骨头组成了自己的脊梁，它用这脊梁承载着人世间想要去到彼岸的过客，它的坚硬与隐忍，让过客在过去之后依然为它回望。

有时我会看见一些孩童从它上面跑过，消失在桥另一端的台阶下面，有时又会看见从桥对面冒出一撮头发，很快是整个脑袋，整个上身，直至全部身体，那顽皮的孩童又从对面回来了。他们大笑着，朝我所在的方位奔跑过来，经过我的时候带起了一阵风，刹那吹起我的衣角，他们冲我一笑，很快穿过岸边的连廊消失在街边某一处。看着他们也会让我想起以往的少年时光，那时的天真活泼，那时的无忧无虑，那时也不曾体会到，在我脚下，也是一道那么粗那么隐忍的坚硬脊梁，在为我背负着所有的重量。拱桥不会说话，不会诉苦，它只默默做着内心认为值得的事。

比如它认为它应该将岸的两边连接起来，这样便极大缩短了从岸的一边到另一边的行程，它认为水与水的连接也不该被阻止，因此将原本可能阻碍水道的低矮桥面，生生地拔高好几米，让水道上的行船可以不受影响，自由畅行。纵向与横向的路在同一个空间交错，桥上行人和水中船只可以同时前行，相遇时也无须一方去等待另一方，原来这就是古人智慧中的立体交通。它在千年以前出现，竟和如今的立交概念完美一致。

桥的圆拱之下，更像是一个门，供船只进出的门，这门是虚幻不存在的，却存在于经过者的心里，让人可以感知——原来这有一道拱门，它存在于水上，将这横竖相连的长长河流，切割成一片片如同房间的水域。从门中穿过，它就可以进入下一片房间，去看下一处风景。前方是什么样的景象，在桥洞里看得并不清晰，后续的河道也同样未

105

知，也许是向北，也许是向南，也许继续直走，水乡的水道错综复杂，到处相连，拱门之后是任何一处地方都有可能。

我曾在坐船经过一处桥洞后，回头看见桥上中央的栏杆倚靠着一位身穿汉服的美丽姑娘，明眸楚楚。

那一刻的她，仿佛桥上盛开出一朵世间绝美的花，从此再忘不了。

四象八牛七十二金狗

在南浔，可以不知道南浔与乌镇、西塘、周庄的区别，却一定要知道"四象八牛七十二金狗"的说法，无他，南浔如今形成的一切，多与这些豪绅有关。

南浔坊间的说法，财产达千万两白银以上者称之曰"象"，五百万两以上不过千万者，称之曰"牛"，其在一百万两白银以上不达五百万者则譬之曰"狗"，四象八牛七十二金狗，便是南浔繁盛时期，当地富户豪绅的一种说辞。四象八牛都有具体代指，四象为刘镛、张颂贤、庞云鏳、顾福昌四位，八牛为邢庚星、周昌大、邱仙槎、陈煦元、金桐、张佩绅、梅鸿吉、邵易森八位，至于七十二金狗，坊间传说较多，并无定论，实际是一种覆盖范围极广的虚指。他们有起身贫寒，也有出自世家，在南浔发迹，成为两江申城一带名声赫赫的富豪，他们的生意遍布华东，几乎垄断湖州辑里的丝生意。而后他们无一例外，富贵之后大兴土木造房子，进而造就了南浔一带那一座座气势恢宏的高墙大宅。

漫步南浔，几乎所有看见的大宅，都是属于他们的产业。宅邸融入了江南园林的设计风格，也蕴含着主人独有的个人喜好，最终融汇成一座座建筑经典。

这里边，有种满一大片池塘的荷花的小莲庄，规模堪比西湖边上的曲院风荷，它的主人是刘镛，南浔四象之首，穷人出身的一代南浔首富。小莲庄始建于清光绪十一年，占地二十七亩，因刘镛仰慕元末湖州籍大书画家赵孟頫所建莲花庄之名，故称小莲庄。小莲庄四季皆景，如今已成为南浔必游的一处景致，游人如织。

有以一面白墙醒目呈现的张石铭旧宅，白墙临河边数米而建，高近两层，旁边留有小门，从中可进入以砖石建筑为主的大型宅邸，它占地极广，达到了七千平方米，足有五落四进，以及中西式楼房一百五十间，是一座中西合璧式楼群的经典建筑。张石铭便是四象之一张颂贤之孙。南浔的富豪似乎都摆脱了"富不过三代"的魔咒，到第三代依然家业兴旺，甚至更久之后的后代，依然是各行业翘楚，令人钦佩南浔儒商们的门风家教。

此外还有嘉业堂藏书楼与刘氏梯号，这两地也是刘镛家族的产业，是刘家后代子孙所建。其中嘉业堂藏书楼位于南浔镇鹧鸪溪畔，东面紧邻刘家的私人园林小莲庄，为中西合璧园林式布局，口字形回廊式厅堂建筑，所有木窗都镂空雕刻着篆字"嘉业堂藏书楼"字样，楼外是大片花园、池塘、假山，楼内藏书极多，在国内极负盛名。刘氏梯号则有另一个名字——红房子，为一处非常前卫的欧式建筑，因建造时用了很多的红色砖块，以致整体风格通红，极为洋气。很难想象这样的建筑竟是出现在民国早期，在那个普遍都还住着木头房屋的年代，它用一种现代新潮的方式展现了与众不同。

经历了百年之后，它们依然存在，依然不同，这不同成了它们吸引游客的秘密武器。每一天都有无数游人进入这些独特的房子里，观看内在装饰，抚摸并感触着一个时代里豪绅家族的历史，心中生起感慨。

他们在感触里，暂时遗忘了现实。

水墨江南百间楼

船行到某一处，目光触碰，忽然有种奇异的熟悉感。我确信以往没来过这里，然而却突然产生了熟悉感，好像和它曾经有过无数次见面一样。这里，比以往我看到的水乡照片和画还要熟悉得多。随着船只不断靠近，景象越发清晰，仿佛它早已存在于记忆，临近真实的场景后，自然就开始重合。

这里是百间楼，时常出现在某一幅水墨画中的经典江南，它是那个画里江南最出名的一张肖像，代表着水乡至纯的身份，也是种辨识。

百间楼因两岸傍河建楼百间而得名，实际却不止百间。傍河而筑的百间楼，有的充分利用空间筑骑楼；有的楼前连着披檐，形成一条窄窄的街道，可供行人经过，又可遮阳避雨。在百间楼上方，那些高高跃起的白墙便是封火山墙，有三叠式马头墙，也有琵琶式山墙，高低错落，极富情趣。楼之间有券门相隔，把视线引向纵深。沿河石砌护岸整齐，且有河埠，既方便百姓、船家、商人上岸，下船，搬运货物和出行，又便于百姓汲水和洗涤。

和记忆中一样，此刻见到的它们，密密列在两侧岸边，高低起伏，错落有致，又仿佛层峦叠嶂般恢宏，如站在高处远望，便能看到一整片都是黛瓦白墙，于日光铺垫之下散发出明媚的光，楼间有树，树间有楼，一条宁静致远的河流从中穿过，蜿蜒去了远方。如果将绿树以中国画中的青绿颜料缀上，那便是一幅极美的人文图卷，墨笔涂上瓦片，线条勾勒出白墙，中间一大片的留白便是水了。江南的水映照着蓝天，天光之下总是白得耀眼，古往今来的画师均难以描摹这种自然诞生的美境，索性留白不画，让那一湾碧水于空白处静默流淌，没承想，竟别有一番韵味。

这便是百间楼，在南浔"四象八牛"之外属于普通人的江南。

普通小户人家不奢求太多，生活富足，居有其屋，屋有粮米，饱暖自知，便是小康富庶。百间楼里的人家，却要超出小康不少，屋虽有大小，多是两层，得益于南浔商贾贸易，以及享誉全国的辑里丝生意，类似这样的富庶之家极多。他们就住在南浔，住在临近河边的百间楼里。百间楼走过了他们的人生，也收藏了他们的故事，他们的悲欢离合，许多人一生中的重要时刻都在这里。我从船上下来，站在码头看去，空间和时间仿佛都能看去很远，直面它们，心中凛然升起一股来自历史的，庄严厚重之感。

它们就是站在这里并一直守护这里的历史。

它们也是从这里走出，最终又回到这里的历史。

它们曾参与创造了一个辉煌的时代，如今依然值得自豪。

水中的历史

南浔的水，和南浔的历史都在向前流着，最终都流向东方，阳光升起的地方。

水是无形的，因为水中的物质，因为岸的包裹，因为光的透射，才有了形状，有了被人感知的风光。历史也是无形的，因为历史里的人，因为人所创造的故事，因为故事散发出的紧张和精彩，才有了既定的结果，有了被后人推崇并羡慕的美好。

截取从这向前行进的水中一段，可以看到许多，然而有更多游在水中不被记录的，它们不被记录，却依然发生过。只要发生，便注定会在世上留下自己的影子，就有可能被看到的人们记录下来，从中截取，就是一段历史。我走过南浔，看过南浔，坐船一路慢摇漂过南浔，更伸手放入水中感知南浔。

我的手从南浔的水里捞起来时，仿佛也带出一汪南浔过往的片段，我清晰看见它蜷在我的掌心，仿佛睡梦中苏醒，随后微微悸动，摇晃着，分裂开，从我的指缝滑落，回到它们所有水都融汇一起的大河里。我伸手，又握住了另一个片段，它是另一个异曲同工的故事。

要离开这里了，我把两个故事都记在心里，我把故事里曾经的历史都记在心里，我把这一夜和无数个白天看过听过感受过的南浔也记在心里，藏在随时可以开启的梦里。

天边的月又不见了，它在夜深的时候也会躲着入眠吗？

只剩下满天的星河，孤寂的小船，一粒粒在天，一小艘在水。船只慢慢摇动，也不知摇去何方，也不知摇到何时，摇得整片天空与星河都跟着动了，摇啊摇啊，让人醉去，又让人昏昏欲眠……

作品二维码
主播：阿斗

庞文辉，浙江天台人，中国散文学会会员，台州作协会员，起点中文网签约作家，作品散见于《散文》《小小说月刊》《散文诗》《浙江作家》《羊城晚报》《西安晚报》《台州日报》《天台山》《青年文摘》《微型小说选刊》等。

圪塔院记忆

西贝侯

　　圪塔，像一个人的名字，由两个字拼凑在一起，这也是经土语翻译而成。圪者，圪垯也；塔者，佛教建筑物也。两者合二为一意取其中，意思是此物比圪大，比塔小。刚才说了，此词是作者生造，字典里没有，词典辞海中也没它，由此说明。

——解题

见证圪塔

　　圪塔不是文物，充其量就是蹲在我家院前的一座土丘，过去有钱人造院子讲究立照壁，我家穷，缺灰少砖，留一土丘放在那儿，安稳。实在。

　　圪塔在我家蹲了多久，没有口传。可以利用自己的想象力发挥一下。我爷爷的老爷爷……的老爷爷，挑一根扁担从平川入山避祸，也许根本就没有祸可避，只是想找块地方辟荒植田，安家乐业吧，反正走着走着就累了，放下担子喘口气，擦把汗吧，太阳就慵懒地照着他的眼，山风又轻佻地嬉着他的脸，不就是找一个安身之地吗？不走了！我家的老祖就相中了他身后的一堵土崖，便用手中的镢头凿了两间土窑洞，整饬院子的时候，挖到他当初坐过的地方时累得挖不动了，便休了工。从此，那座土丘便保存了下来。老祖是个勤快人，他能将圪塔整修得有模有样。兀自立在那里，像一尊门神。

到我记事的时候，圪塔已经老得浑身长满了苔藓斑。整个夏季爬满蓬松的青藤，弄得披头盖脸，一副邋遢相。这里可以望远，可以看雨后彩虹，可以瞧挑水姑娘一扭一扭地爬坡。在我能够蹀躞行步的时候，常常手脚并用地爬上圪塔，安静地坐在这里睁大懵懂的双眼凝神。太阳慵懒地照着我的眼，山风轻佻地嬉着我的脸，坐在老祖曾歇脚的地方，时光不再，情景却梦一般相似，面前的青山是多变的，寒暑易节，朝暮更替，春天遍山绽放黄的连翘、粉的山桃、白的羊群、墨的驴骡；深秋也一样，不过花变成了叶，颜色依旧；冬天则是雪痕漫岭的山岗，长着刀子的西北风在圪塔上飞舞。葱绿弥漫的夏天，圪塔成了我的乐园，圪塔近旁长着一棵歪脖子桐树，树荫正好可以覆盖圪塔的一大半，这棵树就像专为圪塔撑的遮阳伞，倘若长得挺拔英俊些，那么圪塔就不会有清凉了。身下放几个蒲团就是我最舒适的温床，我的温床四周有翠绿的流苏，那一种箩箩藤开着米兰一般的点点亮花儿，星星一样地眨巴眼睛。我可以在沙沙的风中午憩，也可以在嘶嘶的蝉鸣里做着儿童特有的幻梦。我目光如箭，常常射向对山那棵长青的风景树，它长得像箭靶，像灵芝，眺望过去就可以断定那是一棵白皮松。松下常常有人畜经过，缓慢得像一队蚂蚁或一只蛐蜒。我柔嫩的心儿便蹁跹着翅膀飞到那里，想象那边的人们是不是也会某一次惊异地发现圪塔上的我。多少年后，我专程赶到那里，从那边向我们村子张望，果然能一眼看到我家的圪塔，阳光下很醒目，至于上面坐不坐人则看不分明。

我家有一个村里谁家也没有的圪塔，我们家的人都是带着圪塔的印记入世的，圪塔便成了我们家的尊称，我们每个人都代表圪塔，圪塔便是我们每个人。有谁家的亲戚看见我，便会问，这是谁家的娃娃？村里人就说，圪塔院家的。谁家干活缺锄头，大人就使唤小孩，去圪塔院你爷爷家借把锄头，孩子准知道一蹦一跳地往哪里跑。这样的叫法已经古久了，去问爷爷，他也说不清楚，反正村里人从来都这么叫，嘿嘿。圪塔近畔是开阔的场地。农闲暇憩、吃饭晒暖这里是最热闹的去处，大人们家长里短、插科打诨在这里，小青年卿卿我我花前柳下在这里，小孩子老鹰捉小鸡打石弹子在这里，村里唱戏放电影在这里，甚至打架拼厨刀也在这里，逃婚偷情还在这里。

古朴的村里人有古朴的膜拜的心理，圪塔就是我们的家史，它悠久而威严地屹立在那里，便没有谁去触犯它，倒是我们这些小孩儿不管这些，接连不断地拔箩箩干枯的茎，模仿大人们点烟抽，在麻辣燎灼中体味并不怡人的快乐。那种滋味让我在后来的第一次喝酒时体验到了。

深秋的雾霭漫游于整个大山，湿冷的空气中弥漫着玉米爆炒的浓香，玉米秆子竖在地里，高粱穈子的穗子早已束成笤帚扫把舒服地躺在炕头。树叶稀松飘零，成群的麻雀东飘西荡，欢欣鼓舞地迎接第一场雪的来临。圪塔也孤寂了，梧桐落光了叶子，接下来它要在无遮拦中度过最富有苦难和诗意的季节。农闲时节，农民心花怒放，姑娘穿起了花花绿绿的棉袄，再配上一条乌亮的长辫子，人显得贼靓。小芳是我们这里的村花儿，我屈着爪子拔箩箩草做烟吸的时候，她远远地哝哝叫我：西西，西西，叫姐姐给你糖吃。她晃晃手里的东西，漂亮的眼睛忽闪着我，我沉默着，犹豫着是否用自尊换取这诱人的香甜。她倒有些急了，慌慌地靠近我，轻轻地对着我的耳朵，眼睛望着我家的屋子：你家表哥在不在？我眯着眼笑，她早已将糖塞在我手里，努努嘴。我顺势跳下圪塔……表哥慌慌地走了出去……漂亮的小芳姐姐终于没有成为我的嫂子，这是圪塔带给我唯一的忧伤。

土窑的温度

土窑并不平整，面子呈不规则的梯形，镢头就从一侧吃土，先凿一个门洞，然后耍几趟拳作为外厅，再径直向东，大约两三米的甬道，然后就是大挥舞，成为主屋。土窑厚实且稳妥，像埋在土中的一面盒子。墙壁凿有被褥窑、碗筷锅格窑、炭火窑，老祖不遗余力，最后还凿了一个储藏窑，窑不算深，但昏暗晦冥，在摇曳的油灯中犹如恶煞的独眼窥人，大人在的时候，我仗着胆子与它对峙，屋子空我一人，它就唬得我打着哆嗦哭，没办法，爷爷只好忍痛割爱用泥抹了祖宗的遗迹。

山里土窑到处都有，但因地制宜、以势成形的并不多见，这可见我老祖的聪明才智、鬼斧神工。土窑冬暖夏凉，住得安稳舒服，宁静悠远，仿佛身处远古，茹毛饮血。一间古旧的土窑承载几百年的历史。屋外青苔遍生，藤萝密布，是天然的绿屋；屋内光阴如滞，土馥氤氲，乃地造的香舍。最喜冬雪封野，北风怒吼，坐在温暖的土炕上听老人们叨唠桑麻、家长里短；或拥被静卧，凝望窗外如絮雪飘，如练树枝。鸡儿踏着"个个"爪印，羊儿打着响鼻，狗儿晃着铃铛，雪儿定是不紧不忙地落着，天略有放亮，大地被一条扯不尽的雪绒被覆盖着。炕头的懒猫来了劲头，索性扯断连绵的呼噜，一次次支棱起敏锐的耳朵，眼睛睁得滚圆。再穷困的农人也不出门了，这大约也是文人墨客最喜欢的时刻吧。佘圣叹最喜雪夜读禁书，大约就住着这样的土窑洞，炉子里有柴榾柮温炕，炕头再暖一壶烧酒，何等惬意的心境和日子！

踮脚站在杌子上，我在炉子旁洗刷瓢盆锅碗。爷爷粘着面手，挽起袖子的臂托着炕沿，我有搭无搭地与他叨唠，他尽量表现出感兴趣的样子，渐渐地便翻起眼睛缄默。时光附着灰尘从屋顶纷纷坠落，爷爷在打理他的沧桑，他不识笔墨，不喜言传，每天却要挤出一些时候用心灵擦拭他多彩的记忆，迟暮中回忆自己的过去。爷爷不吸烟，他患有失眠症，时常彻夜不合眼，土窑漆黑，爷爷用身体暖着我的身子，我醒了，他便用低沉的声音呼唤我："小西——小西，起——"我便忽地掀开被子，光着身子猛地一挺。爷爷扛着锄下地去了，我则揣着石板提着书兜儿一溜烟跑向学堂……常常是在热腾腾的雾气中醒来，爷爷上工去了，坐在炉子上的笼盖噗噗地往外喷着热气，再过一会儿雪白的馒头或金黄的窝窝头就该出笼了。土窑里温暖而潮湿，院子里光明而洁净。

甬道只有两三米，不算长，更不短；住过这里的祖宗走了几百年，爷爷已经几十年，奶奶几十年，父辈也数十年，我也走了几年，总也走不完。甬道太破旧了，灰土净落，乌黑油光，像一段病变的大肠。我的柔肠也坏了，每年换季时节，将我的梦搅得颠三倒四，我在哼哼中被爷爷唤醒，提上便盆，进了甬道。夜风呼嗒呼嗒地拍着外厅的窗户，爷爷均匀的呼吸给我壮胆。我感到肚子里的寒冷和土窑里的温暖在甬道里交锋。爷爷间断地喊着我的乳名，我知道他怕我睡倒在地上。

窑里，头顶永远吊着一只篮子，篮子并不高，大人站在炕上半伸手就可以摘下来，小孩儿踩着被子枕头也够不到。篮子里装着点心，饼干、麻花、妈托儿……那里的一半犒劳了小孩儿的馋嘴，农闲时节一家人聊累了，奶奶便卸下篮子主持夜宵。将篮子吊起来既防老鼠又防小孩。躺在炕上，头上的篮子滋养着孩子们饥饿的梦。土窑的窗户只镶一小块儿玻璃，玻璃质量极差，看出去外面的世界有些变形；也很脏，雨水纵横写意，像雕花玻璃。其余则用绵纸糊就，窗外的格台往往竖满荆棘，防御鸡啄兽舔，豕拱狼袭。常常就有狼夜里偷猪，猪狂躁急哼，爷爷不及披衣，撅亮手电顺势将臂捅出窗外，一场虚惊与我们的梦掺和一起，等到天亮，猪哼依然，不见狼迹，窗户像早已愈合的伤口，唯有缺刺的荆棘还残留爷爷的惊慌和血迹……

人去遗声，雁过留痕，当父亲将最后一滴烧酒倾于土窑墙根，锃亮的镬头扎向土里的时候，我知道不久，祖宗留下的土窑便会像麦子一样倒成一片金灿的记忆。

歪尾巴公鸡

歪尾巴公鸡的尾巴并非天生歪，而是后天灾难造成的。那时候鹞鹰经常带着呼呼风响在山村的天空恣意横行，一只鹞子闪电般冲进我家的院子，祥和的空气猛然掺和了一阵旋风，狗儿狂吠，鸡儿仓皇，只有一只幼鸡宛若斗士，抖动双翼与鹞鹰对峙，本来负责掩护的是那只平素作威作福的大红公鸡，那时早已藏于老母鸡的屁股后面发抖呢。鹞子稍加犹豫便把这只幼鸡擒于爪下，鹞鹰翅膀一扇便扭身冲往院外，小鸡像包袱一样被提着，大人小孩齐声高喊，鹞鹰受了惊吓，逃得惊惶，居然松开爪子。幼鸡大难不死，然而漂亮的尾巴越长越歪。歪尾巴的鸡的样子怪异，它的走姿总向里侧偏，仿佛无形的大风永远在一侧威逼着它。

其实动物与人没有不同，人长得丑会自卑，鸡也一样，吃食时别的鸡专门跟它争抢，交配更谈不上，母鸡不跟它挨，公鸡欺负它软，常常被啄得鲜血淋漓，鸡毛零落。渐渐地它成了孤鸡。中午日头暴晒，所有的鸡都静卧在麦垛下、树荫里，它则远远地伏在墙角根，有时还东走走西荡荡，像个流浪汉，晃得心烦了，母鸡便嘀嘀咕咕叫唤，接着便有讨好的公鸡奔过去撵走它。它像一只无家可归的弃儿，晚上总歇在树上。

依据人的哲学：大难不死，必有后福。歪尾巴鸡的后福是活到无疾而终，这在鸡族中的确是稀有的，尤其公鸡。有一年村里传染鸡瘟，几乎所有的鸡都染上了病，歪尾巴公鸡由于独处因祸得福，没被传染。当我家的公鸡死得只剩下它的时候，歪尾巴公鸡终于熬出了头，也开始了抖擞的日子。俗话说，人一阔，就变脸，鸡也这个理儿，歪尾巴鸡越来越容光焕发了，走路摇摆起来了。吃食时居然也啄那些老母鸡，每天数几只鸡要下蛋，它成了皇上，有了三宫六院，那些鸡妃子还争风吃醋，相互撕咬。歪尾巴鸡不但独享三宫六院七十二妃，还诱野鸡玩，常有别家的母鸡混在我家鸡群里吃食，由于仗着公鸡的势力，还表现得蛮横无理呢。我家的母鸡真是怨气四起了，趁公鸡不注意群起而啄之。如此，就有人家的公鸡来寻它的情人或妻子，纷争是免不了的，由于在我家，有小孩儿帮忙，每次歪尾巴公鸡都大获全胜，从此表现得更嚣张。但有一点，歪尾巴公鸡司晨的习惯没改，并且很殷勤，我想这是鸡的本性。

当母鸡的情欲被不断升温的阳光点燃得哔剥作响的时候,炸窝了的母鸡便蓬松着羽毛在院子里刺猬似的乱窜。主人便借一批鸡蛋给母鸡找个地方孵化。这期间母鸡要二十几天不动窝,幼鸡才能孵出。歪尾巴公鸡便义不容辞地承担了父亲的职责,尽职地喂母鸡食物,还要防御老鼠搞一些偷鸡摸蛋的勾当。在漫长的二十余天过后,歪尾巴公鸡的尾巴更歪了,瘦得皮包骨头。不要以为歪尾巴公鸡的使命就此结束了,它还要担当与母鸡共同抚养小鸡的使命,它要为小鸡觅食、争食,用身体义无反顾地充当母鸡和小鸡的盾牌。它是急躁的、愤怒的,它的力量完全可以使一只霸道的狗妥协,甚至连牛羊也敬畏它。

我的院子里其实一直住着牛骡羊犬猪等农家院子里应有的畜禽。但我唯独把歪尾巴公鸡作为一个专题写进这篇文章,我尊敬这只可爱的公鸡,在它身上所体现的义气、谦卑、发迹、责任与人是何等相似。当我忆起它,我总想起我的本家二爷爷,他脖子上长着一个硕大的肉瘤,在他的有生日子里,永远像扛着十来斤的西瓜。他是个可怜人,从小失去双亲,家境穷困无法尽言,然而他热心帮人一辈子。用自己的苦力将一位瘫痪多年的病人养老送终,那人的妻子为报答他的恩情,甘愿下嫁于他,被他婉言相劝,另嫁他人。村人对他不敬,不解,他从无怨言。孑然一身住在一间破窑洞,小时候跟爷爷去他那里玩,他还拿出乌黑干硬的糖果给我吃。他死了。当人们发现他的时候,人已经腐朽得变了形。我家的歪尾巴公鸡也死了,它倒在院外的坡里,它肯定是知道自己大限将至主动离开家的。

梨树的忧伤

梨树受尽了夜风粗暴的蹂躏,它披着霞衣挂着清泪,晨风用假意的温柔安抚梨树的伤痕,可恶的夜风便乘隙卷着玉米叶子逃走了。若不是满树翠绿、橘黄的果子,它也许早已自暴自弃、香消玉殒了。梨树从一生下来就与忧伤联姻，就像红颜与薄命共存一体，因此梨树更像一位冰清玉洁的女子，即使在它最炫目的时候，也没有褪去忧伤的气质，反而因一袭缟素将这一气质发挥到极致。

月下梨花是梨树一生中最可以炫耀的景致，它静若处子，美若天仙，百花无法与它争锋，月光也只是它的陪衬，它的哀怨和幽香也由此溢满了整个村庄。白色其实是最能显现气质和美丽的颜色，就因为淡雅素静，有多少次碰到浑身缟素的女子，我都会怦然心动，那清醒夺目的颜色总能唤起我关于梨树的回忆。

梨花总是开在山花阑珊、桃花缤纷的时候，仿佛它一来那些花就羞得急急逃窜了，它的确太美了，美得飘逸，美得妖娆，美得清高，美得典雅；美得让人心尖儿痛，美得让人恨之入骨。忙碌的蜜蜂、清闲的蝴蝶来了，赢得欢乐，走得欣欣然；附雅的苍蝇、莽撞的甲壳虫也来了，讨得无趣，溜得悻悻。时光如无数的丝线，扯得花儿尽落，叶儿舒长，梨花是最守信的，每朵花下必藏着一个翠色的梦想，不像别的树绽满谎花欺人耳目。我与山杏儿坐在树下，阳光斑驳地照在她白皙的脖颈，小脸红红的，鼻子翘翘的，梳着两条短辫儿，一身素白的衣裳；她低着头，睫毛像毛毛虫，她的脚下躺着无数梨叶折成的燕子，每做完一只都要竖在我眼前歪着头问漂不漂亮。她看我时眼睛很亮，从那双眸子可以看到里面藏着小小的我。当南来的燕子乘着夏风飞来的时候，树上的果子已大如桃子了，我站在树下读着梨叶纤然的经络。山杏儿死了，就在不久前的一个晚上，莫名的高烧吞没了她稚嫩的生命。阳光静静地泻在每片叶子上，我仿佛看到她汪汪的双眼，那里面有小小的我。巫师说她是天上的童子犯了戒律转生到人间的。看来她终究是要夭折的，但她却扔给了我无尽的哀思，让我时时在梨树的阴凉里恸彻心肝。

当燕子刚刚给我留下完整的记忆时，它又要带着家眷带着我的思念飞走了。它像幺妹一样，在我的生命中只是一个给我带来伤害的过客。我渐渐明白，只有站在圪塔院西墙根的那棵梨树才是寄托我情感的朋友。它就那么站着，从早到晚，从冬到秋，铁铸的一般，我要以它为伴，整日里猴子一样偎在它的怀里。饥渴了有脆梨食，困乏了有枝杈靠，梨树用玉露润我的唇，梨树用叶子撩拨我的心，在它怀里我永远是个孩子，但它的大忧伤我何曾体会？有一次，它沉迷于自己多舛的命运回忆中，竟失手将我掉落地上，我以为我要死了，气短、憋闷、疼痛、昏厥，有那么一刹，我仿佛尝遍了一生的酸甜。梨树也会老的，正如我双手无力、目光呆滞的奶奶。

偷梨事件从来不曾间断过。当艳目的硕果娃娃一样露出胖脸的时候，没有理由不让人们饱含意味的目光落在我家的梨树上。爷爷砍来荆棘铺满树下，便有人借着土墙上树，土墙加高，"馋猫"不嫌费力，扛来木头爬到墙头。我们无计可施了，便骂街，村人便关起门吃着梨窃笑。外人偷，家里人也偷，二婶偷，四叔偷，堂弟偷，母亲偷，我偷，甚至连爷爷也偷，全怕吃亏。当偷得不易再偷的时候，梨也终于修成正果了，一大家子分工合作，按人口分配收获。爬树卸梨的重任总由我承担，堂姐在树下帮我递筐子，她仰着白嫩的脸，笔挺的鼻子一张一翕地喘着粗气，一双大而亮的丹凤眼被长而翘的睫毛附着，她是我见到过的最漂亮的女人，那时她大约十六七岁，挺拔的身姿，娉娉婷婷。她一身整洁的素衣，让我想起用梨叶折燕子的幺妹。

堂姐命苦，生下不久便失去了母亲，二伯工作在外，不得不将她送人。那个家我跟爷爷去过，养父因犯事入狱，兄弟姊妹一大堆，一家人只有两条破被子，她的养母人倒挺好，用红薯和莜面招待我们，临走非要带给我们两颗白菜。堂姐将我们送了一程又一程，她小声地啜泣，哭得像一朵带露梨花，爷爷用颤动的手抚摸着堂姐一言不发。最后堂姐噙着泪亲亲我，便抹着泪头也不回地同我们分手了。爷爷的心情很糟，二十里山路不吭一声。

总是非常残忍地盼望着梨叶落光，因为漂亮的堂姐便会带着女性的温柔同我和爷爷住一段日子。她照顾我们的起居，洗衣做饭，打扫厅厨，我和爷爷的日子温馨而滋润。堂姐让我教她识字，居然在我的辅导下读了一本儿童版的《红楼梦》。"读书真好！"她渴望的眼神夹杂着哀怨，顺着她的目光，屋外的梨树正在寒风中索索发抖。她也许在羡慕大观园里的那些姑娘，我的堂姐像谁呢？袭人？林黛玉？薛宝钗？是秦可卿！堂姐的处境太凄惨了，她没有活到二十岁就得了骨癌，堂姐对医生说："大夫阿姨，我不想死，你好好给我治病吧，我爸爸有钱。"命运之神嫉妒我的堂姐，她最终没保住媚艳，而是带着一副憔悴如枯木的容貌离开了这个欺人的尘世。那时，梨花盛开，浑然缟素，梨叶成形，翠绿嫩黄。

石硪的陨灭

石硪是旧式农村图景中最为重彩的一笔，它沧桑、磨损、颓废，甚至倾圮，最好有一只鸟儿静憩，翘首站在枯树一样孤立的磨杆头，它刚刚啄饱遗落磨道足够落寞了三分之一世纪的玉米或麦粒——这些曾被石硪咀嚼碎了的食物也粉碎了再生的理想——它们曾在荒草中做过裹于鸡腹的梦，但一切又都绝望了。除了迷途的鸟儿，还会有谁涉足这里？如果将这幅图画作为背景放在褶皱纵横的老农身后，那是艺术家的天真，没有人情愿怀念那段日子，尤其对一位饱受磨难的农民来说；农民更需要忘记许多事情，尤其代表苦难的石硪。

在上世纪七十年代后半叶之前，石硪一直由牲畜牵着一圈一圈地研磨着我们清苦的日子。爷爷驾好毛驴，奶奶搬出面箩、簸箕，日子三天两头就这样开始，经过，结束。牲口戴着眼罩，捂着口罩，由一根杆子领着绕石磨不紧不慢地行走。奶奶将袋子里的玉米分批堆在硪眼上，在两块石头的缝隙里就会汩汩地流出玉米渣，泉水一样的流感，奶奶用笤帚不断地收集，不断地箩筛，然后再不断地倒在磨眼上磨，重复的过程单调得让人昏昏欲睡。奶奶能行，她用无比柔韧的毅力对付着这张老牙（石硪更像反复咀嚼的牙齿）。奶奶还得看护年幼的我，她把我放在石硪上让我往磨眼里拨玉米，我也乐于看着那张嘴（我那时就是这样想的）不断地吞着粮食，何况还能不费脚力地一圈一圈转呢——我幼小的心里就有占便宜的劣性。后来，就看着驴子转，看着奶奶转，看着蓝天白云转，看着我家的母猫转，看着太阳瞅着我转，看着别人家的石碾转……看着我跟在牲畜的屁股后面转，看着我拿着柳条鞭打着牲畜转。石碾真是厉害，把山村的日子磨得油亮，把奶奶的皮肤磨满皱襞，磨死一条狗、一只鸡更不在话下。许多年后，当我整日被拴在学校里读死书的时候，我首先把书本想到了石碾，把自己想到了那条拉碾的驴。农民不喜欢石碾，学生不喜欢书本，可农民离不开石碾，学生逃不开书本，这难道不是生活之哲学么？我在石碾的转数中渐渐长大，关于石碾的故事便丰富着我的记忆。故事里除了奶奶这个主角，还有凿磨的外乡石匠这个配角，他是一位闯荡江湖的老者，用一根锐利的钎子吃喝了大半辈子，他孤家寡人，无牵无挂，性情如他拨弄的石头一样沉静。他将磨平的石纹重新加深，他说，越粗糙越能很快地磨出细面，这就是棱角的用处。

用石碾磨出的面其实很不卫生，里面掺和着灰尘还有石粉，尤其要命的是石碾磨出的粮食很容易吃尽，难为奶奶自从做了母亲后就一直与石碾厮守，如果石碾通性，也要把她认作干娘了。教师有职业病，医生有职业病，其实农民同样有职业病。奶奶就是这样，她的病自从我们村安装电磨后就表现了出来。几十年的思维惯性就是太阳一出便驾碾磨面，奶奶不习惯这种无面可磨的日子，她总是不知所措地摆弄她的面箩、簸箕，我不知道世上竟有这样的怪事，她常常失落地坐在石碾边发蒙，她经常把自己当作一个无用的人而自责。奶奶的人生竟与石碾如此相似，当石碾不再为人所用的时候，不到半年它就衰败得像一位病恹恹的老人，除了我们这群小孩大雨过后的夏天在它身上捏泥碗甩炮响以外还有谁去理会它们呢。村里所有的石碾几乎在一夜之间全被干脆彻底地遗弃了，父辈们甚至懒得看它们一眼。人们是残忍的，贫苦的人们更残忍。

电磨磨出的面粉真好，又快又细又干净，人们不再提及关于石碾的往事，年迈的奶奶除了不多的家务活儿外几乎无事可做了，她没养成串门的习惯，她不会读书看报，也没有针线活儿做，她是个闲不得的人，得找事忙呀。她觉得无事可忙后体质衰退得很厉害，不到一年的工夫便瘦骨如柴，弱不禁风，她不能一口气走百十米路，医生终究没查出她患有什么毛病，但她到底去世了。直到某一天，我看到倾圮的石碾时，听到一声叹息，真真切切，即使现在猛不丁忆起也清晰如初，那分明是奶奶的病中呻吟。奶奶的魂还驻在那里，那是她转悠了几十年的地方！

说来也奇怪，自从安装电磨后不到两年里，村里至少又故去了三位奶奶一样的老女人，石碾一度被人们视为忌物，有几家甚至拆毁扔掉了。但寂寞的石碾仍旧有它存在下去的理由，尽管它作为生命的实用体已陨灭了，然而代表那个时代的历史永远写在它多皱的脸上。那个时代是不堪回首的，有谁愿意只为整日研磨糊口的面而活着呢？尽管是无奈的，像奶奶那样，她不做，总得有人去做。奶奶真是个苦命的人，她终究没活过石碾陨灭的那一天。

核桃树的高度

旭日悄悄地将第一抹霞光印在土窑顶的核桃树上，山村随之打起悠长的呵欠，山风被村南头的井水滤过了，鸡犬却还烂醉如泥地在院子里跌跌撞撞，挂在牛羊脖子上的铃铛吵得很响，啄露而歌的鸟儿更不示弱，它们到处飘飞，肆意播撒茁壮的种子和声响。而这一切都缘于我家的那棵树，它站于全村的制高点上，春天的画师正是从那里将一桶桶的颜料泼将下来，洇满了山岭、山坡、山丘、田野、山坳。时令已是春夏之交，花儿开了又谢了，草儿早已步入蓬勃的壮年，麦子正在抽穗，所有的树木则乘着绿色的欲火哗哗剥剥地往上蹿。

那次，我正蹲在茅坑，悠然便看到那棵核桃树正在窥视我，它举着无数的手掌，阳光就从那里披扬下来，洒满整个村庄。它的背景是团团洁净的白云，我的眼睛盯在那里——我常常喜欢这样做，发现那棵树一直在涌涌地跑，带着窑顶，我，还有村庄。我第一次知道，即便我站着不动，其实也有那棵树领着我一刻不停地奔跑。

这棵核桃树一直就站在我家的窑顶上，打我记事起就那样，一点儿都没变老。核桃树在我的故乡是普通树种，沟沟坎坎，田垄路旁，随处而生。它是北方的植物，却长着南方植物虬然的身躯，也因为有这样的躯干，人们才更容易摘取它的果实。核桃树有着皲裂的树皮，当树叶掉光了的时候，你万万不会相信它是一个生命体。春天，山花阑珊的时候，它稚嫩的绿芽就出现在枝头，先是点点如黄绿色的火苗，过上一段时间再看，已是簇簇的宛若张开的胖手。长成的叶子呈椭圆形，纹理很有规律，由主茎向外发散，与橡皮树的叶子极像，只是薄弱纤细得可爱。立夏前后，是核桃树挂穗的时候，长长的穗子比成人的中指还要粗壮，上面结着米样的颗粒，一条条像碧绿的毛毛虫。一旦这些温柔的东西从树上落尽时，你便会从叶间发现葡萄一样大小的果子，那就是有点丑陋的核桃的孩童的模样。到核桃能食的时候，它已经长成了桃子那么大了，一个个翠绿透亮。处暑之后，人们就要摘掉它，剥去外皮，显露真身。

谷子归仓，玉米高悬，霜雪附野，大地索然。只有我家窑顶的那棵核桃树仍旧挂着果实与西北风抗争。叶子稀落，果子憔悴，每当秋风呼啸的时候，晃荡在枝头的核桃更像眨眼的星星，眼看就要入冬了，仍旧没人去理会它们。一棵核桃树，抖擞着迟暮的身体，怪异地挂满神秘。每每这个时节，我都渴望父辈告诉我一点关于这棵树的秘密。其实神秘在山村并不少见，一座古老的山村，最缺不了的就是神树、祭堂、山神水神庙诸如此类，这也许是棵神树；可又从没见过谁去祭奠。大树沉默，山庄沉默，父亲沉默，爷爷沉默，果子光着沉默的身子终于纷纷扬扬沉默着掉到院子里，我们偷偷捡去，在砖头的帮助下将它们裹于沉默的腹中。

某年初冬，阎锡山的顽固兵拥进村庄，逼着百姓交粮，其实事先爷爷已闻到风声,他组织村民把粮食藏匿于深山野洞,顽固兵命令爷爷交出粮食,因为爷爷是村长。他坚持不承认有粮食,因为粮食是为解放军预备的。他们便把爷爷和另一位副村长五花大绑拉到土窑顶上枪毙。先打副村长,只听嘭的一声那人便一只死羊似的瘫软在地上,爷爷想,这下怎么也完了,在踢他的时候,里面有一个地下党,与爷爷很要好,他顺势踢了爷爷一脚,爷爷受到暗示,跳下窑顶连滚带爬地钻进了深山。过了好长一段日子,爷爷从深山归来,他第一件事就是走到出事地点,在那棵树跟前,爷爷记得很清楚当时是树绊了一下,他才顺势滚下窑顶的。树干上果然留有几个枪洞,他倒地叩拜,大哭几声,爷爷在哭什么,哭替他挨了枪弹的核桃树还是那个副村长,抑或是那位暗示他逃跑的恩人,没人知道,这件事他从此没再提起。

以上情节是从父亲的笔记中无意发现的,那时候他正准备把这件事作为情节写进他的小说中。在爷爷很老的时候我问过他这件事,那时离那件事至少也有四十年的光景了,他迟迟没有作答,凝重的神情里包含许多鲜为人知的沧桑。我不忍再刺激他受伤的心,便让他将这个故事最终带入了坟墓。对这件事,爷爷至死保持缄默,他是否怀有负罪感?是否觉得应该舍命的是自己,而不是那个副村长?面对核桃树,没有答案。爷爷的一生是受人敬重的,他后半生被村里人称为尊长。邻里纠纷要他管,村民分家也要他主持,似乎没有他的公证就不能生效,他的声音就是法度。人们尊重他,自然就尊重那棵核桃树,在家长的调教下,再调皮的野孩子也从来不曾爬上去摘过核桃,那棵树成了村里人的活教材,是树在他们心中的丰碑。

树留人去,耄耋之年的爷爷不敌岁月寒风,他带着沉甸甸的秘密永远走了,按照当地风俗,孝子是要为已故父母的坟冢栽植松柏以求平安兴旺的,父亲购买过兴安松、塔松、红皮松,堂兄们移栽过山里的白皮松、油柏,全不活。一年清明上坟,居然在他坟头发现了一株核桃树,已蹿出两人高了。这里没人播栽,鸟儿更无法将树种带到这里,却恰恰又长在紧挨他的坟头,这让大家都感到很奇怪,心里空空的，惶惶的，忧伤亦欣慰。这时一道霞光映照我们，苍山如海，残阳如血，从这里可以望到卧伏在半坡里的村庄，村庄已是暮霭沉沉了，七彩霞光还停留在山村的制高点上，山上有坟头，坟头有核桃树。

又是深秋，村庄萧瑟中归寂，晚霞已失，暮夜将至。然而一切都不会更加漆黑寒冷，因为爷爷坟头的核桃树上挂满的果子星星似的照耀村庄里的一切。核桃树是有高度的，核桃树永不停息地领着我们在跑，即使我们站着不动，我想。

作品二维码
主播：若言

西贝侯，本名贾哲慧，山西作协会员，散文刊发于各地报纸杂志，《散文选刊》《小品文选刊》《读者》等有转载，入选各种选本和读本及中考试卷、高考模拟试卷等。著有散文集《西贝山村》《活页纸》。

尘封的胡同

静　河

一

父亲把我抱到自行车的前梁上，带我赶集。进城的大路弯弯曲曲、凹凸不平，路中间碾压出两条车辙，车子载着人一起一伏，行进得很慢。一阵风刮来，细密的尘土卷着车轮飞扬，还没到城里浑身上下就扑满了土粒。有的路段坡度大，骑不上去，父亲把我抱下来，左手推车、右手紧攥着我的手，不让我离他太远，我挣脱父亲的大手，不让他拉我；有的路段拐弯多，车子摇晃得厉害，我就从前梁上跳下来，一个人在前面跑，父亲跟在后面追，他用放羊的嗓门吼着："慢点！慢点……"拽住我的后襟把我重新抱回车梁上，推着我前行。

我们村庄就坐落在国道边上，去往县城的马路顺着村南的鄂邑河一直延伸至县城的城门处，那里有一座桥，桥下面鄂河水与城北面流下来的罗河水汇合，向西流入黄河，清澈见底的河水滋润着我童年的记忆。

土路很难走，很多时候父亲推着车子，我在前梁和后座换着坐。累了，父亲把自行车放在路边，拉着我走到河水边，脚踩在石头上蹲下身子洗脸，洗着洗着就用手掬一把水灌进了嘴里，我一边洗一边玩了起来，父亲说："女子，走嘞。"我恋水，不想走就哗啦哗啦地用手撩拨着水花,很多游来游去的小蝌蚪从我手指间滑过,有的已经长出了四条腿,我试图捞出来,滑溜溜的小青蛙就从我的手心逃离,父亲催我说:"快走吧,再不走回来就天黑了。"我装作听不见,依旧自顾自地玩乐。

歇足了脚,我又坐回自行车的前梁上,平缓的路面父亲跨上座位蹬着自行车前进,坡路陡峭,拐弯处怕有意外,父亲就跳下来推着走,他的额头上渗出一颗颗汗滴,却不让我下来。

进了城,父亲先带我去四爷家,给四爷送一些村里的土特产,再到集市上购物。

四爷家住在老街,向北是一条上坡胡同,拐好几道弯。一眼望到头的地方,有几十个台阶,上面是小报社,从那里左拐,走几十米正对一座大门,是从前一个财主家的大院。从大门口右拐,上坡,经过几座院落,路西有一棵大槐树,从大槐树的地方再右拐,向北走近百米,又是一座大院,左拐向西是另一座大院,门前有台阶,两边是石狮子。四爷家住在大门并排的边房,十多平方米,房子上边有个夹层,踩梯子上去可以放一些凌乱的杂物,屋子很小,一进人整个房间就显得拥挤起来。

路上父亲给我讲四爷和他小时候的故事,他似问非问地对我说:"老一辈人不知咋想的,不供自己的娃读书,供自己的弟弟,把你四爷供出路来,在城里上了班,却从来不让我去学校,我认识的字都是解放后在五七干校学会的,只学会几百字,会写自己的名字,会数钱算数字。"我心里暗思,父亲在我们那一片算是个能说会写、主持公道的人,会算术、会拨算盘,哪里像没上过学的?他心里一直有个疑惑,为什么爷爷不供他上学?为什么会中医、懂周易的爷爷不传他中医知识?年幼的我从来没有见过爷爷,只听说他身怀绝技,便充满了好奇。

自打记事起,我就听母亲说四爷脾气好,性格温和,处事圆满,所以爷爷供四爷上学,让四爷摆脱了昼背日晒、夜干农活的苦难。年轻的四爷很早就进入政府部门,成为一名干部。父亲扛着养活一家大小的生活重负，迈不出小村，每天还得下地干活，春耕秋收，吃尽了苦头。冬季，农活闲了就跟着太爷爷上山下乡贩骡子买马、粜粮食换油盐，什么事都做，什么重活都干。

父亲十二岁的时候就跟着爷爷从黄河禹门口到陕西汉中做生意。父亲歇息在路边的石头上，拿出烟袋装了一锅烟，用大拇指按实，点着，他狠狠地吸一口说："可能是我小时候太过顽劣，你爷爷怕我在学校惹是生非，引来祸端吧，铁了心肠不让我上学。"我说："你非要去，天天缠他，可能爷爷就答应了！"父亲说："没用，你爷爷有狠招，他能降住我，不答应就是不答应。"

我跟在父亲身后，敲开四爷家的大门，父亲总是理直气壮的样子，四爷见他满脸欢喜，双手迎接。他们年龄相差无几，小时候在一个被窝里滚大，父亲经常做一些恶作剧欺负四爷，太奶奶经常数落二奶奶没有调教好儿子，父亲眼睛里满含着无辜和不服说："那时候哪里有精力管孩子，你二奶奶整天都在地里干活，回到家里也没有一丝消停，包揽了全家大小的吃穿，哪里有工夫管我。"父亲从不完整地讲他的过去，他说一点就打住了，母亲接着说："裴家的家族很大、家规很严，老门兄弟多，从不分家，一个大家庭近几十口人，一天柴米油盐酱醋要有人管理，你的奶奶老实忠厚、不擅言语，身材瘦小，缠着一双小脚，在家里干重活、粗活、苦活；你二爷家的二奶奶身板高挑、模样俊俏，精明能干，每天在家里干针线活、做饭菜、收拾家务；你太奶奶主内，你太爷爷主外。"二爷从小精明能干，在城里做事，三爷早逝。

父亲提起家事时，母亲就插进来滔滔不绝，她说："那时候的婆婆严厉，做媳妇的凡事听从婆婆安排，你奶奶要生你父亲了，不敢给家人说，饭后去地里割麦子，肚子疼得厉害回不了家，硬是把你父亲生在了麦地里，村里人看见了才把母子弄回家。"父亲很介意母亲在我们面前说他的出生，那是一段不堪回首的伤怀往事。奶奶也因此产后中风，一病不起。由于她带着病身生了我的小叔，可怜的小叔过早就离开了人世。疾病缠身的奶奶在小叔出生后不久也离开了人世。父亲成了没娘的孩子，跟着太奶奶生活，衣食起居就和四爷爷在一起。

父亲瞪着母亲不让继续往下讲，母亲草草加一句"你父亲这一生也是个苦命人"便收场。奶奶去世没几年我的二爷在城里被迫害而死，在太奶奶的主持下，爷爷接纳二奶奶，兄弟俩的儿女们都搂揽在一起成了一窝亲。整个大家族都是在太爷爷和太奶奶的管理操持下过日子，四爷上学，父亲打理家务生计便顺理成章。

父亲从小就调皮捣蛋、鬼点子多，太爷爷亲自带着他在地里拉牛拔犁，也带着他走南闯北，见识了很多书本外的东西。

太爷爷没让他去学堂里读书，也不让他跟爷爷学习中医。到父亲这一辈，爷爷的中医技术就失传了，家里很多书籍和一些周易的卦卜变成了古董压在衣柜的最底层。儿时父亲经常从柜底翻出来让我看，他把一大摞发黄的书堆在炕上一本一本拿起来对我说："我不识字，这些书放在咱家柜里可惜了。"每到夏天，父亲就把书翻出来晒晒，然后裹在一块发黄的布里重新放回柜子。那时候我太小不懂珍藏，只记得爷爷的小楷手抄本字迹清晰漂亮。后来兴起承包责任田，在自己的土地上修建房屋、添置家具，发黄的书籍渐渐在我的记忆中消失了。母亲说："咱这个家族很奇怪，太爷爷的父亲把祖传周易和中医知识传给了孙儿，不传儿子；太爷爷不懂中医，他让会中医的儿子供弟弟上学，却让孙子跟他干了一辈子苦活。"

一说起老一辈，父亲就湿润了眼，他酸楚的眼神里充满了对逝去亲人的思念和追忆。

他一次次地重复，只说因为自己的性格刚烈，爷爷才不供他去学堂，也不给他传中医技术，怕他出乱子、捅娄子。

每次去县城赶集，我们都要去四爷家，给他带些村里的瓜果蔬菜，留在四爷家里吃午饭，听四爷和父亲唠嗑，谈村里的收成，说说家事，给我们将来做打算。待四爷答应帮父亲安排好我和哥哥上学之事，我们才道别，去集市买一些日用品，心满意足地回家。

二

四爷家住的地方在这座小县城最西边的一个胡同，那一带地名叫仓崖上，至今我也不知道这个名字的来历。那是一个不大但很讲究的四合院，院子里的主人儿子媳妇孙子住在北楼，老奶奶住在南楼；西边住着一户和四爷一样的农家，四爷住在东边大门南侧的一套最小的房子里。一进门左右排满了家具，门对面有一个灶台，灶台的烟筒连接着一盘两米七八的炕，炕上依墙有满墙柜子，柜子里放着被褥和枕头。房间虽小，四奶奶却把这里整理得井井有条，干净利落。我们每次进城赶集都要回四奶奶家里歇脚，有时候还专门安排在四奶奶家里住一宿，晚上看场戏，第二天才回家。

在四奶奶家里住宿，也是一件令人难忘的事。四奶奶家很小，炕也很小，家里有爷爷叔叔和奶奶姑姑四口人，本来就小的炕加上我和父亲，奶奶就要借住在邻家的房子里，我和比我还小的姑姑睡在爷爷和父亲的脚下，两家人挤在一个炕上，却兴奋得一个晚上睡不着觉，玩呀、闹呀，直到父亲发火了才悄悄地缩在角落把头蒙在被里听爷爷和父亲拉家常，他们父子俩有说不完的话题，但总也离不开叔叔姑姑和我与哥哥的前途，离不开老家里老院拆迁和老坟的维护，他们扯得很远，爷爷甚至交代父亲他的后事，说自己将来老了要回老家入老坟。

四爷住的是解放后打土豪分田地时政府收缴回来的地主家充公的房子，他上班后，单位把那套房子分给他。房子的原主并不像书里描写的地主富农那样地可恶，他们也是一户很纯朴善良的人家，逢年过节做了好吃的总会给四爷家送一点，四奶奶也会把自家好吃的送给对方。我们去了经常碰见那家的老人坐在爷爷家炕头天南海北地聊天。

四奶奶是父亲和母亲担着粮食和彩礼，在城里帮四爷张罗着娶回来的。四奶奶比四爷爷小很多，是续弦，她人长得俊俏，心灵手巧，会裁缝，还是党员，在城里是数一数二的媳妇。我们当地有个规矩，不管年龄大小，跟了四爷就是父亲的婶婶、我们的奶奶，大家叫得亲昵，四奶奶应得也很自然，时间长了她便完全成了一个长者的样子。我们去了四爷爷家，她总是嘘寒问暖，热情款待，闲暇时给我们缝衣服做鞋袜，当自己家孩子一样。渐渐家族里的成员都乐意去四爷爷家串亲。大家每次进城赶集，都会给四爷带一些村里的瓜果蔬菜，在四爷家里歇息、吃饭，冬季白天短了就在四爷家住宿，夏季天长了就擦黑赶回家。

进城也是乡里乡间一件荣耀的事，跟父亲进城出村口就会碰见邻居们羡慕的眼光，回来自然也有好事的婆姨们坐在村口候着，她们问父亲去城里买了什么好东西，父亲只草草应答："还不是柴米油盐，能有啥好的。"其实父亲把给母亲扯的弹力尼裤料和条绒花色的上衣布料藏起来了，直到会裁缝的母亲把衣服做好穿在身上，她们才能看到，一脸的羡慕和嫉妒。而在四爷家里吃饭、改善伙食才是我们每次回来必须炫耀的话题，精明能干又贤惠的四奶奶，总会变着花样给我们做一顿可口的饭食，各种肉馅的饺子、馅饼合子、包子、扯面、削面、手工面、擞片等等，只要从城里回来一进村口，高嗓门的邻居们除了探究父亲购置了什么新物品，就是打听父亲又饱了什么口福："今天又去你婶家吃了啥好饭？"父亲耳根红红地应着说："茄子肉末馅的菜合子，喝的鸡蛋肉丝汤。"邻居大妈们调侃说："你们有改善的地方，我们一年连个肉星子都看不到。"大伙笑着说出了大实话，眼睛里也笑出了眼泪，父亲忙着在布袋里找出一些稀罕东西，分给邻居们吃，大家推诿着谁也不伸手接。有时候回到村里已经很黑了，没有碰见大妈婶子们，第二天母亲会把带回来的好吃头分一些送到每个家里，把割回来的肉分几块，送给大家都吃点……和睦友善的邻里使我们的生活充满了乐趣。

每月初一、十五两个集会日，小商小贩摆满了市场，农人们聚集在那里买生活日用品，或者到了播种时期买种子、禾苗，没有由头大家不会去赶集的。

每次父亲赶集，母亲从来都推辞不去，一年半载的实在有需要母亲才会去城里走一圈，而且每次去城里她都是提前很多天就开始准备。给四奶奶家里带啥？填锅的蔬菜还是熬粥的豆类？她要提前用筛子筛，或是用簸箕簸，把粮食里的皮壳捡得干干净净，母亲会蒸一些雪白的馒头带给四奶奶，有时特意在油锅里炸一下，以示重视。四奶奶说：只要是我们家给她的食物，不管是蔬菜野果或是粮食豆类，她都不用再打理，那都是经过仔细筛选的。

比四奶奶还大的母亲一进了大院，就抬高嗓门、亲昵地招呼婶子。年轻漂亮的四奶奶一听到母亲的声音，便满心欢喜地迎出来，更加热情地招待母亲，满脸自豪地给邻居们介绍：这是我侄儿家媳妇，我们老家在余凹，一村子都是我们裴家的人，我们是大门户的裴家，裴家的媳妇都俊俏、贤淑。

母亲和四奶奶也有说不完的家常话，她们走在一起，就把彼此家里发生的一切大事小事、好事烂事通通都抖搂给对方，心情不好的时候也总是相互安慰、相互鼓励，归根结底还是要把自己的家守护好，帮衬儿女们立起家业，老了也要做个好老太，不要讨人嫌。

母亲去世，四奶奶流着泪说：我们裴家的一个好媳妇走了！那些年去看四奶奶，就想起了父亲和母亲拉着我走在那条胡同里的情景，那点点滴滴的爱遍布了我的生活。时光荏苒，亲人们都已离去，他们牵着我一辈子的惦记和念想，交织在梦里梦外。

三

每次走在漫长而满溢着童年故事的娘家路上，我就不由自主地想起了我的四爷和四奶奶，想起了老城最西头的仓崖胡同，它是一条用石头砌成、满载着历史故事的街道。四奶奶曾自豪地给我们讲仓崖上的大户人家和街巷轶事，我却更难忘在四奶奶家胡同里遇见的一个小女孩，她的名字叫齐。

刚进城上学时我很胆小，父亲安排我住在四奶奶家里，上学走路都成了最大的负担，四爷送我到大门口，我一个人从来都是跑步到学校，有一天我不小心绊倒了，一个比我大点的小女孩把我扶起来，给我擦眼泪、拍打衣服上的灰尘，我亲昵地叫她姐姐，她也是一个人，和我一个学校。那以后，她每天都来四奶奶家里叫我一起去学校，学校里有活动时我没有服装她给我带，做游戏没有道具她帮我准备，课程跟不上她帮我补习。放学回来她带着我在老城的大街小巷里玩耍，带我吃了第一顿小县城有名的酱油炒面；带我第一次上了小县城的老城墙，我们坐在城墙上背诵古诗词，在城墙上我第一次听她歌唱，她的歌声洪亮优美；她带我第一次进了小县城的图书馆，我看到了《钢铁是怎样炼成的》；后来她教我跳舞，教我滑旱冰、游泳……可惜我不善言谈，不敢和同学们说话，不敢下水、不会滑冰、不会舞蹈，我只做她的忠实粉丝，欣赏她的一切，她也有刁钻刻薄、自负高傲的一面，那只是针对别人，对我从来都像亲姐妹一样，我没有问过她的名字，但知道她叫齐，她是我生命里出现的第一位闺蜜。

平时，她会拿自家的苹果来，我俩一人一个；她拿自己的彩纸装订作业本，我俩一人一本（那时好像特别缺纸，学生们的本子都用各种彩色的粗纸）；她每天早上给我带一个她们家的酵母馒头。四奶奶经常叮嘱我不要忘记她，不管什么时候都要和她互相帮助、互相谦让。

在城里读了三个月书，我就闹着要辍学。我习惯了在农村扎堆在麦秸里，习惯了老师站在麦场上用土语给我们讲课的样子；我很享受在村里一帮子小伙伴给学校抬水、去一公里外的煤矿担炭的浩浩荡荡；我更喜欢所有的同学都用一样的作业本和铅笔，那是老师统一在城里买回来分给大家的。我适应不了县城里的孤独和寂寞；适应不了县城里所有同学说普通话，老师用普通话讲课，我听不懂；我适应不了每天要上讲台讲一个发生在自己身边的小故事，因为我不会讲。四奶奶小心翼翼地照顾着我，她想尽一切办法让我高兴起来，适应那里的生活，我却怎么也提不起精神；我认识的小女孩每天放学回来都找我玩耍，教我踢毽子、跳皮筋、玩石子，我却无法不想家、想我的母亲，想村里无忧无虑的学习生活，在村里当班长、是好学生的我到了城里变成困难户。我决定不读了，四奶奶摸着我的头舍不得我走，小女孩齐哭着拉着我的手让我留下来，我把我那很小的铺盖卷放在邻居赶集的马车上义无反顾地回了老家。我不知道我走后，四奶奶一次次地捎信给父亲，说给学校说好了一直留着我的名额，我可以随时回城里读书；我也不知道陪伴我的小女孩在我回村里不久就得急病离世了，我不知道她的家，因为我从来没有问过她家住在哪里，多大年纪。我们形影不离地相处了三个多月我竟然不知道她一点点家事。

我经常去仓崖胡同里寻找曾经的记忆，在胡同里找到了我坐过的石头；我也找到了我们爬上爬下的老树，它现在已变得沧桑；我从胡同的拐弯处找见了躲在石墙后边的影子，她若即若离，时隐时现；我找见了站在大门外等我回家吃饭的精干利落的四奶奶，仿佛她还在笑着向我喊话。

作品二维码
主播：兰航

静河，本名裴彩芳，中国作协会员、山西省作协会员、临汾市作协副主席；创办《风》诗刊；文学作品散见于《诗刊》《诗潮》《黄河》《山西文学》等刊物。曾获《黄河》年度诗歌奖、临汾市"五个一"工程奖，其作品《紫露秋黄》获2013—2015年度"赵树理文学奖"诗歌奖。出版诗集《钓月的人》《益母草》《散十四行》《午夜的探戈》《石斛兰》。

旷野三章

红山飞雪

一、一个人的村庄

一场轻雪过后，大地一片苍茫。

漫山遍野的蒿草，呈现枯黄的色泽，在风中飘摇起伏。地上的积雪被风吹着，不知道藏匿于何处。山石裸露，显得寒冷而坚硬。残雪覆盖了一条进村的土路，填平了沟沟坎坎。在路上行走的人，变得小心翼翼。

视野之内，难见高山。一座座丘陵缓缓推向远方。远方，是愈加苍茫的白雪。几棵树在旷野站着，或远或近，或高或矮，平添了几分孤独与凄凉。更远处，是一条沉默的小河。

旷野没有耸立的高山，却随处可见纵横的沟壑，将平缓的原野，分割成一道道"山谷"。转过一道山沟，前头不远处，现出几间房屋来，那便是这旷野上唯一有人居住的村庄了。

说是村庄，也只不过几间破旧的房屋，一群羊，几头牛，一个人而已。

远远就看见村子入口处有一支高高竖起来的木杆子，挑着一盏灯，在风中飘荡。颜色旧了，形状却完整，风里雨里不曾破损、坠落，像是原野里被人遗忘的果实。

路两边是过膝的荒草，枯黄的叶子和干瘪的草穗上面还染着星星点点的残雪，很容易让人想起那些斑白的须发。路的右边是一道狭长沟坎。沟坎的这边是边缘宽宽窄窄的围栏。粗粗细细长长短短的木棍穿插在一起，将一群羊围在里边。说是围栏，其实只不过是圈出了一个范围而已。围栏的许多木棍早已经腐朽的腐朽、断裂的断裂，这里少一根，那里缺一根，露出许多大大小小的窟窿来。几只小羊羔就从窟窿里钻出来，跑到沟坎上面的牛圈里、主人的屋子里，玩够了，再回到围栏里去。老羊们看着小羊羔出出进进，默不作声，在围栏里站着或卧着，不停咀嚼。或许它们知道，在这旷野里，不管围栏里还是围栏外，都没有什么不同，撒出去，又能去哪里呢？视野之内，这里是唯一的人家。它们不停咀嚼，在围栏里面咀嚼着一个又一个漫长的日子。

路的左边是一个院落。几间灰瓦房，几间土坯房。灰瓦片颜色暗淡，记录苍老的岁月。有些地方的瓦片破碎了，露出斑斑泥土。瓦缝里房脊上，有几株纤细的草瑟缩着，几近折断。门窗却很完整，油漆新着，玻璃很亮，反射出耀眼的阳光来。那几间土坯房的门窗都不见了，门口洞开，窗户用塑料布蒙着，风一吹，呼呼啦啦作响。那条大黄狗见有人来了，不叫不咬，满脸欢喜地摇着尾巴过来，低卜头吻着人的脚面。几只母鸡一只公鸡在院子里叫着，东跑西窜。屋门推开了，一个五十岁上下的老汉出来，微笑着打量我们这些不速之客。

虽然刚刚下过一场轻雪，正午的阳光照着，并不觉寒冷。老汉很健谈，说起这个村庄的前世今生，让人感叹，让人唏嘘。

这里原本是有着十几户人家的村庄，因为种种原因，人们陆陆续续搬离了这里。有的进了城，有的搬迁到大一点的村庄去住了。老汉的儿女老伴也在城里住，如今这里只剩下他这一人一个院落。问他为什么不去城里和全家人住在一起。他摇摇头，住到城里，不是废人就是闲人。在这里多好。他指着围栏里的一群羊，坎上圈里的几头牛，还有坎上坎下沟里沟外那些已经割倒的秸秆。在这里，我是一个有用的人，有大用处呢。他嘿嘿笑着，吐出缕缕青烟，眼角眉梢都是骄傲。一个人在这荒郊野外，不觉得孤独寂寞吗？孤独？怎么会呢。看这刚刚下过一场雪，你不是还来了吗？春天，这里沟内沟外的山杏树、桃树、梨树开花了，就像是一个大花园，来的人更多了。夏天漫山遍野都是山花椒，到处辛香的味道，有几个养蜂人，专门到这里来一住就是一夏天呢。秋天一到，菊花就开了，城里的人来赏花采花，人来人往可热闹了。村里的人是搬走了，可是这花花草草树木山泉是搬不走的。再说，他指着那些牛羊鸡狗，这么多张嘴都等着吃食呢，我哪有闲工夫孤独呢？庄稼人不懂那些虚幻的说法。这村庄是荒废了，可是土地没有，花花草草一直活着。你们城里人是不是就喜欢到荒无人烟的地方寻找寂寞呢？他的眼里现出狡黠的笑意。我看着他那张满是沧桑的脸，反倒不知道如何应答了。

他磕磕烟灰，又重新装上一袋烟，点上火，吧嗒了几口，望着远处，悠悠地说，儿子在城里开了一家肉店，专门经销牛羊肉，全指着我呢，想孤独也没有工夫啊。他大笑着，爽朗的笑声在旷野传出很远。

老汉要给围栏里的羊添加草料了，我们也原路返回。出了村口，回头看着那木杆上的灯盏在微风里飘来荡去，看着那个破败的院落，看着那条蹲坐在院门口的老黄狗，心中，还是被一种莫名的孤独填满了。

二、树上的鸟巢

看到那棵树上的鸟巢，我就想起了村头木杆上那个随风飘荡的灯盏。一片苍茫间，一盏灯，风中雨中飘来飘去，总让人生出一种孤独寂寞的情绪来。

旷野里这几棵树，离那个村子不是太远，也不太近，萧索地站立着。最高最粗的那棵树杈间，筑着一个硕大的鸟巢，远远看过去，像是谁把一盏灯藏在树冠里，又像是一枚已经成熟的果实，被秋收的农人遗忘了，再无法归仓。远远看过去，那么孤独，那么岑寂。几棵树，疏离而落寞；遍地的蒿草，荒芜而凄凉。

残雪被风催了眠，蜷缩在低洼处，山沟里或者蒿草的根茎底下。站在高处看过去，一片枯黄间点缀着斑斑点点的雪白，迷离而清冷。旷野之上，愈见荒凉。我站在风中，看那树上的鸟巢，那几棵枝寒叶疏的树，那一片枯黄的蒿草，心情复杂。半天了，并未见有鸟儿归来。那树上的鸟巢，竟然也是空的吗？

喜鹊喜欢在树上筑巢，它们成双成对，昼出夜归。喜欢与人为邻，在村子不远处的树上筑巢搭窝，繁衍生息。

小时候村子东边、西边，或是远处小河旁边的树上，总会有那么几个硕大的鸟巢，像是村子的瞭望塔，也是一个村子的吉祥果。太阳出来了，家家户户的烟囱冒出缕缕炊烟，金灿灿的阳光从山上泼洒过来，那喜鹊也从巢里出来，站在高高的树枝上喳喳叫，小山村就在这一声声的鸣叫中醒来。孩子们背着书包上学去了，大人们各自出门，忙自己的营生。那一双喜鹊也拍着花翅膀，外出觅食去了。有时候有顽皮的孩子爬上树去掏鸟巢，被大人看见，狠狠呵止。在村民的眼里，喜鹊是吉祥鸟，不能伤害。

鸟巢就是照在村头的灯盏，虽然未曾明亮，却让人心生喜欢。

鸟巢就是结在树上的硕果，进村出村的人抬头看见，心里便踏实。

我从来未曾想过，如果一个村子空了，那些鸟巢会怎样；一个村子的人搬走了，那些以人为邻的喜鹊，还会守着它的鸟巢吗？

起风了。地上的残雪被风卷起来，击打着我的面颊。我把衣领拢了拢，身子往车旁边靠靠。那个鸟巢在树杈上随风摆动，摇摇欲坠。心里不由一阵紧张。这鸟巢会不会像村子里那些年久失修的房子一样坍塌呢？

一群麻雀打着旋过来，像被风刮起的残叶，飘飘忽忽，从我的眼前掠过，消失在那个村子的方向。那个村子，被隆起的土丘、土丘上的蒿草，还有几棵稀疏的树木遮掩了，即使距离不是很远，不去特意寻找，也难以发现。追寻着那些麻雀的影子，仿佛看见了几间灰色的房屋，也仿佛听见了那老黄狗的叫声。是一群麻雀，惊动了老黄狗吗？老黄狗应该是不咬不吠的。哦，应该是欢喜的叫声吧。

是啊，那个村子不应该叫作"空村"吧。大部分的房屋废弃了，但毕竟还有一个人在坚守。还会有炊烟袅袅升起来，还有牛哞羊咩犬吠鸡鸣起起落落，亲切如语。喜鹊应该听得见。

房屋坍塌了，土地还在。土地上的花花草草、树木、河流、石头一直都在。它们不去理会人的来来去去，不去在意人喜欢还是遗弃。该生长的生长，该开花的开花，该结果的结果。离离原上草，一岁一枯荣。那些麻雀、喜鹊、鸽子、野鸡、乌鸦……那些狐狸、貉子、貂、鼠、野猫、山兔们也从未离开。该打洞的打洞，该觅食的觅食，该生儿育女的，仍旧生儿育女。人离开了，这些小精灵，未必就会觉得孤独寂寞。

村子空了，那些曾经生活在这里的人还在，只不过是换了一个地方生活而已。那巢里的鸟儿，也像村子里的人一样，去追寻自己的梦了吧。

就在这时，远处忽然有两只鸟飞过来，拍着黑白相间的翅膀，翩然宛转，顾盼含情，落在那棵树的高枝上，拍拍翅膀，喳喳叫几声。寂寥的旷野立刻生动明亮起来。那应该就是这巢里的一对喜鹊吧。心里一阵激动，又一阵轻松。

喜鹊归来了，它们并没有让旷野之上的那个鸟巢空置。它们像那个老汉一样，一直守护着自己的家园，不离不弃。

有他们在，旷野虽然寂寥，但不会荒芜。

这样想着，心里便释然了许多。

三、小河

那几棵筑有鸟巢的杨树不远处，便是一条小河，静静安卧在旷野里。

躺着的小河与站着的几棵树，还有树上那个贮满阳光的鸟巢，成了旷野上最美的风景。河道不宽，在旷野上划出几道不规则的弧线来，宛转着，一路向东去了。河水宽宽窄窄深深浅浅在旷野静静流淌，与那几棵树，相守着一种缄静的默契。河水较浅的地方已经结了一层薄冰，上面铺了一层清雪，像是一幅展开的宣纸。大大小小的鹅卵石，从薄冰里露出来，圆润的，粗粝的，远远近近点缀在冰面，成了不规则的棋盘。棋子自然散落，不成章法，却也浑然天成。从远处看去，那些石子又像一个个不小心滴落的墨点，洒在一幅素雅的宣纸上，漫不经心，却是极为写意。水草还绿着。一场突如其来的轻雪，让沉静的小河一夜之间结了冰，那些没来得及枯萎、没来得及泛黄的水草，就那样镶嵌在冰层里面，丝丝缕缕的墨绿像是玉石中的冰丝。鱼儿仍旧在水里游荡，却失去了往日的灵动，不是待在水草间，就是藏在石头的缝隙里，等待一场更加彻骨的寒冷。或者与流水一起凝固，或者与流水一起远走他乡。河水较深的地方，流水潺潺，敲打着石子，发出一阵阵泠泠声响，成了最流畅的音符。

一只野兔从蒿草里钻出来，一纵一纵，转眼之间就到了河边，蹲坐在那里，一只耳朵竖起，扭头四下里看看。然后，小心翼翼将头探出去喝水。几只鸟突然扑扑棱棱从草丛飞出来，拍着翅膀，远去了。野兔吓了一跳，一纵身，窜进草丛，一动不动。几只鼹鼠从洞穴里探出头来，支起耳朵听了一会儿，就慢慢探出身，一扭头钻进蒿草丛里，蜷伏下来，不知在等待什么。荒漫无际的枯草里面，不知道潜伏着多少小生灵，或者昼伏夜出，或者伺机而动。人类的撤离，只是让这旷野少了一些喧嚣而已。

旷野无边，寂静无声。

抬眼苍茫。回首苍凉。树木含烟。流水迂回宛转衔冰而去，留下了一地空旷，一地轻寒。

这就有些柳宗元《小石潭记》的况味了。

近处是空寂，远处是寂寥，虽然雪是微雪，冰是薄冰，仍然有了些许的寒意。然而，小河不远处那树上的喜鹊，那几声嘹亮的鸣叫，却冲淡了这里的空寂寒冷，也消解不少那凄神寒骨的感觉。

山重水复，重峦叠嶂是一种美。满眼苍茫，空旷壮阔也是一种美。

我不知道王维在塞上看到"大漠孤烟直，长河落日圆"时，是怎样一种心境。是孤寂、凄凉，还是悲壮呢？此时，我就站在塞外旷野之上，面对一条小河静静流过斑斑点点的残雪，流过苍苍茫茫的蒿草，流过坦坦荡荡的原野，竟然说不出此刻的心情。没有孤寂，也绝不是凄凉。因为，那条小河一直在醒着。醒着，就不会荒芜。

繁华是好事，寂静也并非落寞。

身在繁华大都市的现代人，着眼的恰恰就是那些寂静的自然山水。何者？昔者王安石在他的《游褒禅山记》里面说："夫夷以近，则游者众；险以远，则至者少。而世之奇伟、瑰怪，非常之观，常在于险远，而人之所罕至焉。"过去，我们人类的活动太过频密而缺少节制，凡所山水，皆有人类之足迹。那些"奇伟、瑰怪，非常之观"皆因为人类的活动，变得稀松平常，甚至变得不忍视，不堪一睹了。

或许，这寂静的旷野，会因为人的撤离，而愈加辽阔壮美。

作品二维码
主播：于蓉

红山飞雪，本名孙国华，内蒙古赤峰市人。作品散见于《人民文学》《儿童文学》《中国校园文学》《星星·散文诗》《四川文学》《文艺报》《电影报》等，有作品选入高考模拟训练试卷和课外阅读，入选多种文集。曾获首届"中国校园文学奖"教师组一等奖、中国作家网原创频道征文（散文）大赛一等奖、第三届吴伯箫散文创作奖。

耳朵里总养着几只鸟（外一篇）

叶青才

耳朵里总养着几只鸟

这是它们不知晓的窠巢，牢固，柔韧，耐得风雨。

这里始终养着几只鸟，养着高高低低的鸣噪和长长短短的絮语。

耳朵，鸟的终生未解的天堂。它们把身体栖息在树丫上，在风罅雨隙里，在岁月的枝头上；它们看过花开，叶落，蝉遁；它们以简陋的生活方式，或定居，或流徙，或不知所终。它们把灵魂安置在庄子的虚无间，倏忽做羊角之舞，继而禅定如僧如佛，在喧嚣的尘世，衔着一缕金丝，抛梭如织，交互成帘。

我看不见鸟儿的归宿，而更多专注于脚下的道路。直到某一天，我彻悟似的打开耳廓的栅栏，在听觉的仄仄耳壁上，安放了几只鸟窝，决心在耳朵里蓄养一群会汉语的飞鸟。

早晨，我以清新的思维和饱满的情愫喂养它们，喂养那些短喙的鹁鸪、机警的鸸鸥、白脖的八哥、蓝顶的紫鹃；以醇和的心境和恬然的姿态，试图把它们放飞到耳朵听不见的地方，让它们同白云摩挲，跟浪花嬉戏，共松涛起伏，与花香同醉；以人类的幽思和世俗的拙见，祝福它们在晴朗的日子里晾翅，在轻盈的雨丝中洗浴，在洁白的沙滩上恋爱，在茂密的丛林中繁衍。

午间，我劳作归来，在疲惫里打开篱门，呼唤我的鸟儿们回来，在梧桐树荫下奏响绿色的泉音。烦闷于日复一日的蝉鸣，哪怕是一声鸦啼，一片鹊噪，一阵杜鹃唤雨，一林山雀闹春，也是高山流水的绝妙录音。为什么要紧闭两廑耳廓呢！平静的日子里养几只鸟，孤寂的日子里录几支歌，岂不是生活的诗意享受？人一旦把听觉交给耳提面命，把耳朵交给俗世的聒噪和逸闻，就只能低俯在尘埃间，即使拽着头发往上提，也高不过麻雀的身姿。

傍晚，百鸟归巢，羽衣翩然，一个完整的日子被晚歌充满。或是长途归来，或是果圃转身，聚于林间的，栖于枝头的，宿于檐下的，都在我的牧归听野，啁啾着心灵舒啸，呢喃着侣朋无邪，关关雎鸠，窃窃私语，全给灌进了明月的唱片，录进了小河的磁带，切入灯火黄昏的秘境，融入逐渐恬静的絮思。

万勿打扰，让我毕尽心力蓄养几只鸟儿，在耳朵，在心扉，在梅朵绽放的初春，在菜花金黄的三月，在浓荫滴翠的暑夏，在果实累累的金秋；哪怕天寒地冻，滴水成冰，我仍敞开着耳门，使那些曾经喂养我平淡生涯的鸟鸣，那些在季节里磨光了棱角的乡音，一一归巢，次第成眠。

我庆幸，我耳朵里养着几只鸟，其鸣也近，其和也亲。设若地球上的树木越来越少，土地上的昆虫成为珍稀，巨口饕餮者欲把飞禽走兽吃尽，我会用生命的同位素呵护你们，我会打开耳廓，让人类听见，这个世界上还有像维也纳金色大厅中唤醒灵魂的乐音一般的声音。

水　碓

我5岁那年，认识了水碓。

认识水碓，是从认识徐校长开始的。徐校长原籍安徽怀宁，下放到我们村小学，定居在我家东首相距不到一里的泉水坪。我们两家隔了一道沙子岗，岗上是密密的松树，下边一脊旱地。之所以说一

"脊",是因为这岗就像一位老人躬起脊背,我们就从那儿越过去,到徐校长家的碓棚去玩。

水碓的出现,当时在我们那儿还算一件新鲜事儿。它无须人力,从早到晚日复一日地工作着,无论晴天雨地,无论霜晨雪夜。这架水碓靠着一垄田坎造起,坡度很大,于是来水急而有力,工作效率很高。我现在已经记不起来它的扶手架是用什么木质造的,但那碓头的确是橡子栗,坚硬又沉实;碓嘴一圈钢箍,里边八颗钢牙;碓臼是黑芝麻石凿出的,略微倾斜地安在黄泥筑成的碓棚正中的地上。碓尾有老大的水槽,总能装上两大桶水的样子;但末梢的踏板已经被压轮的"爪手"抹得光滑如镜。

我们通常是早约好,几个伙伴来到碓棚,或玩跳子棋,或玩水车,或者把家里能带出的好吃的食物偷偷拿来,在这里大开洋荤。一边是牙牙童语,一边是水碓那"簌簌——哇"的倒水声,直到如今还是那样清晰在耳。记得二毛头从家里拿来血肠,因是生冷的,我们几个吃了,回去后一个个拉肚子,弄得家长莫名其妙。尤其是兰欣,一个腼腆的小女孩,光着脚丫踏碓尾,结果险些被卷入碓瓢,整个人被倒进排水道。整个夏天,我们几乎都在那儿过午。清凉凉的河风、细密密的水雾、香喷喷的谷物粉尘,以及远处水田里的蛙鸣、旱地里的虫唱、高树上的蝉嘶,真是一幅绝妙的童年风景画。

当然,更难忘的是徐校长,一位魁伟、白净而操着异地口音的40岁左右的汉子,一担箩筐就把整个家当挑来的下放知青,在不长的时间里,就赢得了极好的声名。他人缘好,爱整洁,有学问,能吃苦,心胸大。有年秋天,队里分粮食,因他是四属户,缺少工分,粮食分得很不好,下脚粮,杂质多,但他仍然默默背回去,没有一句多余的话。多年以后,徐校长被调到上海,乡亲们对他还是念念不忘,不忘他"宰相肚里能撑船"的气量。

徐校长对孩子尤其和善。有一年深秋,下屋白娃偷摘徐校长家的杨桃,掉进了水坑里,浑身湿透,吓得半死。徐校长把他抱进屋,给他换上自家孩子的干净衣服，烧火为他取暖、烤衣服、烧姜汤。直到白娃脸色红润，恐惧尽净，才把他送回去，还搭上了一兜子杨桃……

在那里，我们把时光读成了童趣，把日子译成了怀念。

我们记得水碓的声音，那种"簌簌——哇——"的声响，像极一个老人刷牙漱口的声音。倘若徐校长还住在这，他一定老了，老得步履蹒跚了吧，那么，这声音就是他的，他在漱口，他在刷牙，他在整理那个简陋却被收拾得干干净净的家。我明知道那老房子早已不在，徐校长一家人在上海也生活得很惬意，但我愿意想象他的家还没搬走，那水碓仍然健朗，仍然没日没夜地工作着……

一个人在一个地方留下一点印迹，也许几代人都擦它不掉。回到乡下，我常听到有人提起徐校长，这其中竟然有十几岁的孩子。他们从老人的口中，知道那地方曾经有过一架水碓，那是徐校长家的，也是全村人共用的。

我得从心里腾出一块地方，来安置童年的水碓。

作品二维码
主播：魏慧贤

叶青才，笔名叶静、西溪、梧叶，安徽岳西人，安庆大别山科技学校讲师，中国作家协会会员，中国散文学会会员，中华诗词学会会员。出版散文集《源头》《秋天里的单音节》《笔底天蓝》《晨曦在歌唱》，诗词集《逗雨庐诗词》等。曾获首届中华散文奖、安徽省张恨水文学奖、安徽省政府文学奖等，散文作品入选国内40余种选本。

与大树为邻

王贺岭

一

当第一缕阳光打亮枝头，当最后一抹斜阳深情眷顾，云天之下，大树披上阳光的油彩，安然沉静，端庄大气，超凡脱俗。我在校园看大树，看春风里新芽初长，看骄阳下绿意葱茏，看秋霜尽染一树金黄，看灰黑的枝干笑迎风雪。朝暮四时，和大树的每一场隆重对视，总会让我心生美好。

记得那年初相见，恰是绿意正浓时。

我来到镇上，朱碌科，蒙古语，有中心之意。一条街，青石板路在脚下延伸，雨水在石缝间淙淙流淌。弥陀寺灰黑的钟鼓楼飞悬于寺门两旁，寺内老松苍劲的姿容高墙掩不住。古寺隐于街市，喧嚣和清静相融。我不停步，粮库门市高高在上，我抬头，再抬头，没数完台阶有几级。农行朱碌科支行门前最干净，几个职员仍在晨光里低头打扫。一家理发铺，繁体的髪字镶在褪了色的白色牙旗上，旗子垂在屋檐下，矮趴趴的青瓦房舍写满古朴和老旧。我寻找我的去处，行至街心，眼前一所中学，我在门下停住脚。

选定一条路，别的路就不再是路了，锁定一道门，别的门就无缘踏入了。

一棵大树向我招手，远远地，醒目的绿迎接了我。趋步近前，大树蓊蓊郁郁，它举起硕大的树冠，翠绿的枝叶覆压一大片浓荫。站进树下，横斜的枝干遮蔽天空，油亮的叶子让下面的人滴水含翠。大树边，一排房舍，房是瓦房，石头墙，青瓦顶。举手荡开叠翠的枝叶，侧身从树下走过，绿意盈怀，时光清新。那一年连节日都被染绿了，那一年的九月十日雨水涟涟，但不恼人，雨水把树上的叶子洗得清清亮亮。

大树是什么树？有人说水曲柳，有人说洋白蜡，刨根问底，谁都叫不准。相逢何必曾相识？

二

一脚踏进来，街市的热闹和我无关，古寺特有的清净与我绝缘，从此我与大树为邻。

伫立窗前，眺望大树，心里不住地想：那该是怎样一粒种子？它何年何月来？又是来自何方？曾被青鸟殷勤地衔在口里，还是乘风而来？是踏碎了星月的午夜，还是昂首在太阳初照的清晨？种子落地生根，走了多远，才有眼前的大树？

天地毫不吝啬地把美好的特质给了它，也许，美到巅峰是平淡，美到极致是无言。

少年们列队操场，音乐里做广播操，蓝天下身姿舒展，轻盈灵动。也有调皮的少年，胳膊没举过头就往下落，体育老师伸长手臂，抬手一指，指去了随意任性，指出了协调统一。九点多钟的太阳在上升，一群雏鸟扇动翅膀，沙土地上竖起蓬勃的幼苗，天空下摇曳动人的诗篇。

我靠近大树，几只鸟雀放松身子蹦跳，毫不在意树下的我。在它们眼里，人或许就是自然界的花鸟草虫，真的，有一只瞄了我几眼，像看树下的一根草。它歪了一下头，唱起我能听懂的歌，鸟在枝上说，树是它们家。

我的家在大树南面，缓坡上田野青碧，低洼处村子安静，草木香泥土香混合着，那里装满世间所有的好。父亲放下锄头来看我——我是他乡的小先生。先生好啊，父亲说。先生让他大为骄傲，以至于高调地逢人就炫耀。父亲不知道，先生高光热烈时少，平淡寂寞时多。父亲也不知道，比我早来的先生做得好，我学着他们的样子，守着一份寂寞，把平淡化作执着。

母亲催父亲送吃的给我，面袋子装土豆，帆布兜子装豆角，五月节送粽子，腊月天送豆包，方便袋裹了一层又一层。一年到头，农家活计多，人不得清闲，父亲风风火火来，几句话撂下抬腿就走。

父亲从地里出来，衣帽浸透汗渍不齐整，嘴里吐出农家地的土话，裤腿溅上泥点子拍不去。好大一阵子，我被虚荣心占了上风，父亲来了，生怕别人看见笑话，我就躲躲闪闪。剥去伪装的过程艰难漫长。我不躲闪时，悟透了什么是实在和踏实，弄懂了虚荣和面子一文不值。等我涌起阵阵暖意和愧疚，我强烈地想闻闻山坡地的土味，想听父亲说说家里那头拉车不要命的黑毛驴，说说他手中那柄耪地挦得溜光锃亮的锄头，还有那把秋风里舞得唰唰作响的月牙形镰刀。我伸长脖子用力望，父亲却不来了。

望不到父亲看大树。

讲台上，我安心做我的先生，我讲端木蕻良的散文《土地的誓言》，讲光未然的诗歌《黄河颂》，讲毛泽东的新闻稿《人民解放军百万大军横渡长江》，讲魏巍的通讯《谁是最可爱的人》。三尺讲台咬文嚼字，一屋少年仰脸聆听。文字神奇有灵性，相传仓颉造字，惊天地，泣鬼神。文字不只是记录语言的书写符号，更是驱散山野大雾的明灯。一程历史在硝烟中浸透血色，爱国情愫在诵读中冉冉升腾。走出文字的硝烟，课桌间昂扬着一群成长的少年。

我一侧身望见大树。

它吸纳阳光和雨露，张开蓬勃的羽翼，向天空展翅，为大地开屏。

蓬蓬勃勃的大树，浓密的枝叶把主干遮掩了，迭起的树冠，像平地耸起一座山，翠得让我不敢呼吸，翠得让我忘乎所以，翠得叫我不知所措。山又不只一座，四围伸展的枝干支起了山的骨架，浓密的叶子织就了山体的表皮，山峦起伏，群峰叠翠。一条条绵延的山脊，一座座凸起的高峰，一道道深沟浅壑，自然的杰作，让我惊叹。

三

九月的故事如期上演。

一群少年来了，他们和我不一样，我当年是从山野中走出，提着书包，装着饭盒，在清冷的早晨穿出村子，急匆匆走在上学路上，身后扯出母亲绵长的目光。如今的他们，别说用脚步量，连自行车都不见了，至少是双轮电动车送来，或者是家长开车送到校门外。

一群少年来了，娇艳如花，鲜亮如露。一群新面孔，眼里装满新奇，大树迎接了他们，他们和大树一同点亮校园。树下走着，跳着，分不出谁是谁，我的眼里只有灿烂。

发书了，人人装满一书包。学吧，书本里有文化。文化是枝繁叶茂郁郁葱葱的大树，作家梁晓声把话说在墙壁上：根植于内心的修养，无须提醒的自觉，以约束为前提的自由，为别人着想的善良。

秋空下，口号声声，每个班都暗藏着一股劲儿。入学军训，秋阳晒黑了蛋清一样的脸庞。晒黑了也无妨，黑是历练的见证，黑是韧劲，黑是结实，黑是力量。队行队列训练，训出了吃苦，训出了合作，训出了步调一致。军训结束汇报表演，蓝莹莹的天空下，几支队伍排开，小小少年，身着作训服，一招一式，英姿勃发。"沙场秋点兵"，阵容相似。

四围的树木正绿，大树端坐在操场一侧，它把绿色呈给天地。

四

十月，中秋的月亮圆，田野里的谷穗沉甸甸，国庆红艳丽夺目，季节厚重而多情。

霜露浸染的清秋，校园换了另一副模样。绿色延伸出的金黄，成了季节的主色调。树树金黄绚丽，天空湛蓝深远，国旗飘舞长天，那是动人心魄的豪华和壮观。

每一种色彩的呈现，都是上天对心灵的厚爱。拥坐校园，大树沉静安然，大树庄严壮丽，大树典雅尊贵。漫步校园，辉煌的大树让我不由得止住脚步，屏住呼吸凝望。

秋天动静相宜。少年们从树下走过，三五成群叽叽喳喳，摘一枚秋叶做书签，秋天就被珍藏了。沉浸在浓浓的秋色里，我被秋光震慑得一语不发。

暮色涌来，一个个窗口灯光亮起，星辰在闪烁。一串就餐铃，教学楼外人如潮。夜色苍茫，广播里唱《闪亮的日子》——

> 我来唱一首歌，古老的那首歌
> 我轻轻地唱，你慢慢地和
> 是否你还记得，过去的梦想
> 那充满希望灿烂的岁月
> 你我为了理想，历尽了艰苦
> 我们曾经哭泣，也曾共同欢笑
> 但愿你会记得，永远地记着
> 我们曾经拥有闪亮的日子

是梦之旅组合，歌词回环往复，合声磁性梦幻，于平静中娓娓道来，舒缓而深情。不知为啥，就觉得这歌最适合在秋天唱。在悠扬的旋律里，我跳进歌声的河流，我自有我的感受。其实，少年们才是主角，一幅画由他们作，一支歌任他们唱，鲜活的校园生活，这一朵洁白的浪花，迟早有一天会在他们心海深情翻卷。

五

黄叶凋零，彩蝶纷飞，一树繁华被秋风一片片摘尽。大树露出稀疏的枝干，头顶光秃秃，全身灰蒙蒙。连行人都羞于往身边站，连阳光似乎都躲着走。傍晚的夕照里，几只鸟雀瑟缩着跳上来，蜷着身子站上一阵。在季节面前，草木隐藏了往日的生机，大树本色呈现，看不出一点失落，也听不到一声哀怨。大树知道，叶子落下来，种子飞上天，明媚的春日，四野花开，满世界都是笑容。

雪花飘飞，寒风如刺，北方的冬天霸气。冬天向大树扑来，寒风一次次猛烈冲击，一次次落荒败退，我看见大树挺直身子，用苍劲的枝干迎着，风无力撼动大树，左冲右突在树梢跳动。大树不回避眼下的冷寂萧索，傲视身边的风雪，不为严寒所动。

风雪挡不住。上课，下课，循环往复。上学，放学，周而复始。

如果有一天，在我消耗了许多支粉笔以后，我的青丝被岁月染白，头顶的植被让西风一根根拔去，我像残秋的草木遭受季节的冷落，严冬的风雪击打我，我会慌吗？那时，我就学做一棵树，删繁就简，一身通透。我会像树一样挺直身子，逆境里变得坚强，享受岁月馈赠的另一种美好，乐观豁达，无怨无忧，任尔东南西北风。

六

冬天风寒，人们猫腰侧身往楼里钻，我往外冲。

我靠近大树，黑黢黢的树干斑斑驳驳，风刀霜剑在它身上挥舞，一道道伤痕密密麻麻、深深浅浅。我伸出手来，轻轻抚摸粗糙开裂的树干，心里生出一种特别的感受。

不是所有的繁华热烈才令人向往，寂寞沧桑背后隐着的灵魂才更让人仰慕让人折腰。

我看见父亲干完粗活的手。大树南面的村里人除了孩子，人人有双这样的手——打着老茧裂着口子,耕种的人不敢奢望有双光洁鲜嫩的手,田野不让有。为父亲写真,罗中立最出色,一张布满皱纹历尽沧桑的脸,唤起了人间亲情。

我看见先我而来又走出校门的老教师。他们轻轻地来,又轻轻地去,一来一去,中间那段时光,人们把它称作躬耕教坛,那也是一种耕耘,同样没有轰轰烈烈,而是默默无声。

我触摸到绝情而又有情的时光,在我眼前,生动的画面一帧帧重现,关于父亲的,关于同事们的。他们都用尽心思,种出过一地好庄稼。只有下到地里,才有耕的艰辛和快乐。只要耕过,犁的形象就不会倾倒。

触摸大树,我没感到寒凉,反而有一股暖流渗入肌肤,一点一点向我体内蔓延,直到涌遍我全身每一处。北风呼啸,天地苍黄,风使劲咬着我,我感受不到岁月的沧桑,只感受着沧桑岁月里带来的暖意。

这种暖意是绿色的,绿色流淌在大树体内,肉眼看不到,大树把它源源不断地传递给我,像汩汩清流从心间流过,我的内心感受得到。我在这样的感受中活着,感恩岁月带给我最大的慰藉和深情。

大树枝繁叶茂,它的美是由内而外散发出来的。我痴痴地想,为什么大树如此安然?终于知道脚踏实地根植于土的重要。土地提供的养料在它枝枝干干的血管里流淌,只要根深深扎进土里,没有哪一种寒凉能冷却大树生长的愿望,没有哪一阵北风能吹散绿意萌动的梦想,没有哪一场坚忍不能击退寒冷迎来春光。

我的手掌不打茧子,我的手指不裂口子,我踏在地上,我在我的田野耕耘,田野长出一地好庄稼,我期待花开。

七

三月,家长们把嘱咐打进包裹,送孩子进校门。北方的三月,行人棉衣裹紧,春寒很深,风起劲地摇,草未泛绿,枝上没有新芽。草木色离眼睛尚远，但无边的绿意在琅琅的书声中扑面而来。

草木从经典中往外走。"树树皆秋色，山山唯落晖。"草木色让王绩的山野秋林宁静开阔。"绿树村边合，青山郭外斜。"草木色染绿了孟浩然的田园心境。"几处早莺争暖树，谁家新燕啄春泥。"草木色叫醒了白居易春行的脚步。

冰河铿锵解冻，春雷隆隆滚过头顶，一场声势浩大的酝酿顶开土层、冲破天空。强劲的春风鼓荡大树，灰黑的枝条返青了，新芽叽叽喳喳跳上枝头。

生机盎然的春天，毕业班吹响百天会战的号角，各科老师调动词语给少年们鼓劲，明媚的阳光照进心房。我也鼓动少年，放眼云天，张开翅膀。我说，100是个吉祥的数字，百万雄师过大江，百步穿杨，百尺竿头，百折不回，百炼成钢。

八

几多个六月都一样，空气中弥漫着离别的味道。

毕业生深情献花，一向沉稳的老师们少了平静，多了慌乱，伸手接花束，眼睛不眨，看眉下的学生鞠躬行礼。举起相机，在我的镜头里，平时板着的面孔变得温情，捕捉到深藏的情感。文艺汇演，歌声起处唱心语，舞姿曼妙说深情，盈盈笑语，点点泪光，谁都怕突然散场。毕业的骊歌唱响了，少年们一下都长大了。

一群少年奔赴考场，考试专用车缓缓驶出校门，送行的家长雕像一样定在路旁。车队从身边经过，或肃目动容，或举手拭泪。

壮行，为骄子。

一群鸟扇动翅膀飞起来，它们听从天空的召唤，向着另一棵大树，或者更广阔的丛林，身后留下热乎乎的窠巢。

六月的大树枝繁叶茂，绿叶子在阳光下熠熠生辉，它渐长渐苍翠，渐长渐丰满，庞大的树冠遮住半边天。

九

八月，大树蓊蓊郁郁，叶子油亮。

日子丝线一样绵长，长得桃李满天下。某班毕业生天南地北返校，一窝鸟循着足迹回到起飞的地方。他们刻意统一了装束，红上衣弄得很亮眼，胸前"31年再聚首"的字样，是扑面的暖意，是敞亮的感慨，笑看岁月，直击生命。静悄悄坐进教室，坐回先前的位置，齐刷刷起立，齐刷刷问老师好。生活的仪式感，让平淡的日子散发出迷人的光彩。我听到扑天盖地的心跳，怦怦的响声，把岁月砸得震颤。

我的情感有些脆弱，光影不停地闪烁变幻，大树绿了又黄，黄了又绿，人非草木，何况连草木都有记忆。他们的眼角眉际也有了时光的印痕，生活创造了快乐，生活的不易也收走了一部分快乐，热爱生活的人们，内心期许美好，彼此真诚祝福。我们都变了，谁敢说自己不变？我们确实又都没变，我还是当初的我，他们也还是从前的少年。

鸟雀归巢，大树敞开怀抱迎接属于自己的一群。或坐或站，变换姿势，调整表情，近处草树葱郁，远处云天高远，拍照，我被拥在中间。同学情，师生情，大树做证。

重返校园，相聚在时光的另一端，梦回纯真美好的从前。清风划过大树，叶子窸窸窣窣，翠绿的枝叶回荡起校园里响亮的铃声，诉说着课桌间纯真的往事，闪动出操场上轻快的身影。每一场翠绿的叶子，都注释一段难忘的青葱岁月，每一场翠绿的叶子，都行进着一场向上的好时光。

十

每一个三月，诵读声都把一个新春叫醒，每一个九月，大树都迎一群少年来，每一个六月，校园都送一群少年走。

我做我的先生，岁岁年年，和少年们一起咬文嚼字，一起推演数理，一起看云飞，听鸟鸣，看叶绿，听花开。我多了一份纯真，少了几分老成，多了一份透明，少了几分遮掩。我是另一片田地里的农人，我和我的同事们躬耕教坛，大地因此多了一颗颗种子，天空因此多了一双双翅膀。

校门外，我找不到来时的路了。朱碌科，这个叫着拗口的镇子，花木把街道打扮得亮亮堂堂，杂粮产业让它变得风风光光。旧日的房舍追着夕阳远去了，明月小楼惊艳了眼前的时光。从前流水在石缝间淙淙作响，脚面溅上泥水，我来时的青石板路去了何方？

"洞中方一日，世上已千年。"东晋虞喜的《志林》中说，樵夫王质上山砍柴，遇两神仙童子下棋，在旁边观看，回家后发现，离他上山的时间已经过去八百多年了。

我不是樵夫，也不上山，与大树相伴，光影一瞬间。鲜艳的国旗始终在校园上空飘扬，绿树拥簇着它，蓝天白云映衬着它，一抹红格外耀眼。花草树木依然，丰盈的绿色和我来时没啥两样。拥坐校园，大树披上四季的光芒，它枝繁叶茂蓬勃向上，它叶子金黄沉静端庄，它删繁就简一身通透，它新芽点染笑靥如花。美装饰着我的眼睛，一望相近，再望相熟，三望情深。

太阳明亮，月亮多情，天空广远，大地敦厚。世上总有不变的东西在，不变的，还有绿色大树，望一眼，端庄的形貌让我心生美好，蓬勃的绿意带给我向上的力量，守望大树，只觉得日子很短，而绝非度日如年。

十一

我在校园看大树，看春风里新芽初长，看骄阳下绿意蓬勃，看秋霜尽染一树金黄，看冬寒里笑迎风雪。四季流转，我看得清大树的样貌，也听得到大树的呼吸。大树像一条平缓的河流，时间无尽无休，它在流动中静止，也在静止中流动。大树像一位打坐的智者，与天地合一，和自然律动。天明则明，天暗则暗，风起则起，风住则住，该盈则盈，该亏则亏。大树沿着季节的路径走，一季一风貌，呼吸均匀，泰然自若。它不在意酷暑当头，不在意西风吃紧，不在意雪花飘飞，不在意春寒料峭。草木以它特有的清新装点着校园，点染着小镇。

我就这样远远近近看大树，朝暮四时看大树，通体释然看大树。看小虫子拉一条细线从树上垂下再慢慢往上爬，看黑云一样成群的麻雀飞过来在细枝间跳来跳去，看灰白的鸽子从大树旁边飞过又悠然折返，看风从树梢上匆匆走过，看树顶上流云漫卷，看树缝里山峦起伏，看一树绿意满眼生机，看金风玉露醉染一树金黄，看落雪后的树顶光秃秃，看点点绿芽爬上枝头。直看得树是树又不是树，直看得我是我又不是我。

如果可以，我就每天追着太阳走，怀抱初心，步履从容，不去在意热烈寂寞，不去计较利害得失，不去纠缠是是非非，不去追念红尘旧事，不去感慨时光游走。云淡风轻，日月从容，天圆地方，春夏秋冬。

大树在这，我也在这，大树不动，我也不动，就这样晨昏相望，四季相伴，默默相守。"愿有岁月可回首，且以深情共白头。"共白头，也许只是唯美的愿望，岁岁年年，草木绿意恒久，在时间面前，我不过是大树下匆匆的过客。

今世有缘，不然，我不会与大树相逢。大树多大？千秋叶，万年根。

作品二维码
主播：德蕙

王贺岭，笔名润物无声，辽宁建平人，辽宁省作协会员，建平县散文学会主席，作品散见于《岁月》《教师报》《朝阳日报》《辽西文学》等，曾获"丝路新散文"三等奖、"红烛颂"一等奖等，作品入选《新视野·诗文精品选读》《中国散文诗年选》《优秀作家作品精选》等选本。

穿越时空的弦歌

黎 采

一

咚——,咚——,咚——,咚,咚!

铿锵而激昂的鼓声,划破村庄的寂静,直冲云霄。

这鼓声,是一位身穿土家族服饰的年轻汉子敲出的。他目光如炬,双手灵活地挥动着鼓槌,鼓槌一端拴着的七彩飘带在空气里快速地飘动,宛若一道道变幻莫测的彩虹。

这鼓声,是号召,是指引。旋即,唢呐声响起,板鼓声响起,京胡声响起,号锣声、大锣声、马锣声、勾锣声响起,钹、镲的声音响起,还有云板的声音。这些乐声,由围绕在打鼓的汉子身边的同样身穿土家族服饰的汉子们协同演奏。

高亢,雄浑,深沉,嘹亮,悠扬,清亮,温婉,绵柔,低回,空灵。十余种乐声,或急或缓,时快时慢,起起落落,交织缠绕。

他们正在合力演奏——丝弦锣鼓。他们炫出各自最拿手的乐声。他们的身子,随着乐声有节奏地摇动。他们的表情,时而喜悦,时而静穆,时而恬淡。

他们中,有一位老者,表演得尤其投入。他坐在那里,背挺得很直,左手操着京胡,右手灵活地拉着。他眯着眼,看向只有他自己能看见的某种东西，整个心魂，都系在一把京胡的弦上。缕缕弦乐自他的手中如山间清溪一般流淌开来。

穿上土家族服饰，拿起心爱的乐器，他们就是地道的民间艺人。放下乐器，背上背篓，扛起锄头，他们又是地道的农民。

这丝弦锣鼓，震得四周千亩梨花颤了又颤。这是在建始县长梁镇白云村梨花节上，特邀的一支民间丝弦锣鼓表演队呈现的视听盛宴。表演的场地特意设在梨花盛开的田野里。梨花那么洁白那么清丽，乐声那么绚烂那么热烈。梨花仿佛在鼓声里开得愈加义无反顾。乐声仿佛在梨花间有了某种不可捉摸的韵致。

这丝弦锣鼓，洋溢着十二分的野性与淳朴，散发着原始而蓬勃的生机，在阔大的山野里飘荡、跃动，和着河水流动的声音，草木和庄稼摇曳的声音，鸟叫声、虫鸣声，以及风的声音，构成一曲盛大而恢宏的交响乐。

鼓声渐歇，其他乐器的声音也渐缓。就在像我这样的听者以为就要结束了的时候，鼓声又起，唢呐又响，京胡又拉起来，所有听者的心，不由自主地继续被牢牢地吸引着，随着乐声进入一个也浩瀚也细微也粗犷也雅致的世界。

这是我第一次在现场近距离观赏丝弦锣鼓表演。

丝弦锣鼓，被誉为"土家族的交响乐"，是湖北省第一批非物质文化遗产代表性项目之一。

那天上午，那群汉子带着乐器一上台，立刻牵住了我的视线和听觉。我是个彻头彻尾的外行，但这并不影响我用心去感受。十分钟左右的表演，让我对丝弦锣鼓有了不一样的认识。得承认，作为一个建始人，此前我对丝弦锣鼓仅仅停留在知道其存在而已。

之后不久，我在长梁镇与一位对丝弦锣鼓有一定研究的民间艺人闲聊，他说，你想要了解更多，可以去找一个老人，叫肖远游，八十多岁，他是真正的高手，也是建始唯一健在的省级传承人。

肖远游——我当时记住了这个名字，但没过多地询问相关情况。

后来几个月，因忙于别的事，一直没有实质性地继续了解丝弦锣鼓。

二

初秋的一天，我无意间再次打开在长梁镇梨花节上拍摄的丝弦锣鼓视频。我看了好几遍。我感到，仿佛有一种来自大地深处的浑厚的力量在催促我去走访肖远游，去探寻那些关于丝弦锣鼓的尘封的过往。

经过打听，我成功联系到肖远游。不再犹豫，兴致勃勃地奔向肖远游的家。

肖远游和他的老伴儿非常热情，一见面就化解了我这个超级社恐的局促不安。我跟随两位老人进屋，客厅里有一个六十岁左右的男子，见到我，立刻作自我介绍："我是肖远游的徒弟，叫李厚国。"

我刚坐下，李厚国就问我："你对丝弦锣鼓了解多少？"

这个问题，一下子把我给问得差点无言以对了。愣了几秒，我如实说："我只是一个对丝弦锣鼓很感兴趣的人，所以特地来了解，来请教。"

李厚国说："你可以随性地问我们，也可以听我和师父给你讲。师父耳朵不太好了，专门打电话叫我过来，以便更好地与你交流。"

我说："那就主要听您讲吧，随意讲，讲真实的，难忘的。"

李厚国一听这话，脸上露出显而易见的喜悦，说："难得遇到一个像你这么直率的人。关于丝弦锣鼓，真实而难忘的往事多着呢！"肖远游坐在李厚国身边，郑重而和蔼地点了点头。

看着桌子上放着一把京胡，我对李厚国说："要不您先演奏一曲吧。"李厚国是个耿直的人，爽快地回答："要得。"

初秋的阳光，透过窗，在屋子里洒下扑朔迷离的画意。李厚国拿起京胡，随着他的右手极富节奏地运弓，婉约而悠扬的乐声便在屋子里弥漫开来。阳光在他脸上闪闪烁烁，把他沉醉的眼神一再照亮。阳光在京胡的弦上忽隐忽现，像在进行另一种奇妙的弹奏。

曲毕，李厚国将京胡放在一旁。京胡并不是他最擅长的乐器，他最擅长的是唢呐。

李厚国拉京胡的时候，肖远游进了里屋。京胡乐声刚停止，肖远游就拿着一把唢呐，慢慢地走到李厚国身边。李厚国起身，接过师父手里的唢呐，恭恭敬敬地吹了起来。顷刻间，屋子里便充盈着嘹亮的唢呐声。避闪不及的阳光，仿佛也跟着唢呐声飘扬起来。

肖远游坐在沙发上看着徒弟的演奏，目光既严厉又慈爱。李厚国吹毕，肖远游露出赞许的神情，李厚国看了看师父，不好意思地笑笑，谦逊得像个孩子。

肖远游的老伴儿坐在一旁，安静地欣赏着。她告诉我，几个后人都在外地工作，李厚国虽是徒弟，但就像儿子一样，无微不至地照顾他们二老。

"我跟随师父学习丝弦锣鼓已经有二十多年了。师父任何时候需要我，我一定立刻赶来。"李厚国笑着说。

肖远游也笑了。笑容里满是慈爱。

肖远游出生在建始县长梁镇一个名为盛竹河的地方。那些年，在盛竹河及周边地方，哪家有喜事或白事，通常都会请丝弦锣鼓班子进行表演。

肖远游也说不清自己是什么时候喜欢上丝弦锣鼓的。或许，生来就与丝弦锣鼓结下了解不开的缘。随着年龄的增长，肖远游感到自己对丝弦锣鼓产生了越来越浓厚的兴趣。

上世纪六十年代初，肖远游跟着长梁一位名叫汤吉祥的艺人学习了一些打锣鼓的技巧和少量牌子曲。

1963年5月，肖远游听说被省文工团请去教建始丝弦锣鼓的尹明河回乡，抓住机遇，正式拜尹明河为师。

拜师学习丝弦锣鼓，是肖远游人生中一个非常重要的选择。肖远游郑重地写下了拜师帖，用红绸子包着，交给尹明河。红纸黑字，映着肖远游明亮的双眸，也映着肖远游一生的追求。

尹明河是当时建始最厉害的丝弦锣鼓艺人之一，建始县长梁镇峡口人，精于本地锣鼓。

尹明河虽收了肖远游为徒，但没有充足的时间口传心授，只能在逢年过节或探亲时回到家乡，叫来肖远游教授一些要领。肖远游凭借着非凡的领悟力，勤加练习，掌握了更多打锣鼓的技巧和丝弦中的南、北、上三条路（在建始民间，艺人对梆子、二黄、西皮有独特的称谓，把二黄称为南路、西皮称为北路、梆子称为上路。把这三种声腔总称为"三条路"。二黄被称为南路，是因为"二黄腔"出于江西，传到湖南、湖北。西皮被称为北路，是因为西皮脱胎于西北的"梆子腔"。之所以称四川《弹戏》中四川化了的"川梆子"为上路，是因为它在建始西边。"三条路"流入到建始民间，逐渐运用到艺人们在红白喜事演奏活动中的新节目里）以及十几个堂牌子（用两只大唢呐合奏的曲牌，因其多在堂屋演奏，俗称"堂牌子"，多用在一段锣鼓的开头和结尾）。后来，尹明河离开省文工团，返乡回村，肖远游跟随尹明河，在建始多个地方教丝弦锣鼓，技艺越来越精湛。

"您学习打锣鼓的时间比较长啊。"我感慨道。

"一场丝弦锣鼓演奏得成功与否，锣鼓的作用是很大的。鼓是指挥，也就是民间俗称的'统子'。司鼓称为'坐统子'。司鼓者需得掌握锣鼓段的演奏速度、力度，以及各类曲牌任意穿插连缀的主动权。司鼓者用手势和鼓点子指挥转换曲牌。"肖远游说。

我点点头。

"师父是一个优秀的司鼓者，可以即兴编出结构合理、曲牌连接自然、表现力非常丰富的锣鼓乐段来，令听者如痴如醉。"李厚国补充道。

"唉，现在没力气打锣鼓了。还是年轻时好啊，跟着师父学打锣鼓，浑身好像有使不完的劲。"肖远游沉浸在跟着师父学习丝弦锣鼓的回忆里，眼睛里闪着明亮而和煦的光。或许，在肖远游的心里，那个意气风发的他，从来不曾远去。在许多个瞬间，他一想起跟着师父学习丝弦锣鼓的种种过往，那个年轻的他就回来了。

好奇心驱使我问肖远游："以前，很多人都是像您这样跟师学习丝弦锣鼓吗？"

肖远游摇了摇头，说："不是，当时较为普遍的传习方式，是'烤转转火'式传承。"

"烤转转火"，听起来就很有意思。

肖远游解释，交了拜师帖的一伙人为了学习丝弦锣鼓，一般选择农闲时或者晚上，集中在一起把师父请进家门授艺，一个学习周期里，大家轮流供养生活开支一天，师父则每天换一家授艺，俗称"烤转转火"。对于各个徒弟而言，承担一天的生活开支就可以学习一个周期，是相对划算的。对于师父来讲，也是乐意的，每天都去不同的徒弟家，又有哪个徒弟不用好酒好肉招待呢。

这真是一道别具情趣的民间艺术风景。今天"转"到这家，明天"转"到那家，转转转，"火"接连燃起，丝弦锣鼓接连响起。另一种"火"，在师父和徒弟们的心里迸发出来，闪烁在眼眸里，飞扬在乐声里。

这道独特的风景，随着社会的发展，老百姓生活条件的提高，渐渐退隐在时间的深处，却定格在建始的大地上，鲜活在建始人的记忆里。

肖远游提到，当时还有几种传习方式也比较普遍。"搂渣梓"式传承，就是一批热爱丝弦锣鼓的人，组织丝弦锣鼓艺人教班授徒，承担一切必需的开支费用，相关事情都由一个人搂底，俗称"搂渣梓"。"门内师"式传承，这种传承方式局限于大姓家族中，也就是家族式的传承，通过有威望的相当于以前的族长式的人物，推举一个技艺高超的、有威望的族人做师父（本家族没有师父的，会选一个有音乐天赋的族人外出学艺），在本家族中建立自己的丝弦锣鼓班子。"跟师"式传承，就是跟在师父身边学艺，手把手地进行多种器乐的技法传授，有活动外出时，带着徒弟一同赶场子，于现场中感受、学艺。这样教出来的徒弟，大都精通多种技艺，俗称"全褂子"。"参师"式传承，分两种情况：一是指部分师父根据徒弟的悟性和为人处世，传授了自己所掌握的技能技法，有意让自己的徒弟到其他艺人门下学习取经，交流技法，从而进一步提高技艺。二是那种特别聪明的有音乐天赋的人自学丝弦锣鼓，每逢周边邻里有红白喜事，这种人就出现在闹场上，给艺人们端茶奉水，在旁边观看演奏，手中拿筷子或小棍棒在桌子边缘按节奏练习，并虚心请教，若是缺人手，主动顶替上来帮着完成演奏。

随着肖远游的讲述，我的眼前浮现出种种传习丝弦锣鼓的场景，或清晰，或朦胧，或浩大，或简易，或庄严，或随性。所有场景，都有着粗犷而豪放的线条，丰富而灵动的色彩，厚重而磅礴的质感。我仿佛能穿越时空，只要轻轻地伸出手，就能触摸到某个传习场景里的某件乐器。

"对我来说，演奏丝弦锣鼓，是一件特别愉快的事。我很享受演奏丝弦锣鼓的过程。"肖远游的话，把我从无边的想象中拉了回来。

"是啊，师父这一生，最喜欢的就是演奏丝弦锣鼓。没有什么事能影响师父对丝弦锣鼓的喜欢。"李厚国看向肖远游的目光，始终是敬重的。

肖远游听着徒弟的话，抬眼看了一下窗外。他的双眸里，闪过一抹若有所思的光焰。

"师父学成后，自己组织了一个丝弦锣鼓班子，深受远近乡民的喜欢。"李厚国的语气里，带着毫不掩饰的骄傲。

"一年大致演奏多少场？"我问。

"多则二百场左右，至少也有一百多场。"肖远游把目光从窗外收了回来，略微思索了一下说。

"不同的事，演奏的内容也不一样吧。"我说。

"是的，这确实有讲究。"肖远游点点头，接着介绍，每场演出，都是以锣鼓开场。号锣是丝弦锣鼓的命令乐器。号锣不响，唢呐不吹。开场锣共五击，表示"天地君亲师"，乐队准备开始演奏。五击的分配为三长声两短声，长声每击二拍，短声每击一拍。无论红事还是白事，锣鼓有大开吹和小开吹之分。

大开吹，隆重一些。主家会在表演的场地放置一个圆台，上面摆放香纸蜡烛、糕饼糖食以及红包。号锣响过之后，演奏与主家事宜相适应的大堂牌子，如【到春来】等，再号锣四击，演奏小堂牌子，如【喜宴会】【谢鞠痨】等。小开吹，简易一些，号锣后的堂牌子相对简短。曲牌演奏结束后，再接着打锣鼓。

不管是大开吹还是小开吹，三次号锣完毕，堂牌子吹完后，以【狗撕羊】衔接，进入长路引；接着以半扑鼓接【拗槌】，然后接吹打牌子或干牌子。耍锣鼓结束后，放炮接堂牌子，吹【大开门】，进入丝弦部分。丝弦部分从南路大出场进入围鼓。

得承认，我听得再认真，其实也无法完全听懂。但这的确让我更深切地领略到丝弦锣鼓那非凡的艺术魅力。

肖远游说起关于丝弦锣鼓的任何事，都显得云淡风轻。这是一个与丝弦锣鼓相融相伴的生命，从骨子里透出来的深邃厚重与从容不迫。

过去很长一段时期内，丝弦锣鼓与建始人的日常生活，与许多建始人一生之中要经历的重要的事是相生相系的。应一方百姓的需求，从事丝弦锣鼓演奏的民间艺人不断创新，从而出现越来越多的牌子，以在不同的场合演奏，营造与之相适宜的艺术氛围。可以说，那些年，丝弦锣鼓是建始人生活中的一部分。很多人，在娘胎里就数次听过丝弦锣鼓，刚刚来到这个世间，听到的最初的乐声就是丝弦锣鼓，长大后，看丝弦锣鼓表演也是常事，或者就像肖远游一样，成为一个演奏丝弦锣鼓的艺人。只要丝弦锣鼓班子把乐器一支，那鼓声、那弦乐一响起，那种熟悉的、无可替代的感觉就从心底升腾起来了。看多少回也不腻烦，听多少回都不厌倦。

丝弦锣鼓在建始的盛行，离不开像肖远游这样的人的传承。上世纪七十年代初，精通丝弦锣鼓的艺人并不多，几个在丝弦锣鼓上造诣很高的艺人也已年老，再无心力带徒弟。到了上世纪七十年代末期，随着尹明河的去世，只剩下中年的肖远游掌握着大量丝弦锣鼓的相关曲牌。眼见丝弦锣鼓的传承有青黄不接的趋势，肖远游心里急呀。他深知，丝弦锣鼓不仅仅是建始人在红白喜事中的一种需要，更是一种独具魅力的民间艺术，有着深远的文化价值。于是，肖远游组织肖远才、肖茂荣等擅长演奏丝弦锣鼓的艺人，在建始县城附近的兴安坝、黄土坎等地，收徒弟传授技艺，令丝弦锣鼓焕发出全新的活力与生机，受到更广泛关注。肖远游、肖远才、肖茂荣也因此被称为"建始三肖"，成为建始的代表性丝弦锣鼓艺人。

跟肖远游当年拜师一样，肖远游的徒弟们也都郑重地写了拜师帖。肖远游说："写拜师帖，是个仪式，更重要的是，要对丝弦锣鼓这门艺术有敬畏之心，踏踏实实地学。遇到有一定天赋的聪慧徒弟，当师父的格外开心。虽然对每个徒弟都是倾心传授，但最终学得怎样，还得看徒弟的悟性。"

肖远游指了指李厚国，说："他就是个难得的悟性很高的徒弟，一点就通，舍得钻研，同一件乐器，同一个牌子，他就能比别人演绎得更到位，更具有感染力。"

李厚国说："全靠师父耐心细致地言传身教，徒弟们才能学到精髓。师父带出了多个出类拔萃的徒弟，比如向竹青、向四青、李厚林、向道彩等。"

我好奇地问肖远游："五十多年来，您一共带了多少个徒弟？"

肖远游想了想，说："那还真记不清了，至少有六百个吧，遍及建始县业州、长梁、茅田、三里以及恩施市柏杨、崔坝等地。"

肖远游的老伴在一旁补充道："直到现在，都还在带徒弟，有两个班，每个班十几个人，每周五和周六晚上集中教授两小时，不收取任何费用。"

这着实令我没想到。眼前这个白发苍苍的老人，早该在家好好地享清福了，还在带徒弟，还在为丝弦锣鼓的传承操心出力，怎能不令人钦佩。

肖远游说:"去年我大病了一场,在ICU里躺了好些天,或许是老天爷还不打算收我吧,总算挺过来了,但身体一天不如一天。现在带徒弟没法像从前那样,有充足的精气神,给徒弟们示范吹、拉、打,只能讲一些要领。这一生嘛,就喜欢丝弦锣鼓,跟那些也喜欢丝弦锣鼓的后辈们在一起,尽可能地多传授一些要领和技巧,我觉得值。"

"那是当然。我没有观看过您演奏丝弦锣鼓,真是遗憾。"这是我的心里话。

"我找一些我以前在一些场合演奏丝弦锣鼓的照片给你看看吧。"肖远游说完,便到里屋拿了十多张照片放到我面前。

肖远游指着一张张照片,向我介绍表演的地方和时间。照片上的肖远游,或举着唢呐,全神贯注地吹着;或抡起鼓槌,潇洒自如地击鼓;或操着京胡,从容优雅地拉着。我发现,每张照片上肖远游的神情都是严肃里带着淡定、从容,以及自然而然的投入和不易察觉的慈悲。我想,这就是一个民间艺术大师最真实也最接地气的状态。

我说:"您和其他艺人一起演奏丝弦锣鼓,很有感染力啊。从照片上都能感受到这一民间艺术原汁原味的魅力。"

肖远游看向窗外,表情瞬间肃然:"我特别希望原汁原味的丝弦锣鼓得以更广泛地传承。"停了几秒,肖远游接着说,"现在有少数人,虽然算得上是丝弦锣鼓艺人,但其实欠缺虔诚而踏实的学习态度,没有较好地掌握器乐的吹打技巧,也没有真正领会到丝弦锣鼓的深厚内涵以及丰富的艺术表现力,如果再带一些徒弟,会对原汁原味的丝弦锣鼓造成冲击。"

是的,随着时光的流逝,许多民间艺术在传承中不可避免地"荒腔走板"。丝弦锣鼓,经过几代人的传承,那份原汁原味,正是其独特的魅力所在,需要珍视。

肖远游表示,他心里一直有个愿望,就是建始丝弦锣鼓在将来的某一天，被列入国家级非物质文化遗产代表性项目名录。

近三个小时的交谈，让我感到，丝弦锣鼓就像一本巨大的书，我随着肖远游和李厚国的指引，翻开了其中几页，读到了一个一个精彩的片段。

结束走访。沿着广润河边的路，我往家走。

一河秋水悠悠流淌。我忽然觉得，丝弦锣鼓的神韵，不也如这河水一般，悠悠地流淌在时间里，流淌在建始的土地上。

三

秋渐深。

一个阳光灿烂的午后，我再一次去长梁镇。

清风拂过山野，稻香扑鼻而来。只因去年秋天邂逅了长梁镇那一片片金黄的稻田，从此便无法忘记。我愿意被那样的美一再诱惑。

远远地，那久违的稻田一跃入眼帘，我就感到被一种既浩大苍茫又细微轻柔的美好包围。

忽然，我看见稻田中央的一座农房的院子里，一个约莫八九岁的男孩，双手举着唢呐，鼓起腮帮子，全神贯注地吹着。

阳光照亮了他满脸的稚气。他的唢呐声飘荡在随风起伏的稻浪里，仿佛也带着一种不可捉摸的香气。他吹得并不流畅，甚至还有些生涩，时不时地还破音了。

一瞬间，这个吹唢呐的男孩，令我想起了春天时在长梁镇看丝弦锣鼓的情形，还想起了李厚国吹唢呐的情形。我推测，这个男孩可能在学丝弦锣鼓吧。随后，我在与一位当地村民的交谈中，证实了我的推测。那男孩学丝弦锣鼓半年多了，常常在自家院子里练习吹唢呐。

我不仅看到了稻田之美，还看见了另一种美，那就是那个吹唢呐的男孩呈现出来的如稻田一般充满希望与生机的美，也是丝弦锣鼓焕发出来的全新的光彩与魅力。

近年来，丝弦锣鼓进入了建始部分小学的课堂，由一批知名丝弦锣鼓艺人定期授课。其中，由长梁镇民族小学的学生们演奏的丝弦锣鼓，屡次在省级、国家级的民间艺术展演中，惊艳了评委与观众，获得佳绩。

随着时代的变迁，丝弦锣鼓，除了依然在建始及其周边地方百姓的红白喜事中出现，还出现在一些节日的庆典活动中，出现在各类民间艺术展演中。

丝弦锣鼓，已然是建始的一个文化符号。

对丝弦锣鼓，我了解得越深入，越深感自己的浅陋。

站在那片金灿灿的稻田中央，我忽然明白，得从更广阔的视野，去解读丝弦锣鼓。我的耳畔，似乎依稀听见丝弦锣鼓那最初的乐声，从四面八方隐隐传来。

循着时空的坐标，放眼望去，万千风情，尽在其中。

任何一种民间艺术的产生，都与当地悠久而厚重的文化分不开。丝弦锣鼓的产生，也不例外。

据相关资料记载，建始于三国吴永安三年（260）置县，至今已有一千七百多年的历史，是鄂西地区最早建立的县级政区。县名为吉祥之意。

在漫长的历史卷轴中，巴蜀文化、荆楚文化、土家族文化以及苗族文化在建始雄奇而灵秀的山水间交汇，形成一幅波澜壮阔的多姿多彩的文化画卷。

千百年来，生活在建始的广大百姓，由于山大人稀和野兽的危害，逐渐形成了打"薅草锣鼓"的风俗。"四五月耘草，数家共趋一家，多至三四十人，一家耘毕，复趋一家，一人击鼓，以作气力，一人鸣钲以节劳逸，随耘随歌，自叫音节，谓之薅草锣鼓。"（《来凤县志·风俗志》）至今相沿成习。明朝王圻在《三才图会》写到其作用、形式和情绪表现:"薅田有鼓,自入蜀见之,始,则集其来;既来,则节其作;既作,则防其所以笑语而防务也。其声促烈清壮,有缓急抑扬,而无律吕。"在这里,"有缓急抑扬,而无律吕"的薅田锣鼓,指的"薅田锣鼓"中的纯击乐牌子,民间艺人把它称为"小牌子"或"干牌子"。

后来,"干牌子"从"薅草锣鼓"里单独分离出来,与民间音调形成"耍锣鼓"。在丝弦锣鼓出现之前,迎亲娶亲、立屋挡水、送梁树送匾等活动中,普遍盛行的就是"耍锣鼓"。《建始县志》载乾隆丁卯科举人范述之诗《元夜》,其中有描写玩灯的情景,诗曰:"四井余灯火,三川沿鼓鼙。"这里的"灯"指玩灯的队伍,"鼓鼙"则指玩灯时的锣鼓乐。由于玩灯时也用这种锣鼓乐,所以被称为"耍锣鼓"。

再后来,曲牌体戏曲音乐流入鄂西,据《恩施县志·卷九·流寓》载:"彭帮鼎,字配堂,江西南昌人。工书善辞赋,晓昆山音律。"彭帮鼎大抵是乾隆末年来到恩施的。乾隆末年至嘉庆初年,昆曲即传到恩施了。与恩施相邻的建始,自然而然地也受到昆曲的影响。

丝弦锣鼓,是在土家族"薅草锣鼓"的基础上,通过民间艺人的不断改进和完善,并吸收民间音调和外来戏曲音乐的元素而形成。由"干牌子"(土家族薅草锣鼓牌子)、"吹打牌子"(戏曲音乐)、"堂牌子"(唢呐曲牌)和"丝弦"(唢呐吹戏)等组成。

要讲清丝弦锣鼓的起源,还必须提到一户姓李的人家。

李世高,人称"高老头",是个头脑精明的商人,常年奔走在建始与外地之间。李世高见多识广,爱好曲艺。李世高先是将他的大儿子李德魁送到外地(推测是安徽阜阳)一个戏班学习曲艺。李德魁天资聪颖,很快成为戏班里出类拔萃的琴师。后来,李世高将另一个儿子李德福也送去大儿子所在的戏班学习曲艺。在戏班时,李德福的技艺稍逊于李德魁。

嘉庆年间,昆曲开始走向衰落,戏班散伙,兄弟俩回到他们的老家所在地——建始县一个叫鹞坪李家坂的地方。和兄弟俩一起回到建始的，还有同一戏班的、比他们年长一些的优秀艺人张瘪鼓。

回到家乡后，李德魁、李德福和张瘪鼓一起以传授锣鼓、唢呐、胡琴为业。目光深远的李世高对此大力支持。其间，好学上进的李德福跟着李德魁和张瘪鼓进一步提升技能，也成为了非常优秀的艺人。

李家兄弟把在戏班学到的【五马】【上绣楼】【清板】【如破竹】【到春来】【秋采】等二十六个"堂牌子"（曾是影响全国的"昆山曲"），灵活地融合在"耍锣鼓"里，使本地锣鼓从无"律吕"（指音律标准）过渡到有"律吕"。此后，建始民间也就有了专门靠打锣鼓、吹唢呐为业的艺人。

建始本地的"耍锣鼓"与李家兄弟带回的曲牌结合，展现出前所未有的活力与魅力，应用范围逐渐扩大到福寿、生子、丧事、嫁娶、造宅等民间事宜。

再后来，梆子、二黄、西皮流入建始，被李家兄弟等民间艺人纳入。因民间红白喜事时受到限制，他们便把戏剧中人声唱的部分用唢呐演奏，以代替人声。小唢呐代表女角，大唢呐代表男角。

李德魁、李德福、张瘪鼓等民间艺人，渐渐被人们熟知，并被人们称为"打丝弦锣鼓"的，这一整套曲目牌子也顺理成章地被称为"丝弦锣鼓"。

遗憾的是，李德魁和张瘪鼓都英年早逝。

此后，在很长一段时间里，李德福独自收徒弟，倾心传授技艺，进一步扩大丝弦锣鼓的影响力。李德福先后培育出了五位出色的徒弟，分别是李直春、朱芳之、汤维兴（前文提到的肖远游的发蒙师汤吉祥之父）、尹明河、李发垂（李德福之子）。这五位徒弟学成后，又分别带出不少出色的丝弦锣鼓艺人。

经过以李德福、李直春、尹明河为代表的多个民间艺人的潜心钻研和大胆创新，渐渐地，丝弦锣鼓在建始这片土地上扎下了根。他们，曾在建始的土地上一次次纵情地演奏丝弦锣鼓，演绎种种喜乐悲欢，也演绎出不一样的艺术人生，演绎出一个地方的别样风情。

时光荏苒，丝弦锣鼓在建始不断得到更广泛的传承与关注。丝弦锣鼓艺人也越来越多。

如今，丝弦锣鼓班子几乎遍及建始全境。据统计，全县境内有班子数百支，数千人从艺。

丝弦锣鼓，无疑是建始民间艺术里一朵绽放得尤为绚烂的花。它穿越漫漫时空，释放恒久又清新的芬芳。

作品二维码
主播：薄峰

黎采，本名蔡黎彩，湖北建始人，中国散文学会会员，湖北省作协会员。有作品入选《灯盏2020：中国作家网"文学之星"原创作品选》等文集。多篇散文选入中考、高考模拟训练试卷。著有散文集《路过人间》，获湖北省恩施州第十四届精神文明建设"五个一工程"优秀作品奖。

花未开，花已落

邹冬萍

题记：有时，日子对我而言，仿若多米诺骨牌，轻轻抽出一张，所有的过往就会溃不成军，变成秋后田垄上倒伏的稻谷；有时，又感觉每一个日子都是那么地相似，随意抽出一张，也不会觉得生命的书页因此而变得单薄。而更多的时候，我只是想将这一页页平凡而普通的册页，悬成记忆上的风铃。当黄昏降临大地，燕子低回，狗尾巴草在风中吐露卑微的心事，炊烟绕过镀满夕光的屋脊，万物的呢喃拨响记忆的风铃，我将在沉睡中醒来，聆听被风吹乱的流年。

一

时针拨回到童年，花未开、花未落的往昔。一个以戏台为中心，向四周抖开青石板铺就的轴线的村庄，有个土得掉渣的名字：老大睦。这个"老"，自然有它积年烟火的味道。与之对应的，是从这个村子出去的子孙、家族，流着这个村子的血脉，延续一辈又一辈的姓氏——徐姓。

在双田乡，大睦村其实也算一个大村坊了，这一点仅从它分为新旧两个村庄就可以看出。可在本地而言，大睦村一向不算强盛。距此只有五华里的横路村，虽然流传着许多愚人的笑话，可事实上村民的强悍远胜于这个以"睦"为名的村庄。每年端午赛龙舟、年节唱大戏，两个挨得如此近的村坊免不了结些疙瘩。而若有争执，总是横路叶氏占了大便宜；大睦徐姓则一次次在心有不甘中败下阵来。我总觉得，这与祖宗传下来的宗族精神有关。徐姓信奉的是"和睦"之睦，到最后自然情愿以和为贵，以睦为荣。横路叶氏，崇尚的是"横行"之横，故无所畏惧，以胜为傲。

我的外婆，就是横路村有名的大户"叶百万"的女儿。这里的百万是不是虚词，我这个隔代的旁支后裔无从知晓。但据村里的老人讲，太外公家中的女眷无不穿金戴银，男子更是过着花天酒地的奢侈生活。经过打土豪、分田地、三反五反、破四旧等一系列运动之后，尽管太外公家里被搜出的金戒指、银大头，都是以乡人量米的升计算的，也还是没能捣腾空他的家底。改革开放，外婆同父异母的兄弟，我的天保舅公，重新变成了横路村的第一富户，承包了涌山的几座小煤窑，还有村边上的石灰窑。

与富庶的天保舅公相比，外婆可谓贫困一生。从她降生的那一刻起，幸运就注定与她无缘。表面上是因为我亲太外婆的早逝，而在我看来则是中国遗传了几千年、早已根深蒂固的重男轻女的思想。亲太外婆尸骨未寒，太外公就忙碌着给自己续弦。后太外婆的情形我从未听说过，不便多言。但在准备迎娶她的那一刻，只有七岁的外婆就被自己号称"叶百万"的父亲当作一个华丽的包袱，甩给五华里外老大睦村一家以酿酒、卖豆腐为生的徐姓人家做童养媳。父母留给她的，唯有一个姓名"叶香兰"。

外婆从未对我提过她的身世。在我的记忆里她好像是一个无根的女人，仿佛是一片叶，被命运吹到这里，就落地生根。记忆中也从未听她抱怨过任何事，仿佛与生俱来就学会了逆来顺受。倒是母亲，有事没事总爱唠叨几句陈芝麻烂谷子的事，外婆的点滴，皆是在母亲茶余饭后，摇着蒲扇扇出来的清风往事。

你妈咩（家乡土语 mamie，两个都读平声。原意指奶奶，但我家兄弟姐妹从小跟着外婆长大，一直喊她奶奶而不是外婆）虽然没坐过学堂，可她心算比谁都厉害。每次外公挑担上街卖酒和豆腐，都是你妈咩算好了的，千叮万嘱交代给外公。外公不会算账，只会喝酒。外婆在生姆妈之前，流过几胎，经常挨打。还是姆妈出生之后，才渐渐当家。可这时家底已被外公败得差不多了。

母亲叹口气，接连用手中的大蒲扇扇几下，仿佛要扇去她心中的不平。有时会抓起桌边一只印有"参军光荣"的大把缸，咕嘟咕嘟灌一气，灌完她总是忘了话说到哪里，要我提醒……嗯，你妈咩家里本来很有钱，可惜就她一个人什么也没得到。两个大姨婆都得到丰厚的嫁妆，风风光光地嫁给了有钱人家。大舅公也分了一座窑、几百亩田地单过。天保舅公更是得了你太外公所有的财产。唯有你妈咩，什么也没得到……

母亲的语气里，屡屡带上了怨天尤人的味道。不知她是为命运对外婆的不公而怨恨，还是为自己本该是一位千金小姐，却成了一个冬天也只能穿条白洋布单裤、赶早要到村中巷陌去刮猪屎的村姑而愤慨。

《寻梦环球记》里说：人的一生中要经历三次死亡。第一次的死亡是心脏停止跳动之后，生理上的死亡；第二次死亡是举行葬礼之后，身份上的死亡；第三次死亡，是这个世界上再也没人记起时的真正的死亡。外婆故去多年，能被母亲以和风细雨的方式念叨着，其实也是一种幸福，意味着她从未真正死亡，也从未离开过。

二

记忆中的外婆，比母亲讲究许多。无论日子过得有多么艰难，她一头为数不多的长发总是整整齐齐地绾在脑后，用根古朴的银簪子别住。眉毛疏淡，丹凤眼、高鼻梁，下巴尖尖。爱穿白洋布斜襟大褂和黑香云纱阔脚裤，爱穿母亲亲手做的绣花鞋。

这是母亲茶余饭后眉飞色舞的资本。因为绣花绣朵是她的强项。她细细地告诉我，若想花儿绣出层次感、鲜活感，一朵牡丹花需用十三种颜色。我问她为什么非要十三种而不是十一或者更多一些。母亲翻着眼皮想了想，回答不出来，就武断地挥挥手说，你小孩子家家的咋那么多奇怪的想法呢？反正是南风姨娘教的。母亲又说，村里大部分人绣花只有八九种颜色，看起来粗枝大叶，一点也不贵气。村里唯有她与南风姨娘绣的是这十三色的花。这样绣出来的花，就像是重重叠叠的浪，从波心处深深浅浅地荡漾开来。

这大概是只读到高小毕业的母亲今生打过的最有才华的比喻。我虽从未有幸穿过母亲绣上十三色花朵的衣服鞋子，但还真的见识过她为外婆做的绣花鞋。小小的、可以放在掌心把玩的鞋。白得耀眼的千层底、已经洗得泛白的黑布鞋面上，绣着的花朵虽然有些残旧，却依然在岁月的尘烟中鲜活如昨。

外婆一生节俭，唯有三寸金莲上的那双绣花鞋是她今生不肯忽略的细节，也是她一生中唯一的奢侈。青石板，犹如老大睦村的一条生命线，从村中心的戏台脚下纵横铺开。外婆的三寸金莲，承托起她一生七十六载的风风雨雨，在一条条青石板铺就的阡陌村巷中趔趄前行。

我的父亲是乐平城郊邹家村人，邹家是个大村坊，民风彪悍，据水而居，守着一条连接城乡的浮桥。跨出村门，就到了县城的南门街。新中国成立前，因地理位置上的优势，邹家村成了本地人口中的"邹徐余彭汪，打死人不着慌"的首姓。当时，这五大姓氏确实独霸一方，可彼此之间也难免发生利益冲突，有时仅仅为两村后生间发生的一句口角，就能兴起一场腥风血雨的械斗。死难者被奉为宗族里的英雄，血衣吊在祠堂里的梁上，每逢节日打开祠堂，可享受村人的顶礼。

祖父是位肚子里有点墨水的教书先生，平时杀只鸡也下不了手，要之乎者也一番，逼着我视力几乎为零的祖母，嘴里押着韵，吐出一连串的七字真经，冲上前夺刀代劳。

祖父死后，祖母彻底哭成了瞎子。为了谋生，虚岁九岁大的父亲被祖母典给了她的亲妹妹，也就是我的小姨婆家里放牛，换取一年两担谷的身价养家。小姨婆是我母亲村子里最富裕的人家，可她待我父亲比待一般的长工还要苛刻些。

父亲寄人篱下，自然受过不少的罪，也吃过许多的苦。可他天性彪悍，居然凭着一双稚嫩的空拳，打遍老大睦村庄无敌手，确定了自己孩子王的地位。母亲小时候就没少受父亲欺负，还经常被父亲嘲笑作一只小鼻涕虫儿。

女大十八变，小鼻涕虫儿居然长成十里八乡最漂亮的女子。少年慕艾的父亲开始守着母亲各种献媚。譬如一捧熟透了的泡子（山莓），一束山里少见的粉色杜鹃花，或是一大筐赶早刮好的猪粪。在这些甜的、香的、臭的山村礼物前，母亲眼皮子也不肯耷拉一下。

父亲求而不得，只能迂回着继续伟大的爱情事业。他总是趁夜到稻田里去摸鳝鱼、黄鳅（家乡泥鳅的别称）、螺蛳，或是上山打野鸡野兔，卖一部分换成一壶老酒，再烧上几道香喷喷的菜去贿请我嗜酒如命的外公。第三次酒没喝完，外公就拍着胸脯把母亲许配给了父亲。

外公走得突然，刚报名参军去朝鲜前线的父亲悄悄到乡里请求取消自己的名字，他不放心将一个家丢给尚未成年的未婚妻及她有着三寸金莲的母亲。外婆听说后，颠着一双小脚追到乡里，对父亲说家里的事情不用你操心，前程要紧。

三

没有男劳力的家庭，在乡村就等于倒了半边灶。一家人吃喝用度，没别的出息，全靠土里刨食。春季，人家田里秧苗都蹿出了新绿，我家的水田还没犁完。外婆一双小脚，平时走路都摇摇晃晃，不舍得让我母亲下田干活，只要她在田垄边背着我舅舅，摘野菜、递东西。外婆自己脱下精致的绣花鞋，光着脚丫站在水田里扶犁，东倒西歪的样子，让每一个路过的人都心怀不忍。可每当有人自告奋勇帮忙犁田时，外婆死偪着不肯放手。她对母亲说，家里穷，受了别人的好处无以回报，欠下的人情会是笔沉重的债。

犁完一天田下来，外婆的脚都被冰冷的水田沤烂了，满身、满头是泥，走路愈发摇摇晃晃起来。可尽管这样，外婆也必定要坐在水沟旁，把一双畸形的小脚洗干净，穿上她的绣花鞋才肯回家。

外婆力气活不行，可浸种、插秧却是高手。母亲在外婆的调教下，插秧也成了一把好手。母女二人，一对小脚加上一对大脚，活儿干得麻利。之后是除草、灌溉、施草木灰肥料、除害等一系列的忙碌。

稻熟季节，外婆头晚便就着夜色，霍霍地磨出两把闪亮的镰刀来。翌日，月亮还在中天，外婆就独自起身，到灶下做出一锅干饭来，煮上三个平时不舍得吃的咸鸭蛋，最后还从陶罐里夹出一块头年腊月备下的腊猪油，放到锅里熬开炒菜。

外婆做好饭，就喊母亲和舅舅起来吃早饭。有油水的菜闻起来要比往日香许多，颜色也更水润些。平时舅舅吃饭要外婆和母亲轮流喂，可看见好吃的，就双手捧起碗，一张小脸埋进碗里，乖乖地自己吃完一碗饭。

外婆借着舅舅自己吃饭的空当，把午餐和三个咸鸭蛋放进一只篮子里，还有一瓦罐的开水。这也是外婆比一般人讲究的地方。在乡村，大部分人渴了都是趴在稻田边上，掬一捧田间水喝了事。在外婆，是决不允许自己的一双子女趴在田边喝生水的。她说田水里有蚂蟥下的卵，喝进肚子里会生病的。

开镰的瞬间显得很神圣：初升的朝阳，从山脊梁上探出红彤彤的脸颊。大地寂静，成片的金黄色稻谷在晨风中起起伏伏。头戴破草帽的稻草人站在稻田边，憨憨地横举着双臂，手上挂着的茅草，在风里舞动。稻香四溢，空中散发出些许的甜。外婆双手合十，面向阳光，表情肃穆端庄。

一镰刀割下去，金色的稻谷就倒在了脚后。穿开裆裤的舅舅像个小大人似的，安静地坐在田垄边钓青蛙。弯腰割稻谷的母亲，脑后的两根长辫子随着身体的起伏而上下甩动,有时差点被镰刀割断。母亲一生气,站起身来,叼着镰刀,空出手来将一只长辫子对嵌进另一只的发辫里。

外婆的头发,一如往常地绾在脑后。她几乎不曾抬头,只一味弯着腰埋头割着稻谷。唯有汗水滑进眼睛糊住视线时,她才会略伸一伸腰,擦干汗水,眼睛迅速地扫一眼坐在水田边钓青蛙的儿子。

日头升到脑门顶上时,两亩多地已割了一半多了。母女俩撤到树荫下,顾不上吃饭,先各自灌上一气凉水。水里,漂浮着几片苦丁茶叶片,可以消暑。

午饭后,舅舅被外婆画地为牢,只允许他在规定的大树下玩泥巴、尿冲蚂蚁、手抓天牛。累了就乖乖地倒在草叶上睡一觉。母亲与外婆,是没时间午休的。家里两亩四分地,必须得在天黑前割完。午后的阳光灼人肌肤。外婆和母亲都戴上了草帽,帽檐都搭了条打湿了的毛巾。母亲一次次地停下手里的镰刀,拿下毛巾飞快地跑到沟里浸湿,又飞快地给外婆和自己围上。

傍晚时,母亲的一个堂兄、我的黄皮表舅帮忙送了打谷桶来。夕阳西下,鸟儿的翅膀镀上七彩的霞光。堂舅高大,孔武有力,帮着母亲一起把从田里搂成捆的稻谷在田边打,没割完的地只剩下巴掌大的一块,外婆一个人坚持割完,也随着加入到打谷劳动中。

劳动是快乐的,母亲喃喃地说。她的语气里,有着尘埃落定之后的释然。我只能在想象中勾勒完母亲未曾描述完的劳动场面:皎洁的月色底下,三个大人站在田垄边,此起彼伏地打着稻谷,挥汗如雨。穿开裆裤的小舅舅,像只忙碌的蝴蝶,在稻田里穿梭往来,帮着倒忙。萤火闪烁,小鸟欢歌。我的亲人们,在热火朝天的工作中荡起甜蜜的笑容。

四

父亲从抗美援朝战场回来,因作战英勇,屡屡立功,被保送进了军校。进军校前，父亲获准回家举行婚礼。自此，母亲的未来有了依靠，全家人的生活似乎也有了盼头。

婚礼那天，父亲举杯向外婆敬酒，深谢外婆当初深明大义，给了他新生。外婆端着酒杯，抿着嘴笑。她说好男儿志在四方，若只为眼前，女儿暂时可能少吃两年苦，却有可能要吃一辈子的苦。你看见过谁土里刨食刨出大出息来了吗？外婆又笑眯眯地补充了一句。

度完蜜月后，父亲回了军校学习。母亲的日子似乎回到了从前，除了每月可接到父亲寄来的一笔津贴外，农活、家务一件不少。变化就是，母亲地位得到了提升，她取代外婆成了一家之主。当家后的母亲，包揽了所有的力气活，烧火做饭，或菜地里一些轻省的活留给了外婆。舅舅到了读小学的年龄，母亲就把他送入了学堂。

大姐出生时，已是三年后。父亲抱着自己头生长女，怎么爱也爱不够，恨不得把全世界给她。大姐的童年是幸福的，全家人都围着她团团转。就连还在读小学的舅舅，都稀罕得不得了。放学回来就心甘情愿趴在地上，给外甥女当马骑。要不就让外甥女骑在他脖子上，带着她林间地头四处找野果子吃。

1960年，大哥出生。关注大姐的目光大部分转移到刚出生的大哥身上。父亲常年在部队，一年之中只有过年的时候回家休假。因此，对家里大事小情也帮不上什么忙。生大哥时恰逢自然灾害时期，村里大食堂办不下去了，家家户户口粮奇缺。父亲每个月尽可能省下最多的钱和粮票寄回家来，仍然入不敷出。孕期的母亲营养不良，大哥生下来就没奶吃，饿得皮包骨，还经常生病。父亲寄回来的那点钱，还不够给他一个人看病。

这时身为大队妇女主任的母亲才开始后悔，悄悄对外婆抱怨说，大跃进那年不该连外婆偷藏进灶灰里的一对金耳环、一枚金戒指、几块袁大头都交了出去，不然现在拿出来或许能换点儿奶粉。

一语惊醒梦中人。外婆这才想起当初自己从不离头的那枚古银簪、太外婆留下来的唯一信物，外婆取下这枚银簪，到十里外的耆德换了点白面。大哥就是靠这白面搅的糊糊活了下来。只是，太外婆留下来的唯一信物，成了别人家的传家宝。

五

1962年，五十岁出头的外婆曾经动过改嫁的念头。那个差点成了我后外公的人，是一位走街串户的货郎。我不知道他是不是外婆爱过的男子，但他确是能令外婆唯一动过凡俗心的人，应该有其过人之处。因为，在我心里，外婆虽然没读过书，不识字，但她在大陆村有着极高的地位。这与外婆待人接物时表现出来的通达睿智有关。

母亲一发现端倪，立刻扮演了棒打鸳鸯的角色。不得不说，母亲有当侦察兵的天赋。货郎姓什么，母亲不知道或者是不记得了，只知道大家都喊他锡伯。在乐平，锡伯这个名词其实另有深意，往往背后隐去了癞痢二字，大抵专指因生过癞痢而满头生疮、再也长不出头发来的人。

果然，在母亲的描述下，我看见一个个头不高，身板敦实，头上光光的货郎，穿着身灰扑扑的衣裳，腰间还系着条带兜的毛蓝布围裙，从烟熏火燎的岁月中走了出来。他一手拿着拨浪鼓，一手拿着顶草帽扇赶路赶出来的油汗。脸上的笑容也就浮着一层油汗，加上一颗光亮亮的头，整个人也就显得油汪汪、亮光光。

母亲回味起来至今仍有些恼羞成怒，又有些暗自得意。我明白母亲的想法，在那个年代，改嫁不是一件光彩的事情。她作为大队的妇女队长，又是军属，虽然日子穷得叮当响，可在她心里，精神上的优势还是显而易见的。她不想自己的母亲晚节不保，跟着一个货郎四海为家。再说母亲刚生了二哥，与大哥只差一岁。两个奶娃娃没外婆帮着带，简直无法想象。

母亲平时遇事糊涂，耳根又软，属于没多少主见的人。大姐给母亲的客观评价是：继承了外婆的美貌，也承袭了外公的糊涂平庸。但在外婆改嫁这件事情上,母亲的手段可谓老辣,面面俱到。

在母亲看来,童养媳是没有人生的春天的,更没有少女时代。外婆生活过的年代离我太遥远,我无从判断母亲的话是否正确。但在我看来,无论外婆的身份是什么,她的内心,都一定有过丰富多彩的世界。那世界里,住着她可能无法完整拥有的青春,住着她可能一生也无法拥有的真正的爱情。

因此,我比母亲更能理解,当五十出头的外婆,遇见她人生中第一次真正的春天时,内心的那份渴慕与向往。停留在眉目间的爱,何尝不是内心情感的喷薄与汹涌?不然,缘何一向缄默自持的外婆居然能让粗枝大叶的母亲看出了端倪?

母亲愤愤,当即不动声色地展开一场"母爱保卫战"。母亲借自己身为大队妇女主任的便利,四处打听锡伯的身世。原来锡伯是安徽六安人,祖上几代曾是远近闻名的大茶商。据说父亲是开明绅士,抗日时捐过大量的物资,为了保家财平安也与附近的绿林有过来往。还有,锡伯光头不是因为癞痢,而是家里落难后一路乞讨、患伤寒留下的后遗症。

了解了锡伯底细的母亲吓了一大跳。她庆幸自己脑袋里绷紧了一根弦,否则全家都要被外婆的"黄昏恋"拖累了。

锡伯以前约莫一个月来一次大睦村,临近年节时也不过二十天左右一个轮回。现在的锡伯,是上中下旬的第一日必来。母亲下定决心横加干涉的那天,恰是六月上旬的第一个早晨。

那一天,外婆起来得比往常早许多。起来的第一件事不再是摸索着到灶间烧早饭,而是透过熹微的晨光对镜梳妆。不算浓密却仍然乌黑的长发,被外婆用桃木梳一遍遍地梳,再用篦子沾上一点水,再重新将头发篦一遍,最后绾在脑后,束成一个小小的髻。

头发梳好了,接下来是整装,将身上穿着睡觉的破衣裳换下,穿上一件七成新的蛋青色的斜襟大褂。对外婆来说,扣枚盘扣都是重要、不容忽略的细节。先从颈下扣起,锁住生命留下的刻痕。然后沿着起伏的胸襟处，一路滑下，如浅瀑落入了深潭，有大山深处四季独有的静谧清幽。

扣好了最后一枚盘扣，外婆就起身牵自己的衣角。左牵右牵、左旋右旋，对着当面的镜子，脑后还举着枚锡伯给的折叠式小镜。直到镜子里出现外婆一张不再年轻却依然精致、好看的笑脸。

温润的晨光里，一位典雅的老式女子，掀起岁月的帘幔，轻舒花未开、花已落的悲伤。用十三种花色挑绣的绣花鞋，在陈旧的床踏板上端端正正地搁着。每一种颜色都像是外婆青春重燃的张力，在幽暗与熹微中竖起生命的旗帜，尽情地招展。

透过烟青色的蚊帐，母亲看见梳妆熨帖的外婆拉开了房门，又悄悄折返，再次顾影自怜。曦光透过老屋的高窗，投入一条奔涌跳动的光柱。外婆的脸叠合在光柱间跳跃的颗粒之中，远远地望去，外婆的脸仿佛也在曦光中欢欣跳跃。

更令母亲惊奇的是，外婆拿起了五斗柜上一只装金刚钻油的红金属罐子。她并没有打开盖子，而是凑过去闻了闻香味，脸上现出陶醉的表情。接下来母亲看见外婆用两只手掌擦拭小小的金属罐壳，特别是拧盖处的缝隙。大概摸出点油花后，外婆就细细地往自己脸上抹去。抹完，外婆密切地关注自己脸蛋的变化。然后，又伸手到罐壳上摸一遍，周而复始地往脸上抹。最后，外婆长叹一口气，将镜子放倒，一双手互相抹了抹手背，最后抹在了头上。

烧火、做早饭是外婆的必修课。梳妆完毕的外婆终于走出了厢房。一直屏住呼吸假寐的母亲终于敢放平了自己的身子，望着缝了几处补丁的蚊帐顶发呆。晨起对镜贴花黄的外婆，这不是她记忆中的母亲，更不是她熟悉的母亲，却是令她心有所动的母亲。在这刹那，母亲打好的算盘有瞬间的松动。母亲说，是二哥突发的哭声坚定了她的决心。她不能没有了母亲，更不能让孩子们失去了外婆的照料。

母亲假装一无所知，抱起二哥把尿，喂他吃奶，把他重新哄睡下。然后喊大姐起床，麻利地给大姐穿好衣服，就让大姐披散着头发去找

"妈咩"梳头。最后母亲拽起耍赖不肯起床的大哥，帮他穿好衣服，牵着手走出厢房。

读初中的舅舅已经坐在八仙桌旁，端着碗滚烫的稀粥转着圈喝，喝得吸溜溜地响。外婆拉着大姐站在家门口的一块大青石板上，细心地帮她扎辫子。石板下是一条哗哗流淌的村中下水道，梳掉了的断发就被外婆随手丢进水沟里，与落叶、泡沫一起，哗啦啦地奔向未知的远方。

母亲扶着走路还有些颤颤巍巍的大哥也站在了门口的青石板上，让大哥扯开裤子，对着流水尿尿。外婆一边给大姐扎好的小辫上系蝴蝶结，一边逗我大哥。毛宝，看见沟里那只青蛤蟆了吗？快尿……

吃完早饭，外婆照常收拾碗筷，在厨房里认真洗涮。母亲抱着襁褓中的二哥坐在门槛上，身边一左一右站着她的一双儿女。挑担的、推鸡公车的、骑自行车的，或是扛着各种农具从她眼前走过的村民，一一和她打着招呼。

母亲心不在焉地和乡亲们打着招呼，心口却一阵阵地发疼。母亲说，她搂着二哥坐在门槛上等货郎锡伯出现的那点时间，热汗像蚂蚁般在她额头四处游走，再顺着脸颊落进颈根，落进二哥张开的眼睛里。

二哥张嘴哭起来的时候，带安徽口音的叫卖声，伴随着进村的拨浪鼓发出的"出动、出动、出出动"的鼓声一起传了进来。母亲立刻打起精神，将哭闹着的二哥塞到闻声赶来的外婆手里，假装很随意地说，姆妈你帮我抱着老三，我带老大老二去买点东西。

外婆接过三哥，欲言又止。母亲就又问，姆妈你是不是有什么要买？外婆赶紧摇头，抱着二哥退到了堂屋深处。

货郎担就停在我家斜对面的一块空禾场上。锡伯则站在身后那堵墙的阴影里，拖腔拖调地念：货郎担儿强，货郎担儿好，货郎担儿样样齐。锡伯锡伯头发少，货郎担里百货全。纱巾围脖发卡蝴蝶结、纽扣针线剪刀铜顶针。大人小孩快来瞧，过了这村可没店，过了这村可没店……接着，手里拨浪鼓一通猛摇，发出欢快的"嘿咕隆咚、嘿咕隆咚"的声响。

母亲打开货郎担,东一下西一下地挑绣花线,片刻间手里捏了一把缤纷的色彩。锡伯笑着搭腔:妹子,这年头已经很少有人会挑这么多的颜色了。母亲接口说,谁说不是呢!可我家姆妈爱穿我绣的鞋,十三种颜色呢!锡伯望向母亲的眼睛里,突然就多出几颗细碎的星星。

母亲抬起头,眼睛直视着锡伯开言:唉,你说这都什么年代了,我姆妈还是梳着一丝不乱的头发,裹着整整齐齐的小脚,穿鞋还非得穿我做的绣花鞋。这花色少一种颜色都不干。她这样下去很危险的,不符合当前形势。

锡伯笑答,有什么危险的,政府也不可能不准穿绣花鞋吧?母亲脸色一沉,说这你就不知道了。绣花鞋不是劳苦大众该穿的。锡伯,你是哪里人啊?听口音好像是安徽人吧?前几天被举报的一个安徽财主,据说还和土匪牵扯不清呢。

母亲一头说,一头密切关注锡伯的脸色。果然如母亲所料,锡伯的脸色急转直下。母亲说完了该说的话,就把绣花线钱给付了。她转身走开的时候,锡伯喊住了她,说自己明天可能要回老家了,能不能送对红发卡给可爱的女娃娃。母亲走回去,接过发卡,丢了五分钱到货担上。

锡伯推辞着不肯收,母亲冷冷地说,吃人的嘴短、拿人的手软。一句话噎得锡伯无话可说。

母亲拖儿带女地走回家去,背后传来的是锡伯摇得震天撼地的鼓声。在母亲听来,那分明是"心痛心痛,心好痛"。

六

外婆突然就生了一场大病,差点死去。母亲又惊又怕,差不多一个礼拜没合眼,百般照料,才把外婆从阎王爷手里夺了回来。只是,外婆一口雪白的牙齿因此落光，耳朵也聋了。

除了外婆的后遗症，这个家还多了副白皮棺材，吊在了老屋的梁上。母亲说，这是农村惯用的冲喜方式。还挺灵验，棺材打好了外婆的病就好了。

我不知道外婆生病与锡伯的突然失踪有没有关联，也不知道外婆没死是否果真依仗那口白皮棺材的冲喜。反正我记事后看见的外婆，已是标准的农村老太太的形象：疏淡的眉毛、塌陷下去的眼眶、瘪得吃肉都要靠吞的一张嘴。唯一不变的，是她脚上的绣花鞋。不过，已经很旧很旧了。母亲到了部队，要在父亲部队的下属农场轧面条，要做一家子的饭，洗一大家子的衣服，偶尔还要给孩子们做新衣、补旧衣，再也没有多余的时间给外婆绣那费时费力的十三种颜色的绣花鞋了。

时光老去，外婆也在老去。后园的老枣树，在经历了一年特大的风雪后，拒绝再开花结果。外婆牵着我的手，一下一下抚摸枣树身。她没有叹气，只是凹陷的眼睛里露出一点点光。

外婆耳聋，因而练就了我的大嗓门。如果顺风，轻轻地说一句什么她也能听见。若不顺风，趴在她耳边说话她也是靠猜的，满脸茫然。我说人家栽禾，她说什么杀鹅，完全风马牛不相及的事儿。

我调皮，任性，总爱捣蛋害人，打得和我同龄的毛崽妹叻哇哇地哭。人家告上门来，外婆举着把鸡毛掸子，而我撒脚就跑。青石板小路上，风一般掠过我小鹿般的蹄印，也印下外婆趔趄的脚印。若不是表舅黄皮舅舅屡屡出手拦截，外婆永远抓不住我。不过，外婆总是雷声大，雨点小，落到我屁股上的鸡毛掸子，简直是给我挠痒痒。可狡黠的我还是会放声大哭，让所有人知道我被外婆狠狠教训了，引发围观的人一阵阵善意的大笑。

这样哭闹的好处是，外婆总要从衣兜里捏出一枚亮晶晶的一分钱镍币来，当作我挨打之后的安抚。七十年代初，这一分钱可值钱了，可以买一竹筒的爆米花。一粒粒地钳进嘴里，含上半天，充分享受大米的芳香，然后才用舌尖轻轻顶上上腭处，直待米花自行消融。这样的吃法，一分钱的爆米花差不多能吃一后晌。一分钱拿到供销社，还能买两个花花绿绿的水果糖。那个甜啊，对小时候的我来说，是最美也是最奢侈的享受。

仅仅这一分钱的享受，也令我从小对生活有了期待。恰如母亲丢下离奶后的我，回部队时骗我的理由，就是宝贝儿乖乖，姆妈上街去给你买油饼吃。

油饼是诱人的，这样的美好实在太值得期待了。虽然母亲一去不复返，可我与外婆相依为命的日子里，总是多了份非常强悍的期待，足令我骄傲地对同龄人说，我的姆妈去城里给我买油饼去了，你们懂不懂？懂的，是我的好朋友；不懂的，要被我这个小暴君打。打完之后人家告上门来，我和外婆又在满村的青石板小路上，上演一出你追我逃的游戏。无论追不追得上，我都注定是游戏的赢家。

一分钱，笃定地在青石板的尽头处等着我，令我有足够的期待。

只是如今，在岁月的深处，无论我如何声嘶力竭、千呼万唤，始终是唤不回外婆的身影。她与我之间，隔着一座奈何桥。

七

外婆走的那年，我已虚岁十八，恰是最美的年华。

那年中秋，山村的月亮仿若笸斗一般大小，将整个村子当作钤印，拓入了流年的册页。

外婆走得干净利落，不曾带走一粒尘埃，只是眼睛不肯合拢。母亲唱起了丧歌。我的姆妈娘耶，你老人家操劳一世，帮我带大五个儿女，我的姆妈娘耶……母亲倒抽一口气，擦擦眼泪，继续哭唱。女儿该如何报答你哟，姆妈！

奇迹出现了。已经故去的外婆，眼皮突然合上。眼角却淌出两行浑浊的泪水。

梳着两条黑油油的麻花长辫的大姐，整个少女时代都与外婆相依为命的大姐，放学回来就要掀起外婆的衣襟咂两口奶的大姐，不喊外婆为"妈咩"而喊兰姐的大姐，因身患荨麻疹，没能赶回来送一送外婆的大姐，在千里之外，放声痛哭。

她的每一滴泪水里，都有外婆一个小小的影子：白洋布斜襟大褂、黑香云纱阔脚裤。为数不多的黑发，总是整齐地绾在脑后，用根古朴的银簪子簪住。疏淡的眉毛，丹凤眼，高高的鼻梁，尖尖的下巴……

第二年清明，姐从深圳而来，带着满怀的歉疚。我无声地握住了姐的手，任车窗外的树，成行地倒退。我知道人生没有如果，只有遗憾。

八

孤独的远山隐于一大片乌云的背后，起伏的线条，宛若一张宣纸上的素笔丹青，在薄薄的纸页上浓淡两相宜。

熟悉的山路尽头，是外婆的孤坟。远远望去，有新土盖住了绿草。我和大姐跪在外婆坟前，点燃香烛纸马。世俗的风，穿山而来。一低头，看见外婆坟前的供碟上，摆放着一枚造型古朴的银簪，在寂静的空山，闪着远离尘世的微光。

姐擎起那枚银簪，仔细察看。是他，真的是他吗？姐握簪在手，一脸的惘然。

清明时节的雨，破空而来。吹来了遍地的落红，也吹来了大山的呢喃。外婆的坟前，花未开，花已落。"零落成泥碾作尘，只有香如故。"

返程，大雨如注。我和姐坐在吉普车的后座上，望向各自据守的一方。我看见的是雨，车窗上一滴滴拖着蝌蚪尾巴的雨，迅速消失在更为浩大的一片雨水里。姐看见的是车窗外，行走在雨中的人，一颗在尘世中闪着微光的头颅。

姐突然发出一声长叹。银簪在光线昏暗的车厢内，闪耀着些许的光。外婆，就坐在这时光笼罩的亮光里，轻拈一片落花。

"素衣莫起风尘叹，犹及清明可到家。"我在岁月的彼岸，聆听到被风吹乱的流年。花未开，花已落。

作品二维码
主播：黎珉

邹冬萍，江西省乐平市人，偶用笔名紫苏、一叶。2014年开始写作，曾在网站连载长篇小说。2015年转为纯文学创作，2017年起至今签约多家影视公司，2019年加入中国作家协会。有各类体裁作品见诸全国各级纸媒，获奖并入选多种文集及中考试卷。

冬至节里裹新年

艾 华

一

我的老家，在湖北恩施最偏远的一个小山村。那里民风淳朴，过日子都是按照农历，"今儿几时了？"一瞟墙上的日历，"哟，到冬至了，又要过年了。"

与书上学的"过了腊八就是年"不同，在乡村，一到冬至，就要开始忙年了。

冬至，就是隆冬了，寒冬腊月，滴水成冰。瀑布冻成了桶粗的冰柱，庄严又肃穆地倚石而立；溪水两边被冻住，只留中间的心在孱弱流动，心不死，生命就继续奔流；枯草满身冰花，细细碎碎，晶莹剔透，美得让人心生忧伤，我们偷偷采下来吃，冰花在唇齿间嗑得脆响，瞬间身心都如同冰晶般纯洁；屋檐下挂着一串串冰凌牙子，闪着剔透的光，看得有趣，拿着竹竿一排打过去，又一排打回来，叮叮咚咚，如大珠小珠落玉盘；厚雪覆盖，大地如同孕育生命般隆起。村庄纯白如仙境，我们拖着长板凳，来来回回地溜，把地面溜成一面反光镜。

喜欢这个"隆"字，它茂盛，饱满，隐匿一切，又孕育一切。不同于盛夏的盛气凌人，轰轰烈烈。冬是个潜伏者，不动声色，埋藏一切于无形，却又悄悄丰硕。

冬一来，吃刨汤的日子也就到了。圈里的年猪早已肥得睁不开眼，也不知是哪一家开的头，响起了年猪的嚎叫，接下来，村上这样的声响此起彼伏，搅得村庄兴奋异常，我们比大人还忙，一天到晚到处跑着看人家杀年猪，天黑都不归屋。

吃刨汤也如过大年，主家接的亲朋好友，差不多半个村的人，大铁锅、大蒸锅，流水的席面，粉蒸五花肉、炒精瘦肉、清炖排骨……一桌的大酒大肉，吃得村人高声大嗓，红光满面。

打赌吃肉，是吃刨汤的重头戏。村上男女老少谁吃不得一两块白花花的肥肉？就这，还算是斯文的，一上桌，主家提着筷子，先来个"肉打圈"，粉蒸肥肉一拃长、半斤重，须人手一块；再来粉蒸排骨，拳头大的排骨绕一圈；再来清炖排骨绕一圈……几圈下来，碗里的肉堆起老高，按村人说的"肉把人的鼻子眼睛堆得都看不见了"。

肉圈打完，再来动筷。首先要吃粉蒸肥肉，那肥肉已被蒸得软糯透熟，色泽诱人，咬一口，肥而不腻，香醇可人。一桌人拣着肥肉，"一二三"，一声口号，齐齐一口，再喊一声，再吃，巴掌大的一块肉，要两口吃完，不吃完要挨罚，罚你再吃一块。并且也要两口吃完，吃不完再罚，桌上氛围立马就起来了。第一块肉吃完，再来第二块，反正盘子里的肥肉不能剩，吃完后继续加，差不多每人要吃七八块肥肉，肥肉吃完，再吃瘦肉，一圈肥肉一圈瘦肉，轮番打圈，主打一个讲究战略部署，底子弱的立马丢盔弃甲，缴械投降；底子厚的还能硬撑个一两圈，吃到最后咽不下去了，油顺着嘴角直往下淌，看得人喉咙发紧，直到差不多一桌人都要认输，打赌吃肉才算完。

村上认定一个人的品格，都是从吃肉喝酒开始，吃肉吃得爽快，喝酒喝得豪迈，断定此人为人爽朗热情，诚信可交。每年一到吃刨汤时节，父亲半个月不回家吃饭，天天转着吃刨汤，到最后，回来丁点儿油烟味都不能闻，顿顿就着清水煮白菜。

人生五味，人之常情。一块肉，在村上，是人事之本。人情往来，吃字当先。瓜果熟透的季节，母亲挎着篮子，番茄、茄子、辣椒、丁豆，挨家送，隔天，三奶奶捧一碗苞谷粑粑，或煎一碗洋芋粉，隔老远就喊着让我们去接。

"吃喝"讲的是情义，吃得越多，主家越欢喜，一个村的肝胆相照，相顾相携，都在"吃"的情分里，久之，成了村上一种特别的"吃文化"，无须文字记载，只在村上口口相传，一个眼神，一句笑语，就心领神会。

多年后，我在书上看到一句话，大意是"放弃肥肉的村庄就像文学放弃诗歌一样"，瞬间击中我心，原来，我的村庄一直都是诗意的，有肥肉的村庄，才是有灵魂而多趣的，村庄之于肥肉，有着鹣鲽情深的情谊。

二

整个村的刨汤吃完，年关也就逼近了，得赶紧把年肉上炕烘好，崭新的日子必须要有好菜招待。

鲜肉用盐腌了一个星期，早就入了味，用篾条或藤条穿好挂到火坑上。熏制腊肉，须得是腊月风，腊月雪，腊月的烟火，将腊肉熏得脂肪似蜡、肌肉棕红、咸淡适口、熏香浓郁，才是积淀的人间至味。

我们吭哧吭哧地把腌好的鲜肉挂上壁，一块块的肉筋骨舒展，白腻嫩滑，那是过日子的底气，往后的岁月，得靠这肉的辅佐，才有勇气与担当，风里雨里，灰里火里，年肉撑起的，是一个村子的气节与风骨。

火塘的火红旺旺地烧起来，父亲专门从山里挖两个树蔸回来。熏腊肉，也有讲究，那些香料树枝，是最好的熏料，寻点花椒枝，八角树叶，橘子皮，还有松树枝，松树油的清香渗进肉味，浓厚而醇香，而年肉糅合了各种香料，味道纯正浓郁。炕腊肉不能用大火，只需一点点的明火，散发出的烟也不疾不徐，袅袅腾挪，缓缓攀上肉身，嵌入内里，至筋骨寸脉，丝丝入扣，所谓的烟熏火燎，其实是一种文火慢炖熬着的功夫。

熬,是一个意味深长的词,于腊肉,于人生,道理如一。一生之中,不如意之事十有八九。当年,我有一段时间四处碰壁,处处受挫,不由得扪心自问:为什么这么努力,却总是失败?整日里垂头丧气,精神颓败。母亲说不出大道理,建议我去田里走走,看看庄稼。恰逢初春,寒气尚未退散,我漫步田埂,麦子在凛凛的寒风中青绿如油,油菜已经在疯蹿个子,但是它们哪怕已经过风霜雨雪,哪怕已有阳光普照,却离成熟还差了那么一点,成功是一种恰到好处的时机,就算还差一分一秒,也熬不到硕果累累的时刻。

所有的成果,都是熬过寒冬,迎来春天,时机成熟,才在阳光下发出成熟的光芒。母亲叹着:"日子是慢慢熬过来的,熬得久了,就会有收获。"

熬是一份心境,如熬得不久,还差一点火候,年肉不会芳香,麦穗也不会在阳光下闪烁光芒。熬也是一种态度,让人在繁华万千的世间,熬出一份成熟,熬出坦然面对俗世的豁达和沉静。

三

冬至的夜晚格外漫长。我们围坐火塘边,熬着长夜,不时翻动一下树蔸,实在无趣,缠着爷爷讲故事,爷爷讲《封神演义》,讲姜太公钓鱼,不用鱼饵,还用直钩,"为什么那些鱼儿没得饵都钓得上来?"爷爷笑眯眯地卖着关子,我们都是一群愿上钩的小鱼儿,因为爷爷每讲完一个故事,就要支使我们帮他做事,添水续茶,而我们也乐得被爷爷使唤。这个故事不能尽兴,再一讲,就是天南海北的神鬼故事,说是一个人走夜路,被鬼抓到了沙树林,直到第二天中午才被家人找到,听得人瑟瑟发抖,屋外影影绰绰的树枝仿佛成了鬼影,风声都似乎是鬼哭,吓得我们躲在火塘的最里边,再不敢乱跑。

这一火塘的故事,听得我们如痴如醉。小孩子烤火是假,烧东西吃才是目的，红苕、洋芋焐进灰烬里，不一会儿，香气就从灰里冒出来，扑得满屋都是，屋外的花狗鼻子十分敏锐，早就在外扒着门缝直哼哼，人在门里，狗在门外，我们吃肉，它吃皮。吃完，人也糊成一张黑花脸。

再或者突发奇想，往火里扔几粒生板栗，板栗受热被炸得啪啪作响，炸起一屋的火灰，我们的衣裤被飞溅的火灰烫得大洞小洞，当然免不了一顿责罚，轻则被大人训斥，重则被竹条子撵着打。

这漫长的冬夜，就被我们的"鸡飞狗跳"一截一截推倒了。守着火塘，听屋外寒风打着呼哨爬上山尖，看大雪覆盖的树枝搁在木窗上，爷爷的故事和着烟火呛进年肉里，年也就有了厚重深沉的味道。

四

冬至节里裹新年，又说"冬至阳生春又来"。坡里的农活，得抓紧了。洋芋要在年前播种完，不然赶不上时辰，会误了季节。

藏在屋里的洋芋种子早就偷偷地发了芽，猫完冬天它们就会出苗，村上人说种洋芋是"告洋芋"，"告"是睡觉的意思，大人哄小孩子睡觉是"睡告告"，母亲怀抱小儿，边拍边轻声细哼"噢噢——娃娃睡告告噢，"小孩听着歌，咿咿呀呀跟着哼，尔后甜甜睡去。婴儿依偎母亲，种子依偎泥土，所有生命的成长，离不开灵魂的将养，"告洋芋"就是让洋芋种子在土里睡觉，让它发芽、成长、开花、结果。还真当洋芋是个宝宝呢，什么磷肥、化肥、粪肥，铺了一层又一层，那厚厚的肥料做被，足以让洋芋在田间睡一个甜甜蜜蜜的觉，风雨雷雪的声音都是它的摇篮曲，待来年开春，一觉醒来，大地温暖，阳光和煦，绿旺旺的洋芋苗张开双臂，若婴儿般初生。

麦子倒是没那么娇气，反而在寒风中如青葱般嫩油油的。也要在冬天给它们打好底肥，一开春，它们就要拔节孕穗，而后在一个成熟的秋日光芒万丈，这都是来年的希望与收获，可马虎不得。

油菜反而长势缓慢，虽然没有麦子那么抗冻，但依然不畏风寒。只要熬过了寒冬风雪，来年春暖花开时，就会努力疯长，抽薹开花，送给自己一个最好的年华与季节。

枝头上，经过霜打后的橘子，已由黄转红，早没了酸味，甘甜如蜜。大酒大肉过后，吃一个清甜的橘子，能抚慰肉酒过度的毛躁与油腻。没牙的二爷爷瘪着嘴，吃完一个又一个红通通的橘子后，一声长叹："这橘子，就像蜂糖噢。"

在坡里做活的人，口渴得冒烟，又不愿耽搁时间回家喝水，跑到橘园，摘几个橘子，一口一个，橘汁入肚，犹如甘露，一直甜到心底。满坡的活路，漫长的时日，也就有了甜蜜的期待。

经霜后的橘子，也该摘回来了，在枝上都快被鸟雀啄食完了。放眼望去，那些橘子如一盏盏灯笼，照得村庄一片橘红，喜气流淌。村上人家都在抢摘橘子，一背篓一背篓鲜艳的橘子，堆出一个丰饶的隆冬和来年的希望。

母亲说："那些雀精得狠，橘子酸的时候它们看都不看一下，现在变甜了，它们比人还忙，恨不得一天把橘子啄吃完。"确实，天还未亮，橘园就是一树的鸟声，似乎在讨论哪个橘子更好吃。看着枝头上被开膛破肚的橘子，我们拿着剪刀，赶着大个的橘子夹，母亲却说，大个的橘子不好吃，那些个圆皮薄、色泽亮丽、光滑而柔软的橘子才是最好吃的，我们满心遗憾，可也不能怪那些个大的橘子不好吃，它们也在努力生长，努力成熟，只是被大自然忽略而已。就把高枝上的那些大个橘子留给鸟儿吧，它们也需要过个甜蜜的新年。

鸟儿的生命需要橘子装点，而橘的生长，就只能靠自己。要用肉身一粒粒填充快乐，当肉芽渐渐填满瓣，青涩渐次褪去，成熟的肉身渐次黄红，就拥有了成熟的躯体，这是橘子的哲学，不能保证每一瓣都甘甜，但没有一粒果实会偷懒，它们必须对自己负责，享受生命绽放的过程，至于结果，已不重要。我们和橘，那么相似，一瓣交给阳光，一瓣交给风雨，不停生长，不停成熟，没有时间徘徊彷徨。当经历捻亮这些细碎的灯盏，能看到每一粒细小生命的努力。

而眼下，我们正在努力将橘子摘回家。天黑了，夜风中可以明显感觉隆冬的寒意，悬浮在空气里的，是霜风和冰屑，说不清楚，只是碰到皮肤的时候，会激起一阵小小的鸡皮疙瘩。身上倒是暖和，手冻得生疼。

冬夜也有大月，一团白玉，是含着香气、饱浸年味的满月，映得橘树浑身通透，风度翩翩，谪仙一般，于疲惫的我们而言，真是不小的安慰，我们在月下忙来忙去，感觉自己也有了几分仙气，有银月映照，当然有笑声飞溅，顺便把那一团银白截获了，当作年货背回家。

至今想起，依然记得当年的月下，通红的橘子，冻得浑身冰凉的我们，笑语盈盈。咬一口往事，如同多汁的橘子，芳香，甘洌。

母亲选一批上好的橘子出来，偷偷埋在大红木箱的谷子里，再上锁，直到过年才拿出。开箱的那一刻，我们的心情，远比过年更隆重。

五

一天天的烟火，熏得冬过了大半。

村上有句话叫"关起门来忙年"，意思是这时节的人们都不互相串门聊天，就在自己家里闷头忙年。就看到时谁家的年忙得更丰盛，更拿得出手。

村子灯火通宵，都在打粑粑，磨豆腐。一打一磨，讲究的是忙碌日子里的精致。打粑粑，先把糯米泡一天，泡得糯米又白又软，这才上甑，蒸得软而烂时，糯米捞起来，放进碓窝。杵粑粑是个技巧活，如果只是蛮力，糯米就捣不烂，两个人，你一杵我一杵，巧劲加力量，把四季酸甜都杵了进去，糍粑也就有了热气腾腾的滋味。村上响起持久的杵碓窝的声音，此间场景，分明就是"村上一片白，万户杵粑声"的喧哗与闹热。家家户户，接下来都会有糍粑相伴，饱蘸着村上的人间烟火。

不一会儿，熟糯米就被杵成一大坨面团样，这时全家老小齐齐上阵，手势好的，比如母亲，就会把糍粑捏得圆圆满满，我们捏的，就全凭个人喜好了，本想捏成圆的，但到中途又另有主意，想捏一个造型出来，能捏出什么造型呢，每日所见，无非鸡狗猫猪，可那也捏不像，缺胳膊少腿的不用说，连鼻子眼睛能完整捏出来就算是心灵手巧的了，那糯米团子在手里真不任人摆布，把我们的笨手笨脚显露无遗，母亲心疼啊，一边唠唠着"唉，可惜了我这么好的原材料"，一边忙着补救，那也没用，救回的糍粑还是歪瓜裂枣，实在看不过眼，母亲把我们撵去了别处。

待我们在外疯玩累了回来，桌上已摆满了糍粑。

冬夜漫长，我们烤着糍粑，看它在火上气鼓鼓地饱胀自己，翻动后，又因火气的消失而慢慢扁塌，再翻一面，再鼓，糍粑在火上完美地诠释了自己的一生，暗暗蓄力、饱满、鼓胀、回落，翻翻转转，起起落落，在来来往往的岁月中，总要有几个起落兜转，才不辜负这烟火尘世里的牵牵绊绊。

磨豆腐，也要先将黄豆泡发，在石磨上推成浆，我们一圈一圈转动磨子，累得筋疲力尽，感觉口了漫长得望不到头。好不容易才推完豆浆，倒入锅中，上灶烧开，舀出来倒入架上的包袱中，豆浆在包袱里变身，本质的洁白跃入盆中，从此身通体透，白玉无瑕，在人间留下"一清二白"的好名声，滤下的豆渣留在包袱里，隔天被摊在木板上，承受着世间各种"渣"的骂名。白花花的豆浆再入锅，被搐成粉末状的石膏点成了豆腐。我们趁着豆腐成形之前，赶快拿大碗舀一碗豆腐脑出来，撒一把白糖，一口豆腐脑下去，日子甜得让人咬牙切齿。

这两件事都是大人的主场，小孩子过年的大事是爆苞米花，背几斤苞谷，翻山越岭去爆苞米花，爆米花的老头一把花白胡子，就好像是被爆过的米花，乱蓬蓬，白花花，有时胡子上还挂一颗米花，似刚从膛内蹦出来一般，一抖一抖。最喜欢听的就是那老头一声大喝"爆——米——花——了，"孩子们如受惊的鸟雀般扑啦一声四下逃散，

"砰"一声炸开,我们又叽叽喳喳地蹦回来,忙扑扑地去捡掉落的爆米花。

待我们把爆米花背回家,大人们已在屋里屋外地收拾、打扫,糖果糕点的采买,大人孩子过年的新衣置办,整个村庄悄无声息,却又暗暗蓄势待发。

一推门,新年的气息扑面而来。

作品二维码
主播:阿斗

艾华,本名黄爱华,土家族,湖北省作协会员,中国自然资源作协会员。文章散见于《文艺报》《作家文摘》《中国自然资源报》《青年文摘》《散文选刊》《散文百家》《天津文学》《长江丛刊》等刊物。散文《1982年的风车》入选中国作家网2022年原创频道"本周之星",并有多篇散文入选初中语文中考阅读试题。

诗歌卷

她小心摘下易变质的词语（组诗）

宋　煜

野　炊

我们点燃
一整棵栾树
假日的光影中
孩子们在树林里穿梭
月亮升起的时候
有烤番薯的香气
四围静寂
远处传来
野鸽子的叫声

一张合影

合影是回忆
与回忆的结合体
我记得当年的我六岁

但母亲坚持说我已经七岁半了
我留着沙壶盖的头型
脸上的表情似乎
不情愿出现在画面中
我站在哥哥姐姐中间
前排坐着我还年轻的母亲
和已离去多年的父亲
合影如一颗图钉
把一家钉在记忆的墙上
谁也无权篡改
我们在记忆中褪色
但谁也不曾
消逝

李麦花

"要持续不断
不必等灵感降临"
李麦花非常勤快地写诗
她的树葡萄已经成熟
在阳光爆裂的南方城市
两株树葡萄
光洁的枝干挤满
略感酸涩的味觉
李麦花
爬树，比写一首诗更轻易
她小心摘下这易变质的词语

放进盛着冰袋的保温箱里
寄给我
我想着她忙碌这一切的样子
最后她拍拍手
像达成一个心愿
然后心满意足地铺开纸张
准备写下
五月的第一首诗

工作间的假山

它在我的窗台上
它不是假的山
它是逃脱山体的
一片鳞
它有山的巍峨
它有山的嶙峋
它适合极目远观
它上面的苔藓
一样染满朝露

未竟之书

一本书
结局早已铸就
但很少有人

真正读完

一本书
从一只手传递
给另一个人
你会给它什么样的
结尾

当你只读到一半
当他到了昏昏欲睡的
年纪

作品二维码
主播：周伟杰 燕子

宋煜，80后，河北省作协会员，有组诗发表于《诗刊》《星星》《扬子江诗刊》《诗选刊》《诗潮》《安徽文学》《福建文学》等刊物，曾入选《中国诗歌精选》《中国青年诗人作品选》《天天诗历》等年度选本，2020年度河北文学排行榜上榜诗人。

如果一条河流送走很多事物

余　穗

如果一条河流送走很多事物（组诗）

曾　经

宛若看戏的人散去，街道变得寂静。
几次恍惚和短暂的迟疑——
原谅偌大房子里的一些仪式。
或眼前从记忆中拨出植物之根，
宽容体内的时间。更清楚了一点：
就像沿着河走，让光线优先通过。
曾经：了如指掌的尘世——
它是那么地简单，可以握手，
那么地亲切，可以用一个微笑来描述。

如果一条河流送走很多事物

如果一条河流送走很多事物，
但你会发现——

它留下了老屋和地址。

河流上善,饱含浮萍与落叶
延伸的时光。河流还如实转述了
太阳每天策划的案例——
一天一生。

桥,目睹这一切,
仿佛同时道出所跨越的距离长度
与空间宽度的巨大秘辛。

清晨才刚刚开始,而我跳入河中,
并没有引起浪花飞溅。

宋老师在美洲

加勒比海在人西洋怀中
有着娇宠的特征
加勒比海也有着忧郁的特征
——海盗出没。

宋老师在美洲。在嵌入
漫长海岸线的尼加拉瓜小村落之间
见证大西洋是宽赦的
见证加勒比海万物的母性。以及
沿岸随处可见的百年海龟残骸。

海龟回归大海时,是流着泪的

不断有老龟流着泪游走
宋老师在美洲。买下他们待宰的口食
宋老师与海龟们一起流泪
大海溅起的浪花,坠落时也是泪水。

宋老师亲吻海蓝色天空
宋老师亲吻美丽的加勒比海沙滩
宋老师挥手告别它们
大喊一声:往后余生,永不相见。

猜　　想

"雪一落下来
就蒙住了人们的眼睛"

我这里没下雪
我这里下雪了。视线从窗外
往回收了收;

一株绿萝,蔓越的触角
仿佛通向虚无……

并且,宛如
用肢体语言表达了猜想的能力。

有道云日记

"朋友,

这真是一场冒险啊"

日历撕下，算不算一种妥协
内部一部分在转化，一部分在陌生。

桌面上一杯茶，一枚书签，
就像是新的起源……

而不是：一开始就有案发现场，
而不是：一开始就有废墟。

红灯笼（外一首）

不需要思考
在出现与挂起的那一刻，
我们
很多的话语
已经被它代替。

因交汇、相融，
灯笼与对联、花边、窗花和亲情
保持了一条长河的
流畅、完整。

红灯笼还与天空
高度保持一致，宽赦
时间遁走；宽赦

一些事物的下坠。以及
认可一切回归与重新出发……

当它从一开始
就成为我们的信仰时
——中国红
最早赐下新春的祝福；
而更多的时候，
它就像是：我们唯一的
——住所。

新春寄语

一大片宽阔地带，
空中的蓝；屋顶上的云。

假如你穿过时光的这些沟壑，
未来几天或者期待的未来，
想到了什么？是
春色中滋润的流水声，是
归燕的母性，还是
更华丽的绿色地毯……

当你终于把窗户打开，
飘进生长的词汇，
与你寄出的信笺如此契合。

葵藿倾阳

一

——向日葵。
你所看到的正与他人讨论的事物,
确实是最普通的植物类。
也就是这样的凡物,一直被认为
在长河的白绢里,
不出意外地赢得了姓氏与故乡。

偌大的匹练中,世间优先尊重了内心,
恰如葵花一个金黄,一个笑容
就如一个隐喻
或一个象征。

二

谈论在密林中如何行走,
被掠到滚滚长江上方的眼睛,
对此植物类该有的长势,
以及诸多葵子如何如何的更多去向……

有片刻间的反悟:
所有的赘述都是多余;
当下——
一些赞美,源于

葵花自始至终的姿态。

三

似乎在若干年前,
大地先于人类就甄别出
万物的属性。

藿香最早用叶片捧出心脏,
使我们的陈述
认可治愈沉默蔓越的趋向;
如同甲光向日下的誓言
所发生的伟大时刻,
皆由自身散发出的正气造就。

仿佛看到的一张张脸,
从时空穿梭而过,或伤感,或欢喜;
但众多的情绪
仍在阳光下一一被释然。

四

紫蓝色的火焰
与藿香散发出来的情感,
正共处于空间由内而外的蔓延;
在一大片欢愉之中,
我们又追求完美,保持体魄健壮,
遂取茎入药,让那些看见的或者

看不见的伤口愈合；
藿香犹如原谅了被感化下的尘事，
更像一种天然的护体因子，
成全了万物倾阳后的延伸。

一个古老的身躯，
也被成全了通往标本的住址。

作品二维码
主播：应铭　陶娟

余穗，本名邵满意，江苏兴化人。作品散见《诗刊》《十月》《星星》《扬子江》《诗收获》《山东文学》《中华文学》《延河》等刊物。中国诗歌网首届全国诗歌擂台赛十佳诗歌，及"每日好诗"与汉诗英译推广作品。中国诗歌学会会员，江苏省作家协会会员，兴化市作协副主席。著有诗集《幽深见鹿》。

人间如此辽阔（组诗）

原 莽

秋 声

地上已经薄凉，像走在人世的人
他要背着家史穿过午夜寂静的隧道
他要从地面抵达
腹地的中心。他怀揣秋风
看大雁陨落
看落日从仰望的高度
打碎于孤独的人群
你看它像《圣经》的最后一页
有人叹于落叶在雨中
悲悯从香炉到木鱼，内心藏着
人间大戏。慈祥的菩萨
正在人世迷途
被一群俗人邀请入宴
其中有一个人正在失去他的青春
他读着父亲的遗书
里面的教诲多于经验

苦涩多于收获。谦卑多于宏大
茶渐渐凉了
他悲凉的眼里
正穿过秋天，下垂
一别，或更多的失声
成为战栗

这一刻终将到来

我们终会起身告别。一扇门打开后
我们终将成为另一个人
不再相见。像陌生人翻阅过去
像一个镜子里
我们端详许久后始终默不作声
流淌的河流
把它交给另一个人吧。不再有背叛
与不忠。那些暗晦
将作为礼物，馈赠给驻足的人
神老了
我们终将成为一本旧书
阅读完后，终将合上风雨
从人群
离开

二 月

时间在消融。我们的母亲
在二月的旷野中枯萎
我说不出冬日持续的冰霜
需要如何消逝。我们的母亲
把黄昏描述得如此悲伤
是啊,不再有白雪抚慰二月的枯枝
它们必须接受新的开始
我们的母亲
在一间旧屋子,收拾着她的岁月
白鸽从早晨到傍晚
飞得很低。罪孽无可宽恕
飞絮如雪,安慰着我们
母亲在园子里种下豇豆,白菜
或者我们爱吃的土豆
她翻新着土地
这些唯一与她相守一生的土地
比我们更像子女。它们用四季告诉母亲
人间尚在继续,接替
我们的母亲啊,多么安详
她谦卑着身子
不需要刻意,那些种子便被她
安排在泥土中
多像襁褓中的我们
时间空无,不可宽恕

去年我还在香连河

去年，我还是一个
与香连河有关的人
我坐在河岸，花的味道
便扑面而来
我还在那里讨论春天
我们，是代词也是量词
我还在那里
写下另一个暴动的春天
河水漫上来
轻易没过我的身子。每个人
都能看到
在香连河，一河的月亮和星光

风吹过来

风吹过来
我们已是白发。彼岸还在呜咽
我们不再为少年摘下长安之花
低下头来，满眼桃花
成为一地麦芒
春天来了，我们依然怀着旧景
向一池月色问究竟
我们已记不起来
哪一年，风将我们

吹到了彼岸

如　佛

他像一尊入定的佛
原谅了今生

烟火有一半
落花有一半

龙潭春记

清晨用来渡
一个深陷的春天

一只乌鸦飞去了对岸
它衔起旧叶
像一个人带着故事

风拂起一枝迎春
它在忍耐雪花给过的忧伤
人类的忧伤也各自不同

酿酒师傅推开霜露的门
没有谁比他更懂昨夜的酒

龙潭的河在风中

有了悲悯

人间如此辽阔

总得有梅花深陷。一次一次地

重复。总得有人奔赴盛宴

在时光里独自打理一个春天

一遍一遍地

从寂静中辟出一条道路

我们需要接受荒谬，和尘世的孤独

我们不敢说起更多的别离

只能提及一次小小的错误

那些跌落

便散落于，永久的岁月中……

丹青赋
　　——致 R

春天是刺骨的

又一次从人间出发。呜咽的山涧

像未说的真相

像我们的替身，在盛年

我们的窗前挂满吊兰

充满问句，警句

总有危险的时刻

总有一个人先成为暮年之客
在暮垂之时
空空的身子
盛下这生的波澜，和灰烬

作品二维码
主播：秉烛　关心

原莽，又名晓梦，本名覃乾，1981年生，贵州务川人。14岁开始发表诗作，早年在《诗刊》等数十家报刊发表过作品。穿过军装，做过记者，主编过杂志，在企业任过高管。

月亮下的篝火（组诗）

徐 赋

马营河

那一年，我还没有
一岁大的马驹高，栗色的
我牵着它，在马营河边
寻找走失的羔羊

风吹绿了草滩，吹清了河水
那么多的花都开了
桃花，杏花，黄鸢尾，紫地丁
一个个与大地相连的生命

望向彼岸的渡口，过客来来往往
属于我的春天还有多少
似是去年的，又不是去年的
河水。将把我推给远方

而我只想陪着这些河水

再多坐一会儿
念起旧时光。喜悦、不堪
或虚空，皆已不复

空房子

空了一年的房子
衰老在加速。

穿过空房子的风，吹在脸上
有些微凉

飞进堂屋筑巢的燕子
却已不再是，去年的那窝

有人住的房子
才是家。一只蜘蛛垂悬在房梁下

萨尔图的月亮

萨尔图，一个月亮升起的地方
苇草丛生，多盐碱泡泽
多虫豸，多牛羊，也多铁质的井架

勒勒车碾压出来的老路
命已经足够长了

串起一台，又一台磕头机

萨尔图的月亮整夜守着
正在侍弄这些铁器，打捞地火的
男人和女人

比月光还轻的撞击声
携着一抹春色
在渐渐厚重的曙光里飞扬

月亮下的篝火

我总是相信
那些闪闪发光的事物
在黑夜里，会显得更加醒目

月光。始终都是黯淡的
篝火也是
在荒野的空旷面前，显得单薄

霜白又添了一层
咣当，咣当……钻塔用力地撞击着
大地的胸膛

篝火，月光。随之晃动
晃着，晃着……
积聚成了，地火的暗纹

地铁上

在去八里庄的地铁上
一个女孩
安静地坐在车厢的角落里
手捧着一本阿赫玛托娃的《安魂曲》

当你指给我看时
一小块光斑,刚好落在翻开的书页
她用纤细的手指
轻轻地,拂拭了一下

多么美好的画面
却与这浮躁的世间,一群低头
玩手机的人
是那么地格格不入

像是一枚绿叶,坐在一堆
干枯的落叶中间

风滚草

那么多熟透的沧桑
在很多人回不去的故乡,风滚草
追着风跑。如此辽阔的草原
却容不下一棵草的尖刺

这是最痛的别离
所有的沉默都得到了回应
在深秋摇摆的手
空举着阳光,闪电和雷声

与风有关,或者无关
用尽一生的力气,一路自我撕扯
冲撞,回旋,磨灭。顺从
或反抗,都是一个追风者孤独的命

院子里觅食的麻雀

在院角的老榆树上,叽叽喳喳
叫个不停
这个冷寂的院子
一下子,便有了生机

刚刚还在院子里觅食的几只麻雀
在我推开院门时,飞上了树
轻覆薄霜的地面上,留着
一片凌乱的爪痕和几粒稀疏的稻谷

其实,这鸣叫并不是欢迎我的归来
而是敌意。这敌意来自
我的突然闯入
打破了,麻雀静谧的早餐时间

都是恋家的孩子。母亲说

狼坨子

生百谷，也生荒草
青草芽子第一眼看到的是
身侧枯黄的前世
迟暮江山，交替的枯荣

在这个春天，我听到
吹了五千年的长风
再次吹响
藏匿于时间之外的残玉，破陶

鹰隼飞渡沧海，狼群隐遁他乡
厌倦了繁华的狼坨子
此刻，春光遍地。干净如新生
若隐若现，秋后欢愉的影子

江心岛

其实，真的不大
在四面不断拍打的水声面前

一间简陋的地窖子

藏身于并不高大的桑树丛中

母亲曾坐在房前空地的阳光里
织补渔网上的漏洞。也有生活里的

如今,这网房子换了新主人
是我所陌生的。破旧的木门紧闭

我站在房山头,还是一如当年
等父亲唱着渔歌,把小渔船摇出浩淼烟波

夕阳中,一只云雀飞来
停在水边的芦苇上,开始唱歌

望青山

站在最高处,可以望见
贯穿郭尔罗斯草原的松花江

江面上有渔帆,三五点
低低飞过的水鸟

也可以望见,沟壑里的塔头
野花,野草,还有野树

何其茂盛

都有了人间四月，该有的样子

而此刻，我靠在一棵开满花的树干上
像两个孤独在拥抱

作品二维码
主播：善文　宛星

徐赋，黑龙江肇源人，中国作家协会会员，现从事文学内刊编辑工作。诗歌散见《诗刊》《星星》《草堂》等刊物，出版诗集《风从草原来》。

站在秋天中央（十年十首）

西厍

站在秋天中央

站在秋天中央
就是站在露水中央
再站进去一点，站在霜中央

站在谷穗的哑默里
就是站在母亲
和一把镰刀的哑默里

秋风，把我和母亲的额发往一个方向吹

站在老屋的檐下
再站进去一点，站在父亲的咳嗽里
炊烟，熏透了外衣的每一根纤维

站在井边，口尝被大地焐暖的井水
站在小河边，眼见水草的枯萎

站到夕阳西下,站到薄月
贴在夜空的黑玻璃上
抖下碎银,镀亮我所站的空地

再站进去一点,站在秋天中央
站在桂花香里
馥郁的金屑落满肩头

2014

北风愈狂烈,我愈安静

北风愈狂烈,我似乎愈安静
两个完全不同的灵魂
一次不对称的心电交流——
在它眼里,我无异于懦夫

我确是一群懦夫中别无
异样的一个。因为一窗之隔
我与北风互为外在
似乎永远无法触抵它内部的凌厉

北风也是神祇的一部分
代表神的意志横扫人世的夜晚
但它什么也不宣谕
只宣谕寒冷。寒冷即律令?

我趺坐灯下，知何所持守
面目宴如
内心却呼啸渐起
欲与窗外的风声形成某种隐秘应和

2015

触　碰

你一再触碰柔软的事物
对于触碰铁制品、石头和死亡
保持谨慎。你抱臂向隅，耽溺于抚触
垂老的肌肤，碰到骨头却一阵觳觫

你一再触碰植物和流水
触碰花朵和停栖在上面的蝴蝶
你在触碰春天时常常陷于迷离
而当秋风吹来时，却异乎寻常地警惕

你终身热爱棉花，热爱芹菜和卷心菜
即便是面对麦芒你的眼神也含着
与生俱来的柔情
可麦芒之上的混凝土箱梁却常常带来

不安。不安的时候你一再触碰
父亲肿胀的眼袋和母亲

弯成一张弓的身躯——用忧伤和怜悯
用抑制不住的酸楚和莫名的彷徨

你一再拒绝触碰尖锐冷硬之物但是
它们却由不得你。它们频频地抵近
让你猝不及防。在警惕和觳觫中
你唯有对柔软之物心怀痴迷和敬意

2016

诗。或园子

保持懒散和保持警觉一样重要。
我懒于应付园子以外的事物恰如我
对它们常怀警惕。

园子里的一切足够我虚耗半生。
这完全可以从我对花事的过分热衷推知,
何况我岂止耽溺于花事。

懒散人生的典型征候还在于
不分晨昏阴晴,随时把云霓当作猎物——
针对云霓的温柔捕猎,

几乎成为一门灵魂的事业。
与世俗的事业充满劳绩比起来,
每一片被瞬间捕获的云絮都没有意义。

——因此都能有效抵消重力的
万分之一。加上花开、鸟鸣和风来,
更多微观世界的幽明,

使我安于园子的局囿——
但园子有其自身的无限。我唯一的苦恼
正在于孤陋人生的须臾随化。

这也正是快乐的源泉。唯有园子
容我一面懒散,一面警觉,容我捕云为业,
成就花痴和风魔的美名。

2017

朴　树

作为榆科朴属植物,它兄弟众多
是沉默的大多数
作为这块平原上的落叶乔木
它亲近村落,看家护院,荫庇乡村生活
和众多兄弟一样籍籍无名却
恬适如故。它喜光、耐阴、热爱炊烟
在湿润的气候里如鱼得水
土壤酸碱瘠薄,对它而言都一无所碍
春天时,它头顶圆满树冠
专事收集鸟巢,和鸟巢中溅出的

稠密的啁啾、阳光和雨水
这些大自然最简单的乐音元素般
从它的音乐盒中铮琮流淌
"世界再糟糕，在朴树那里，
总还能领受一份素朴的美好……"
即便时间深陷于秋天腹地
它的冠冕再也盛不住丰富的阳光、雨水
和鸟鸣。"但是一棵朴树的爱始终是
深沉和干净的。就像阳光
雨水和鸟鸣，就像朴树本身。"

2018

写生课 012

我迷恋落日所赐予万物的
金色刮痕。有时我称之为锈迹的
正是那些发光的时间涂层
当它涂抹在泊岸的沙石船锈蚀的铁壳
一块金子浮于暗水，几近静止
而在航道中央载重来回的船体像
另一些金子，在水上闪烁移行
按照我的理解这是某种魔法
使沉重事物获得了意外的转换
尤其当这些金子与掘石港的幽蓝水体
构成审美对比，某种独立于
庸俗生涯的轻盈就此诞生

我敏感于这种轻盈,因为我需要确认
从落日中我获得了类似性质的
黄金刮痕:我也是写生课的一部分
和那些逐日锈蚀的水杉一样
甚至和那些更早锈蚀的狗尾草一样
或者,我就是一艘驳船
在落日中泊岸,或犁开时间的幽蓝水体
我了解沉重的价值
也神往落日中万物的轻盈

2019

庚子年冬。池杉的最终章

没有谁比池杉更了解自己在
深秋和初冬的美,最能撩动人心
它纯正的咖色外套既朴素
又雍容,很适合岁末的告别式
因为时时对镜,池杉深谙体面地与世界
暂别的所有仪轨:生命的华彩时刻
未必都被安排在万物生的春天
上苍给了足够的时间让池杉
慢慢锈蚀,且有余裕临水
自赏。从惊艳世界的效应反观
它的静穆、从容、不惊不乍已属难得
——这是自然教育的一部分
与落羽杉、乌桕、梧桐和银杏一起

将构成诗人养成的植物课程体系——
作为庚子年冬的池杉章节
它主授隐忍、持守、谦逊等
柔韧的智识。它和水的课程一起
赋予诗人通向密室的钥匙
某个傍晚，池杉的咖色外套看上去更加深沉
示意要用更大的耐心等待雪
雪会带来最后的暖意和意外之诗

　　　　　　　　　　　　　　　2020

写生课：城市垂钓者

城市运河的两岸平分了秋色
南岸是法桐无法拯救的锈迹
北岸是垂柳往越来越重的稠绿中沉陷

午后气温回升到了春天的近似值
——是个垂钓的好天气。垂钓者
在一顶遮阳帽里啃着面包，墨镜下的

表情殊难捉摸。但从他身后水桶中的
鱼头攒动，多少可以窥探
背对市声的半日逍遥。他个子很高

褪色的松垮外套难掩一副骨架的嶙峋
——很显然他已近垂暮，在城市里

属于隐姓埋名的大多数

一部半成新的电单车停在树荫下——
放在古代，它就是一匹瘦驴
整天整天陪伴在主人身边，除了它

没人懂主人半晌不挪窝的波澜不惊里
究竟藏着怎样的心事。钓来的渔获有时候
一个不卖，有时候却悉数卖掉

任人给钱从来也不会讨
一个价。或许在他看来这根本不是一次
交易。他的确长时间面对着流水而

背对市声。他耗去余生中的大量时间
把自己安顿在城市运河的流水边
总有他的理由。他将坐穿这个深秋

2021

《老人与海》教学札记

和孩子们聊《老人与海》
聊海明威，聊他的237块弹片和迷惘
对孩子们来说，这些都是
新鲜的话题，是他们埋首题海偶尔
抬头看见的一道诱人风景

孩子们聪明，但他们的聪明多数
奉献给了做不完的数学题
要求他们更多地理解桑地亚哥
不是件轻松的事。他的思考大海和
执着于奔赴远海，给孩子们带来
不小的困惑。他赞美大马林鱼也赞美
尖齿鲨，这对"敌人"不惜
溢美之词的内心独白像海上的
迷雾一样让他们摸不着方向
相比之下，孩子们似乎更容易理解
那句名言——人可以被毁灭
但不能被打败。他们的聪明足以消化这
显而易见的硬汉哲理但是
对老人的犹豫、绝望和动摇
他们尚没有资格轻松拿捏。关于冰山
他们的登临与探寻也殊非易事
而当黑板上出现一句旁逸斜出的
"中国少有失败的英雄"
孩子们神色肃然，陷入长时间沉默

2022

静物写生：灰色旅行箱

如何画就一只灰色旅行箱
在冠疫时期所积的灰尘？
时间替你完成了一切——

它的落寞，你的恓惶。
三年积灰，省去了你捉襟
见肘的表达：落笔重了，
怕触疼一段灰暗的当代史；
轻了，又怕担负遗忘的罪愆。
三年的灰，覆盖了这只灰色旅行箱
过往旅途中磕磕碰碰的
所有细节。经由一层灰的浸渍，
每一张往事的脸庞沉入
时间的深水。三年了，
你怯于吹去薄薄的灰尘。
在波澜不惊的时间深水下，
沉睡着一个遥远的支线机场和
一片草原。一次邂逅，
还未发生就已成为旧事的一部分。

2023

作品二维码
主播：江梦　薄峰
薇风　钧儒　陶娟

西库，中国作协会员。出版诗集《写生课》《站在秋天中央》《万物收藏月光的方式》等六部。作品发表于《诗刊》《星星》《草堂》《诗选刊》《诗歌月刊》《青年文学》《西部》《文学报》等报刊，收入多种年度选本。获2021年度中国作家网"文学之星"二等奖，第九届中国（海宁）徐志摩诗歌奖，上海市作协2013、2017、2020年度作品诗集奖等。

念钦街诗稿（组诗）

嘎代才让

夏　夜

一盏茶的时间
一个女人卸妆的时间
一截形容词借助副词的时间

一些人
连悲伤的时间都没有

三江源

太阳早起早睡，雪山自己抱紧自己
猖獗的风似乎不想动了
马催促繁星，越来越深的暮色里
把整个黑夜点燃

野牦牛放大了自己的孤独

气喘吁吁,不停地向一座山靠近
四野一片漆黑,只有野牦牛火一样的眼睛
掌控着局面,雪豹独行狼成群
太多的声音在撕扯着耳朵

天亮后,有人称兄道弟
分别是格拉丹东、约古宗列、唐古拉

白石崖溶洞

潺潺流水。

那是一只旱獭睡过了时间的音乐
万物从大地上汲取营养。

这古老的溶洞,形人似物、惟妙惟肖
洗净你被玷污的语词

长久的虚空,某种欲念
生活的经验,断裂的哀怨和叹息

一切并不如此。很久没有愈合的伤口
开始获得洗礼,多么干枯的心呵

在溶洞,来过的人
布施自己与之相配的生辰和属相

似若尘埃——

以暴雨为例

雨下了又下,第二拨雨
随带冰雹,白晃晃地,在头顶飞
天色变得很快

一对麻雀着急逃亡的样子
我没看见。当我和女儿躲雨时
有些不关我的事涌上心头
一份对众生的怜悯

世界荒凉已久,我听见了诸神的呼唤

生命备忘录

太阳把它的尾巴也带走了
稀里哗啦地,雨水也该停了
天空抖搂出一大堆闪电
至少可以供你一份揣测
深入梦的警觉,必然涉及
内心的骚动,这神秘的夜晚
宇宙的渺小和我的渺小
辜负了关于来世的严肃话题

从遍布黑夜的交谈中
每一寸希望都有它的血脉传承

所以人的一生就是一道题
在雨滴的倒影中，这世界更像是
神灵附体的一个人
不停地质问，又不停地寻找答案
每件事都无法衬托谁

这么多年过去了
是否可以抵消很多存在的疑惑
我甚至愿意相信，时间的
这一层呼吸，未必是在激活
一个人的寿命和潜能

山顶偶得

打个寒噤，鸟群飞散
早晨的云悬空倒立，像古老的时钟
时时提醒天气的变化

赶早来山顶
没有鸟叫声，鸟群已远飞
经过一层层的云雾后
想听有关这座山的故事

我奔波在这里，虚空中
召集黎明请来的客人
天气未寒时，为我指手画脚

暮　晚

阳光抵达不了的地方
有人泣血呼喊
仅有的光处于弱势，一再被覆盖
我骑马过冬，却没有留下
一丝一毫和干粮
我经历着最冷的冬天
一草一木的葬礼，内心无比沉痛
每个地方，有一撮这样的人
月光落地后
就开始收留光的残片

接受梦描述的场景
神都走光了，人却坚持养殖萤火虫

落　日

落日悲壮——
像夏天一样落幕就好

落日，没有任何破绽
在生活的褶皱里
独自影响相处甚欢的人

落日后，雪山入睡

草原熄灭了一盏灌满泪水的灯

悲伤的歌谣
抵达狼的山坡

黑夜繁殖，满天星斗落人间
为谁声援

石乃亥怀旧

房屋兴废，草木更迭
未经命名的云自然下垂
山和山没有挨着，特殊的属性
未必谁都知道
暴雨不会立马就来
鸡零狗碎的小事忽略不计
人和人改头换面，积极生活
至于暮色，说不上什么话
都是佛缘深厚的人
爱和善念若隐若现，仿佛在
梦里能遇到
我掌握了想象的意图
置身其中，相约送一程

清晨的鸟鸣是熟悉的
只是无法苏醒于时间的阴影

青藏高原意象

花朵厌倦了深秋。入冬前
雨又下得很沉重
牛羊不吵架
远处的云，确实像一朵云

白发人送黑发人
心境不同
冬天厚了。就积攒点火焰
给诸神取暖

一只飞来避雨的鸟安静的身后
藏着：阳光和彩虹

仿佛是清晨

太阳像一个寡妇在院子里一动不动。
听着鸟鸣，雨慢慢落下

我忘记了清晨的魔力
于是保守秘密，过完了重复的白昼
昨天是普通的一天
风吹不动夕阳落下时的情绪

避雨的屋檐下
我经常看见，我走不出影子的眼神——

秋日小记

河流在秘密进行它的咆哮
鱼翻山越岭,在极力保护

天空中生长的珊瑚树。水质越来越差
可以照见云和醒来无事的鹰

外面的风景是给谁看的
天气一直在修复它的冷暖和色彩

前面的路无关紧要
尘土扬起来,看不见马匹

身边的人不急着告别,握握手
又谈起人间浮雕的步骤

语言那么稠密,看不见谁在厌烦
所有的想法都有条理

当然,每回都是短暂的一瞬
来不及造就黄昏的对峙

雪的骨头

雪的忧伤遍布大地

来不及探究

雪有潜台词,看上去
像个不成熟的演员

雪有时重复地下
不讲规矩

雪选定一块地
把自己全部的孤独还给尘世

雪终年无病无恙
是个硬骨头

天空的秘密

一只鹰开天辟地
在暴风骤雨中徘徊
它剧烈的心跳
使黑压压的乌云颠覆了几下

作为一介众生
我看见了不该看见的秘密

隐修的一生

雨后的草地上，看到的都很新鲜
她不停地奔跑，呼喊，乐此不疲
每一秒钟她都会喘着粗气
累了，就躺下来，周围的花草很香
没有歹毒的植物，羊群爬至山顶
向天空奔走，云像塔楼，像兔，
像惊吓的羊群，她又乐呵呵地追蝴蝶
埋首在草丛中，观察另一只蝴蝶
烈日下，蝴蝶是热切的，激扬的
女儿又一次累倒在地，不能继续追了
说：耗尽了她的自由
然而，爱是偏执的。苍老的大地上
有很多现实的表象。有些孤立的美学
从始至终自囚于通往意义的路口
女儿说，蝴蝶受困于自己的隐喻
在梦里摇摇晃晃，像个醉鬼

烈日下

失灵的手脚不偏执了
空中散漫的鸟，正躲在哪里
便极尽谦卑之能事
纷纷拥戴天空，与云朵称兄道弟

周围静下来之后
人无非是倾斜了的影子
生命终究接替时间

折磨自己
我没有任何同情心，与众生无冤无仇

女儿养满天星

适量浇水，它就有活力
再让阳光照充足，血液才会通畅
适当修剪会生长活性
薄肥勤施，时间长了就有我至亲的姓氏

我爱它
我爱它一起见证枯萎，像我的未来一样

作品二维码
主播：陈莹　边国威
　　　雪梨　安勇军

嘎代才让，藏族，生于 80 年代。中国作家协会会员，鲁迅文学院第十届高研班学员。在《人民文学》《诗刊》《民族文学》《星星诗刊》《章恰尔》等发表大量藏汉双语诗作，作品被译成英、法、德、日、朝等多种文字。曾获全国十大少数民族诗人、"诗选刊·2005 中国年度先锋诗歌奖"、格桑花文学奖、"滇池·80 后十家诗人"、甘肃省第五届少数民族文学一等奖、甘肃省第六届少数民族文学奖、《民族文学》年度诗歌奖、中国作家网 2022 年度"文学之星"等称号和奖项。

辽西北的月光（组诗）

启　子

七　月

越近中午，蝉声
越是绵密。烦躁的七月
辽西北的春小麦早已归仓
走在大街上的人，大多
不在意植物的更迭
谨慎之人打着遮阳伞
被太阳曝晒的
都是义无反顾的外乡人
绿色怏怏的行道树
只有知了窥透其内心
它们隐秘地分散在枝叶间，用
连绵不绝的鸣叫弥补着
辽西北丘陵区盛夏的纰漏

乳　名

秋天回老家
叶子正一片一片地落下来
有的落在脚边
有的落在肩头
轻轻地，像墙角晒太阳的老人
喊出我乳名时那么小心
喊我乳名的人
像褪去绿色，慢慢枯干的老树
放眼望去，房前屋后，屈指可数了
乳名也像树上的叶子
喊一声，落下一片
再喊一声——
一阵北风吹过
枝头就光秃秃了

向日葵

这一生都在逐日而行
心底的暗伤经过不断的晾晒
终究会止痛，结痂，新生

当第一场秋霜降落下来
你终于垂下沉重的头颅
并停止了一生的摇摆不定

死生契阔。谁来剥去表面的轻浮
露出你饱满而坚实的内心啊
而秋天，适合交付所有的爱与沉默

在山中

独坐于群山环抱的故园
以一盏香茶，敬明月孤悬

山中无甲子
如果锯掉院中的大白杨
它们会在月光下昭示彼此的年轮
树叶沙沙，那是它们和群山的暗语

这一生被群山围困。在山中
万物皆有拜谒之心——
一只小蚂蚁已抵达我的指尖
它予我以微痒，我还它以温热

渡　口

送行人还在路上
渡口已经消失

河流是带不走渡口的

落日也不能。背井离乡的人
肩负一生卸不下的行囊

船只隐于水面
摆渡人走失于荒野
岸边杂草丛生。迟到的送行人
向流水兜售桨声，落日
与远方

松岭山

一声鸟鸣将松岭山
从沉沦中解救出来
很多年了，辽西的山石
遗失了嶙峋与陡峭
是居中的凌水劈开了它

从此山分南北，水连西东
北山上种树，用来遮挡风雨
南山顶塑了菩萨。叩拜时
凌水是一炷奔腾的香火

落日如鞭

西山并不是以一己之力扛着它
西山顶的佛塔扛着它

西山腰的墓碑扛着它
西山底的瓦屋扛着它
就连吹过西山的风，风扯动的松涛
涛声过后的岑寂，也一同扛着它

此刻，乌云正满天，被扛起的落日
已陷入重重包围。在西山顶
它被上下两堆乌云挤压成拇指宽的
一条缝隙，火红中显露狰狞
面对如此辛苦的人间
它还想抽打什么呢

一个人的小园

一个人的小园
栅栏不需要太高
围住一缕春光，几声鸟鸣就好

水流不需要太快
桃花盛开之前
通过新修的沟渠就好

春日太短，一畦韭菜
刚刚泛绿，太阳已抵达西山
荷锄之人站在桃树下
薄暮渐渐落满肩头

稍晚些，刚浇过水的小园
或将盛满月光与虫鸣
也可能会有一个远道归来的游子
在月下，轻轻推开久违的家门

小村之夜

众鸟归林。只留一只牧羊犬
蹲在村头守望暮霭的辽阔

月色轻易地收纳最后一缕炊烟
秋收的农人早已习惯荷锄晚归
他的嘴角叼着几点明灭的星光

每年秋天我会回到扎兰村
这个寄放我童年与少年的方寸之地
很多时候，我会像牧羊犬一样——

忠实地据守一角夜色
看一座熟悉的村庄，如何慢慢陷入
苍茫而久远的沉寂

最好的夏夜

南北两扇窗子开着
风从一边吹进来

又从另一边吹出去
风经过房间里的我
也经过了囚于斗室的暮色

青纱帐在旁边轻摇
父母双亲坐在老家门楼下
凉风吹远了他们聊天的话题
银色的月光照亮了
屋后的溪水与坡上的虫鸣

作品二维码
主播：文山　李蓝翀

启子，本名王化启，辽宁朝阳人。中断写诗多年，2020年重拾诗笔。作品散见《诗刊》《飞天》《世界诗歌》《香港文艺报》《辽宁日报》等。有作品入选中国诗歌网"每日好诗"。

月亮，是一粒药丸

肖 笛

月亮，是一粒药丸（组诗）

一个跪对河水的人

河水退至秋天
一个孤单的人，跪在岸边
寻找经年抛入水面的瓦砾

那一年，小河也是这样瘦
他踏着瓦砾漾起的波纹
过河，像一阵秋风绝尘而去
留下暗疾
只要与河流相遇
就心律不齐

他深陷白鹭盘旋的水域
看见芦苇摇晃一下
白鹭就回应一声。试着

喊自己的乳名，喊回了
最后一个涟漪

月亮，是一粒药丸

月亮是一粒药丸
夜是药引子。中秋之夜
我开始第九个疗程

静坐水湄的石头上
等风来
银河的月亮恰好倒映水中
此刻，把月亮舀入木桶
放置床前，轻啜、浅呷
千古药方沿用至今

个漆黑的雨夜
我查阅残损的线装书
药丸含有当归，红豆，桂花……
禁用酒服

曾经，我与相顾无言的影子
推杯换盏，也无数次尝试
用泪水稀释月亮
有蚀骨的痛，和苦涩

月光喂养的词语

我照料一些词语，一盏灯下
各自饮水、觅食
有几个词语，落拓不羁
与明月对视

扇动翅膀的词语，一行雁阵上云端
时而摆成了"人"字
在归途赶路

有些词语静得像溪水
从灶膛的火焰穿过
和佝偻的身影，相依为伴
成为炊烟的一部分

只要喊这些词语的名字
都会聚拢月夜，然后散开

对一座山仰视（组诗）

老屋墙上的皮影戏

落日埋伏时光的隘口
风中布下陷阱
虚拟一片刀光，隐蔽墙壁
黑夜是滚石。星子也是

十二匹黑马列阵而来
抽出古剑的人,虚张声势
刺不中蝉声
飞雪迂回桃花背面
一座山迎面扑来
每一朵花抱紧一个果实
秋分已至

一个熟悉的面孔,水袖盈香
与我对视

对一座山仰视

九曲溪堆叠山上
随风摇晃。高过溪水的
是炊烟,与故乡互为修饰

一声鸟鸣,打开晨曦
阳光从丝茅草滴下
俨然我的父亲,披着蓑衣
还在坡地侍弄高粱、红薯、玉米
满山遍野的石头,喂养乡村

村边的小河瘦了
恰好接纳母亲佝偻的背脊
对一座山仰视
我的眸光,打磨镰刀的锈迹

总是难以释怀

一苑麦子

一苑麦子，在野地抽穗
我嗅着蚀骨的清香
感觉是从父亲的麦田
走散的麦子

我必须认领，倾其所有呵护
抚摸一下，麦子曳动不止
那年父亲怀揣泥土
把整片麦子，紧抱怀里
稻草人举着镰刀
划出无法愈合的伤口
麦芒黯然失色

几只麻雀叽喳。五月弥漫甜味
我用方言围拢成篱笆
今生不离不弃

喊故乡

喊故乡！用喊母亲的音量
我蜷曲大山怀抱里
吮吸溪水
怀有感恩之心

无须太多词语，我的骨骼

饱含山的钙质

以及溪流般柔韧的血脉

喊故乡的声音，被泪滴包裹

在远方左冲右突

碰撞着鸟啼，或者岩壁

泪水淋漓

一定有回声，悄然而至

触摸我的胎记

作品二维码
主播：郑晓峰　幽兰

肖笛，湖北武汉人。诗歌散见《山花》《滇池》《奔流》《散文诗世界》《四川诗人》《湖北日报》《长江日报》，以及中国作家网等报刊媒体、年选。获奖若干。

老屯子的脸（组诗）

王国良

一、零点过后

故乡的小酒馆
我的内陆，隐藏在松针的
光芒里，禅坐

斟满九寨蓝
与一座和诗有缘的山
隔窗对饮

熟悉的乡音，已被雁阵驮走
留下的空寂，正在旷野呼吸

黄昏的小村，打发几声犬吠
拉下嵌满钻石的夜幕

零点过后，诺敏河畔
渔火把夜色吹白

藏在时光里的画面
若隐若现

二、烟火

像一个代词,在乡愁里缭绕
偶尔被抽出来
编织一件诗歌的披肩

作为生活的象征
一刻也没有离开过故乡的山坳
像一支笔,勾勒着山村的小日子

因为有了它们,太阳和月亮
才不会孤独,星星
才会闻到桦树皮燃烧的馨香

每次归来,都会登上山顶
寻找自家的烟囱,低矮,斑驳

像一截树桩,落满了回忆的麻雀
它曾经属于奶奶,又交给了母亲

袅袅而出,轻轻飘散
也是蓝天的一部分,我们只看到了
它的婉转　低回,却忽略它的悠长　高远

三、翘起的屋檐

翘起的部分
像故乡黄忙子的犄角
挑着往事,月亮
也端出了一张老屯子的脸

松树,用松针
缝补一件风的旧褂子
千针万线,都像母亲的针脚

几只麻雀
睡在琉璃瓦的骨节里
搂着梦的小身子
像裹在襁褓里的婴儿

夜,也翘了起来
与屋檐,一个失眠者佝偻的背
有了一样的弧度

流星闪烁,像谁扔掉的烟头
把静谧烧出一个洞

四、两个核桃

从一只樟木箱底

找到两个核桃，红褐色的包浆
覆盖岁月的皱纹，轻轻
一擦，竟擦出了我的影子

年代不详，出生地不详
只知道是爷爷揉搓的
一段历史，一对沾满指纹的
掌故，两颗不肯陨落的星星

捧在手里，一股民国的风
从凹凸不平的纹理刮来
就像这个家族，蹚过兵荒马乱
逃亡异乡，跌跌撞撞的经历

已闻不到飘散的硝烟，时光的
沟壑却依旧流淌着风干的汗味
耳边摇动，有一肚子的话
要说，句句都像密封的叮嘱

满怀虔敬把玩，心形的
打磨碾碎沧桑，析出遥远的
幽香，父亲坐在阳光下
似又闻到了老家的味道

五、暮色里的鸟鸣

诺敏河的黄昏淹没了村庄，

点燃季节的达子香
掀起晚霞的潮汐

父亲蹲在老榆树下
用爬上山墙的犁铧
独自翻耕着回忆的麦田

父亲老了，岁月以另一种
方式和他说话，而村庄却愈加
年轻，那些我不认识的白桦树
已长成故乡的另一个地名

草参花深处，残阳如血
炊烟像时间跋涉的软梯
弯了再直，延续着村庄的主题
晚风吹来，暮色里的鸟鸣　一动不动

那根挂在屋檐下的牧鞭
像一条生长脚印的瓜藤
还在远去的牛哞里追赶一场春雨

六、冰凌花

鲜嫩的碎金子，从山顶铺到村口
一直把早春领回家
陪奶奶坐在土炕上纳着鞋底

淘气的孩子，总要从雪野采回几枝
别进儿歌，把日子打扮成
一个漂亮的小姑娘
从村子里蹦蹦跳跳地走过

清冽的香斟满了女人的酒窝
灌醉了彪悍的伐木汉子
也擦亮了梅花鹿和野狍子的蹄音
洒满每一条桦林小路

每一朵都点燃生命的火焰
熬煮着料峭的风寒，也熬煮着山里人
凌霜傲雪的品性，让大山的儿女
怀里都揣着一轮初升的太阳

七、老槐树下

每棵树下都有时间的影子
用阳光调整自己的坐姿
或在摇椅上等待
落霞最后的叮嘱

当父亲的二胡在一支曲子里
把黄昏拉断，把小村的灯光拉断
老槐树下奶奶讲过的故事
还在藤蔓上攀爬
滴滴答答洒下的

不知是露珠还是泪水

喜欢在树下仰望星空的女儿
偶尔也学李白望明月
只是她的故乡就在树下
就在一首诗的呼吸里
安静地睡去或醒来

作品二维码
主播：阿竞　刘琳

王国良，黑龙江大庆人。中国石油作协会员、黑龙江省作协会员、北大荒作协会员。诗文见诸《诗刊》《星星》《草堂》《诗林》《诗潮》《绿风》等文学期刊。入选《新世纪诗选》等百余种文学选本，有诗被译成英文、德文，编入国外大学教材。

幡然醒悟（外两首）

雷云峰

幡然醒悟（组诗）

一、隔着湖水

面对，陌生的水域
需要指认多少枚雪的前世
才能辨认高原的真身
羊卓雍措或者纳木措
用满湖星子，交换
山谷里的风

满城灯火用尽力气
摁住黑暗
轻飘飘的人间
在一缕青烟上摇摇晃晃
所有的倚靠，皆已白头

用最低的声音
也无法赎回秃鹫手上的灵魂
更高的地方,一定很冷

二、幡然醒悟

好多风都跑到玛尼堆诵经
时间允许的
读完这面再读那面
着急的
匆忙诵完一遍便离开

磕等身头的尘世
双手合掌
诵经的时长,约等于
前世,今世,来世

高原绝世而立
空气,氧气,稀薄的原因
是一部分支撑着人间
更多的,跑去诵经幡和风马旗

只有山峰和雪沉默不语
一个是最大的玛尼堆
一个是最虔诚的诵者

三、背影

敏珠林寺坐西朝东
白墙扶住拐杖
我们的母亲站成年迈的藏香
背对着风

在高原上
谁都知道离天堂最近
却谁也不知道该走哪条路
一炷香的距离
我们的母亲走到双目失明

离她那么近
还是不敢喊她
一喊,我们的内心
就会雪崩

有风的地方

拈梨花的女人
等风吹
于蒙白中
反复倾倒时间的容器

一簇蒲公英钉在阳坡的时候
驼峰岭一点儿一点儿发芽

以斑鸠喊出的方言为界
群山各执一词

那又能怎样
青云寺度夕阳,度月光
度白雪,度人心
也度一遍一遍吹拂的日子

用不了多久
一切,都将成为青果的一部分
孤悬着,只为照耀

饮马河左岸

巴掌大的村子
在饮马河左岸
靠几棵树和几粒狗吠支撑着空旷

牛羊散落在阳坡
漫不经心地啃食着鸟鸣
犁杖翻出旧时光里的蚯蚓
饮马河兜售落日。据说
桃花明天开
梨花后天开

灶坑里的火哔剥作响
被烫疼的夜眨着星眼

捣衣，浆洗
直至把枝头米粒大小的春天捶醒

三婶头上的雪
却始终，不肯融化

作品二维码
主播：宝喻　花娇

雷云峰，笔名云涌峰起，吉林省新诗学会会员，长春市新诗学会会员，四川省散文诗学会会员。有诗歌作品发表在《人民铁道报》《城市晚报》《鸭绿江文学》等。

每一天都不是多余的（组诗）

刘文邦

花　瓶

两只花瓶，分别抱着各自的年轮与色彩
在窗台上屹立不动
时间久了，就会有日子渗出
在各自的胸前，结晶出大红的玫瑰
这神来之笔，应是画师马良的绝世之作
花瓶是空的，仿佛空着深深的虚无与寂静
有时我似乎听到里面呼呼的风声
仿佛来自远方
又仿佛来自另一种空无
其实花瓶里也曾养过两枝玫瑰
它们仿佛是花瓶活在世上的生命
饱满而旺盛
玫瑰枯了之后，水也慢慢干涸
仿佛一切又回归原始
回归更大的落寞与虚空
空着的花瓶，在等着一场风

或者一场雨
把自己填满

           2023.5.31

麦子熟了

麦子熟了
而雨还在下
雨还在下
而麦子熟了

麦子在麦子上发芽
欲长成新的个体

麦子在揪着农民的心吐绿
直到整个村子都疼得颤抖起来

而我不会疼,可我也会
颤抖

麦子绿着
仿佛在金黄的夏天身上
又嫁接了一段春天
如同,在村子本就倾斜的肩头
又添加了一份疼痛

           2023.5.29

谁又能挡得住一场雨呢

雨继续下。在人间
谁又能挡得住一场雨呢
世间万物,都含着一双泪眼
鸟把鸣叫里装满了水
一拍打翅膀
便有一阵雨落下来
沿着花香湿润的小径
一直往前走,漫无目的地走到
日子深处
乌云在加重乌云,仿佛有一座山
从空中压下来
此刻雨的小心思,无非是想
在树叶上多写上几行小诗
我走着走着,就听出了其中的奥妙
阳光走失好些日子了
也没人把它找回来
一天的时间,只供给雨声
不停地敲敲打打
人间足够博大
能盛下这么多雨水
我就这样继续走着
既听不见万物的欢呼
也听不见大地的抽泣

2023.5.29

每一天都不是多余的

五月如一枚青果,还没熟透
就落了下来
时间就像一阵风,一旦吹过
便踪影皆无
我甚至来不及怀念
麦子说黄就黄了
黄得竟如此丰满
应该感谢那场雨水
喂肥了布谷鸟的飞翔
它每叫一次
麦子就成熟一分
时间快得如闪电一样
但每一天都不是多余的
日子按部就班地排过来
如同我这屋顶上的橡子
每一根都有妙用
接二连三的雨水从天上倾泻下来
大地只是象征性地打了一下饱嗝
杏子,桃子,苹果,梨……
这些普通得不能再普通的果子
正在时间里慢慢长大
而父亲,在慢慢变老
他脸上的皱纹越来越深

足够盛得下一场雨水

2023.5.29

五月的雨

五月的雨比初恋还黏人
都哭泣了三天了，还在哭
天空好像比人间的委屈还要多
不管怎样，石榴花还是不遗余力地开了
自下而上，仿佛一面红红的墙
它为爱而来
它为人间掏出一颗更娇嫩的心
雨继续，仿佛一个人的喃喃自语
它想说给世界听
可它自己也不知说些什么
它说着说着就会落泪
其实高处的乔木，低处的草
都有一肚子委屈。刚好借着这一场雨
好好倾诉一下
徒骇河的水位，肯定如物价一样
又涨了起来
一些不知名的野草肯定又陷在泥潭里
不能自拔
坐在五月的落寞里

所有的植物都轻飘飘的
都可以把情感托付给一场雨
雨多好啊，可以为所欲为地在人间
制造一场泪崩

2023.5.28

刘文邦，笔名笑生春风，山东聊城市茌平区人。中国诗歌学会会员，山东省作家协会会员。已出版诗集《摇曳岁月》《岁月有痕》。作品散见于《诗刊》《绿风》《诗选刊》《诗歌月刊》《阳光》《山东文学》《安徽文学》等。有诗歌入选中国诗歌网"每日好诗"。

作品二维码
主播：谷路路　可人

向日葵（组诗）

森　森

向日葵

我看过写向日葵的诗
都是低着头，一言不发，跟着太阳转
然后被扭断了脖子
然而我见过的向日葵不是这样的
在内蒙古巴彦淖尔、杭州屏峰和海南龙寿洋
我见到的向日葵，都是大大的脸盘
眉笑眼开，没有一丝哀愁
特别是有一年夏天
我经过四川汶川的时候，看到路边摊位上
被采摘下来的向日葵，同样是
大脸盘，眉笑眼开

胡桃树

绿色的果子藏在绿叶之间

如果不是仔细看，或者恰好目光落在上面

我是注意不到这棵叫作胡桃的树

一个南方人不认识北方的树很正常

况且它那么普通

在南方，我熟悉不少的果树

譬如椰树，树干太细，叶不遮实，一目了然

又或者荔枝，花开黄一片，果熟红半天

它们张扬、热烈，多像年少时的我

此刻，当我踮起脚

伸手握住坚硬的果实，就像握着胡桃树的手

温厚、笃实。在松开的时候

我看见几只鸟儿在树梢上窜来窜去

它们叽喳欢叫，并不知道我已

得到了胡桃的神谕

遇见凤凰树

一不注意，这些路边的凤凰树

就已经把枝叶伸得很低，到了肩头位置

一不小心，这些羽状细腻的凤凰叶

就与低头走路的我，撞个满怀，软绵绵的

令我意外，又心生惊喜

夏天已到了尾声

凤凰花开的时节已过，满树没有一丁点艳红

那一瞬间，我竟因为

我的视而不见，或者我的偶尔低头

看不到这温柔的绿，而心生歉意

路过羊蹄甲树

几场夏雨过后,草地上的碎红多了起来
绕着几棵羊蹄甲树,我路过的时候
目光总被这些火红点燃

在我停留的时间里,有风吹过
花瓣随草叶一起轻扬,有阳光落在上面
残红泛着艳丽

也就在那一刻,我有点小激动
这些曾经灿烂过、已经失去了生命的花儿
被低矮的众草托举着
不被踩在脚下
真是一件值得庆幸的事情

又见风铃木

为了去看一棵风铃木
我回到多年前住过的地方
并且选择四月,在她花开最艳的时候
那一年的花事记忆太深
她鹤立鸡群般立在公园的路旁
粉红色的花开满枝条
连叶子也被遮盖,且在芳菲尽的春末
吸引了包括我在内的众多目光

被光影定格，舞蹈衬托，诗歌赋情……

一棵开花的树，每年真实地开

又虚拟地开在我的记忆里

多年后当我再次走近

她已被身边长高的树木包围

花色翻不开翠绿，空气中少了热烈轻狂

当我靠着她的躯干，一缕阳光

恰好落在重逢的柔情上

偶遇桂花树

一缕熟悉的暗香

让我倒退，果然是桂花

金黄色的小花开得正欢。算我孤陋寡闻

在时间和地点的认识上犯了错误

仲冬的海南岛上桂花怒放

这种意外多少带来欢喜。我可以罗列

我和她的深交，在八月的昆明

十月的杭州，十一月的桂林

秋风让我们深以为然，细小淡香、不起眼

多么像我们的写照。此刻真像

故友重逢，我们并排站着，沉默不语

冬日暖阳洒在我们身上

影子交汇在一起，比我们还亲热

我打量着单薄的桂花树，还是伸出手去

把花叶拉近脸颊，我想视觉和嗅觉

对于花的欣赏远远不如触感

那一瞬间，我的沉迷
连在花丛中飞舞的蜜蜂
也视而不见

火山榕

我站在火山村落的一棵榕树下
仰望，它粗壮的树干
正怀抱着一棵更大的见血封喉树

在另一棵榕树下
我看见密叶间夹杂着凤凰树的叶子
我顺着叶子仔细辨别，用目光
解开了相互缠绕的枝条

空中飘荡的气根多么细微
你可能会忽视它们
而土地不会，它们伸到哪里
哪里就会，枝繁叶茂

蟛蜞菊

嗨，蟛蜞菊！
想不到我们这样子见面
在夜晚昏黄的灯光下
我看到爬过围墙的你，花开烂漫

你的叶子虎着脸
墙内漆黑一片
我知道它围的是烂尾楼
刚才我们还在讨论停工了多久
还有恶犬从里面传出吠声

嗨，蟛蜞菊！
你趴在墙上还是那么普通
跟生长在路边沟旁的一样不受约束
开着花却是草的命
今晚无月，我的抒情无处安放
等明天太阳出来了，我再来看你
看风怎么也抓不住你
明天，烂尾楼肯定还在
你肯定还在

李　子

我吃过最好吃的李子
是在川西，从松潘去汶川的路上
一个老人在路边摆摊，有向日葵、李子
暗红色的李子小巧玲珑，十分脆甜
老人说，果园里有很多
并带我们感受了采摘的乐趣

在川西，我习惯了灰褐色的山
这一片园子的绿色
让人倍感亲切，就像老人的笑容

我们直接食用了从树上摘下来的李子

在我们的眼里，这里的一切

包括尘土，都是干净的

蝴蝶兰

我对花草没有概念

比如这株蝴蝶兰

她是什么时间来到家里

又被摆放在进出门都要经过的鞋柜上

我已没有印象

但是她的花开得太久了，从春天到夏天

在没有阳光直射的地方

沉默不语，送我出门，迎我回来

在无数次用眼光扫过之后

我终于有了一次迟疑

停步欣赏

她一共有七片叶子

开了七朵花

每朵花有五个花瓣

作品二维码
主播：薇风　闻声

森森，本名陈林海，海南琼海人，海南省作家协会会员，海南省文学院第四届签约作家。诗作散见《诗刊》《星星》《诗潮》《天涯》《椰城》《草堂》《飞天》《海燕》《山东文学》等刊物，并入选多种诗歌选本，曾获鲁藜诗歌奖，出版诗集《隔岸》。

乡村辞（组诗）

蒋戈天

蜗 牛

把家背在身上
每一步都沉重如铁

漂泊，没有句点
你的心，一定
敞开着花色，深埋着雷声

奔途上，你是否会停一停
梦一眼渐次遥远的故乡
而故土
总会一次次寄来柳梢，邮来月光

月光项链

深夜
听见寂静打磨利器的声音

有兽骨或角铁
化为一柄明亮的针
绣出窗花,绣出泪水腌渍的月光

每一次远望,撕扯得生疼
暗处温热的目光
足以将一个游子流落的乡愁照亮

哦,故乡
此刻,在千里之外想你
你正贴在我的胸口
映着萤火的光芒,一闪一闪……

未卜的樱花

某个薄凉的早晨,一树樱花闪电一般
烛照人间。风藏利刃
如果可能,愿它们一一返回母腹

就像身体里的鹰,不能承受天空之重
以及枪管漆黑的寓言
紧闭双眼,暂时熄灭风中的双翅

蜜蜂飞来,那是命中注定的爱情——
担心多么无辜
当轰然来临,一张张贪婪的尖喙

噙住阳光籽粒，忍住乌云遮蔽的虚空
交出柔软、良善。针尖上短暂的亮度
一半是禅心，一半是惊魂

竹林禅寺

山顶，竹林深处，寺与禅的高度
均在浮云之上若隐若现
数着青竹的骨节，像细数一声一声偈语
入寺门难比入禅门
——哦，多么意外和不忍的一次扰袭

山下人潮中，足印沾满利欲的尘
心和地平线一样低
习惯了低头走路，抬头看天
孤独的朴水可以饮尽
被踩踏的疼痛可以默默吞咽
放弃一些什么是不舍的
心头一把火，还持续着滚烫的燃点

如果没有勇气，就别来竹林的禅寺
石步阶告诉你的不只是登临
不只是山风洗去的红尘
不只是弯下身来
听从一种清高的指引；如果可以
就对云朵遮蔽的碧宇，说
且不许身佛门，尘俗中再爱半辈子

萤　火

出没深山。需要一份寂静来对抗
内心汹涌的喧嚣
夜风中，做一只土拨鼠
耸动光滑的脑袋
啃咬黑夜一角，以柔肠曲折
消化分解，还自己一份清凉与光明

树影里，萤火打着手势
掀开夜的透明的纱帘
有一份许诺要给予大山，月光和虫鸣
把一抹剪影留在这里好了
萤火的每一次闪亮为它打上标签
此刻，山野沉甸甸的空阔
藏下向善的祈愿，山泉一般的佛语

无须戴上斗笠，让露水
把头顶的微光打湿，把寂寞打湿
暂时忘记自己一小会儿
轻闭眼睛，双手合十，盘坐草地上
为逝去和将至祷告一刻钟
在心海底部
潮落了，所有的闪电熄灭了
细细的沙石
干干净净地亮着，一粒粒，像萤火

秋　迟

秋天多么让人怀疑。她金色的锣
转瞬息落。草木的衣衫
裹不住苍凉的心，歌声也破旧了
地平线上，是不归的落日

返回时，我还是选择了原谅
背着她的巨大的篮子
向暮色中隐去，——即便装不满秋色
也要劝慰自己
装下一篮薄薄的余晖
甚或是，一篮湿漉漉的叹息

作品二维码
主播：张航　羽希

蒋戈天，河南商城人。中国作家协会会员。作品散见于《诗刊》《星星诗刊》《儿童文学》《莽原》《山东文学》《小溪流》《中国铁路文艺》《诗歌月刊》《诗潮》《诗林》《绿风》《散文诗》《星星·散文诗》等，入选多种诗歌、散文诗选本。出版诗集《漂流，另一种飞翔》《乡下的麻雀》，散文诗合集《石头开花》。

与秋书

南 苡

河的下游

扔一块石头，被河水吞噬
流到下游，会聚集很多石头
雨落进河里，归来却一无所有
一座木桥，撑着两岸的村庄
关于粗茶淡饭，关于羊群
落日的段落，就写在开头
逆流的人，靠岸而行
河水只渡有水性的生物，渡过的时光
却和岸上的人，不相上下
在下游，竭力收集雨水
至于石头，就扔回河里

与秋书

走到秋天，再很难走回去

在村庄之外，玉米的须
含蓄蕴藉，更改着偏执寻常
在同一个地方，被压迫的野草
手握秘密，侥幸逃过一劫
秋天的故乡，最是温柔
风没有乳名。在叶落之后
土地只剩自己，而秋风的笔法
顿挫抑扬，将生死写得通透

别无归途

雨很大，在周五的晚上
一群人在屋檐下，躲无数的雨水
屋檐很静，躲雨的人也很静
与避世相比，避雨
似乎更为妥当。不再去描述
雨出现的过程。等最后的结局
如此忠告，雨说了很久

屋檐下散场的人，走在路上
假装善良。疼痛与明日
在此之后，别无归途

以风为证

风走过荒原，雪还下着

压过山村的声音，由宽变窄
像烟囱吐出的白烟，确保平衡

在冬天，风的温度
与快慢无关。炉火在左
木柴在下，那些地址模糊的信件
转一圈后，查无此人

那些无谓的落叶
于事无补。坦白后的再见
更为真诚。在鼓起勇气之前
得准备多久？关于时光的长短
月亮的计算，似乎更有人情味儿

典当的灵魂

那一刻，我不再是自己
如此选择，心甘情愿
典当一地鸡毛，救赎灵魂
或是沉浸在这浮世，面对现实
天空，是白云的居所
风吹过夏天，
已如尘埃落定。脚步与灵魂分道扬镳
想起你，典当的灵魂就会动摇

长短句

还有多远,才能看到一条河
路上的庄稼,还在田里
走多少里,才能到头
彼处是生命的尽头,故乡也算是
编写的故事,需要承受多少舆论
在不同路上。落日
只是其中一个。村庄的标点符号
连接树木、羊群,同时也在
区分姓氏、命运。关键词资历尚浅
凭一己之力,很难收拾大地上的时间
麦子,水井。永不停止的呼吸

种树人

还有多少树要种?每种一棵
挖的坑就会少一个。路上走过的人
看到树越来越多,没看到种树人
在一锨一锨,埋葬自己的生命

那些栽下的树,一亩一亩占领荒漠
比种树人更知世俗生活。它们的脾性
因在尘世外而长久

星罗棋布，种树的人
在每株树上，放下了自己

七月末路

七月的尽头，不是七月
路的尽头，依旧是路

时光马不停蹄，如此赶路
还要走多久？这个问题无人过问

干净或泥泞。时间总是正确的
路总是遥远的。而夏天就是
要走过七月，才会盈满

路走不走得完，没人回答
路上的人不痛不痒。寻找一个借口
在这凉薄的人间妥协，成全

焚　香

菩提树在山门之中，修行
牵强附和的蝉鸣，在这夏天的寺院
人来人往，树叶落下的疏影
遮掩着青石板上，难以舍弃的纷扰与挂碍
抵达，是离开的另一面

欢喜，丑恶，与长幼无关
在离开前，焚几炷香
以众佛之力，让洗过的魂魄重归人间

南苡，本名陈迟，1992年生，陕西礼泉人。作品散见于《诗选刊》《诗词》《文化艺术报》《秦都》等报刊。获2023年广州第二届木棉文化诗歌银奖等奖，有作品入选多种诗歌选本。

作品二维码
主播：雪梨　安勇军　凯华

九月诗抄（组诗）

李日清

九月之词

天空高远，云朵稀疏
燕雀的羽翼与闪电争高低
田间的玉米长到了一定的高度
夜幕降临后，思索过往的焦虑与不安
它们不想太快被光阴收割
它们在整理绿色的衣衫、红缨子
让挺拔的茎秆储藏阳光、雨露、汗渍
秘密是藏不住的
当秋色更浓的时候
成熟的讯息不胫而走
山川、河流，亢奋的眼神
都在擂鼓助威
美好的光阴令人留恋
唯有守护内心的悸动与欣喜
才会拥有下一个轮回的缜密与辽阔

收　敛

内心存有梦想的人，从身边经过的时候
有风一样的劲道。也未曾张扬一句出格的话

他目光坚定，如一座大山沉稳与刚毅
赴汤蹈火，直至抵达彼岸

汗水打湿陡途，热血喷涌成河流
卸下疲惫、劳顿。收敛起孤傲、冷酷、自卑

九月的情绪

阳光的烈焰逐渐收入刀鞘
秋风开始打点行装
经过光阴的割裂，大地现出金黄
几十亩谷穗，上千顷玉米
披上盛装。面目清秀，神采飞扬

每个人的思维出乎意料
他们从瓶颈中一次次铤而走险
落下满身的疤痕，兑换收官时的激越
学会土地的隐忍、豁达
用一株禾苗的姿态，迎合世态的深浅

九月之夜覆盖薄霜
满坡地的玉米旋转浅黄色的裙裾
蚊虫在玉米地里乱撞
几只蛐蛐压低了嗓门准备入眠
土地裂开的嘴唇张望着夜色

等待一场秋雨是一件难的事情
那个穿着黑衣衫，手持铁锹的中年男子
毫无睡意。学着他父亲的模样
把流淌的机井水引入田畴
他忘记了秋霜正覆盖瘦小的身板

庄稼遇到了困窘
唯有一方良药能够医治
睹物思人，都是一个道理
行走于苍茫的尘世
不知有多少阻隔，在拷打生存者的骨骼
放下卑微的身段，把持手中仅有的微光

九月那么短促

到了这个月份，云朵的脚步也在加速
雨水失去谎言。只有阳光的热情未变
蝴蝶、花大姐、蜜蜂积储上路的干粮
旷野之上，色泽更为明朗

距离村庄周边的土地名称熟悉而贴近

高粱、玉米、谷子的长相
到了无法形容的地步
美直达所有渴盼的眼神
一些异乡人面对俚语,总觉悸动
每每咀嚼亲昵的特产
泪水一定会打湿衣襟

置于面前的东西短暂而美好
就像一件宝贝握在手中
辨别其中的纹理、味道
无法忘怀的感觉难以弥散
只有百倍珍惜,方可体会苦涩与甘甜

虔　诚

这些滚成煤球的矿工
乘着小火车一班下去
又一班上来。两头不见太阳

他们面对人们的目光
就是酣然一笑,露出白刷刷的牙齿
火苗在突出的颧骨上跳动

在井下,他们转动着不同的肢体
面对敦厚的煤层,用眼神、心态对话
弯下腰攉煤是恭敬的,握住一块煤是虔诚的

遇到不一样的险情,他们机警、多变
用松树般的骨架支撑起安全的防护栏
用流淌的热血抒写生命不同凡响的册页

旷野之上

行走于旷野,有感慨万千之状
被荡漾的玉米围拢,一起拉家常
一起吃喝起居。幸运而自豪

它们的身高体重,常牵挂于心怀
饥渴时,以水作为乳汁
把营养及时输送到体内
祖辈曾经说,善待他人就是善待自己
它们的圆润、健壮
托举起我的高度

玉米们挺立成长
用黄澄澄的肌肤燃起村庄的欲望
它们感恩苍天的赏赐
叩谢厚土的孕育
让旷野走出困顿,苍茫

我徜徉其中,嗅着泥土的味道
体内不知有多少玉米的成分
焊接我的稚嫩、脆弱、苦痛
但我愿意以一株玉米的身份

永远注册在这块忘却不掉的土地上

九月的梳妆台

离出嫁的日子已经不远
挑选一个吉祥的时辰
玉米妹妹就要穿上嫁衣
登上花轿。此刻，娇容如花似水

最后一滴露珠，抚摸她貌美的双颊
阳光如黛，装饰新容
叶片彻底干透
血脉打通茎秆，旺盛之势不可收拾
每一颗粒子，袒露出金黄色的小酒窝
微风中，旗语阵阵

期待的就是风调雨顺
大地本来就是一个梳妆台
为了迎接良辰美景，她缜密的心思隐藏
待到洞房花烛夜，要把所有的知心话说给他听

数到九月

数着，数着，日子就单薄了
阳光低回。青霜的纽扣被风解开
庄稼的面孔又浓重了一些

枝头上的叶片略显笨拙

燕子的行装已经备好

它们把清脆的嗓音留给屋檐

那个静坐椅上的老人,像一株熟透的庄稼

用指头掐算收成的份额

颗粒的饱满度,他心知肚明

双目走向混沌,只能用枯槁的双手

揣测收获的尺寸。这是擅长的习惯

喜鹊啄开一缸琼浆,舔舐着光阴的纯度

舔一下,少一口

直至花白了头发,加深了皱纹

数到最后,即要落为尘埃一粒

蜂　巢

天气转暖的时候,屋檐下

就安下了家。小小的巢穴里

温度滋生,一种幸福的味道在弥散

它们不分时间的早晚,不分彼此的得失

路途再遥远,也能把第一滴汁液带回巢穴

风雨雷霆中,它们目光犀利,骨骼柔韧

用心血与汗水,打造甜蜜的家园

这些奔忙的精灵,它们不知道什么叫作私利

不计较,不争夺,不勾心斗角

只是在短暂的光阴里,酿制甜蜜

勾兑快乐。把如意的蛋糕越做越大

我羡慕它们无拘无束的设计
想借助那一对灵敏的触角
在飞翔的过程中，用娇小的躯体拖回生命的甜

作品二维码
主播：薄峰　可人
　　　周伟杰　李雪

李日清，笔名梨桃，山西怀仁人。作品散见于《诗刊》《星星》《诗潮》《诗选刊》《天津文学》《青年作家》《黄河》《山东文学》《山西文学》等刊物。现为中国煤矿作家协会会员、山西省作家协会会员。著有诗集《梨园桃情》。

高处（组诗）

野　川

鹰，或者风筝

天空中，一只鹰在飞
忽高忽低，悠然自得
这是春天，暖风习习，一只鹰
忽左忽右，缓缓地飞
怎么看都像一只风筝
沮丧啊
一只风筝一样的鹰
在天空里忽高忽低、忽左忽右地飞
我不得不换一个角度
让心，与这个春天对应
另一个画面迅速形成——
天空中，一只风筝在飞
忽高忽低，悠然自得
这是春天，暖风习习，一只风筝
忽左忽右，缓缓地飞
怎么看都像一只鹰

山水画里多出的那个人

那些鸟鸣
是在传话。那些隐藏的秘密
总有薄雾缭绕
那些树草
替一些死去的事物活着
雨后的蘑菇,像一座座新坟
溪水跳上跳下
想成为瀑布,跟在后面
我总被石头拉住
要义结金兰
而我只是一幅山水画里
多出的那个人
风一吹,就会消失

只是为了改变一下生活的坡度

把雨水装进瓶子,密封
并不是想留存什么。多年之后
把瓶子翻出来,也不是希望
雨水能变成酒。我经常
在装雨水的瓶子里放几朵桂花
把浸过桂花的雨水倒出来
浇灌快要死去的那些兰草
只是为了改变一下生活的坡度

让躺在上面的蜗牛，始终感觉
有随时下滑的危险和可能

仿佛有了站起来的想法

从山上下来
我随手捡了一根树枝
还没死透的树枝
微弯，我双手用力
想把它扳直，它用仅存的弹性
拒绝了我的好意
我用它拨开荆棘
抽打路边丛生的灌木
一只松鼠一闪而逝
让山，晃了一下
又迅速恢复原来的样子
这只是表面。晃了一下的山
肯定发生了一些事情
让我遇上一些不该遇上的东西
比如，几只死鸟
一堆牛粪，或者某个新坟
不知那只突然惊起的灰斑鸠
是否会改变命运。当一面峭壁
苍鹰一样撞进我的身体
一个凌空俯冲的愿望
竟让我的灵魂和躯壳
出现了短暂而奇妙的分离

眩晕回家，竟不知如何安置
烧掉吧，它还没死透
扔掉吧，它孤独无依
只好放在阴暗的墙角
在不属于它的地方，我感觉
那根树枝突然动了一下
仿佛有了站起来的想法

把雨水感动成一次次山洪

秋天，万物萧瑟
只有山腰那块悬着的石头
棱角还在疯长
亿万年前，它在海底生活
一头蓝鲸，至今用长须
向它招手。湛蓝的海水
也以雨水的模样看望过它
它伤口的青苔
把雨水感动成一次次山洪
此刻，它吃着秋天的萧瑟
正用漫长的风化
一点点地，把自己向大海挪去

一大群鸟从天空慌乱掠过

下午四点左右

黄昏,正在赶路

我听见一阵密集、刺耳的鸟叫声

打开窗户,冷风四袭

一大群鸟从天空慌乱掠过

像放炮时惊飞的灰白石子

不知道发生了什么

十几秒后,鸟群消失

在城市的尽头。四周安静下来

仿佛一场暴乱已经平息

但我的内心一片狼藉

如一支军队溃逃过后的废墟

向冬天尽头的那棵树走去

命运无法阻止我

向冬天尽头的那棵树走去

风一片一片吹落它的叶子

我没有加快也没有放慢心跳

高处的雪花落在身上

如一种恩赐,不多也不少

我用自己独特的步幅

向那棵正在光秃的树走去

一边承受严寒,一边享受雪暴

谁也不能阻止我,谁也不能

阻止一副棺材从树中

跳出来,像一个久违的朋友

让阳光把冻僵的心焐热

冬日的阳光格外明亮
格外明亮的阳光
照着对面楼房空洞的窗
多希望有一个人探出头来
喊停街上奔跑的汽车
和阴影。多希望有一个人
应答一声,从车内走出
让阳光把冻僵的心焐热
环顾一周,再转身离去

让它回到雪的样子

我确信没有什么好东西
能款待踏雪而来的朋友
天气很冷,所有的树
都裸着伤,枝条下垂
把寂静药片一样抓在手中
归拢房前屋后尚未融化的雪
我要做一只雪鸡
雪在手中翻腾时我甚至
闻到了香味,看到了朋友
欢愉的表情。雪鸡完成
像真的鸡一样望着我
我却不敢杀它,只好推倒

让它回到雪的样子

仿佛一次涅槃和新生

经常听人说生日那天
出太阳，这一年必交好运
我没赞同，也没反对
但生日到来的时候
我还是会不由自主想到天气
如果下雨，或太过阴霾
心还是会下意识低沉
看来我还是走不出世俗的丛林
一个暗示，就能把我引向
某种虚无。但没有这样的憧憬
要活过一天又谈何容易
很多时候，一片多出的叶子
总会把我带到另一个地方
仿佛一次涅槃和新生

仿佛他们一直在暗处等我

外面阳光明亮
屋里的寒，仍像针尖
想出去的念头
如兰花新发的叶子
细看，叶梢已有病斑

衰老来得真快
昨天挂在墙上的钥匙
今天竟然够不着了
突然缩短的体内
记忆像刀片一样冒出来
把往事割伤。灰尘
伤疤一样醒目
很多死人的脸
浮出来,仿佛他们
一直在暗处盯着我

每一盏灯都像命运的暗哨

有一双翅膀该多好,我可以鸟一样飞翔
突然,一声枪响。鸟成了天空的伤疤
有一对弯角该多好,我可以牛一样行走
突然,手起刀落。牛成了大地的伤疤
有一只尾鳍该多好,我可以鱼一样游动
突然,钓钩一晃。鱼成了河流的伤疤
能逃离这个地方该多好,刚有这个念头
天一下子黑了,每一盏灯都像命运的暗哨

始终不能像山顶的树那样安静

山路陡峭,一棵树
早我千年抵达山顶。雪如叶片

挂在树梢,把天空的云朵
虚化为想象。抵达山顶
真的很难,风的抓扯,草的羁绊
雾的诱惑,山脚的万家灯火
如一个巨大的吸盘
成为山顶的树更难,几十年苦行
我的手臂始终长不出一片叶子
记忆散乱,爬满浮躁的蚂蚁
始终不能像山顶的树那样安静
日升月落,云卷云舒
都是清风一缕,寂然于枝叶间

把一条河吮吸得津津有味

想象,不能阻止一朵花
漫长的凋落
也不能让千疮百孔的日子
看起来更加美好
它甚至不能修复
那些树叶不规则的虫口
让凋落完整
闪烁轮回的光亮
时光的火车来来去去
只有人上,没有人下
留下的铁轨如一根吸管
插入远方的苍茫和虚无
每天,我都用想象寻找

消失的东西。幻想一个人
坐在命运的树下，把一条河
吮吸得滋滋作响

路过的蚂蚁很黑

总喜欢
靠在拐角的墙上想事情
没有人来，即使有
最多是那个瘸腿的老乞丐
星星是别人的
有记号。偶尔也有被抛弃的一粒
从夜空划过，像一种暗示
夜色迷离草丛，我想的事情里
便多出几只蟋蟀
叫出某个古人的愁绪
路过的蚂蚁很黑
它们有把我背走的念头
却被隐约的雷声卸下了力

野川，本名王开金，四川三台人，中国作家协会会员。诗歌散见于《人民文学》《诗刊》《星星》等文学期刊和多种诗歌选本，著有诗集《天堂的金菊》《坚硬的血》《时光之伤》等 11 部，曾获四川文学奖等。

作品二维码
主播：黎珉　周浩青
　　　雪梨　边国威

渡船者

小雪人

渡船者

河水从未撤退。昨夜又一场暴雨
溢出警戒线

反复练习撑篙，寻找落竹点
从河底拔起，又深陷淤泥

一根翠竹，穿越长河风雨
骨骼乌黑油亮，被撑成满弓

岁月墨迹。狂草如枯藤
掏空鲜花、掌声和浪涛

上帝给诺亚留下方舟
风雨给扬子江留下乌篷船

瓜洲古渡

渡船与摆渡人
都已被流水冲逝。
每日清晨,她还是屈蹲在流水边
与清澈河面构成45度夹角
洗涤旧物,或者
侍弄刚出土的青菜
这是最稳定的角度,也是
她与她的影子
常用的握手方式

入林记

林中是没有一张方桌供人
擦洗的。

雨水稀少时,那些高树上的阔叶会托起;
雨水丰盛时,有林下蘑菇举着圆伞
那些草间的小昆虫,背上驮着阳光的蚂蚁
将其当作穹顶

雨水过后,阳光从草叶间一寸一寸
翻阅黑土地。
少年穿过林间,爬很高的山,去庙里

听老僧讲经。
少女坐在竹屋顶上，梳理蔓过膝盖的长发

让晚风吹干。

陈　皮

它走水路。
顺流而下的不只是船，还有岸边的老人

火车曾从体内穿过，"咣当咣当……"
掠夺走鲜黄与酸甜。

峭壁留给深渊，
"你知晓时间，把快要冻僵的我们藏进孤独的长袍。"

有些已是风中灰烬，
有些从流水中醒来，释放出

黑夜的光。

莲花碗

一亿三千五百万年以后，
博物馆陈列恐龙化石的年代，
此物种，

还是年年生，
年年枯

年年从淤泥中挺起，破出
水界，向阳开
年年又收敛自己，重归寂静

莲托出来的不只是众花，还有众佛
不只是众佛，还有众人

大千世界在莲花碗里渡过一场
整个钱塘夜空，散发出紫气

大地之灯

在木点亮之前，纸灯笼裹住世界
漆黑蒙住了眼眸

流水将儿时的陶罐、瓦片，与沙砾一起
冲击向下游。

我清点体内的每块骨头，一次又一次
堆弄方块积木

箍就一只木桶。漂浮在河边
至今，未截获一滴水珠的晶莹

……我要去海边打捞一只木碗，
舀一碗童年的水。

作品二维码
主播：老舟　清涟猗

小雪人，本名卢爱雪，现居杭州，浙江省作家协会会员，入选浙江"新荷计划"人才库。有作品发表于《诗刊》《绿风》《天津文学》《诗选刊》等。获"歌行扬子江"全国主题诗歌大赛二等奖、第五届"诗探索·中国诗歌发现奖"提名奖等。作品入选《2022灯盏：中国作家网"文学之星"原创作品选》。

一只水鸟落进黄昏（组诗）

弋晓姐

他从不承认自己变老

雨点比之前小了些
电线上悬着的几滴被飞鸟弹落
雾气尚未消散
父亲已焦急地扛起锄头
每次，他总比母亲要快上几步
好像只有这样
他才会觉得自己干得比母亲多一些
替她分担得多一些
他心中只有天气、粮食、收成
想把日子变得更宽裕些
在我们面前，从不承认自己变老
很多时候，我反问自己
在有这个家之前，他是不是也有远大理想
是不是也有控制不住泪水的时候
看着日渐被病痛席卷的背影
作为儿女，并未让他享过福

我无法原谅自己
已愧疚到不敢再往下落笔

消失的阴云

一只鸟在树上发呆
雨水打湿翅膀，如一件灰色雕塑
或许，在我们头顶
仍有无法感知的天堂
此刻，适合那么多雨滴捶打在脸上
仿佛只有这样
才能显出悲伤的分量
祭拜完祖父，搀扶着泥泞从墓地走出来
几块阴云一直跟随着
我们步子加快，它们也快起来
步子缓慢时，它们也闲散地放牧自己
只是我们陷入悲伤的内部
并未去关注这些
直到一束暖光照在每个人身上
停留在脸庞
让我们暂时忘了蛰伏心底的痛

请原谅有时候的悲伤，也是短暂的
我们不得不
继续返回各自的生活

一只水鸟落进黄昏

无人旷野,横斜一枚斑驳之舟
无垂钓者,流水掌管黄昏和斜阳
不远处,灰色水鸟误入
停在时间和空间里,成为一道背景
风的锯齿梳理它的羽毛

万物认领我为其中一株草木
用小片光阴
我们搬运时间递来的巨大寂静
蘸取少剂量昏黄之色
修复生活的擦痕
反复确认时间所赠予的
湖水拿出半面镜子,让我遇见苍老
这是来自一个傍晚
白杨叶子纷纷
几乎要将我和我的心事埋葬

起风的清晨

风是一枚动荡之词
黄叶悬在空中,成为时间的一道破折号
从新的光束上升树梢开始
几只麻雀身影模糊,跳跃、觅食
又或者

一直在我的记忆中鸣叫

这是一个漫长的日子
生活中的事物仍在继续生长或枯败
环卫工低头不语
只顾清扫时间掉落的碎屑

此刻，远方寂静
预报中一场大雨还未进入眼眸
阳光给大地涂上一层光芒
足以让人们，把昨夜那么多的悲伤
一下子咳了出来

湖面生出寂静

草木枯黄，一张蛛网结在灌木上
阳光单薄，抖动
欲望有时是一片丛林
众多枝干，试图伸向更高的天空

老人从公园长椅里，取出多余的时间
用来发呆
时光碎屑落满背部
风声不断撕咬，身后被生活磨损的影子
攥紧虚空，与一面湖水对视
万物沉默
他从不说出自己

已对凡间之事做出让步

而我面对的黄昏，突然多出一截悲伤

举起生活略显沉重的杯盏

我依旧处在水深火热中

直到夕阳带走所有事物的影子

放下夜的悬梯

式晓姐，本名刘晓彩，甘肃省文艺评论协会会员，白银市作协会员，作品散见于《星星》《诗选刊》《北京诗人》《中国汉诗》《诗歌周刊》《赣西作家》《甘肃文苑》《甘肃经济日报》《白银文学》《黄河三峡文艺》《甘泉》等纸媒报刊及各大网络公众平台。诗歌作品获中国作家网2022年"本周之星"及多项地方征文奖。

作品二维码
主播：阿斗　雨后

雪的若干形式

黎　落

雪

雪从来不是轻的
只是我们觉得雪很轻，旁若无人

我们制造一种白色的眩晕
并让它沸沸扬扬——

成为一种象征。我们还
看见了什么吗？
碎片化的生活，被剥夺更多

可能。而雪那么自由
在天空飘着。

我们在生活里
偷梁换柱，把所有衰老的
父母称为"雪"

事实上。我们盗走了
他们的轻盈
我们的轻盈才被创造出来

大　雪

天空是台造雪机
它制造一种叫"雪"的物质
想象，落在我们身上

我们向结冰的白河扔雪球
看那种细碎的粉末——
生活一样飘落

我们吃糖砂
在火栗子般的生活里越吃越小

直到
我们年轻而具体的父亲
拎着芹菜推开房门

纯粹的雪

仿佛只是轻巧之物
我只能侧耳。

时间宽恕了
万事，也使我们陌生
就像现在，我在你的对立面，用铁锅煮雪
冰块携裹寒冷，在火上炙烤
来自内部的尖叫又使铁再度松软
露出破绽。
我羞于认同这种微妙
把目光投向更深处，细密的
天鹅毛阻挡了我。这纯粹的，类似赞美的
事物
因为轻而坚固。隔着水流，我
只能伸直手臂
向虚空中，抓一把云朵

雪的慈悲

落叶中的枯井睁着风眼，抱紧残枝的佛陀
落在雪上

雪，从来都慈悲。比孤独更守恒，更
深入万物核心
雪让一位母亲轻易交付自己，也让一副虎骨顺势暴走

——带回满身风暴的人。
突然降临的一场雪
必然落向松林。屋顶。马背
必然吹响江河，撞开窄门，释放更多花树和灵魂

大雪里，世界逐层褪去敌意，又朴素如白纸

听　雪

她们落下来。轻飘飘的事物没有内容
在她们弯成弧线的腰肢上
我听见镂空的时间，松弛而洁净

仿佛我的双耳天生就是为了聆听她们的降临
细小的爆破声无限接近虚无
我感受那种震颤，像钢丝绳上行走着蚂蚁
满意于危险的悬浮

雪抬高黑夜
一种幸福的伤感源自深远的谅解，我也获取了
短暂的飞行。和你一样
隐在她们中间
当我们都呈现深海的蔚蓝，就
望见了彼此的孤独

雪粒真是药丸就好了

这落下的，薄的雪籽
有一粒药丸的深度。而蔓延的势态一旦形成

上帝也无法撼动

深雪中，我们告别的手臂像树枝挂着灯
在所照耀的小小国度
我苦难的二叔
他那么冷，又轻如花瓣

落在别处的雪

卷舌音。在松树枝上，鸟喙上
轻轻弹唱着

再大一点，就"啊"的一下
跌至铁皮屋顶

雪从声音里飞出，是大事，不吐不快
如果你想变轻，变白
就把自己虚掩，让思维的羽毛像雪，具备
弹射和铺陈的能力

我总在推窗时遇见收集雪籽的你
越过制度的次序
薄如蝉翼，又大又圆

雪的发生

我看见大雪在走

天真的事物铺满湖水。原野
我看见屋顶的白鸟
寂寞之中垂下它的羽毛。所见世界庞大
漫天的雪,在讲述令人着迷的悬浮

我感到身体的轻和美
仿佛有什么就要发生了。仿佛已经发生
但是我沉默不语,不想说出这些白带来的震颤
或者虚妄。
面对飞行的雪,我能做什么呢

除了在一首诗歌里赞美它。我戴花,
看玻璃里面的灰色地带
有着异常的明亮和神态
像一截树枝一张生动的脸

这些经历过重生的雨,再次死去之前的绽放
令人垂怜。站起来的燃烧
和落叶有相同的途径
它们想回到廊下,回到一个人的体内

雪落山顶

雪落山顶。雪把荒野铺开
雪压着更多雪

走在大雪中的人。光着头
用微弱的光迎接白

兰若寺在山顶
松风阵阵，吹落积雪，吹落树的帽子

错落的山鬼迎接大雪里独自上山的孩子
偌大的世界，他只爱瞬间的虚像

他提了提水声，再深深压下去
兰若寺在山顶

小雪之诗

它晃了一下
又一下
仿佛我的目光是箭镞
随后它开始飘落
这明亮的事物
因为轻而被忽略

当它铺满街角。屋顶。鞋面
像一个安静的妇人，产生了美

我失去玻璃
深夜的楼梯显现

黎落，湖北宜昌人。写诗多年，有作品发表于《诗刊》《诗潮》《诗选刊》《星星》《诗林》《山西文学》等，曾在全国诗歌大赛中多次获奖。中国作家网 2020 年度"文学之星"。

作品二维码
主播：浦金 李雪
郭原 雨林 德蕙

小说卷

水　渍

墙有棘

　　一块水渍，巴掌大小，呈浅灰色，盘踞在主卧飘窗左下角乳白色的墙面上，异常刺眼，充满恶意。

　　王芳凝神细看，水渍好像正在缓慢扩大，似有蚕食整块墙面的野心。她忽地想起许多年前，母亲在院子里抖开雪白的床单，她极力掩藏的一小块尿渍曝露在光天化日之下。七岁的她羞得无地自容。当时，母亲柔声宽慰她说，没关系，小孩子尿床没什么丢人的，干吗捂着不告诉我？你要听话，以后有事一定要和妈妈讲。几天后，母亲指着她的鼻子破口大骂，你什么时候能给我争口气？你都多大了？除了尿床还有什么本事？没出息的东西……那天被骂的原因是什么，她一点不记得了。她只记得，那张床单洗了几遍，尿渍仍残留一抹浅黄，阴魂不散。

　　一股火气瞬间直冲脑门，王芳指着水渍，厉声责问身旁的工长，这是怎么搞的？

　　工长咧嘴笑了笑，露出两排烟黄色的牙，齿间清晰可见午餐的残留物，一丝韭菜叶。每次说话前，他都要咧嘴一笑，不是因为有什么高兴的事，只是一种莫名其妙的习惯。工长说，墙里渗水了，但肯定不是我们装修的问题，是外墙出了问题。然后开始详细解释，一口浓重的方言，夹杂许多令人费解的术语。王芳连估带猜，能听明白七八分。工长的意思是，室内防水做得完美无缺，无懈可击，绝对物超所值。但飘窗所在位置的外墙由于年久失修或其他什么原因，裂开了很深的缝隙。连日降雨，雨水自裂缝灌入，渗入内墙，形成水渍。王芳打开飘窗，将头伸出窗外，想看一看工长所说的裂缝。工长在屋里一个劲说，看到了吗？看到了吧？是不是有条缝？就是有条缝嘛。仿佛他的目光可以洞穿墙体，洞察一切。

确实有缝，而且不止一条。在王芳眼中，雨水冲刷过的外墙，如同自己卸妆后的脸，矫饰尽失，时间的破坏力尽显无遗。工长再次强调，这个真和我们没有关系。王芳说，外墙的问题，我会找物业。但这块水渍，你们也要想办法处理。工长笑了笑说，等天一晴，慢慢就干了。王芳斩钉截铁地说，不行，你们必须把这块铲开，重新做防水。工长又笑了笑，说，好好好，这个好办。

王芳没想到今年夏天会装修房子，如同气象台没料到今年夏天雨水如此丰沛。这套位于西平市城区边缘的三居室，是她与丈夫结婚时买的。二手房，装修七成新，周边生活设施还算齐全。只是距离两人单位太远，上下班往返至少两小时。除此之外，住得还算舒适。婚后两年，女儿出生，两家老人轮流过来带孩子，住着也宽绰。孩子日渐长大，一个要命的问题暴露出来，这附近没有像样的学校。于是，四处托关系求人，拎着猪头找庙门，颇费一番周折，才将女儿送进市中心的一所小学。从城乡接合部到市中心，通勤时间更长得离谱，为了孩子，只能搬家。小学周边房价已涨上了九重天，根本买不起。他们将三居室出租，全部租金加上一个人的一半工资，在小学附近租了个一居室。转眼三年又三年，女儿升入初中，他们一直没挪地方。

一居室的租价一年飙过一年，三居室的租金却不升反降。王芳和中介谈了几次，一次比一次闹心。王芳问，我本来租得已经够便宜了，为什么还要降价？中介掰着指头解释说，房型不好，地段太偏，租房的人越来越少，租金不下调，根本租不出去。总之，有一万个必须降价的理由。谈着谈着，就谈崩了。王芳索性不租了。她横下心来想，干脆让女儿住校。在一居室里挤了两千多个日日夜夜，她忍到了极限。

房子出租六年，租户换了一批又一批，原来的装修已千疮百孔。地板翘起，木门开裂，窗户变形，卫生间漏水。墙面随处可见来历不明的污渍，斑斑点点，看着头皮发麻。从房屋中介出来，王芳径直去了装修公司，一鼓作气签了合同，决定进行彻底翻修，将前任房主和历任租客的痕迹尽数抹去，一切重新开始。

装修公司郑重承诺，确保业主省心省力省钱。但开工不到一个月，设计图和预算方案崩得一塌糊涂，成本一路攀升。王芳发现，从装修队砸下第一锤子开始，各类加项就争先恐后地冒出来，如雨后春笋，如女儿脸上的青春痘。工长每次拿出新报账单前，也会咧嘴一笑。这个笑容很真实，发自内心。她质问工长，怎么会多出那么多钱？工长先笑一笑，然后用蹩脚的普通话解释每一笔新增费用的由来。他耐心地引导她慢慢回忆，每一锤，每一铲，每一道槽，每一根管，每一块板，每一片砖，都经过了她的同意，绝非先斩后奏。她争辩道，可当初你没说会这么贵。工长诚恳地说，价格都是公司定的。她无可奈何，事到如今，总不能赶走他们，再另找一家。天下乌鸦一般黑，再找一家，可能比他们还黑。

然而，砸进去那么多钱，墙面居然还渗水，简直岂有此理。尽管工长一再强调是外墙的问题，她仍气呼呼地下命令，今天必须把这块水渍处理掉，我明天过来检查。工长满口答应，立即叫来一名小工，指着水渍，用王芳完全听不懂的方言叮嘱一番，口气严厉，辅以有力的手势，显得雷厉风行、十分靠谱。

接着，王芳去了一趟小区物业。对方态度良好，表示只要明天不下雨，一定安排工人师傅检查外墙，为业主排忧解难。王芳没在物业耽搁太久，后面还有许多事。要赶去建材城，选定橱柜样式，签木门合同，订购一个智能马桶。再给银行打电话，督促对方加快放贷进度。装修是个无底洞，她申请了装修贷。贷款很快通过审批，但银行说，必须等地砖墙砖全部贴完才能放款。这个规定匪夷所思，你不放款，我拿什么买地砖墙砖？银行耐心地解释道，这是防范金融风险的需要，很科学很合理。

前往建材城的路不好走。雨势渐大，豆大的雨点气势汹汹地砸在车风挡玻璃上，噗噗作响。雨刷器徒劳地摆动，王芳手握方向盘，视野一片模糊，只见前车红色尾灯龟速移动。建材城似乎越来越遥不可及。手机突然急促地响起，铃声是《就让这大雨全都落下》，很应景。来电显示是办公室的小彭。

王芳今天下午请了假。这两天，领导们出差的出差，开会的开会，原不会有什么急事。她接了电话，只听小彭慢悠悠地说，有个文件，领导突然要改，她不知道存在哪里，也不知道该怎么改。王芳打开免提，遥控指挥小彭在自己电脑上改稿。对方始终不得要领，这里不明白，那里不清楚，话里话外透出来的意思，就是要王芳回来自己改。王芳对小彭早有不满。这丫头一向散漫拖沓，工作上纰漏不断，整天不是刷手机，就是到其他办公室串门聊闲篇，根本不把王芳这个处长放在眼里。但处里目前一共就两个人，而且据说小彭背景很深，王芳只好忍着。一通电话打得唇焦舌燥，文件的事仍是一团乱麻。她真想顺着电波冲到电话那头，将小彭连同电脑砸个稀碎。

最后，王芳又从建材城赶回单位。已过下班时间，小彭踪迹不见。文件被改得七零八落，改过的地方，十句有八句不通，不知道是小彭的问题还是领导的问题。王芳纠结了一阵，决定将那些乱七八糟的病句再改回去。文件这么送上去，大领导一定会拍桌子骂娘，而领导不会承担责任，末了倒霉的还是她。眼看天色渐黑，她准备给丈夫发条短信，说自己加班，晚些回家。言下之意，做晚饭这件事就别指望她了。不料刚取出手机，丈夫的短信已抢先发来：今晚加班，晚些回家。夫妻二人居然如此心有灵犀。此时，雨势渐小，但淅淅沥沥的就是不停。她又想起了那块水渍。

晚上七点，王芳提着外卖回到家。逼仄的房间，家具电器、锅碗瓢盆、衣食杂物，都在争抢有限的空间。三个人，六年，生活的必需品与沉淀物，各式各样，多得可怕，挤得可怕，重得可怕。她叫了一声女儿的名字，卧室门锁轻响，门打开一条缝，女儿探出脑袋。一室一厅，女儿住卧室，王芳和丈夫住客厅，一张一米二的折叠床，和沙发拼在一起，勉强够两个人睡。

王芳说，出来吃饭。女儿说，我在屋里吃。王芳点头，女儿慢慢走过来。这两年，女儿个头蹿得很快，差不多和王芳一样高了，长得和王芳越来越像，话却越来越少。孩子进入叛逆期的正常现象。女儿接过外卖，问，你给我报素描班了吗？王芳一怔，什么素描班？女儿说，你答应过我的，暑假我要学素描。王芳快速检索记忆，依稀想起，以前确实向女儿做过承诺。然而，此一时彼一时，小升初这个暑假十分关键，她为女儿安排了数学、英语、语文提高班。一个多月后入学分班考，如果被打入普通班，就麻烦了。一步赶不上，步步落在人后。寸阴是竞，哪有时间学什么素描？对女儿这种不切实际、不合时宜、不分轻重缓急的想法，王芳倍感恼火。但自己有言在先，现在食言，总有点理亏。她略加思考，用商量的口吻说，还没找到合适的班，要不我给你买两本素描教材，你先自学？女儿说，你答应给我报班的。王芳说，我没说不给你报。女儿说，那就给我报一个合适的班呗。王芳说，我会再找的，你快去吃饭。

女儿回屋，咔嗒一声，门又锁上了。女儿最近总锁门，屡教不改。王芳坐在床边，支起折叠桌，打开笔记本电脑，准备继续改文件。她先上网搜了一下素描班信息，在提高班间隙插入一个素描班，并非不可能。但她最后决定不报。因为这才是对女儿最好的选择，确定无疑。她想好了对策。再过两天，英语提高班第一次口试，以女儿现在的状态，大概率会考得稀烂。到时候，将女儿痛批一顿，痛陈一番学习重要、父母不易、人生残酷的道理，也就彻底绝了这丫头学素描的妄念。

主意已定，王芳关闭浏览器。深蓝色的电脑桌面，映出她脸孔的虚影。她略一愣神，一种莫名的厌恶感突然涌上来。女儿越长越像自己，而自己越来越像母亲。母亲昔日对她使用的种种招数，她现在稍加变化，也一一施加在女儿的身上，仿佛一个轮回。大脑皮层深处的记忆渗出来，在沟回里积聚、流淌，浸透敏感的神经元。

王芳记事前，父母就已离婚。父亲很快再婚，搬到另一座城市，从此断了联系。母亲一个人将她抚养长大。母亲退休前是一位模范教师，先进事迹多次上过报纸，经常被比喻成春蚕或者蜡烛，学生们都拿她当亲人。只有王芳知道，母亲有两副面孔，一副温柔、宽容、和蔼可亲，如春风拂面、春雨润物细无声，另一副则冷峻、刻薄、阴阳怪气，如秋霜摧花、秋风扫落叶。她总是被第一副面孔卸下防备，然后被第二副面孔狠狠收拾一顿。

上小学时，王芳一度迷上漫画书，没日没夜地看。母亲知道后非但不反对，还说，有兴趣爱好是好事，有喜欢的漫画书，我给你买。最后轻描淡写地补上一句，不影响学习就好。她中意的漫画书，母亲真就整套买回家。同学们都很羡慕，有的偷买了漫画书不敢带回家，就交给她保管。她书架上的漫画书一字排开，像等待检阅的队伍。这段美好时光，在期中考试后戛然而止。她的班级排名有所下降。母亲立即换上第二副面孔，声色俱厉地细数漫画书的种种危害，剜心剔骨地斥责女儿玩物丧志，辜负了母亲含辛茹苦的付出。书架上所有的漫画书，被逐一撕烂，她替同学保管的几本书也遭了池鱼之殃。撕书的时候，母亲眼中喷火，咬牙切齿，似有一段深仇大恨隐忍许久。自此之后，王芳不敢再碰漫画书。

进入高中，王芳和一个男生走得较近，彼此有些朦胧的好感，但还没到"早恋"的程度。母亲不知从何处察觉到了蛛丝马迹，却不动声色，一面推心置腹地同女儿聊理想，谈人生，一面不经意地夸赞那个男生如何优秀，小火慢煨，汤滚肉烂，终于让王芳主动吐露心曲。第二天，母亲给男生家长写了一封长信，言辞恳切，语重心长，请他们管好儿子，将不良苗头扼杀于摇篮之中。待那一头火烧起来，再不紧不慢地换上第二副面孔，揪住王芳反攻倒算。她半句不说那男生的不是，只一味贬损王芳：你好好看看你自己，又笨又懒，脑子一团糨糊，做什么都做不好，人家怎么可能看上你？从那以后，王芳没再和那个男生说过话。

记忆不再是涓涓细流，几乎变成没顶的洪水。王芳心头猛然一紧，手指紧点几下鼠标，电脑屏幕泛出白亮的光，文档打开，满屏3号仿宋体字，密密匝匝，组成坚固的防洪堤，将如潮的记忆挡住。她松了一口气，暗暗感谢这些冠冕堂皇的文字。

一个多小时后，王芳合上笔记本电脑。脖颈酸痛，太阳穴发胀。目光转向窗外，雨变得更小，但仍然没停，窗玻璃上布满细密的水滴，构成密集恐惧症患者的噩梦。她又听到门锁轻响。这次是大门。下一秒，拥挤的客厅又多出一张臃肿疲沓的脸。丈夫回来了。

王芳问，吃饭了吗？丈夫一边低头换拖鞋一边说，吃了。王芳说，今天怎么这么晚？他径直走进卫生间，含糊回了一句，最近事比较多。然后关上洗手间的门。

空气中有一缕烟味，极其细微，但被王芳精确捕捉到。从进门开始，他一直有意躲避她的目光。不是第一次了，王芳心如明镜。可以断定，加班是托词，他只是不想那么早回家。不过，他没去什么不可告人的地方。在办公室磨蹭到天黑透，去单位附近找个小馆子，吃一碗牛肉拉面或三两鲅鱼馅饺子，加一个豆腐丝、拌木耳之类的凉菜。吃完饭，一路溜达到地铁站。夫妻二人单位方向相反，家里只有一辆车，平时王芳开。从地铁站钻出来，撑着伞站在雨地里，抽一支烟，或是两支。吞云吐雾时，他脸上是怎样一副表情？适意？紧张？沮丧？抑或全无表情。再磨蹭一会儿，依依不舍地踩灭烟头，慢吞吞走回家。王芳想，真实情况多半如此。她懒得拆穿他。

抽水马桶和洗脸池的水声依次响起，卫生间门打开，他拿着拖把，开始拖地。不知从何时开始，他迷上了做家务。做饭刷碗洗衣打扫，一回家就撸袖子开干，一个人乐在其中，乐此不疲。丈夫包揽家务，貌似妻子的福音。但他的那点小心思，王芳洞若观火。他是为了躲开她。干家务，比陪她说话轻松。

王芳对着丈夫的背影说，今天我去房子那边了，墙面又在渗水，你说怎么办？几天前，她向他提到墙面有水渍。他一边兴致勃勃地擦抽油烟机，一边漫不经心地说，那么一小块水渍，过几天就干了。西平一向干燥，最近这种天气百年不遇。这种论调一出口，立刻遭到王芳严词驳斥。她详细阐述了墙面渗水可能导致的严重后果，水患不除家无宁日。而且，多雨阴湿保不齐就是今后的常态，气候变化这种事谁也说不准。他说，问题可能没你想的那么严重。她继续反驳，遇到问题，就要想办法解决问题，而不是像你这样无视问题，逃避问题。

今天，王芳再次提起墙面渗水。他马上说，那就让装修队重新做防水。她说，没用，和装修没关系，是外墙的问题。他说，那就找物业。她说，我已经找了。他说，你别太着急。老房子嘛，有这种问题很正常，没办法。她说，我们要想办法。他不言语，转身去卫生间拧拖把，然后收拾垃圾。她又说，明天我再去物业一趟，督促他们快点找人修。他说，我和你一起去。她问，你想和我一起去吗？他说，当然一起去，反正明天单位也没什么事。她说，我单位明天倒是有一大堆破事。他说，那你忙你的，我去就行。她说，你去有什么用？人家三两句话就把你忽悠了。还是我一个人去吧，你别管了。他说，好，那我下楼去扔垃圾。他心里明白，她已拿定主意。刚才的对话，并非真要与自己商量什么，只不过是宣泄情绪。他默默提着垃圾袋出了门。雨还在下，不知何时是个头。

其实，他想的不全对。王芳并非单纯释放情绪，也是为了进一步证实一个判断——丈夫对自己越来越不上心了。她曾经一度以为，她和他已黏合成一体，亲密无间。但现在有某种异物渗进来。不管异物是什么，能够渗进来，就说明有裂缝存在。而且，这裂缝越来越大。

最近，她的睡眠很糟，经常半夜突然醒来，浑身酸痛，困意浓重却再难入睡。十几年前的记忆不停在脑海里闪回。她和他相识于大学校园。他时常在网络和报刊发表些汪洋恣肆的文字，一副身无半文、心忧天下的做派，加上一张棱角分明的脸，是她心仪的类型。他们第一次接吻，是在黄昏的街角，金色的夕阳洒在他们身上，归家的行人从他们身旁匆匆走过。高浓度的甜蜜感混合强烈的羞耻感，发生剧烈的化学反应，生成无与伦比的幸福感。滴酒不沾的她，第一次体会到醉意，头晕目眩，心花怒放。那是十分久远的回忆。

他们一起毕业，考编，进入机关，在西平扎下脚跟，顺理成章地结婚，在老家把婚礼办得风风光光，然后回到西平，在一地鸡毛中踯躅前行。普通人的生活无非如此。王芳原以为，他能给她的生活带来与众不同的色彩。万没料到，他比她更快适应了索然无味的生活。象牙塔里的所有光芒倏然消散，他很快泯然众人矣，按部就班地上班下班、吃饭睡觉，丧失了对一切新鲜美好事物的兴趣，棱角分明的脸渐渐膨胀成一个鼓鼓囊囊的球体。他在家里寡言少语，惜字如金。他主动与她交谈的频率，比两人的性生活频率还低。更让她恼火的是，他变得越来越淡定，家里的大事小情，一概懒得思考，自欺欺人地绕开所有问题，躲到一旁看热闹。这次决定收回三居室前，她给他打电话。没说几句，他就忙着表态，房子继续出租也好，收回来装修也好，你定就行，我没意见。装修方案打印出来，他扫了一眼说，你看好就行，我没意见。至于选材料、买配件、定家具、办贷款等诸多事宜，他的态度一以贯之，翻来覆去就是，你定就行，我没意见。貌似百依百顺，实则推卸责任。因为没有做过决定，所以但凡遇上问题，一律与他无关。墙面渗水，根本不可能指望他解决。还假模假式地说一起去找物业，她不过追问了一句，他立时就露出了故作姿态的马脚。如果真心诚意要陪她去找物业，不论她怎么说怎么问，坚持说"一起去"就好了。这么简单的事都做不到，只能证明他压根不想陪她去。毫无疑问，事实就是如此，她越想越灰心丧气。

第二天，雨竟然停了。看来龙王爷也有累的时候。厚重的灰色云层低垂天际，缓慢地翻滚，似乎在积蓄力量。中午，王芳一个人赶到装修现场。工长不在，屋里只有一个小工，正在卫生间里和水泥。渗水的那块墙皮已被铲掉，裸露着灰黑色的墙体，水渍还在，仍是巴掌大一块。她又去了一趟物业，对方依然态度良好，叫来一名维修经验丰富的老师傅。老师傅头发花白，满面沧桑，身手却异常矫健，腰上松松垮垮系了条安全绳，便翻出四楼窗户，脚踩安放空调外机的小平台边缘，仔细检查外墙。王芳站在窗边，看得心惊肉跳。老师傅研究了一阵，手脚并用攀回四楼，气不长出，面不改色，点了支烟说，你家渗水和外墙一点关系没有。王芳说，不可能，外墙裂了好几条缝，我都看到了。老师傅气定神闲地吐出一个烟圈，继续说，裂缝确实有，但我检查了，肯定不是渗水的原因，这事你还得找装修队。王芳说，装修队说和他们没关系，是外墙的问题。老师傅说，他们说得不对，绝对不是外墙的问题，我给你解释一下……于是滔滔不绝地说下去，一口地道的西平话，吐字快而含糊，混着烟味一股脑喷出来，熏得王芳头晕脑涨。她越听越糊涂，索性拨通工长电话，打开免提模式，三个人开电话会议。老师傅和工长各执一词，互不相让，棋逢对手，将遇良才，车轱辘话交替反复，搅和成一锅滚热的糨糊。正胜负难分之际，银行的电话插进来，王芳不得不中断三方会谈。

银行告知，贷款现场审核时间定在明天。对方再次提醒，只有地砖墙砖全部贴好，银行才能如期放款，切记一块砖也不能少。接完电话，王芳一个箭步冲进卫生间，那小工居然还在慢条斯理地和水泥，地面和墙面一多半裸着。她问，还有多久能贴完砖？小工叽里咕噜说了一串，口音比工长难懂百倍。她厉声命令，今天必须贴完！对方点了点头，继续专注地和水泥。

王芳回到主卧，老师傅一支烟抽完，随手将烟蒂弹出窗外，很内行地说，我看这渗水也不严重，再做一层防水就够了。王芳气急败坏地说，外墙的裂缝，你们必须想办法处理。老师傅说，我可以把那些缝都抹上，不过抹平之后，可不敢保证内墙不渗水，这本来就不是外墙的问题嘛。王芳问，你们打算什么时候修？老师傅抬头看了看乌云越积越厚的天空，说，肯定要等到天晴以后，现在这种天气，弄了也白弄，瞎耽误工夫。

老师傅走后，王芳也准备离开。单位还有一大堆"作业"等着她，办公室正唱空城计。今天一早，小彭发了条微信请假，说痛经疼得下不了床，也不知是真是假。这时，手机一阵躁响。是在老家的母亲要视频通话。她不假思索，拒绝视频邀请，快速回了四个字，我在开会。紧接着，母亲连续发来几条语音信息。王芳全都转成文字，她实在不想听见对方的声音。

语音信息说：你选的墙漆颜色太暗，看着特别压抑，阴森森的，应该换暖一点的色调。次卧的柜子不够多，柜子里的隔断太多，放不了大件东西，不实用。柜面颜色太轻佻，要换掉。床的样子我也不喜欢，干脆搭个地台，铺榻榻米，经济实用，对老年人身体也好。最后，对方又发来几张样式各异的榻榻米照片。

王芳顿觉脑袋大了一圈。墙漆换颜色倒不难，可定制家具的合同已经签了，订单已然下厂制作，现在要改，虽说不是不行，但少不得一番周折。三居室的次卧是留给老人的。装修前，王芳打电话询问母亲的意见。母亲云淡风轻地说，我没那么多讲究，怎么样都能住。然后说，西平天气太热太燥，装修色调素一点冷一点比较好。家具无所谓，但床一定要选好的，老年人睡眠质量不好，床不舒服很麻烦。最后又说，没关系，你看着办就好。尽管如此，王芳还是将装修方案和效果图、家具样式图片都发给了母亲。对方回复了一个"好"字，这是两个星期前的事。

踌躇了片刻，王芳拨通母亲的电话。那个声音终究躲不开。母亲说，你不是在开会吗？王芳压低声音说，我从会场出来了。我想和你商量一下，柜子和床是不是一定要换？我都交过钱了。母亲说，你之前不是说征求我的意见吗？我还没同意，你怎么就先交钱了？那一开始还问我干什么？王芳说，我当时把效果图发给你，你没反对，我以为你同意了。母亲说，你不要总那么自以为是好不好？一大堆图片发过来，我肯定要仔细看看，好好考虑考虑，怎么会轻易做决定？我哪能像你一样，从小做事毛毛糙糙的，什么都没想明白就瞎做决定，就像考大学时一样，谁都不商量，非要考到西平那么远的地方……她絮絮叨叨，将原先的设计方案和家具样式批得体无完肤，声音如同一把无形的锉刀，穿过电话，钻进王芳体内，刺透耳膜，割破神经，磨损五脏六腑。王芳想大声反驳，但近四十年的亲身经历证明，与母亲的任何争执，都是无用功。找了个话缝，她飞快地说，我还有事，就不多说了，都按你的意思改。母亲说，房子是你的，怎么装修最后由你定，反正我又不是没地方住。说罢便挂了电话。王芳感觉身体发烫，每个关节都隐隐作痛。

一声绵长的闷雷，从遥远的天际滚滚而来，漫天乌云压得更低，兵临城下，蓄势待发。卫生间里的小工终于开始贴砖，一边干活一边哼歌，曲调王芳再熟悉不过，又是《就让这大雨全都落下》。她心里盘算，一场大雨不可避免，现在往单位赶，十有八九会被堵在路上。两个小时后，大领导要审看她修改后的文件。三个小时后，要提醒女儿上英语提高班。四个小时后，要给工长打电话，确认地砖墙砖是否全部贴完。十九个小时后，银行将进行现场审核。还有，墙面防水重新做完后，还会不会有水渍？天知道。

低沉的雷声再次响起，倾盆大雨瞬间落下。雨水模糊了她的视线。她仿佛看见，无数雨滴汇流成无数道水柱，无数道水柱又汇合成一张巨大的水幕，将她的家完全包围。雨水正灌入每一条可见与不可见的裂缝，源源不断渗入墙内，企图淹没现在与未来的生活。

王芳给丈夫发了条短信：今天加班，要很晚才能回家。这次，先下手为强。然后开始打电话，一个电话接一个电话，换掉墙漆，取消家具订单，调整设计方案。工期难免延后，预算又超了若干。但问题既然不可避免，就要想办法解决。面对来势汹汹的大雨，她无声地吐出一连串恶毒的咒骂，无比坚定地回击那些无孔不入的敌人。

作品二维码
主播：魏慧贤

墙有棘，籍贯江苏，现居北京，体制中人，中度社恐，以前发表过一些和文学基本不沾边的文字，目前正在学习写小说。

高楼湾

梅　钰

　　叶子嫁来那天，我起得早。东方五光十色，像三蛋绘在炕围上的画，像女人逢集时的穿戴，像戏台子的背景，就是不像天。使劲仰脖子，前后左右瞭，只有那一块，悠闲，懒散，簇着太阳灿灿亮。我挂起拐子"笃—笃—笃"，一边放开嗓子吼，好天。

　　我这条腿不是天生拐、意外拐、普通拐，它经过一系列严谨认证，有四个红本本、八枚纪念章佐证。三蛋总替我惋惜，爷要是避着点子弹，准能当将军。小龟孙甚也不懂，战场上的事，我说不清，书说不清，电影说不清，老天爷也说不清。

　　经过旗杆院、染坊院、舍水窑、骡马店，我来到枣卜院。一院人都在忙，贴对联、贴"囍"字、做饭、担水、扫地、择菜。我插不上手，看天。彩云淘气，揉捏太阳，一会儿抓紧，把光一点点收入掌心，一会儿松开，光箭一般射出。我有点眩晕，很快稳住，朝新窑去。

　　窑崭新，白灰墙，新窑檐，橱柜、箱子、炕围，漆成浅蓝，三蛋画了喜鹊，黑尾巴活灵灵抖，眼珠子滴溜溜转，脚下一枝梅兀自娇艳，我闻着香，醉了。瞄进西厢，人都在动，喝酒、吟诗、作对，一伙一对，叽叽喳喳，吵得人心乱。

　　我问二娃妈，都收拾好了哇？

　　她掀开门帘，朝里看。像回到三十二年前，披红挂绿进来，小后生起哄，朝她脚后跟嘣鞭炮，她一跳一跳躲，一直躲到敖成身边。一院人，她羞得没法挪脚，也不敢抬眼睛，是敖成递过来一只手，将她拉紧。拉紧了再没松，直到他离开。那年大女七岁，二娃三岁，手里牵一个，奶头吊一个，苦恓恓的光景一过二十一年。我说你总算熬出来了。她说一天不死，一天就熬不出来。

暖气从窑里滑出来，沿面颊扩散，我有点心酸。这孔窑住过敖成爹、敖成娘、敖成，都去了，他们在我站着的地界上，活过。人就是这样，一茬一茬生，一茬一茬死。不定哪一天，我会悄没声儿死掉，寒窑四处漏风，老鼠钻出洞，吱吱吱，噬啃。白蚁钻到肉缝，把人咬空。

老了，容易感伤。

二娃妈关好窑门说，现在去见敖成，我也没遗憾，二娃成人了。

我点点头，又摇摇头。

三里外的祖坟场上，二娃被他伯领着，通告老先人。馍盘上置一方红烧肉，两荤两素四盘子，他坟前跪下，燃一把香纸，奠一壶烧酒，叩三个响头：爹，我今天成人了。爷，我今天成人了。坟上一蓬又一蓬枯草，被风吹得飘摇，二娃故作庄肃，喜气掩不住，从嘴角溢出来，慢慢漾。

我坐在窑门前，发困。人老了就这样，睡时像醒着，醒时像睡着。

太阳跳过戏台西，鼓手嘟嘟哇哇进村，两杆长唢呐朝四方长鸣，人们搭起彩子，拦下队伍，把轿帘子搭起，围着新娘子瞅。以往新娘子总扭捏，低头、侧脸、把身子背过去，一副见不得人的模样，她们越这样，后生们越起哄，围得水泄不通：要吃糖，要吃烟。

我往前走了两步，被三蛋蹿到前头堵住，爷，你一大把年纪，凑甚的热闹？

没想到叶子会开口，你这是甚话，爷凭甚不能凑热闹？糖和烟递过来：爷，你吃烟。爷，你吃糖。叶子粉脸、秀眉，风一样摆来摆去，手自布袋袋里掏，糖一把，烟一把，朝人手里塞。发了一圈，说走哇。唢呐一声长鸣，队伍像没停下来过，朝枣卜院去了。

后生们身子朝前攥，三蛋停住不动，说这新媳妇子有意思，咱主场作战，凭甚一交手倒被她打个措手不及？我跟几个老的坐在树下，笑话他，凭甚？凭人家是个女的。三蛋憋了劲，说让她等着，等一会儿闹洞房！

唉，世道是年轻人世道，老了就变成活着的奴隶，吃了睡，睡了吃，干甚都不行了。我跟他们"想当年"时，恨不得蹿起三尺高，等说完，无比虚空，血从嘴巴流尽，气从牙齿溜光，人变成一张薄纸片片，一风刮到东头，再刮到西头，大雨一淋，甚也不是个甚。

二娃提酒瓶，叶子端木盘，盘上十盅酒，被红衣裳耀得通红。我一下没站稳，她腾出一只手把我扶住，让二娃去拿拐子，给我架在胳肢窝底下。她说爷你慢点。我立稳了，端起酒，说你这小女子不扭捏，不造作，大气。说老天爷甚也知道，我不作难你，喝杯喜酒，祝你俩一辈子到白头。吱，喝了。后生们不喝，都起哄，让二娃和叶子亲一个，抱一个，喝个交杯酒，二娃羞得脸红，说你们快些，还有几桌子没敬呢。叶子却洒落，她说你们急甚，一会儿让你们好好闹哇。

以往他们合围，用毛线吊一颗苹果，指令新郎新娘啃，等两人靠近，猛一提线，嘴就撞在一起。他们趁势推搡，把一个往一个怀里推，让两个粘在一起，头挨头，嘴贴嘴，四手四脚捆扎起。洞房就是这样，得闹，越闹越喜庆，可他们没见过主动要求，好像她一直等，看别人进洞房眼红得不行，好不容易轮到自己，提个大喇叭全世界吆喝：求求你了，来闹我的洞房吧，好——好——闹！

三蛋脸通红，嗷嗷叫，一口净了酒，把杯底亮给叶子，说这可是你自己说的，好——好——闹——哇！

月从云里拱出来，照得满院红。席快撤了，最后一道"丸子汤"端上，送亲的心知肚明，都放下筷子。叶子不停。汤匙在嘴巴和汤碗之间来回摆动，短平快，稳准狠，像设计精准的仪器，误差率低到0.01%——那滴随即被擦去的汤汁，在她嘴边停留不足一秒。她一定饿坏了，害怕路上不方便，她被授意不吃不喝，你不能穿一身大红绸子在路边解裤带。她空肚子上轿、下马、典礼、敬酒,饿死了,前心贴后背了,再不吃,软成稀蛋。后生们拉她、扯她,会像拉扯一团空气没有质感。这不行。闹洞房的乐趣在"闹",精髓是对抗,一来二去,三来四往,力与力碰撞。

众目睽睽之下,叶子吃得欢畅,食物与喉管之间摩擦,像一匹小儿马踩在雨后丛林,轻轻,沙沙,偶尔停下,顾盼左右,眼睫上闪起晶亮露珠。后生们挤在炕上、脚底,等,悄悄说:你吃,你慢慢吃,腊月夜长,我们不急。

后来的情形是,一院人被声音牵住,听曲:

>糖包的油糕蘸上蜜
>咱二人结成了好夫妻
>落花生角角剥了皮
>心里的人儿就是你
>……

人被揪到空里,一会儿甩出去老远,一会儿拉到跟前,又疼又甜。真好听,比百灵鸟好听,比黄鹂鸟好听,比甚也好听,他们说叶子你别停,你千万不能停,你一停我们的心就缺了空。人们把闹洞房的事忘了,迷里糊涂,听见打鸣鸡叫了。战争结束了,这是千年传统,谁也不能说我没闹尽兴,得重来。

拄着拐子往回走,听见风把圪崂的枯草刮得哗响。凄凉。十七岁上战场,十八岁被子弹打中,大夫一边上药一边说,小伙子啊,男女那点事,你别想了。我扎挣坐起,拍胸膛,谁想那破事,你赶紧给我治好,我还要打敌人。后来才知道,子弹不只把腿打拐了,根也打拐了,想也弄不成了。刚从部队退下来那会儿,爹四处托人提亲,媒人把门踢踏。我看不过眼,背地送话,爹吃了一黑夜烟,甚也不说。现在想起,跟昨天一样。爹坐在圪崂石台上,啪啪啪,吃完一锅烟,把灰磕在石板上，装起另一锅，滋滋吸。我说不成亲不成亲呗，有甚呢。谁想到，越老越悚惶，现在我孤身一个，总想身边有个人。

高楼湾起了风言风语，说二娃不行，软蛋稀尿。这话谁信？鬼都不信！我们高楼湾就这样，谁人背后不说人，谁人背后无人说，是非真假没意义，只想娱乐心情。

有一天我们又坐在麦场，男的一堆，媳妇子一堆，先是悄悄嘀咕，声调越来越高，翠芹像拿了个高音喇叭，人们跟着起哄，翠芹越过火。叶子走过来，都听见了，不恼，轻轻笑，两排白牙齐刷刷，问翠芹，嫂，人是不是人生的？翠芹要是个聪明人，就该闭嘴，你不知道你说了甚？她不，还来劲，两手朝麦秸堆一撑，站起来，黑脸挂霜，一边拍土一边问，你这是甚话？人不是人生的，还是畜牲下的？叶子笑笑，说人和人一样，和牲畜也一样。但人避人，畜牲不避人。你说对吗？

这句话厉害，又俏皮，又机智，把台阶给一村人铺下了。翠芹还跳，你甚意思？要不说烂泥扶不上墙呢。

人们把翠芹夹进屁眼笑：去年初秋一个后半夜，刚娃开手扶拖拉机经过柏东村，嫩玉米香味浓郁，稠得像酒，把他勾住了。他停下，掰一须，闻，醉了。月光浅淡，悬在空中，阔大庄稼地如一湖水，由他扑腾。他进了十回，一回掰十须，一共一百须。这没甚了不起，庄户人把庄稼种在地里，靠天收成，藏不进自家粮囤，都不敢说是自己的。他掰一百须，跟被老鼠咬了一百须一样。再说了，一百须对十亩地来说，就是大海里的一滴水，谁也不会认真去数数。不会有人说，我家玉米行距六十，株距五十五，一亩地点了七千一百颗种，只有技术员才这么干。农民不需要，点籽长苗，是老天爷的旨意。刚娃把玉米拉回家，让翠芹煮得吃，不要到外头说。她不，端一盆，打麦场一坐，"你们吃"，"白来的，不吃白不吃"，"刚娃十分钟就掰了一拖拉机"。话传到柏东，一村人去地里数，有七户"损失惨重""都被掰净了"，集体到乡政府告状，乡长被缠得头疼，让他们去找人民法庭。法官出面调解，说掏三百五补偿，就不抓人了。翠芹扑在人家身上乱抓乱骂，

"不给，一毛也不给"，"给了他们，我们吃甚喝甚"。刚娃被判一年缓刑，现在还得去司法所摁手印。钱呢，一分没少，占立叔签字，从会计那里借的，秋后舂了粮才还清。

人们争先恐后，把这事说给叶子听，骂翠芹没脑子，真没脑子。叶子没说话，越不说话，人们越觉得她聪明，该说甚不该说甚，分得很清。

高楼湾人就这样，谁厉害就服谁，谁能干就亲谁。被人卖了还给人数钱，说的就是我们村的人。

乡野四季，被风牵来扯去，它是个势利眼，到日子就来劲，到时候就去势。有一天我在麦场坐着，越坐越热，把棉裤脱下来，扔到一头，挽起秋裤捶腿。这时占立走过来。狗日的官不大，架子不小，爱学县里干部，衣服不好好穿，披着，下摆长一片短一片，前后晃肩膀，跟只鸭子似的。他横过来，说年好过，月好过，日子难过。又是一年春来到，咱高楼湾得谋事啊，不能干等硬靠，坐吃等死。

远处有人丢凉腔：天天嚷，年年嚷，不顶一颗屁响。占立的脸红一阵，绿一阵。不怨村里人。前年县长带着水利局长来，让技术员勘好了，三级提水，从沟底把水提到池子里，"解决老百姓人畜吃水问题"。占立吆五喝六，牛×哄哄，见人不说人话，和太上老君比神气。水提上来以后，他去县里印了水票，专让儿子管，一担八分，不见票不放水，说甚也不行。直到三蛋一桶捞起两只老鼠。一大一小，沉下去，浮出来，大的咬小的尾巴，小的反身，追上大的直转。有人趴在池口看，说水上头浮一层落叶，漂十几根枯树圪杈，闻着恶臭，比村口泊池还脏。只好不用。

占立朝那边瞅，没音了，一转头，又响起来，他黑着脸，嗯一声，背过手走了。

那天，日历牌牌上写的是"春分"。风不急不紧，像酸曲过门，悠悠，缓缓，搅得人心痒。就在那一天，二娃抓回来一窝兔，没几天滚了一院。

还是翠芹，把我们从麦场往起撵：还四平八稳呢，快去枣卜院看看哇，可多兔子，可多。

我拄着拐子落在后头，进院时听见翠芹问，这能挣钱吗？能挣多少钱？

叶子从窑里往出搬板凳，让我们坐。扳起指头算，母兔一年下六窝，一窝生五个，小兔长到六个月，又是一年六窝，一窝五个。五六三十，三六一百八。她算不过来，笑，像一团火，说一千八，一万八，一亿八，反正特别能下崽，特别能卖钱。她把胡萝卜切成丁，拌上油渣饼，放进盆里，兔们围过来，短尾巴翘起，三瓣嘴朝里拱，很快吃完一盆。它们散开，两条后腿撑住，前腿搭起，滴溜溜看人；四条腿俯地，慵懒卧倒，两只耳朵乍起。

以后我不去打麦场坐，往枣卜院拐。叶子二娃忙着垒窝，我坐在地上切草切菜。粗一块细一块，宽一条窄一条，兔子吃得一样香。跟我一样，它们不讲究。闲了我抱着它们，跟抱娃儿一样，说悄悄话。有一次我说，要军功章有甚用，不如娶个媳妇，生一堆娃子。四下看，没人听见。一阵酸。我知道背后有人议论，拐子这一门断了香火，是杀人太多，造了孽。搞得我也含糊了，一闭眼，就看见一堆死人，都说是我杀的。实际上，我枪法并不准。

我把馍馍泡进米汤，满头冒汗。一样的面，一样的米，从叶子手里出来，就是香。起先我不肯端碗，说我闲着也是闲着，跟兔待一起，还高兴。她不让走，做饭多加一碗水的不是。韭菜合子飘出香味，几辈子那么长，我馋得不行，一口气吃了十一个。我说叶子，爷不白吃你的，爷有工资，有军功章。

叶子说爷，你留着，等我儿结婚时问你要。

再过二十年，我就剩一把骨头了。这女子心善，是不想让我有负担。我打了一辈子光棍，没跟谁贴过心。现在对着叶子，总热乎乎的，觉得她是亲女子、亲孙子，咋看都亲。我对二娃妈说，你受了半辈子，老天爷给你送福报了。有个好媳妇，比甚都强。

自从娶回叶子，二娃妈就总笑，说只要她对我儿好，让我做甚都行。

我们每天切一大盆菜，拌上料，喂兔子。兔子吃了睡，睡了吃，没事就刨窝，这儿一个那儿一个。它们不停下，越滚越大，满了枣卜院，溢出高楼湾，把地球占了，把月球占了，把宇宙也占了。

一村人睡不着。

占立通过高音喇叭吆喝：晚上开会，一家派一个。人们浩浩荡荡走进村委会，炕上坐不下，挤在脚底。要不是下小雨，院里一准也是人，看不见，就爬上树圪杈。

占立吃烟保留生产队的做派，旱烟丝拌了香油，养在升里，粉连纸一寸宽，三寸长，拈一条，抓点烟丝，一折，一拧，一舔，一摁，递出去一根，又递出去一根，不一会儿四处冒烟，窑里放不下，飘出去老远。这是开幕，是协奏。在高楼湾，天大的事，也是一根烟的事。在高楼湾，就没有这根烟办不了的事。

烟屁股接二连三落在地上，被鞋底拧灭。占立先清嗓，咳咳咳，今天让大家来，商量个事。

有人不知情，有人装不知情，都把脖了抻起，耳朵竖立。

占立说，近来很多人找我，说想跟二娃一起养兔子。我说国有国法，家有家规，甚事都得讲规程。比如二娃明媒正娶的叶子，就不能去给三蛋当媳妇哇。

底下笑成一片。

占立又说，不能因为眼红就偷偷摸摸养，这没有道义，不符合咱高楼湾的规矩。得通过组织，通过程序，通过一百七十户代表摁手印。二娃！

二娃自人群里"哎"，被人拥出去。

你家养兔子，是好买卖，现在村里人想养，你有甚想法。

不行！二娃脖子一梗，挣钱就靠独一份，全村人都养，我们挣甚？

你这话说得就没道理了。三蛋说，大路朝天，各走一边，兔子是兔子生的，又不是你二娃生的。我们在自己家养，又碍着你哪根神经？

就是。人们凑在一起，乱纷纷发言：

口气大的，不是养兔子，是养了个皇帝老子吧？

胃口大的，要吃独一份，也不怕撑着？

心气大的，眼窝里没有高楼湾了，忘了自己是个甚了？

翠芹说，让他活成独人，死了苍蝇不叮，烂了臭了没人问。

占立不高兴，散了一圈烟，用力咳嗽，把人声压下去，手一挥，举手表决。

叶子挨家挨户跑，说二娃"一根筋"，"人多力量大"，"咱一起养"。她怀了身子，挺着腰，胸顶得极高，一步一步挪，下坡时我害怕她像球一样滚下去，上坡时又担心她上不来，总想从背后推她。我说你跑甚，谁家想养，他们会来找你。叶子说礼多人不怪，跑跑总比不跑好。

她抓起一只兔子，两根指头按下去，告给人们哪只是公兔，哪只是母兔，要公母一起养。她弯下腰，给人们演示清理兔窝，硕大肚皮碰到地面，被兔子们挨住，不停蹭。她把一村人的心牵住了，人们一天三回四回往她家跑。三蛋没钱，叶子赊给他三对。他到处夸，说叶子又善良又能干，是高楼湾脱贫致富的引路人。

没几天，高楼湾变成兔子天堂。咔嚓咔嚓，黄豆、玉米、胡萝卜、豆秸、豆饼、麸皮、红薯苗、花生苗、苜蓿苗，一旦投放不及时，它们就往其他地方咬。有一次三蛋家停电，国兴拿着电笔，窑里窑外测，测到圪崂才看见，两只兔子踩住电线，尖牙龇着，往开撕，地上落一堆渣子。翠芹家的兔蹿过矮墙，把我唯一一只木箱咬开七八个窟窿。她不说给我赔，还夸兔牙快，嫌我箱子不结实。我说没事没事，只要你能挣钱，把我咬了都行。

我对乡里的宣传员说，死之前能看见高楼湾致富，也没甚遗憾。

他端个相机，咔咔拍照，牛皮吹到《今日临州》《永宁日报》，在《高楼湾的兔子"经"》，他自作主张，算了笔账，"户均增收五千元"。人们趾高气扬，自觉高人一等，逢集时遇到时髦玩意、节令瓜果，也不眨眼睫毛心疼，痛痛快快就掏钱。他们说，怕甚，有五千块钱顶着呢。

我当兵时间短，没经过多少理论教育，但教导员有一句话，我一辈子记着，他说人最张狂的时候，正是最虚弱的时候。

果然，没几天就出事了。翠芹儿子小荣，五岁，怪，不爱哭，爱动手，经常把其他小孩抠得血一条肉一条。没人跟他玩，他跟兔子玩，抓耳朵，提腿，抠眼睛，摸嘴巴，兔子温顺，和他滚在一起。这天小荣又伸手提，被它噌一口咬住，甩不脱，丢不掉，哇哇哭。刚娃抡棍，几下打死。小荣指肚两个窟窿，快穿透了。刘赤脚给满根指头涂了碘伏，说不行，伤口太深，得缝针，还得打狂犬疫苗，赶紧到县医院去。

村里人等着看戏。翠芹这个女人，甚都不行，就是吵架能行，她能吃这个亏？

翠芹天一声地一声骂，"妖精""害人精"，话从她嘴里不是说出来，是倒出来，流出来，哗啦哗啦。我替叶子担心！她扶着腰，螃蟹样走过来。肚子真大，扣子扣不住，松开，露出一截红腰带。她今天不生，明天也要生了，动了胎气怎么办？叶子说，嫂，治小荣的钱，我掏。买兔的钱我退，想养就养，不想养，杀了吃肉。

那天晚上，肉香味引得一村人肚子咕噜。随后几天，好几只兔子集体自杀，"滑到沟里""碰到墙上"，血糊糊的，被提到叶子跟前，神情赛似邀功。叶子总是笑，把钱数给他们，让赶紧炖得吃了哇。

兔子一只一只死，一只一只炖。我气得不行，拄了拐子四处游，顺骡马店、舍水窑、染坊院、旗杆院一路骂，我说你们这些贱骨头，嘴馋了扇两巴掌，手痒了去剜地，这可是种兔啊，下兔崽的，吃到肚里不怕流脓？馋死的骨头懒死的筋，活该你们一辈子受穷。

占立在大喇叭里吆喝：再不能这样了，要搭兔棚，关住，让它们在指定地点活动。吼了一晚上。

枣卜院有现成的模板，砖垒起四层，每层分十个窝，都是一尺方正，搭着铁门。二娃和叶子一天开五次，喂三次食，添一次水，清扫一次屎粪。其他人嫌麻烦，扛着老锨上山，榆木、槐木、杨木，手腕子粗细，一天砍几根，用铁丝绞住，围成一个笼。兔们不讲究，搬到哪也是新家，一样欢腾。

叶子生娃儿是冬月十六。兔子病了一半，大片大片脱毛，眼睛肿得剩两条缝，耳朵一直流脓。兽医说环境不行，粪便混入雪水灌进地洞，把兔子堵死了，毒坏了，让一只一只挨个涂药。涂了几天，死下一摊，只好挖坑埋掉。剩下的，被他们提起耳朵，送到二娃家：

打死吃了肉的都赔，凭甚不赔得病的？

一晃又到春分，风裹着兔子屎尿吹，毛茸茸，臭烘烘，让人高兴。我在枣卜院有了新工作。小娃儿又绵又软，又白又嫩，我抱住，爱惜得很，不敢摸，怕伤着他。像旱了十几年的老树秧子，被浇灌了，活了，冒出绿叶了。

兔不停吃，不停下，窝都占满了。有一天来了一辆小卡车，车前头绑个高音喇叭不停吼：收猪收牛收兔子，收鸡收狗收鸽子。小后生前头领着，把人带到枣卜院。兔子被一只一只提出来，装上笼，整整一车。卡车下陷一尺，撑起尘土一丈高。晚上刚娃和三蛋就来跟我打听，外地人数出的钱一拃厚，得有一万吧。

我没好气地说，十万。人家卖力时你们看不见，数钱时你们眼窝倒尖。

刚娃光摇头，不说话。三蛋嘴快，说庄稼一茬一茬种，一茬一茬收，这是天道。有人吃就得有人种，有人拉就得有人送，不是每个人都能生得好，活得好，死得好，人得服命！占立叔当书记是命，二娃娶了叶子发财是命，我们一辈子在土里刨挖也是命。再说了，水满溢，月满亏,谁能圆圆乎乎过一生?日子长着呢。

没想到被狗日的说中。

叶子找占立批了块宅基地,修平房。

农八月,天气不热不冷,白昼不长不短,庄稼正在成熟,蝶儿扇动翅子,送来浓郁甜香。用乡宣传员的话来说,一切都是最好的安排。他不满拍照,叫来电视台的架起机子。一台机子拍工地,后生们和泥、垒砖,干得欢天喜地。一台机子拍占立,他站得笔直,说叶子从四只兔子起家,发展到两千三百六十二只,是高楼湾的骄傲。宣传员让他重说,眼光要远,视野要高,她不是你们高楼湾的骄傲,是全乡的骄傲,全县的骄傲,甚至是全国妇女同胞的骄傲。占立咳了三声,重说了三回。

眼看着新房蒸蒸日上,一天往起蹿尺半,很快就能封顶了。村里人都受到感染,没事就坐在工地,吃、喝、说。后生们吹牛,说站得高,看得远,原来咱们村的山这么小,像一个又一个圆馍馍,我们都住在馍馍里。

多少年了,高楼湾人世世代代住土窑,习惯山影从东到西,再从西到东,留给院子半日阳光,半日阴凉;窑里一日不点火,就起青苔,长绿毛,让铁锈红,木腐坏,布霉烂,人害关节炎。现在人们坐北朝南,被太阳朗照一天,毛孔张开,血流加快,浑身暖洋洋。翠芹直说好,大声吆喝,刚娃,咱也好好挣,在这坪上动土,掘地五尺,地基垒上八层,盖一座二层小洋楼。八斤说二层哪够,盖七层,把你镇到最底层。翠芹说那得金花婶镇,省得你老妖精祸害人。人们笑得很宽很大,在岭上沟里到处回荡,"哈哈哈""哈哈哈"……

"咣当"!

一块钢板掉下。它一米宽,一米五长,并不重。三蛋把它踩在脚底,弯腰,拿起它,要固定在房檐。他滑了一下,或许没有,钢板从手里飞出去,掉在地上。他继续干活,听见下面"哎""呀"一片。

二娃倒在地上，捂住后腰，朝起站，他扎挣了足有十几下，站不起来。

叶子领着二娃治了三个月，北京上海的大医院跑，最后一辆面包车拉回来，瘦成一把干筋。我看他如看鬼魂，心惊肉跳，想不到健壮如牛，能吃能喝，能跑能跳，会变回婴童大小，颧骨高突，眼珠子比往常大了一倍，被两床被围起，吃喝在炕上，屎尿也在炕上。胳膊有时抬起，绵软如雨中的纸飞机，落地，稀软如泥。

叶子告给我，二娃脊髓断裂、腰椎断裂，这辈子只能躺着。

我比任何时候都塌气。以前我老想死，活着甚也干不了，浪费空气，自打认得叶子，我就害怕死，老想看着她，把兔养好，把娃儿带大。我跟自己说，日子这么好，死了就没有了，甚也没有了。叶子多好，多善，她没亏欠过谁啊。老天爷不长眼，一斧头把她的生活劈得稀碎，咋办哇？

叶子跟没事一样。把娃儿放在手心，像捧一捧高粱，在二娃面前不停晃，她说你看呀，你快看，娃儿长大了。二娃的眼珠子跟着她转，转着转着流泪了。叶子骂他没出息，尿水子太多。把他的胳膊搬开，把娃儿放进去。二娃小心围住，侧头看，右手想伸过来搭住，没力，抬起来一尺，又软软落下了。叶子说二娃心眼可小了，听见他娃儿哭，就吱哇乱叫，"把老鼠都吓跑了"。她边说边大声笑，用手拍打着褥子。

翠芹说叶子受了刺激，脑子弦搭错了，该哭不哭，该笑不笑。

我心疼得不行，去找黄阴阳，他子丑寅卯算，画了几张黄表纸，让贴到圪崂、院里、大门、墙上，又画了两幅，让烧灰，一幅给二娃喝，一幅给叶子喝。

我让二娃妈出糨糊，让叶子贴。她问是甚，我说平安符。她说迟了，爷，太迟了。闪出泪光来，哇哇哇哭。

我没拦。年纪大了，甚也知道，她不来这么一回，过不去。

夜说来就来。灯光昏暗照在窑顶，轻飘飘摇，好似这家人的命，一指头就能拈死一样。我点了一锅烟,等。世上事都一样,有始就有终,有头就有尾,没有过不去的坎。叶子哭着哭着,停了。二娃哭着哭着,停了。娃儿哭着哭着,也停了。

我说你想哭,就敞开了哭,一次哭个够。以后就不能再哭了。

她说不哭了,哭有甚用?

我说那你以后有甚打算。

她说该咋打算还咋打算!

我说你为了给二娃看病,把兔卖了,把房卖了,把地卖了,除了一河滩外债,甚也没有了。

她说我还有我呢。

不知道为甚,她眼里的两苗火,烧得我心疼。被担架抬起时,身边爆开的炸弹就迸出那样的火苗,我一辈子记得那种惨烈,好似把人抬起来,丢进一锅铁水,刺啦一声,甚也没有了。待凉透,四处硬邦邦。

我说你有这股骨气,比甚都强。

高楼湾人活得太久,肚子里装满经纶,知道吃饱喝好比甚都强,才过了腊月十五,就赛着搭油锅。香味藏不住,绕着弯在空中飘。世道就是这么个世道,有人病了,疼了,死了,跟谁都没有关系。曾经失去父母、老伴、儿女,痛得不想活的人,都活下来,跟别人一样。

枣卜院没动静。有一天,我看到叶子舀面,腰弯下去,够不着,踮起脚跟。想起我娘,脚小,个子矮,比瓮高一点,她不爱舀面,嫌费劲,得站到板凳上,身子钻进去。快死了我才想到,面瓮要是常有面,娘就不用费劲。我装着咳嗽,吐痰,走到院里。去年现在,兔吱吱吱、咕咕咕,听见声响,乍起耳朵,后蹄绷直,前蹄举齐,跟着人转来转去。它们去了哪里?兔和人一样。不管双眼皮、单眼皮,大眼睛、小眼睛,功用一样。把旁枝末节砍去,把浮沫撇清,人和兔都活在侥幸里,老的,小的,多的,少的,被命运强大提示:不死,就得活。而活着不只需要空气、水分，还需要粮食、蔬菜、调味品。

我去找人。

人都在翠芹窑里，几个妇女搓麻花，一帮后生打扑克，我让三蛋刚娃走，去磨面。翠芹说，爷，你以前在枣卜院吃香喝辣，现在他倒灶了，你不走，还拿自己的东西倒贴？我说人做事，天在看。

窑里一点人声没有，油锅被火焰舔着，滋滋响。我看人们表情各异，眼里都有话，又说，人活成个人，就不能做畜牲做的事。这句话，我小时候就说，和现在不一样。人就是这样，一辈一辈出生、感悟、死掉，把好不容易想清楚的道理带进土里。

翠芹用笊篱捞起两根麻花，把它们沥在盆上，说爷，我知道你甚意思。小荣被兔咬，我没想讹人，就是图个嘴快。这便宜我不占，黑夜我就到枣卜院还钱。

我说你有这句话就行。叶子是个好女子，她落难是老天爷没开眼。他管的人多，糊涂，可咱高楼湾人不糊涂，看得清黑白，分得清好赖。咱不扶她，谁扶她？咱不帮她，谁帮她？

拖拉机轰隆隆停到磨面坊，铁将军把门。三蛋大吼小叫，一个人全身簇新出来，问谁，做甚。三蛋说磨面。甚时候了！谁敢拖到现在，不怕下雪封路？不怕停电机器坏？不怕磨面坊没人？三蛋说这是拐子爷，你不认得？那人说谁不知道高楼湾有个拐子，有个叶子。三蛋说巧了，拐子爷磨面，为的是叶子。

来龙去脉一听，那人连说开磨开磨，马上开磨，不要钱，我再送三麻袋麦麸。回去告诉叶子，天塌不下来，光景再难，紧一紧，总得过去。

麦粒碎开，像刚从庄稼地割到麦场，一股清香。我有点醉，坐在门口石礅。机器口雪一样一层推着一层，把面跌进铁笋，三蛋往布袋里装，身上头上落了一层白。过了一阵，他回头，坐在我跟前，说爷你能不能给我借点钱。

我说你不娶媳妇不置地，要钱做甚。

他说二娃出事，村里人说甚的也有，有人说他福薄，压不住财，有人说叶子命硬，克夫。我只想着欠债还钱。我养兔子他没要钱，现在他遭了难，我不能装着没看见。

我说好好好，你有这个心就好。

风不急，阳光照得暖洋洋。突然飘下几片雪花，浅浅落在街上，变成一滴一滴水，不一会儿，消失了。我坐着打瞌睡，听见有人跟我搭话，拐子爷，你来了？睁眼，见乡宣传员骑个车子，一脚踩在踏板上，一脚点在地上。

我说乡里金贵，我不能来？

他说爷说的甚话呢。跳下来，扎稳车子，坐在我跟前说，村里最近有甚稀奇事？

你要听？

听！

二娃的事，知道哇？村里人觉得亏欠他，把兔折成钱，都还给他了。不算不知道，一算吓一跳，足足六千块。

真的？

我骗你做甚！不信你问占立，村里人把钱给的他，他去送的。

你们村的人仁义哇。

那可不，高楼湾建村一千五百年，一根草一棵树都有人性。

我美美吃了一口烟，卷着舌头吐出两个烟圈，它们排成一排朝前滚，两秒钟后才散开。

占立来到枣卜院，叶子说不对呀，叔。占立问咋不对。她说总数不对，路数也不对，有人还了一次，不能再还第二次，有人欠一百，不能还二百。占立说这世上的事，没甚对不对，他给，是他乐意。叶子还要问，被占立拦住了。他说咱们村不发展，乡里县里骂过多少回。以前我不服气，等你跟二娃养开兔，谁都高看我一眼。我觉出味来了，高楼湾的事，就是我的事，高楼湾谁有出息，都是我的出息。我给上面打过包票，开春还养兔，咱全村人一起养。我就不信穷根扎在了高楼湾，咱拔不了它。

不知道为甚，我又流泪了。人一老，甚也不行。

作品二维码
主播：张航

梅钰，中国作协会员，鲁迅文学院第三十九届高研班学员，山西省文学院第七届签约作家，著有长篇小说《大河之魂》，小说集《十二个异相》，曾获赵树理文学奖，大地文学奖提名奖，《黄河》文学奖，《海燕》人气作家优秀奖等，入选山西省委2018年度"三晋人才"支持计划。

西码头的奋子

程文胜

一

钱艳萍在西码头镇家喻户晓，坊间主要"吃瓜"三件事，一是她看上绝不受本地人待见的外乡"奋子"，居然溜进西码头广播站，用大喇叭喊话要与反对她爱情的父母断绝一切关系。另一件事是她受小学老师刘"奋子"蛊惑，开了西码头第一家私房菜馆，催生状元河东岸一条街的酒绿灯红，传言公安机关预备以流氓罪定她为"严打"对象，抓了又放，放了又抓，如此反复"二进宫"。还有一件奇葩事，是她居然断供两个考上大学的儿子，与一帮"奋子"干起替人哭坟的营生。她与一干"奋子"的惊世骇俗之举如同那些年登过报纸、上过电视的港台明星逸闻趣事，被西码头人津津乐道。尤其是哭坟的营生，不仅部分弥合了外来"奋子"与西码头土著之间格格不入的生活裂痕，还让她一度声名远播。在二十世纪八十年代末，西码头乃至临县有高寿老人亡故，只要家境殷实想丧事喜办的，顺嘴就会说，快去请"奋子"媳妇来一趟。钱艳萍带着老少"奋子"搭棚挂幡，吹吹打打，迎来送往，要多热闹有多热闹，要多体面有多体面。待亡人出灵上山时，钱艳萍披麻戴孝，涕泗横流，哭声婉转，泣诉简洁，对亡人过往功德如数家珍，仿佛事事皆是亲身经历。主人家与吊唁来的一干妇人本无泪，见她声情并茂，也不由泪如雨下，边擦眼泪边互相点头赞称"'奋子'媳妇哭得真好"。

钱艳萍三十岁守寡，丈夫隋天保是水库库区移民，以木艺为生，会刻木雕花，西码头剧社木梁抱柱上的盘龙翔凤皆出于他的一双巧手。本地人对外乡移民多歧视，尤其讨厌那一口绝不同于西码头语系乡音的"奋子话"，并想当然地认为这些"奋子"生活粗糙、常年不洗澡而身脏味重，避之犹恐不及。考虑到西码头土著的排外情绪，民政部门将移民集中安置于西码头状元河岸或东街尽头的空旷之地，于是，这因人而聚的"奋子村"与本地人间而不隔，鸡犬之声相闻，老死不相往来。钱艳萍不一样，不仅喜欢听"奋子话"唱歌一样上扬的尾音，还常去"奋子村"看戏。戏也不是正经戏，每月十五，一帮"奋子"聚集于空旷之地，悬几盏马灯，自娱自乐吹吹打打。几个"奋子"敲锣击鼓，吹笙弹弦，或唱古戏，或奏酸曲，瞎眼老莫领唱，这个谢顶花须的老头，手拉胡琴，脚踏响器，弯腰闭目，浅吟低唱，只到高腔时，才突然挺胸昂首翻出一双瓷器奶色的白眼，冷不丁地吓人一大跳。钱艳萍看戏的时候，隋天保总会给她搬凳子，每次"奋子"们都起哄。有一回，隋天保搬来一只宽宽大大的椅子，一根圆条围成靠背和扶手，扶手头上刻着盛开的牡丹花，花瓣层叠，看起来硌手，摸起来却如婴儿的小手细腻滑顺毫无骨感。坐将上去，椅子扶手轻托小臂，让人胁下顿生凉风，舒服爽快之极。隋天保说，这椅子是明清工艺，叫圈椅，太师爷才能坐。他特别强调这椅子是专门为钱艳萍做的。钱艳萍很喜欢这把椅子，当即搬回家。也许爱屋及乌，钱艳萍发现隋天保不仅有手艺、人精明，还心疼人，会变着法子讨自己喜欢，传言中"奋子"们所谓的恶语陋习更是子虚乌有。于是，她喜欢上这个大自己十岁的"奋子"，觉得"奋子"并不逊色于西码头那些本事不大却自以为了不起的"大丈夫"。女为悦己者容，她甚至觉得将来嫁给这样的好"奋子"也会不错吧。她父亲偶然听得她偷偷与"奋子"恋爱，觉得一家老小的脸都被她踩在脚下蹍来蹍去了，简直在街坊面前抬不起头来。

轰轰烈烈的家庭大战无果后，父亲抛出要爹妈还是要"奋子"的选择题。钱艳萍吃软不吃硬，好，那就断绝一切关系。钱艳萍一不做二不休，趁广播员唐胖子到厕所蹲大号之机溜进西码头广播站，在有线广播里朗诵绝交广播稿，直到唐胖子提溜着裤子从公厕一路狂奔冲进来抢夺下她手里的话筒。钱艳萍这个动静闹得尽人皆知，家里再也待不下去。她让隋天保给自己买来新衣服，里外一新地出了门，不带走家里一根纱。当然，那只"奋子"定制的圈椅绝不能再沾娘家人尊贵的屁股，她得带走。

　　钱艳萍虽说不是羞花闭月沉鱼落雁之容，却也小家碧玉清新可人。隋天保能得本地姑娘垂爱，又因她与娘家绝交而免除了数额惊人的"彩礼"，简直如沐春风，感恩戴德，加上手艺人天生勤快，婚后他万事不让钱艳萍操心，里里外外收拾得利利落落。四间自建瓦屋装点得古色古香，院子里假山竹影小桥流水紫藤葡萄，花红叶绿恰似园林。关键是第二年夏天，钱艳萍生下了两个七斤四两的双胞胎儿子。隋天保更是欢喜得不知东南西北，逢人便说"这日子咋这顺心顺意呢"，两个儿子也由此得名，老大叫隋心，老二叫隋意。"奋子"的幸福生活，让四码头人羡慕得咬牙切齿。可惜乐极生悲，隋天保空有天保之名，并不得老天保佑。一日，在收拾旧木料时，隋天保奋力锤凿，凿头折断而反弹，断刃飞旋直入眉心，隋天保当场就殒命归西。

　　隋天保老家包括父母坟头都已没入库区碧涛之下，迁移至此，更无亲戚来往。一时间，仿佛忽然断了与人世间的一切联系，一对双胞胎儿子、一家子的吃喝拉撒一股脑儿被抛给了钱艳萍。一个普通人家怎么有那么多事，钱艳萍忽然发现隋天保才是家里的顶梁柱，自己一天也离不开他。可日子还要继续。是夜风急雨骤，灯晃窗响，钱艳萍把两个孩子好歹哄睡了，回头就见隋天保靠在窗前看着她笑。钱艳萍惊出一身汗，说：隋"奋子"你不要吓唬我。隋天保还是歪着头朝她笑，边笑边退，顺着窗缝就不见了。钱艳萍瞪大眼睛喊了几声"奋子"，没有回音，只感到肚皮一阵湿热，却是隋意尿了床。一泡童子尿让钱艳萍的梦魂归位，这才发现窗户开着，雨水时不时地往屋里飘。她躺在床上，既希望隋天保出现，又害怕他真的出现，思想斗争半天，实在忍不了哐当哐当的碰撞之声，才强迫自己起身关窗。凉风一激，睡意全消。她在心里哀叹，以往这些关门闭户之事，隋天保料理妥当，哪里需要自己动一个手指头？好日子过在前面，如今是到头了！钱艳萍给孩子换了衣服，把褥子半折遮挡尿湿之处，和衣半躺床上，看着熟睡的老大隋心、老二隋意，发愁怎么把这一对三岁多的小屁孩喂养大。

钱艳萍娘家人全乎着呢，如果他们帮忙带孩子，或可让日子好过些。可自从她当年大喇叭广播"一刀两断"，两下就不再来往，连隋心隋意两个小孩都视而不见，对一家嘴里早已嚼碎了的"逆女子"更是形同陌路。隋天保去世，邻里都来帮忙，而娘家连个人影也不见，绝情到这个份儿上，还能指望？恐怕自己就是放软身段跪求收留，他们也未必可怜。钱艳萍恨恨地想：断得干净也好，求人不如求己，他们现在就是主动伸手帮忙，我这孤儿寡母的还不承他们的情呢。

两个孩子让钱艳萍不得不收起被隋天保宠溺坏了的娇弱心性，她要坚强起来，撑起这个家。她盘算了一下接下来的日子，又把小木箱里的积蓄翻找出来细细数了好几遍。想来想去，最终还是手头上的钱让接下来是什么日子变得清晰明了。洗洗涮涮、锅碗瓢盆之类，辛苦辛苦总是能熬过的，没挣钱的法子，才是愁心的事。钱艳萍哀叹，早知没钱还姓什么钱啊！可现在能依靠谁呢？谁也靠不上。钱艳萍拿定主意，自力更生，先易后难，在院门口支个早点摊，蒸几锅馒头，熬一桶紫米粥，萝卜咸菜摆一溜……无论如何，先把日子过起来。

看似简单的谋生想法，要落地生根还真不是件简单的事，就算是蒸馒头、熬稀粥，也是一个技术活，自家将就吃吃还可以，蒸塌了、熬煳了没个卖相，谁会掏钱买？政府食堂的老顾师傅路过，看到那些面目可憎的馒头，忍了又忍，还是忍不住说："别糟蹋粮食啦，这馍馍搞成这样，有人要吗？"钱艳萍认出老顾，赶忙求他指点。老顾对她的事迹还是了解的,尤其她在大喇叭广播与"奋子"相爱的事,让他暗地里赞过好多回。老顾怜惜她一人带俩孩儿的艰辛,便把蒸馒头的技术传给她。老顾的厨艺在西码头大大地有名,政府大院里再刁嘴的干部都服气。老顾说馒头好不好,关键在和面,一定要用温水,太热太凉对酵母菌都不益。他耐心讲解面粉和水的比例,告诉她缩短发酵时间的诀窍是放酵母粉时加些白糖,特别叮嘱一斤面粉不能超过一勺子白糖,多了就齁了……钱艳萍到底是个聪慧的女子,一点就灵,一学就通,没过几天,蒸出的馒头就有模有样了。

日子苦些累些,好歹也是个过,心中的委屈无人倾诉,却憋得人难过。钱艳萍只能独自对着隋天保的照片哭泣,每次都哭得声音嘶哑,情绪发泄完了,心里会滋生出一种难以置信的解脱感,心情也就平复了。哭泣会上瘾,钱艳萍过些日子就哭一场。瞎眼老莫听了难过,早上买馒头时对她说,别这样傻哭,我教你唱曲吧。钱艳萍就拜老莫为师,跟她学曲,每月十五之夜,也跟着老"奋子"一起吼曲。有哭戏的时候,钱艳萍主唱,凄凄惨惨,恨恨怨怨,声入星空,响遏行云,唱得这些"奋子"们思乡恋旧,个个泪光闪闪。

二

日子在"奋子"们帮衬下数着一天一天过,钱艳萍为生计操持,一天到晚不停歇,两儿子便如扔进草丛的种子自由生长,稀里糊涂就发了芽,见风长,上了学,眼看就小学五年级。春暖花开,班主任刘天鹏来家访。刘天鹏是刚从省师范学院毕业的大学生,听他说话的口音,也是个"奋子",不过他的调调与"奋子"村里的"奋子"不同,是奋里奋气的普通话,每句话结尾都怪怪地跟一个"嗦"。刘天鹏头戴黄军帽,身着灰色中山装,下穿黄军裤,脚蹬解放鞋,看起来倒像是个转业退伍兵。隋心、隋意把刘天鹏领到面前,钱艳萍就觉得他面熟,仔细想过一遍,也没想起在哪里见过他。

无非是说些课堂课外的事,两个孩子总体表现是好的,成绩也不错,这让钱艳萍很欣慰。说话时,钱艳萍越过刘天鹏的头顶看墙上的照片,才猛然发现刘天鹏的左颊上也有一颗红痣,位置与隋天保的差不多,关键是眉宇间也团着一股相似的气息。钱艳萍不由心里叹息,怪不得好像是见过面的。刘天鹏话说完了,见钱艳萍落寞的目光扫在自己脸上,一时有些浑身不自在,站起身要走。钱艳萍这才回过神,送走了刘天鹏,才想起连茶水都忘了沏,只怪自己太失礼。

钱艳萍夜里失眠了。以往失眠时,哭一场就睡安稳了。但是这次她哭不出来,相反,满心都是甜甜的,是恋爱时才有的感觉。当年,隋天保送她个木雕嫦娥,那雕像衣袂翻飞、清新脱俗,更奇的是,嫦娥的脸蛋分明就是从自己脸上翻的模子,惟妙惟肖,栩栩如生,她一下被迷住了。"你就是我心中的仙子",隋天保说话时,简直就是电影里下放农村的美术家的神情……刘天鹏倒与他有几分神似。钱艳萍心里一凛:莫不是老天怜我寂寞,特意让隋天保借他的身子似是而非地出现在我的面前?这么一想,钱艳萍开始反复品味,每一次刘天鹏的形象都在拔高,以至于觉得刘老师就如大成至圣先师孔圣人一般,温文尔雅,每一句话说出来普通如家常,却声声入心,让人不得不信服。钱艳萍后来感叹,先生先生,什么是先生?刘天鹏就是啊。

刘天鹏当然不知道自己会被钱艳萍惦记,但他此时此刻也在辗转反侧,他接到女朋友提出分手的信。女朋友朱莉亚和他是大学同学,原来指望两个人毕业分配同处一地,谁知一个留在大学当助教,一个发配乡镇小学当老师,相隔千里,靠大学里两三年清汤寡水的爱情,自己都怀疑能否禁得起考验。

刘天鹏对分手是有思想准备的,但他不能接受的是朱莉亚先提出,自己成为被女人甩的人,自尊心爆棚的他哪里受得了这个气。当即铺开信纸,写了一封绝交信,内容丝毫看不出是收到信才写的,连落款的日期也提前了好几天。

恋爱的女人变脸飞快。朱莉亚以为刘天鹏当真没收到绝交信,她提分手只是心情不好耍耍脾气。现在非但男朋友不哄着自己,还动了真格!她很快回信:好,你不是甩我吗?赔偿青春损失费,不多,三千元。刘天鹏傻了眼。

朱莉亚不是说说就算了的,她把准备给学校领导的信也一同寄了来,大意说刘天鹏是个玩弄感情的伪君子,骗自己失了贞洁,不配做人民教师。朱莉亚说,你不认账,信就这么寄给你的领导。

一分钱难倒英雄汉,加上刘天鹏的确愧疚,自己把持不住,让她以后不好做人,就服了软,说自己是一时糊涂,树叶障了目,猪油蒙了心嗦,你大人大量,尊夫人不记小生过嗦。

朱莉亚看他一副可怜相,本只是想教训教训他,且不能破坏自己在高校立起的与远方恋人"不离不弃"的人设,便不再深究,两人继续维持冷冷暖暖的既往关系。温吞水的爱情在两个城市拖拖拉拉几年,恋人便只如远亲,剪不断,理还乱,生活各自应付,各自安好。

刘天鹏日复一日地过着教书匠的生活,忙起来还好,一闲下来就烦躁,感觉日子越过越拧巴,没有尽头也没有盼头。到了周末,更是无聊,打发时间的方式便是家访,全班45个学生,一天五六家,也就大擦黑了。

三

刘天鹏第七次到钱艳萍家时,太阳斜斜地落在院子东边的竹林里,片片竹叶像镀了一层彩金,根根竹枝随风婆娑,窸窸窣窣,如盼顾有神的舞女,既闲适又精神。刘天鹏喜欢竹子,可以食无肉,不可居无竹。他和朱莉亚在学校谈恋爱时,假山旁就有好大一片竹林。据说这片竹子是专门用来让学生刻写的,是高校闻名的文化竹林。刘天鹏认识朱莉亚,就是看到刻在竹子上的朱莉亚写的诗,他把名字刻在她的名字下面,还依她的诗韵和了一首诗。他的文笔不错,朱莉亚很欣赏,诗来文往,二人就恋爱了。钱艳萍家的竹林虽只十来株,却有苏州园林气，这在西码头是不多见的。

钱艳萍听到院里脚步响，就从里屋出来迎刘天鹏。刘天鹏跨进堂屋，就见小八仙桌上摆了饭菜，忙说自己来得不是时候，想转身离开。钱艳萍大大方方地说，来得正好，孩子的事让老师费心，早该感谢一下的。你跑一天了，回去也没地方吃饭，就当领导吃派饭，一起吃吧。

派饭两个字让刘天鹏心颤了一下。学校组织学生下农村时，就常吃派饭。有一年夏天，学校到郊区生产队支农，他和朱莉亚被派到最穷的农户家，晚上喝了一肚子红薯稀饭，回学校的路上就饿了。路过西瓜地的时候，顺手牵羊弄了只瓜，还没来得及砸开，就听到远处有脚步声传来。两人顺着沙地狂奔，见无人追来才停步，发现已到河边。这时月亮升于中天，两人翻过堤岸，躺在沙地，相视而笑，一时情动，滚在了一起。

隋心隋意拉刘天鹏入座。菜不丰盛，却也清爽。煎豆腐烩青菜，藕片烩荷兰豆，鸡蛋炒水芹菜，干鸡块炖土豆，一盘炸花生米，一盘酱豆腐，还有一碗粉丝汤。刘天鹏看着就有食欲。钱艳萍说，老师喝点酒呗。还没等刘天鹏接话，已拧开酒瓶，倒了半碗酒递过来。刘天鹏推让了几句，还是接了过来。

钱艳萍自己也倒了半碗酒，端起来敬刘天鹏，感谢对两个小孩的教导。令刘天鹏意想不到的是，钱艳萍举起碗一口就干了。刘天鹏只得跟着干了。一来二去，没怎么吃菜，一瓶酒就见了底。

酒是好东西，平时说不出口的话、干不出的事、抹不开的面，酒酣耳热之后，统统不再遮掩。钱艳萍痛说革命家史，如何辍学、如何恋爱、如何得到圈椅和嫦娥雕像、如何与娘家断绝来往、如何辛苦育儿……掏心掏肺全说了个遍。

刘天鹏开始还有控制力，但很快被酒精卸去。钱艳萍酒后脸上红霞飞，眼里含着世事如烟的幽幽秋水，唇红齿白，体态丰腴，更显一种独特的少妇之美。他想起朱莉亚，朱莉亚干瘦，精明，霸道，简直就是一个飞扬跋扈的柴火妞。刘天鹏想，钱艳萍如今还风韵别致，年轻时不知有多美，就让钱艳萍拿隋天保雕刻的嫦娥看看。

钱艳萍闻言一顿，眼泪汪汪地说："跟他一起埋了，年纪轻轻的就走了，好在有个女人样子陪他。"

刘天鹏听了，发昏的头脑瞬时有些清醒，就起身告辞。钱艳萍想送，却站不起身来，眼睁睁看着刘天鹏歪歪斜斜地去了。

四

寡妇门前是非多，刘天鹏在钱艳萍家喝得将要醉倒的事，流传于巷中妇人之口，又添油加醋广布于西码头一带，最新的版本已是刘天鹏那个"齑子"与"齑子"媳妇搞到了一起。有正义感爆棚的家长找到学校教导主任告状，绘声绘色一番，表示担心老师的品行影响孩子的成长。教导主任是转业干部，他只问了两个问题，家长就灰溜溜地去了。教导主任问：他俩好是你亲眼所见？单身男女自由恋爱犯法？咸吃萝卜淡操心。

刘天鹏从教导主任的谈话提醒中，得知自己成为街谈巷议的材料，很生气，嘴上向教导主任表示注意言行，心里却生出逆反之气，家访的频率反而高了。

钱艳萍当然也听到议论，不仅听到，还常有邻里妇人到家里来打探。钱艳萍巴不得，但刘天鹏拿捏的分寸感把她心头的渴望一点点浇灭，哪个青春年少的小伙子会找一个拖油瓶的寡妇？她渴望爱，但生活早已把她从娇妻重塑为母亲，从一开始她就不奢望再获得爱情，只把刘天鹏当作隋天保派来的，是一个被生活压下的美好念想。因此，她与他交往时反而更大方、更坦诚，待他如同兄弟一样，串串门、喝点酒、聊聊天。

钱艳萍越是落落大方，刘天鹏也越显得光明磊落，两个人相处甚欢。可毕竟是孤男寡女，难免日久生情。如果不是隋心隋意不想让他俩遂心遂意，他俩还真不知道会结出什么果子。

生意人多不满足于现状。钱艳萍安安稳稳做了几年早点摊，有了些积蓄，就想着扩大规模。她问刘天鹏有什么主意。刘天鹏一下来了精神，说："想当万元户不？那就贷款开个餐厅嗦。"这可把钱艳萍吓了一跳。刘天鹏不紧不慢地说，他琢磨很久了。现在政策放开了，谁用好政策谁发家致富。你家这么一个大院子，园林似的，不用可惜了。靠墙的边上搞几个木亭子，每个亭子摆一桌饭，亭亭之间搭连廊，中间摆几桌接散客……说得兴起，他一把拉起钱艳萍到院子里"指点江山"，说了好一阵子，才放开钱艳萍的手。钱艳萍感到手心火热热的，烙铁烫了一般。隋天保第一次握她的手时，她只感到他结满老茧的手有力地抖颤着，捏得她生痛。刘天鹏的手却纤瘦而柔软，没感到用什么气力，却牢牢地粘住了自己的手，甩都甩不脱，老天爷呀！

钱艳萍抬眼看刘天鹏，好在他的目光没投向自己。钱艳萍赶紧拉回思绪，问刘天鹏餐厅取个啥名。

"就叫紫玉轩嗦！"刘天鹏的口气像个大领导，如果面前有桌子，必然一掌拍了下去。

刘天鹏说完就匆匆走了。钱艳萍幽幽吐了口气，心想这紫玉轩看似有了眉目，实则八字还没一撇呢，别说贷款、施工、装修，就是一切就位，谁炒菜、谁跑堂、谁算账呀？钱艳萍把身边的人梳理了一番，就想起老顾。

谁知老顾一口回绝了。老顾表面上推说年龄大了，身体不好，心里的意思却是面子的事——他虽说刚退休，好歹也算是国家正式职工，哪有国家人为个体户打工的？说出来太难听了。

钱艳萍悻悻而归，却见刘天鹏在院里。刘天鹏把一个报纸包打开，几沓10元、5元面值的钞票用橡皮筋扎着。"3000块，我只能拿这些了。先启动，再贷款嗦。"刘天鹏还沉浸在创业的兴奋中。

钱艳萍知道这是他几年的积蓄，心里很感激，却高兴不起来。刘天鹏说："有心事嗦？"

钱艳萍就把找人的事说了。刘天鹏沉吟半晌，说："我有个外甥刚从部队复员回来，他在部队是等级厨师，我找他过来帮忙……老顾……他估计是抹不开面子嗦……这样嗦，你再去找他，提议合伙干，赔钱了，咱兜着，赚钱了，三七开嗦。"

钱艳萍说："对半开。咱俩也对半开。"

刘天鹏说怎么都成，关键是动起来。钱艳萍答应着，送走刘天鹏，转身就去找老顾。老顾见条件如此诱人，又不损身份，且退休后确实闲得无聊，便半推半就地答应了。

五

餐厅搭建工程，钱艳萍找到"奋子村"的老莫。老莫当即敲响铜锣，"奋子"爷们呼啦啦来了一大帮，听说是为天保媳妇，大伙儿有物献物，有力出力，恨不得把自家房顶拆了也要盖好她的餐厅。这边动土，那边谋事，锅碗瓢盆油盐酱醋，菜谱菜样折腾了好几番。开门营业前，又把工商税务消防卫生等一干人等请来试吃指导。钱艳萍人逢喜事，更如莲花轻摇，风韵惹人。她穿梭于三张桌子，笑声盈庭，花容灿烂，直把丁人喝得五迷二道，几个管事的更是不拘小节，认她做干妹妹。工商所秦所长酒喝得美，提的意见也到位："这个紫玉轩的名字叫得酸溜溜的，还得配个什么玩意儿，人家才晓得是饭馆……对，就叫紫玉轩私房菜馆！"不知是秦所长脸上的丰富表情，还是"私房"两个字的特殊含义，大家一起举杯叫好。

紫玉轩私房菜馆正式开张，有一帮子政府哥、"奋子"哥带人来捧场，加上好奇"私房"菜是个什么样式，没几天场子就热了。钱艳萍又腾出西房，设了两个包间，一个带卫生间，一个不带，带卫生间的空着，以备不时之需。政府大院的人听说老顾与人合伙开了饭馆，味蕾惦记他的厨艺，去了一次就传扬开去，政府部门的客源自然开通，有时上面来人，也专门安排在紫玉轩接待。生意如火如荼，刘天鹏与钱艳萍的感情也在升温。刘天鹏甚至打算停薪留职，全天候参与到紫玉轩的生意与生活之中。

此时隋心隋意上初中了。两个半大小伙青春期，很看不惯钱艳萍与客人插科打诨的做派，加上邻里的议论通过孩子传到学校，哥儿俩脸上更挂不住，对刘天鹏与母亲的暧昧关系也是厌恶之极。老大隋心心里恶心，嘴上不说，老二隋意却故意与钱艳萍作对，声称如果有男人住进家了，自己就离家出走。

钱艳萍两眼一睁，忙到熄灯，哪有时间和他俩理论？只能拿钱去安抚，让他俩录像厅、游戏厅，想去哪儿去哪儿，消耗掉旺盛的青春气力，只要不打扰自己就行。

孩子们不打扰她的爱情，西码头人却在明里暗里打扰她的生活。

首先是斜对面开了家宏图饭店，东街口柳家河家乡菜馆开张，"畜子"村接合部弄了个桃园饭庄……客源就那么多，到处都是饭馆谁来吃啊？竞争让人生毒意，后来者想居上，又没有一招鲜，那只有把最早开张一直红火的紫玉轩弄黄了，才能从中分一杯羹。从哪儿下手？搞掉她的军师刘天鹏。

教导主任又找来刘天鹏，这次没太多废话，直接把"家长来信"一封封摆在桌面上，说："看看，二十三封呢。响鼓不用重槌，表个态，小朱和小钱你选哪一个？不能一脚踏在两只船，当断就断，该了就了。你现在这个状态，为人师表是不够格了，先不要上课了。"

刘天鹏说："我停薪留职。"

六

朱莉亚做梦也没想到刘天鹏居然不当老师，去给个体户打短工。这两年，朱莉亚与刘天鹏若即若离，也曾想过另择他人，心里却是高不成低不就，思来想去还是刘天鹏适合过日子。她也清楚，刘天鹏孤零零一人在小镇生活很无趣，一直在为他调动工作跑关系。前些日子，她偶然得知课题组一位教授的在职研究生学生是省委宣传部的处长，便向他求教。研究生介绍了就业形势，说："观念得变变了，现在大凡有想法的，谁还抱着冰凉的铁饭碗不放？与其当教书先生，还不如自谋职业干个体，开个文化公司什么的。如果有想法，可当面叙叙。"

接到刘天鹏打来的长途电话，朱莉亚轻蔑地说，什么个体户值得你停薪留职去打工？这两天没事了，我正好来西码头看看。刘天鹏赶紧说还是自己去找她。朱莉亚说："那你就快点滚过来！"

刘天鹏深陷桃色绯闻，为人师表的人设崩塌，停薪留职与钱艳萍合作也只是权宜之策，朱莉亚的电话让他犹如马儿诡衔窃辔，顿时脱困。他找到钱艳萍，说去安抚一下便回来。钱艳萍默不作声看着他，转身进屋，从小木箱里拿了五千元钱塞给他，他推让，她坚持，他便收下了。出门的时候，她忽然觉得这一走怕是再也难回头了，心中万分不舍，拉住他的袖子，犹犹豫豫地说："抱抱吧？"

刘天鹏便抱了她，她搂紧了他的腰，可他的回应不像以往那样焦渴、热烈。她觉出其中的荒率和敷衍，在心里叹了口气，在他耳边轻声说："放心吧，咱俩之间的事我烂在肚子里，打死也不会对外人说一个字。"

刘天鹏离开并没影响紫玉轩的生意，钱艳萍没了牵挂，只把心思往生意上放，每天进项不减反增。对手又把老顾盯上，高薪挖走了他。灶上掌勺的便只能靠刘天鹏的外甥马林生了。马林生到底是部队培养的，不仅没掉链子，还创新了菜品，在厨房里是多面手，对院子里的竹木养护也在行，把紫玉轩打理得清清爽爽。

上午十点半，钱艳萍照例穿过庭院去前台张罗，已有两位客人来了。钱艳萍看着眼生，以为外地人慕名而来，便提着茶壶迎上前去。客人见她过来，立即起身，黑脸冷声地问她是不是老板。钱艳萍"是"字话音才落，来人已掏出手铐把她反手锁上了，说："我们是派出所的，跟我们走一趟，老实点！"

其实，钱艳萍前些天就从食客谈论中得知，上上下下在"严打"，从严从重从快。有一个说得更神奇，语调也绘声绘色："大领导发了话，社会治安必须下猛药，可抓可不抓，坚决要抓；可判可不判，坚决要判；可杀可不杀，坚决要杀。"

钱艳萍没想到自己被抓起来，她脑子飞旋，在被推搡出门押上偏三轮之前，终于想起脱困之法。她对公安说："我哥黄大安中午要过来吃饭，我得安排一下子。"

"黄大安？黄副区长？"公安怔了怔。

钱艳萍说："西码头还能有哪个黄大安？！"

公安盯着钱艳萍看，看了一会儿看不出她像撒谎，犹豫了。

七

刘天鹏赶到省城，朱莉亚张罗了一桌饭，请了那个宣传部的处长。刘天鹏整日在私房菜浸染，把领导伺候得很舒服，当即表态可挂靠宣传部下属单位开一个文化公司，主营文化艺术交流、舞台艺术造型、展览广告设计之类，尤其是演员"走穴"正热火朝天，先策划一次文艺演出。

天鹏文化公司成立，刘天鹏名义上是经理，处长才是幕后老板，公司业务员也都是他聘请的行家里手。租办公场地、策划演出方案、与"穴头"商谈劳务，乃至与剧院分配票房……刘天鹏一概插不上手，只能打打杂，很是失落。朱莉亚说，倒是想交给你干，可你有什么资源？！先跟着学走，再单飞。

刘天鹏马上没了脾气。他是在底层摩擦过的人，适应能力不缺，很快找到角色定位：接待各地明星，陪他们游览、吃喝，安排住宿，在公司的墙壁上挂满与明星的合影，一来二去，明星墙蔚为壮观，吸引不少"追星族"前来打卡，由此形成的广告效应，又为公司招徕了更多的客户。处长见他颇有悟性，逐渐让他负责一些项目。处长在朱莉亚的热心辅导下顺利毕业后，恰逢任用干部重学历，很快被提拔为省会城市副市长，仕途形势不是小好，是大好，一个小公司的事就不能再掺和了。刘天鹏就此主了政，凭借副市长的影响和自己积攒的人脉，公司越办越火，一再扩大规模，成了省城颇有名气的文化公司，甚至开始向影视行业进军。公司牵头策划投拍了一部小制作电影，在副市长的运作下，获得省里一个大奖，很快又被推荐到电影节，意外爆冷斩获金奖，天鹏公司一下闻名影视界。

事业顺风顺水，爱情也瓜熟蒂落。刘天鹏和朱莉亚办了一场奢华的婚礼，领导证婚，教授致辞，明星捧场，众宾欢畅，市晚报娱乐版发了消息，市电视二台做了报道，妥妥的人生赢家。

钱艳萍是从马林生那里知道刘天鹏结婚的消息。她以为自己会难过，但心里没反应，相反，她还挺高兴地对马林生说："那挺好的嗦！"

马林生说："你这句话像我舅舅的口气！"

生活就是这样，到哪个码头说哪个码头的话，哪能天天抱着不切实际的空想过日子呢？钱艳萍知道，她与刘天鹏就像老天随手丢弃的两粒石子，此时此地陌路相逢，孤独求偶，彼此抱团取暖，纵使一时有情有爱，也不过一夜露水，朝阳一出，便无踪影。

马林生转身离开，又回来，犹犹豫豫地说："还有一件事，不好意思张口。"

钱艳萍笑，说："有屁就放。"

马林生说："我舅那儿缺人，我想去省城闯闯。"

钱艳萍心里一咯噔，马林生一走，灶上可就歇了菜了。钱艳萍说："刘天鹏的意思？"

马林生说："我舅倒没反对，他说如果咱这儿离得开，到省城发展的大方向是对的。"

钱艳萍忽然觉得倦怠，不是那种上床倒头就睡的困，却比那困要沉重得多。她强打精神，说："去吧去吧，离得开，哪有离不开的嗦？"

八

夏天状元河涨水的时候，钱艳萍的两个儿子都考上了大学，这在"奋子"村是不得了的喜事，老莫几个"奋子"每天晚上都在露天小场子里开锣唱戏，欢快的唱腔犹如长棍上天入地，只把一条状元河搅动得翻滚不息、滚滚东去。钱艳萍本想办个升学宴的，可隋心隋意不同意，只说这个家待够了，这个"奋子"村受够了，这个西码头恶心坏了，总之，只想早些离开。

钱艳萍心里知道，两个孩子对西码头关于自己的流言一直耿耿于怀。兄弟俩平时对自己的嫌弃，她心知肚明。只是她不明白，刘天鹏一去杳无音讯，他们心里的怨恨也不能随之消散吗？

钱艳萍不能容忍别人的嫌弃，自己的孩子更不能。她不再对孩子抱有希望，更不相信所谓的养儿防老。作为母亲，先不论好坏，俩孩儿毕竟是自己尽心尽责一手带大的，没有功劳也有苦劳。她如同对刘天鹏死了心一样，也对俩孩儿死了心。隋心隋意离开家时，她用恶狠狠的腔调把话说绝："你们都成人了，今后有什么事自己承担，别再烦我，我也不烦你们，这样各得自在。"老二一摔门径直走了，老大还要说什么，钱艳萍就把他往门外推。

两个儿子离开家，饭店又关了张，钱艳萍觉得耳根子突然清静了。日子一天天过去，闲得人发慌，就养了一只小猪，十只鸡，三只鹅，屋后开了两块菜地，还抱回一只小黄柴狗养着，鸡鸣鹅叫狗吠，日子就生动饱满了。

钱艳萍是个言出必行的人，把两个儿子赶出去，说不供养就不供养，隋心隋意也是争强好胜的性格，赌气也好厌恶也罢，大学期间勤工俭学，自食其力，再苦再累也不向家里伸手。毕业后，老大留在省城，老二去了新疆。老大开始每年春节回来一次，成家后只是逢年过节寄张明信片、寄些小钱。老二更绝，一去不回头，连封信也没有。

这年春节刚过，两个穿军装的男人来到钱艳萍的家。钱艳萍以为

381

又是来抓人的，可饭店关张多年，自己安分守己，这次又是招惹了哪路神仙？

来人向钱艳萍敬了军礼，问钱艳萍是不是隋意的母亲。钱艳萍点点头，又摇摇头。

来人说，他们是隋意的战友，这次专程来看望她。"战友？"钱艳萍惊呆了。

"他上大学走了就没了信儿，是参军了？在哪儿？"

钱艳萍忙把来人让进屋。两位军人落了座，面色凝重，说明了来意。

原来，隋意毕业前听了部队英模事迹报告会，边境战事尚未结束，一腔热血奔涌，当即报名参军，前赴边境。隋意到部队时，正值我军与敌炮战，我军万炮怒吼，势如潮水，火光冲天，敌人炮火也雨点一样回击。就在那次战斗中，隋意不幸牺牲。因为找不到尸骨，只在当地建了衣冠冢。隋意的遗物不多，有一只木雕的大象和几本书。

钱艳萍有些木然，站起来，又坐下，说："就是说，死了嗦？"

来人点点头，把烈士证书、抚恤金以及遗物交给钱艳萍。钱艳萍一一接过放在桌上，又在来人带来的表格上一一签字。

送走来人，钱艳萍抚摸着小木象，自言自语地说："他这是念着他爸呀。"

钱艳萍很奇怪自己为什么没在隋意战友面前掉眼泪，按说母亲是该为白发人送黑发人而流泪的，但她没有，她只是抚摸着小木象，直到夜色一点点吞没院落。

第二天一早，钱艳萍就把隋意的衣物埋在西码头西岸的松树坡地里。钱艳萍给隋天保隋意父子烧起纸钱，一阵风来，烧黑了的纸灰纷纷扬扬，钱艳萍悲从心来，不由放声哭诉，哭声直冲霄汉，响遏行云，惊动了西岸探亲访友的人群。

新加坡华侨董伍陵回乡省亲听得钱艳萍的哭声，老泪纵横。他对陪同的县侨联的同志说："西码头我没什么亲人了，祖坟还在。我想清明回来重修祖坟，可否请些人来办，比如比如……"

侨联的同志说:"明白明白,找吹鼓手、响器班来帮忙,再找一些哭坟的?"

董伍陵点头,手指钱艳萍哭声飞扬的地方,说:"这女人就好。"

侨联办事效率很高,钱艳萍与老莫一干"奋子"被发动起来,成立了专司红白喜事的服务社。清明时节,董伍陵祖坟修葺一新,钱艳萍一哭成名。

一天上午,太阳斜斜地落在院子东边的竹林里,片片竹叶像镀了一层彩金,根根竹枝随风婆娑,窸窸窣窣,如盼顾有神的舞女,既闲适又精神。钱艳萍提壶浇花,花叶颤抖出一片红绿,抬眼就见一个港台明星画片上的女人进得院来。钱艳萍认出陪同的男人是西码头镇宣传委员林向阳。林向阳对女人说了几句话,就向钱艳萍跑过来。林向阳说,省里一个大公司准备改造西码头旧址,建一个影视拍摄基地,同时出资重装紫玉轩。林向阳指着门口的女人说:"这位就是……"

钱艳萍抬了一下眼皮打断他,说:"知道,朱莉亚嗦。"

程文胜,祖籍湖北随州,现居北京。著有长篇报告文学《百战将星李天佑》等,曾获解放军文艺优秀作品奖、长征文艺奖、全军抗洪题材优秀作品奖(长篇)等,有作品收入各文选集,改编为电影,选入全国各地高考语文辅导教材。

作品二维码
主播:花娇

眉眼盈盈

许　城

老唐骑着闺女雅洁丢下的旧粉红色坤车跑出工厂，晕晕乎乎像中毒、中暑，更像一只误食了耗子药的大老鼠。复兴路上的街心公园里绿色满园又花枝招展，一声鸟鸣婉转着传来，倏然令老唐抖擞了精神，随口吟道，烟轻柳叶眉闲皱，露重花枝泪静垂……又觉得矫情也前言不搭后语，呵呵笑着跳下来将坤车支在了街心公园门前。

芒种时节，凌晨三点多钟的样子天就蒙蒙亮了，街上跑着少有的车辆，再就是忙碌着的环卫工们……现在，万惠肯定正在蒙头大睡，神经衰弱。常是半夜时分，老唐被一只窜进院的野猫惊动了，跑出屋见万惠披头散发地坐在院里，傻子一样冲着房前那棵小杏树发呆……老唐轻易不敢打搅那个女人，哪怕独自躺在床上，咳一声都忙着捂住嘴巴，像朝佛般虔诚。

街心公园临着一座桥，桥下是从城南大清河里流过来的水，加上满园的花草和惬意地穿行于繁枝绿叶间的鸟儿，也可谓有声有色了。老唐顺着一条鹅卵石铺就的甬道走进来，坐在石椅上仰起头，一线哈喇子从嘴角流出来也浑然不觉。刚才鸣叫的鸟儿似是专来引逗老唐的，或讨厌老唐一身的洗衣粉味，静得让老唐心焦的街心公园里根本就找不到鸟儿的影子，像妖！老唐俩眼又迷迷瞪瞪的了，也是老唐有择床的毛病，可老唐是个锅炉工，流水线不停，锅炉工就必须三班倒，每个月总要遇到一次或两次前夜班,晚上十二点交接班后,去简陋的浴室里用洗衣粉清除满身的污垢跑回出租屋,房前的蜂窝煤炉子上温着饭,柜子里放着半盘煮花生米、半瓶二锅头,吃了喝了仰倒在床上就可以睡一个人仰马翻了……可那是早先儿啊!

那时候,那座被一片高楼包围着的大杂院里住着三户人家,雅洁和万惠的闺女莉娜还在十三中读高中,就是万惠被惊动了又深更半夜傻子似的坐在小杏树下发呆,也不能只埋怨半夜下班跑回去的老唐。老唐却不能不埋怨自己,毕竟万惠有两道与亡妻极为相似的柳叶眉。老唐死了老婆,雅洁就是他唯一的牵挂,至于偷偷地将万惠藏在了心里,还是雅洁和莉娜又一起去省城读大学之后的事情了。曾与他们住在一起的是一对河南小夫妻,辛辛苦苦攒了四五年钱才买了一套二手房搬走了,院子里剩下一对孤男寡女,老唐躺着站着怎么着都不会舒坦。俩闺女放假回到出租房,莉娜咋咋呼呼地拉上他们去胡同口那家小酒馆里吃顿便饭,单自然是老唐抢着去买。吃着喝着老唐和万惠慢慢儿地就走得近了,以至于老唐再上前夜班干脆就睡在锅炉房里那张脏兮兮的小木床上,凑合到天亮才往出租房里跑,可他跑回去,万惠又坐在小杏树下发呆,依旧跟傻子一样。

万惠很早就干保洁员,离开大杂院顺着胡同走出去就从后门走进了那座商务大厦,下班后再顺着胡同走回来。商务大厦旁边有菜市场、粮油店和一家小超市,也算五脏俱全,万惠的活动范围不会超过五千平方米。至于衣服,大多是莉娜从网上订了,再由快递送到大杂院,却又常被万惠扔到一边,不修边幅仿佛是疏忽或故意疏忽,尤其是那两道让老唐看了总觉得可惜的柳叶眉。会画眉的老唐可惜完了又无可奈何,成天穿着工装在商务大厦里扫地、捡垃圾的万惠基本上不化妆,被雅洁和莉娜拉着去胡同口那家小酒馆里吃饭前,也不过用香皂洗洗脸罢了。老唐总是暗中感叹,又不能说出口,憋在心里像长了一蓬草,从草里突然飞出一只花喜鹊,当然是在梦中,醒来后躁躁地坐在床上才知道,那蓬杂草里还藏着一只大刺猬。

老唐上白班或后夜班的时候,下班回到家,扎在出租屋里睡足了,喜欢将小矮桌放在房前那棵老槐树下,就着一盘花生米喝上几口小酒儿,花生米吃完了就回屋拿一根黄瓜或一根大葱蘸面酱;遇到万惠在家,悄没声儿地端出一盘炒鸡蛋或炖鸡块,老唐受之有愧,讪笑着邀请万惠坐下来一起吃,万惠摇摇头笑笑又回了屋……仿佛有意躲避着老唐。

有关万惠的一些事情,老唐还是通过雅洁知道了一些,莉娜说起爹来总是恶狠狠地嚷,死了!跟万惠说起丈夫的口气一样。真的死了吗?雅洁曾悄悄地告诉老唐,莉娜每个月都能收到爹打进卡里的钱,爹还常去学校送衣服、吃食,却都是由警卫代收,父女俩好像都承受不了见面后的难堪,抑或莉娜压根儿就不想见爹。据说,早先,万惠也像老唐当年那样,拉家带口来到这座城市,丈夫先在一家工厂里干,干出了名堂被调到公司,慢慢地升任公司的业务主管,又慢慢地成了年薪多少万的精英,接下来的故事就很流俗了,不提也罢!

天慢慢地大亮了,坐久了双腿不免有些麻,老唐本打算扬起腿来舒舒筋骨,可一条腿却伸到了石椅下边,脚后跟碰到一个类似纸盒子的东西,便弯下腰来,伸只手探进去,是一个精致的礼品盒,缠着双面金色丝带,想是谁恶搞或不慎遗落也未可知。老唐将礼品盒很小心地捧在手里,犹豫再三还是打开了,里边装着染眉膏、眉笔、眉笔液,还有好多说不上名堂的零碎儿。老唐不认识外文,却能从字形上判断,那些画眉用品来自韩国……突然又有一声鸟鸣婉转着传来,老唐犹如捧着一块烫山芋,忙不迭地将礼品盒用金丝带绑好了又放回石椅下边,却两条腿并拢挡着,头也仰了起来,欲盖弥彰形同不谙世事的孩童。

街上慢慢地热闹了起来,那些起得早的老头老太们也三三两两上街走动了。老唐竟如贼一样浑身不自在起来,额头上冒出一层汗,手痒心也躁,眼前不住地闪一道道弯也饱满的柳叶眉……也不怪老唐,老唐会画眉是跟爹学的,爹是跟爷爷学的,爷爷呢当是跟祖爷爷学的……据说，唐家祖上曾出过一任知县，知县大人身为布衣子弟能出人头地自然博古通今，喜欢给老婆画眉的汉代京兆尹张敞就是想当然的楷模，加上唐家祖上就有善待女人的遗风，老唐他爹没事儿就给女人画眉，还担上了怕老婆的名声。其实，老唐他妈至死见了丈夫还是一副低三下四的模样，究竟是从旧社会走过来的妇人！老唐小时候，问过爹为什么那么喜欢给妈画眉，爹呵呵地笑着说，臣闻闺房之内，夫妇之私，有过于画眉者……老唐去镇中读书后才读懂了那句话，也知道张敞说出那句话的缘由。

老唐没考上高中就回家务农了，闲暇时却喜欢读一些杂书，尤其是与画眉有关的书。待老唐拉着老婆进了洞房，拿出悄悄在县城买的廉价眉笔，将老婆那两道柳叶眉修整得看起来也的确有滋有味了，酸秀才一样摇头摆脑、皱眉、咧嘴地抒情——雪洗桃花面，烟描柳叶眉……恰好爹从房门前路过，绷着脸地训斥道，净学些浓词艳赋，也难怪成不了大器！老唐侧耳听听爹远去了，抱起老婆瞅着那两道弯也饱满的柳叶眉呵呵地笑着说，上梁不正下梁歪，有其父必有其子！

老唐笑着与老婆有了闺女，又笑着带老婆和闺女来到城里，可父母一天天老、闺女一天天大，成天为钱奔波，竟有好多年没给老婆画过眉……直到老婆突患急症不治而去，老唐才又拿起了眉笔，却是在红星街一家小化妆品商店里买来的廉价品，为老婆画完眉将眉笔与亡人一起送进了火化炉。

老唐站起身又弯腰从石椅下拿出礼品盒，猜想失主必定是给心仪之人买的，是君子就不能夺人之美。想再把礼品盒放回石椅下边，老唐的心里倏然如被针尖轻轻滑过，如捧着烫山芋的手也不由得抖了一下。遇到歇班，老唐去街上闲逛，能看见的都是"韩潮滚滚"的商铺或大厦，常站在橱窗前看看也就罢了，何况，那时候，万惠还没让老唐在意或老唐还没可惜万惠那两道柳叶眉……突然有一个穿着休闲装的小女子从街心公园跑过，似乎很照顾老唐的情绪，故意将脸转了过来。老唐见小女人那两道肯定精心修饰过的卧蚕眉，也是瞬间冲动，做出了一个很不要脸的决定——将礼品盒抱在怀里，贼一样地跑过来，自行车筐里放着装饭盒和方便面的布兜，将礼品盒塞进布兜推起自行车飞身上去就成了离弦的箭。

一辆银灰色宝马开过来在街心公园门前只停了几秒钟，驾车的男人借着摇开的车窗看见老唐像一只被狼撵着的兔子，随即踩动油门一路追了上来。老唐出于本能回头看了一眼，发现一辆穷追不舍的宝马，竟没有顾忌一辆与他相向而行的小客货，穿越街道拐进一条小胡同，进入一片保留得很完美的明清风格的民居。民居里一条小胡同连接着另一条小胡同，走进小胡同就走进了迷魂阵，撅着屁股蹬着自行车再拐进一条小胡同，老唐回头看一眼竟哈哈地笑着又随口吟道，扫眉才子知多少，管领春风总不如！前言不搭后语，却又挑不出什么不是，老唐毕竟是老唐嘛！

老唐心里揣着一群小老鼠，自己个儿却变成了一只大老鼠，上完前夜班，也不在锅炉房里的小木床上凑合到天亮，站着躺着都不踏实，却又不能半夜三更地跑回出租房。骑着那辆旧粉红色坤车到处瞎溜达，可老唐绕开复兴路上的街心公园，行走在一条条大街上，哪怕遇到与他一样骑着自行车下夜班的男人都让他的心倏然一抖，期盼着一个星期的前夜班早早儿过去，夜里就能安安稳稳地扎进出租房一觉睡到大天亮……老唐觉得也不是万全之策，只要行走在大街上，就可能遇到失主——很可能就是那个开着宝马死乞白赖地追他的人。

那个礼品盒里的内容的确很丰富，不只是染眉膏、眉笔之类的零碎儿，还有一枚祖母绿戒指，压在礼品盒最底下的是一张用碳素笔写的字条——万惠，将过去还给你……那时候，万惠像才吃了早饭，还不到上班的时间，又坐在房前的小杏树前傻子一样发呆。五月的小杏树枝繁叶茂，伸展着的枝杈上挂着一串串慢慢儿变黄的杏果，被晨风一吹摇摇欲坠……万惠呢？似乎为了等老唐回来才化了淡妆，却还是忽视或故意忽视了那两道柳叶眉。

锅炉里填满煤，又将足够的煤块堆在了锅炉前，老唐就有时间喘一口气了，手边总是放着几本杂书。认为万惠忽视或是故意忽视那两道柳叶眉之后，老唐才又在意起那些与画眉有关的书，却都是雅洁丢在出租房里的时尚杂志。老唐悄悄将那些时尚杂志带在身上，彩页广告上韩国画眉用品火一样烤得老唐总是坐卧不宁，将书上那些也长着两道柳叶眉的女人与万惠联系在一起，越联系越觉得可惜……当老唐发现捡的礼品盒与万惠有了瓜葛之后，拿起那枚祖母绿戒指更觉得烫手了，也难怪那个开宝马的男人死乞白赖地追着他不放。

那天早晨，老唐回到出租房又打开礼品盒，隔着窗户看着久坐不语的万惠，犹豫再三还是拿着那枚祖母绿戒指走了出来。万惠见到老唐手中的祖母绿脸上现出了短暂的惊讶之情，继而又回复了原态，问老唐怎么会有祖母绿。老唐觉得应该实话实说，回身把礼品盒拿出来。万惠从老唐手里接过那张字条看了，冷笑了笑，随即将字条还给老唐冷着脸说，还给人家！

老唐也觉得应该还给人家，可他拿出眉笔、眉笔液和眉卡又爱不释手，有点像喜欢调制胭脂的贾宝玉，与老唐一起烧锅炉的人说他变态，当然是他们开玩笑地从老唐手里夺过那些时尚杂志后顺嘴说的。老唐从没当过一回事儿，心里还没装着万惠的时候，总是盼着雅洁回来，雅洁也喜欢让老唐为她画眉，可往往画了眉，出门前必须掩饰了才行，究竟读了大学也不许浓妆艳抹不是？莉娜却什么都不在乎，见老唐为雅洁画眉，也嚷嚷着要老唐为她画，可她刚坐下，万惠就追了过来强迫闺女离开，弄得老唐也没有脸面。自打那，老唐不再给雅洁画眉了，连雅洁买的那根廉价眉笔都扔在了一边……打算将礼品盒完美无缺地还给失主后，老唐才找出那根眉笔，可他想起万惠的冷脸，又将那根眉笔藏了起来，像深藏赃物的贼……不能否认，万惠肯定有故事，不只是与那枚祖母绿戒指，还与那个丢失礼品盒的人，又究竟牵扯到别人的隐私，缄默不语才是最好的选择。

再走在街上，老唐心里就踏实了，依旧走原先的路线，依旧凑凑合合地躺在锅炉房里的小木床上，可闭上眼就想那枚祖母绿戒指，想万惠与失主之间究竟发生过什么故事，往往躺着比站着还累，干脆爬起来跑出锅炉房。重新用金丝带捆绑好的礼品盒一直放在装饭盒和方便面的布兜里，跑出工厂，老唐赴约一样来到街心公园，坐在石椅上，抱着礼品盒，心里唱"我在马路边捡到一分钱"，唱着唱着就笑了……直到老唐上完这个月的最后一个前夜班，又来到街心花园，才见到了失主。那人很爽快，见到老唐后自我介绍说，我叫杜康。

杜康跟老唐岁数相近或可能同年，看起来却比老唐小不少，手里攥着一部苹果手机，腕上戴着劳力士手表。从宝马车上走下，杜康急切地跑到老唐面前，见到被老唐抱在怀里的礼品盒，将伸出来的手又缩了回去，想将一切说明白，可抖着嘴唇欲言又止，一副很难受的样子，像贼！老唐笑了笑，算是打破了僵局。杜康也笑着解释，他一直在寻找老唐的行踪，可他几次见到老唐从一家工厂里出来又不敢确定，只好在凌晨三四点的时候来这里等候，像守株待兔，又像茶老婆等汉子……这句家乡话倏然拉近了老唐与杜康之间的距离，却不能不向杜康提出几个还算尖锐的问题——你怎么就断定是我捡了你丢失的东西？我在公园里等了几天怎么没见你的影子……杜康回答得很干脆，他第一次在街心公园里见到老唐就有了结论，追踪老唐时却只能凭着背影做出判断，也不怎么准确，应该追踪一个骑着一辆旧粉红色坤车的男人……怎么说也是大海捞针，追踪了几次没结果就决定放弃了，可又不甘心，闷了几天才又走了出来，跟傻小子撞大运一样，不想还真遇到了……老唐见杜康说话的时候，神情很紧张，俩眼还不住地向茂密的花草丛扫视，像是里边藏着老虎……也可能是女人，女人就是老虎嘛！老唐呵呵地笑着断定，与他面对面站着的杜康就是贼，一个曾盗取女人心中宝物的贼！

面对陌生的老唐，杜康说话藏藏掖掖也在情理之中。当初，杜康也像老唐一样带着老婆来到这座城市，累得恨不得自己将自己掐死，想起或看到万惠那两道柳叶眉心里就舒坦了。杜康慢慢儿发达后，一个长着弦月眉的小女人天天在他身边，就忘记了长着柳叶眉的万惠。

杜康第一次从那座商务大厦里领到月薪后，拉着万惠去了美容院，那是他第一次也是最后一次陪着万惠去画眉……

某个午夜时分，杜康突然被一个不是很阳光的梦惊醒，看到长着弦月眉的老婆慵懒地睡在身边，失去浓妆，两道弦月眉也失去了光彩，再是从嘴角处溢出的哈喇子……第二天，杜康推掉公司事务，驾车在街上闲逛，突然在一座商务大厦门前见到了万惠，万惠穿着工装、头发盘着却很凌乱，尤其是那两道柳叶眉……回到家，杜康辗转反侧又夜难成寐。第二天在公司做完事情，杜康似乎无意地打开了保险柜，里面除了一些重要文件，还有他藏着的唯一的一点家私——一枚祖母绿戒指。那是老祖母留下的，老老祖母在儿子的新婚之日将那枚祖母绿戒指亲自戴在了儿媳妇的手上，待老祖母有了儿媳妇也必须那样做才行，母亲当然也不例外……杜家辈辈单传，杜康上头只有三个姐姐，万惠就是那枚祖母绿戒指唯一的继承人，可万惠很少戴在手指上，用手绢包起来压在箱子底下。杜康与万惠离婚的时候，万惠将那枚祖母绿戒指还给了他，像早先的定情物。每次去省城，杜康都想将那枚祖母绿戒指送给闺女莉娜，可又觉得让万惠送给莉娜合适或干脆再让万惠戴在手上……有了那样的念想，杜康从网上订了一套韩国画眉用品，地址留的是公司的，确信做得滴水不漏，没承想长着弦月眉的老婆盗用了他的淘宝账号，发现后却始终保持沉默。杜康不知道自己的淘宝号被盗，可他驾车跟踪老唐的时候，总觉得身后尾随着一个开北京现代疯跑着的小女人，两道弦月眉时不时地会倒立起来……也难怪啊，杜康做的本来就是一件没谱儿的事儿，抱着装着画眉用品和祖母绿戒指的礼品盒又不知道送到哪里合适。这么多年，杜康偶尔能见到莉娜，从没有见到过万惠，也不知道她们母女俩住在哪里，通过手机或QQ问莉娜，莉娜似乎早与万惠达成了共识——守口如瓶！杜康想起万惠那两道很糟糕的柳叶眉愈加烦躁，晚上借口去公司又不能成眠，深更半夜地跑出来，坐在街心公园里发呆，直到长着弦月眉的老婆打进他的手机，慌了手脚就忘记了那个装着祖母绿戒指的礼品盒……那怎么办？

也好办，将礼品盒拿回家送给长着弦月眉的老婆，只要不暴露那枚祖母绿戒指和那张字条就万事大吉。

老唐问杜康礼品盒里装着什么，杜康一个不差地说了出来。老唐还准备了一手，从兜里掏出一根碳素笔和一张白纸条，让杜康一字不差地写出来。杜康照办，可老唐又提出了一个有点赖皮的问题——杜康为什么将礼品盒放在石椅下边？杜康低下头笑笑告诉老唐，礼品盒原是放在石椅上的，离开得急，可能用手碰掉了再不小心踢一脚也未可知……说得过去吗？老唐觉得礼品盒就是被杜康碰掉了再踢上一脚也应该在石椅前面呀？杜康看出了老唐的疑虑，却也不能把问题说透。那天，杜康趁着天黑乎乎的来到街心公园，捧着抱着那个礼品盒都不自在，突然从繁枝绿叶中传来一声鸟鸣，如捧着一块烫山芋，忙不迭地将礼品盒放在了石椅下边，却用两条腿并拢在一起挡着，头也仰了起来……可他的确像贼！老唐看得出杜康有难言之隐，将礼品盒还给了杜康，那眼前的杜康与万惠必定有难以挣脱的干系，可有必要弄清楚吗？老唐又冲着杜康笑了笑，起身离开了。

上完一个星期的前夜班，又该上白班了，老唐总算可以坦坦然然地出入出租房，可他从工厂出来走在路上，心里还是不踏实，像被什么东西硌着又像是埋伏着一根针，时不时蹦起来骚扰那么一小下，尤其是路过复兴路上的街心公园时那种感觉更强烈。好在还有鸟鸣声诱惑着老唐停下来，再将坤车支在公园门口，坐在石椅上，眼睛四处踅摸着，一条腿往往不自觉地往石椅下边蹭，可脚后跟再也没有碰到什么东西。

街心公园本来就是供人们自由出入的地方，乱糟糟地一吵闹，老唐的心里又生了草，却还是天天来这里坐坐，说不清或不想说清为什么。往往还不到上班的时间就跑出来，也是凌晨三四点钟的样子，不会再遇到什么，看到一朵朵挂着露珠的花朵，吟罢"桃花脸薄难藏泪，柳叶眉长易觉愁"之后，老唐不免又有些伤怀。又一声鸟鸣传来，老唐仰起头来，却总也不见鸟儿的身影。

老唐有一部联想手机，老旧了，可功能还行，里边存储着很多照片，多是雅洁的，有雅洁拷贝到他手机上的，也有老唐给雅洁拍的，闷了打开手机翻看一张张照片，老婆和闺女就双双地围在了身边……往往在公园里坐一会儿又贼一样地逃离，站在锅炉前老唐总是想出租房，回到出租房见到万惠傻子一样坐在那棵小杏树前又沮丧之极！

事情发生了转机还是雅洁和莉娜最近一次回出租屋过双休日，从省城回来坐火车也只需一个半小时。莉娜还是那么咋咋呼呼的，雅洁的性儿却随她妈，蔫巴巴儿的心里有主意。老婆死后，很多人为老唐张罗着说媒，老唐总是说，跟我闺女商量商量，说了又没结果，慢慢儿就没人再理老唐了。雅洁见万惠母女俩又搂又抱、又喊又叫地折腾，蔫蔫地扎进出租房。万惠忙着跟进来将雅洁搂在怀里，喔着雅洁的脸蛋儿要她喊妈，莉娜紧着跟进来嚷嚷着要娶雅洁为妻，见到老唐后干脆就叫爹……莉娜咋咋呼呼地一闹，万惠那张脸像掉进了染缸里，老唐想躲又躲不开，胳膊突然被莉娜抱住了，娇声娇气地喊他爹地，嚷嚷着想吃油焖大虾了才算为两个人解了围。

那天傍晚，老唐还走在胡同里就听到院子里吵吵闹闹的并没太在意，待他走进院子，见雅洁拿着眉笔正在为万惠画眉，莉娜站在一边指指点点，不能取代雅洁却又不甘心寂寞。雅洁做得很细致、准备得也很周全，除了手中的眉笔，还有眉形胶、眉笔液、染眉膏什么的，莉娜见老唐走了进来忙解释说，她在火车站附近一家很小的化妆品商店里买的……老唐知道莉娜的意思，可他的注意力还在雅洁手中的眉笔上。雅洁见到老唐后突然怯场了，眉笔也跟着手一起哆嗦，画出的眉毛当然不会上眼了。莉娜拉着老唐逼着他上场，万惠和老唐都有些难为情，可经不住莉娜吵闹，老唐就是被赶着上架的鸭子。待老唐慢慢地入了境，也有了恍惚间回到过去的快慰！当两道弯也饱满的柳叶眉凸显在万惠那张圆脸上时，老唐欣欣然如酒后癫痫——柳叶眉间发，桃花脸上生……莉娜学着老唐摇头摆脑的样子抢着吟道，腕摇金钏响，步转玉环鸣……万惠没有纤腰，也没有步转玉环鸣的儒雅之态，可面皮白皙、体态丰盈，见雅洁拿出手机为她拍照便扭捏了起来，可她越扭捏越显出令老唐心颤的娇态……雅洁临走时悄悄将万惠的照片通过电脑拷贝到老唐的手机上，老唐看到那些照片后赞叹万惠的柳叶眉好，闺女更好！

坐在街心公园里的石椅上，老唐打开手机欣赏着万惠那两道柳叶眉，往往又由不得抬起头来，希望能走进一个女人，最好也长着柳叶眉，有比较才有鉴别，可留在心里的才永远具有无法抵御的磁性……突然有一天，老唐的目光离开手机屏幕抬起头来，见一个长着弦月眉的小女人走了进来，小女人见到老唐后仿佛故意避开什么转身走了，停在公园门前的是一辆红得很扎眼的北京现代……遇到过几次，老唐就不怎么在意了，还继续自己的日子，只是闺女们走了大杂院里又剩下一对孤男寡女，没有给万惠画眉的时候，遇到她心情好彼此还能自如地说一些闲话；雅洁与莉娜一起离开时，拉住万惠的手喊了一声妈，弄得万惠和老唐又尴尬了；早先，老唐害怕咳嗽一声惊扰了万惠，现在万惠一咳嗽，他反倒不自在了起来……天天还是早早地跑出来，坐在街心公园里的石椅上一遍遍看手机上的万惠，也一遍遍地品，人言柳叶似愁眉，更有愁肠似柳丝……笑着骂自己是一个自不量力的情痴后逃也似的离开了。

再一天早晨，老唐坐在街心公园里的石椅上，拿出手机看着万惠的照片，似乎无意中将一条腿蹭在石椅边沿上，脚后跟突然又碰到一个纸盒之类东西，忙着站起身再蹲下身来，探进去的手又摸到一个精致的礼品盒，与上次捡到的一模一样，连绑在上边的双面金丝带都不差分毫……奇怪吧？

老唐想不出个所以然又不能贸然打开礼品盒，却可以根据礼品盒上的标识猜到里面的内容。想起那枚祖母绿戒指，老唐心由不得一颤，坐着不自在，离开又觉得不合适，就那么站着一动不动。

一辆红色北京现代突然停在了街心公园门前，驾车人脖子上金光闪闪，戴着雷朋复古墨镜却遮挡不住那两道精心修饰的弦月眉……之前，她一直潜心盯着进进出出的老唐，驾车或者步行，甚至还托关系撬动了片警，将老唐和万惠的背景资料弄得透透的……也不奇怪，自从她发现杜康在淘宝上订了那套画眉用品后就一直跟踪，就是杜康死乞白赖地追踪老唐时，她也驾车跟踪来着，连老唐将礼品盒送还给杜康时，她也蹲在不远的花丛中……可惜，老唐骑着一辆坤车扎进小胡同就销声匿迹了。好在老唐讲诚信，将礼品盒还给了杜康，也给杜康自圆其说找到了台阶。作为妻子，她从杜康手里接过那个礼品盒后什么都明白了。当她弄清了老唐，又悄悄跟踪老唐去了出租房，窥视到老唐被两个女孩围着为万惠画眉时，心里倏然增添了诸多难品的滋味。她不知道杜康放进礼品盒里的祖母绿戒指，却目击了杜康跟万惠离婚时，万惠从一块手绢里拿出一枚祖母绿戒指递给了杜康……这么多年，她一直为那枚祖母绿戒指揪心。当她看到为万惠画眉的老唐，也从祖母绿上看到了另一种希望，才蓄意摸清老唐的行踪，提前进入街心公园，事先将礼品盒放在石椅下边，掩身在花草丛中窥视老唐的一举一动。有几次，老唐只是低着头摆弄手机，直到今天看到老唐弯腰从石椅下边拿起那个礼品盒才舒了一口气，悄悄地借助花丛作掩护绕道离开，从不远处的停车场开出自己的车。路过街心公园，她将车停下来再看一眼抱着礼品盒发呆的老唐，似乎不只是为了求证自己的行为后果，还有一种说不清的滋味窝憋在心里久久不去，就像现在还被杜康隐匿着的祖母绿吧？

小女人摇开车窗，摘下墨镜，扬起一只手冲老唐嫣然一笑，双唇合拢，将食指贴在嘴唇上发出一声嘘——随即发动车箭一样离开了，留给老唐的似乎不只是那两道宛若弦月、翘然如飞的弦月眉。

一声鸟鸣婉转着从繁枝绿叶中传来，老唐似乎被注射了兴奋剂，身子倏然颤抖了一下，手机响了。老唐抱着礼品盒，将一直拿在手里的手机贴耳边,万惠问老唐,闺女们买的眉笔啊眉笔液什么的放在了哪里?老唐瞅着礼品盒上花哨的标识呵呵地笑着说,过日子嘛,还是留下一点谜好!老唐说罢眼前又闪现出万惠那两道被他精心修饰过的柳叶眉……

作品二维码
主播:庭如

许城,本名董建民,曾受教于鲁迅文学院,作品散见于《鸭绿江》《清明》《山花》《边疆文学》《啄木鸟》《小说林》《青春》《解放军文艺》《青年作家》等,发表中、短篇小说二百万余字,有作品获公安部文学奖,现为河北省作家协会会员。

拘魂枕

陈 华

小雨不紧不慢地淋了好几天，入夜起了风，晨起一看，地上一片枯黄。天更高了，蓝得晃眼。黄狗伸个懒腰抖搂抖搂毛，转个圈扬起后爪子撒泡尿，就钻进窝里再不肯出来。铁成娘缩头缩脑地推开屋门，跳着脚闪出来在屋檐下扯几个干红辣椒，再拾几块木头桩子就逃回屋里去了。不一会儿烟囱里就袅袅地绕出些炊烟来。麻雀扑棱着翅膀在凌乱的枯叶中东啄西啄，也不知道找着啥没有。小院里零星地飘出咳嗽声，还有不紧不慢的狗叫声，慵慵懒懒的。

小村醒了。

一场秋雨一场寒了，再落下的，就指不定是雨是雪了。

铁成娘把一碗热腾腾的小糙子粥递给铁成爹：又是星期五了，一会儿你去后山坡上再给儿子打个电话，问他这个礼拜天回来不，要是回来就杀个鸡。铁成爹呼噜呼噜地喝几口粥：不打。爱回不回！铁成娘沉下脸把粥碗狠狠地摔在饭桌上，一扭身甩给铁成爹个后背，再不言语。

老挂钟贴在墙上嘀嗒嘀嗒地走，屋子里只剩下铁成爹呼噜呼噜的喝粥声。花猫睡醒了弓着身子贴着铁成娘的手背蹭过来，见铁城娘不理又弓着身子蹭回去，见还不理就仰起脸"喵——"地叫了一声，声音含娇带怨。铁成娘软了心，叹口气掰块馒头蘸了菜汤送过去。花猫伸出粉嫩的舌头舔食起来。铁成娘瞄一眼把辣白菜嚼得咯吱咯吱响的铁成爹刚要开口,门外传来孩子的哭声。门一响一股凉风,闪进来一个年轻的媳妇。嘴里叫着,婶子,吃饭呢。把怀里厚厚的毯子掀开,露出个周岁模样的孩子来,张着小嘴嘶哑着嗓子哭。鼻涕哈喇子挂满了哭红的小脸。铁成娘赶紧起了身:邱凤,蛋蛋这是咋了?邱凤红着眼睛:婶子啊,不睡觉就是哭,刚哄睡一个激灵就醒了,一边哭一边眼睛瞪得溜圆四处瞧,好像屋子里都是鬼怪似的,一宿了。要不是风太大半夜就来找你了。铁成娘叹口气一盘腿上了炕接过孩子。小手冰凉,手心里慌乱乱地跳着。邱凤盯着铁成娘的脸:婶子,是吓着了?铁成娘握着蛋蛋的小手:吓着了。在你家叫行不?俺家人太多,出来进去的没个闲时候。铁成娘把嘴唇放在蛋蛋头上:咋不行呢,行。铁成爹撂了饭碗紧着收拾了饭桌子。邱凤也上了炕,歪了身子一撩衣服将奶头塞进蛋蛋的嘴里。奶头堵住了蛋蛋的嘴,只一会儿孩子就抽抽搭搭地迷糊过去。

　　铁成娘盛了满满一小碗金灿灿的小米,用红布包好在孩子头上左转三圈右转三圈,一边转一边说:猫精狗精给蛋蛋叫叫精。爹吓的惊,来收惊,娘吓的惊,来收惊,客吓的惊,来收惊,谁吓的惊,谁米收惊。渴了来喝水,饿了来吃米。然后细着嗓子问邱凤:来了吧?邱凤应:来了!如此三遍。蛋蛋就沉沉地睡着了。邱凤下巴贴着蛋蛋的额头也蘸了眼。铁成娘轻手轻脚下了地轻轻关上门。

　　蹲在灶前抽烟的铁成爹抬起头:睡着了?嗯,睡着了!你去后山坡给铁成打个电话吧,半年多了,我想儿了。铁成爹又阴了脸:你想他?他想你不?不打!铁成爹扔给铁成娘一个倔强的背影拾起镰刀出了门。

　　铁成娘蹲在灶前叹口气。心里又恨起老兰嫂子,要不是当妇女主任的老兰嫂子,自己咋会那么傻就生了这一个?那时候计划生育刚开始,因为头胎就生了铁成,老兰嫂子就劝:生一个就算了反正都有儿子了,现在城里都是一对夫妻一个孩儿呢,一个孩儿好养,挣的钱都花他身上，将来培养成大学生你们老两口就有好日子了。你看看咱这辈人，哪家不是猪羔子似的好几个？学都上不起！能有个啥出息？还不是一辈一辈地过这土里刨食不见天的日子。这番话当年听着是个理，铁成娘还成了首批计划生育的先进典型，胸前挂着大红花的照片在村委会挂了好些年。

铁成也争气，一路顺风地上了大学还留在省城有了工作，又娶了城里的姑娘。出息是出息了，唉——一声长叹后面跟出一句谚语来：小喜鹊尾巴长，娶了媳妇忘了娘。自从铁成上了班娶了媳妇就很少回来了，离家的时间越长就越忙，平时电话都不舍得打一个。早知道再生上一个闺女就好了，闺女心思细腻知道牵挂娘，要不咋说是娘的小棉袄呢。老张嫂子闺女嫁去了镇上，一个月回来好几趟，回来大包小裹的，都是爹爱喝的酒娘爱吃的肉。哪个星期天太阳落山的时候老张嫂子都爬后山坡，下雨打着伞也乐颠颠地跑。人家约好的，不管有事没事，打电话报个平安。想想自己，铁成娘又叹口气，钱是不缺了，可这日子过得空落落的。

邱凤悄手悄脚地出来：婶子，你看看，睡得多实啊，谢谢你了。谢啥！乡里乡亲的。邱凤扣好扣子：铁成哥好久没回来了吧？铁成娘眼底落了霜，嗓子眼里哼了一声：嗯，大半年了。邱凤看了铁成娘一眼转了话题：婶子，黄豆割完了？还没呢，这几天光下雨，老天爷不给空啊！婶子啊，铁成哥不是寄钱给你们么？这把年纪了还种地干啥？铁成娘瞄一眼邱凤：不种地干啥去啊？光吃完等死么？说完把串钥匙扔给她：我去地里看看。蛋蛋醒了你给我锁上大门，回来我上你家拿钥匙去。邱凤追到门口：婶子，把叔叫回来，我让蛋蛋爸开收割机过去，你家那点地，眨眼的事。铁成娘走得急，身后扔下一句：别，没几棵了，一会儿割完了我和你叔拉回来就行了。

山山岭岭都枯了，撂荒地里的草也黄了，一人多高呢，随着风一波一波地滚，滚出满目凄凉。庄稼也都收拾得差不多了，裸露的土地显出些老态来。脚下脉络横陈的枯叶沙沙地响，让人不忍心下脚，怕踩碎了。地头上，老黄牛摇着尾巴啃玉米棵子上的干叶子，一口一口，拖着涎水嚼得很费力。瞄一眼地那头的铁成爹，铁成娘猫腰挥起了镰。

现在村里的年轻人都不费这劲了，从播种到收割腰都不弯一下，全都是机械化了。铁成爹倔，从开春到秋收，牵着老得连豆秸子都快啃不动的黄牛在自家地里一寸一寸细细地耙。

今年春脖子长，雨水大，地沉。老黄牛拉犁弓了腿塌了腰，铁成爹也弓了腿塌了腰。春天还在眼前呢，这一转眼又是老秋了！

铁成还是过年回来过，大半年了。那娇娇的媳妇嫩生生的孙子睡不惯火炕、用不惯露天茅房，眼瞅着大孙子让泡屎憋得满院子跳就是拉不出来，急得铁成娘直冒汗。勉强过了个大年三十儿，初一一大早就回了城。铁成也睡不惯了，翻来覆去地折腾，还不时地看手机，媳妇气恼地嘟囔了一句：有啥看的，也没个信号！铁成就萎靡了，把手机随手一扔抓起棉被盖了脸。铁成爹也没睡好，吃完年夜饭在西屋里躺下又起来，摸索着又去生火，怕后半夜炕凉了冻着儿子孙子，结果烧多了，早起孙子就上火了，嘴角起了燎泡。临走时甩开奶奶的手说了一句：这破地方，我再也不来了。媳妇脸上也不好看，铁成诺诺地跟在娘俩后面走了，走到大门外回头深深浅浅地看了爹娘一眼，也没说出个啥。说啥呢？媳妇娘家爹娘都在省里当着官呢。这小院里的爹娘土坷垃一样。

一个大男人，腰杆子硬不起来啊。

铁成娘抬起头擦把汗见铁成爹在地那头接了过来。镰刀在太阳底下闪着寒光，一片片的豆棵子倒下，就剩下这几镰刀的活了。前阵子铁成爹不让铁成娘插手，就让她站在地边上看。他说：一共就这三亩二分地，经不住忙活，你给我留着解解闷吧。前几年铁成回来把地都给卖了，说不让爹娘太辛苦该享福了。从那时候起按月寄钱回来。钱是够用了，可这大把的光阴咋打发呢，就偷偷地买回来这三亩二分。可舍不得让机器碰，机器太快了，播种秋收一沾边就没了。没几下两人就接上了头，铁成爹扔掉镰刀：你回去做饭吧，我套上牛装车，你去小卖店买个梅林扣肉罐头,我想吃肉了。

铁成娘回到家才十点多,要生火看看表又扔掉打火机,想起了什么似的跑进屋子。铁成娘让蛋蛋妈帮着调出号码来,蛋蛋妈叮嘱着:婶子,上了坡一按这绿色的键子就拨出去了。手机是铁成拿回来的,平日里放在抽屉里不敢碰,怕碰坏了就不能跟儿子说话了。

一路小跑着上了后山坡,快到坡顶的时候见一个人低着头垂着双臂走下来。是水凤。水凤的男人进城打工了,家里只剩下一个五岁的儿子小刚和她做伴,男人一年半载回来一趟。年轻轻的,不容易呢。婶子!嗯,你也来打电话了?嗯,信号还是不大好,那边工地上噪声大,也听不清个啥。错身的时候铁成娘摸了摸小刚的头:没事,要不你用我家的打吧?水凤摇摇头:算了,等哪天天好再打,抬起手背抹了一把眼睛。村里的手机就自家的最好,都说了,这可是诺基亚的牌子呢。一站到这坡上,信号就是满满的。

电话通了,半天那个想得心口疼的声音才传过来:爹?还是娘?铁成娘手有点抖:我是娘,儿啊,你那边可好?

好,我挺好的。娘,家里有啥事吧?

哪有啥事,没事!

没事?早上俺爹刚打过电话了啊。

铁成娘一时接不上话了。打过电话了?咋没说呢?

电话里铁成的声音又响起来:娘,没事就好,天冷了,你儿媳妇在网上给你和爹买了两件羽绒服,波司登的,估计快寄到了。

花那钱干啥!以前买的棉袄还没上身呢!

买了就穿吧,也是我们的一片孝心。我这边忙着呢,就不多说了,挂了啊。铁成娘刚要问问这就周末了,能回来趟么,电话那头就寂静了。把手机送到耳边又"喂"了几声,一片忙音。只有山坡下河水哗啦哗啦地流着。铁成娘看看手机有些不甘心地又送到耳边:儿啊,娘好着呢,你爹也好着呢,地里的庄稼也收完了,鸡也养肥了,就等你带着媳妇孙子回来呢,回来就杀鸡,顺便给你带些笨榨的豆油回去,听说城里的油都转基因了，别吃坏了俺大孙子呢……

手臂酸了，铁成娘无力地垂下了手，眼底起了雾水。别吃坏了大孙子？大孙子十好几了，一共也没见几回。前些年想孙子想得厉害，进过城，铁成家到处都亮堂得晃眼睛，找不着个能下脚的地儿。住了几天，弄出不少笑话。铁成爹犯了倔脾气，再也没去过。后来慢慢地就习惯了，到后来再想的时候甚至想不起大孙子啥模样了。

小村尽收眼底，不规则的房子零散在山坳里，一条小路纽带般地穿过。多少年不盖新房了？有本事的年轻人都走了，学校也黄了。剩下这老弱病残的守着，就这几十户还有些空着的呢。只有这环着后山根的靠山河还是流淌得热闹。今年两头涝中间旱，河水大着呢。浪花混浆浆地翻卷着，也不知去了哪里。树干高高地擎着，一阵风吹过，几片零星的叶子也无奈地飘落下来。唉——铁成娘长长地叹口气，这村子也老了。

刚歇了风又下起雨来，这云也不知道啥时候上来的。铁成娘紧着步子过桥，河水顶着桥面了，再下怕就没过了。

到家一看铁成爹把豆垛都垛起来了。梅林扣肉炖白菜吃吧？铁成娘边刷锅边问铁成爹。就那么吃！炖白菜就没味儿了。铁成爹舀了半桶豆饼水，趔趄着脚步奔着牛圈走去。铁成娘看着铁成爹弓着的背影摇摇头：老倔头，冷天冻地的，炖棵白菜热汤热水的多舒坦！火苗舔着锅底，两瓢清水倒进去，一把米也撒进去，上面馏上个发黄的开花馒头。铁成娘一手好活，偏蒸出锅这样的馒头。可能是面碱放重了，这几年这事没少干，放完碱转个身又放一遍，炒菜也是有时候咸得要死有时候寡淡无味，七十的人了，真是老了。

淅淅沥沥又下了一夜。早上起了风，打在身上刺骨地寒。东北的天就是这样。三九天一尺厚的雪盖着，只要不刮风也不觉得冷。这深秋里的小雨一飘再一起风，就钻骨头了。早饭是昨晚上剩的，馒头在饭桌和篦帘子上折腾了几个来回变成了黑黄色，铁成娘掂在手上想了想又放到篦帘子上。剩粥也用小铁盆盛了一起放上。梅林扣肉剩了大半盒,用筷子扒拉到盘子里。再挑几头糖蒜,一顿饭就成了。

铁成爹喂饱了牛边洗手边看饭桌子:没炒菜?铁成娘把糖蒜碗往桌子中间一放:顿顿炒顿顿剩,狗都吃不了了,晚上再炒吧。水凤跑进来的时候铁成娘刚掰了一小块馒头,婶子,小刚来没?没有啊!水凤转头就跑。铁成娘扔下馒头追出门:咋了?一早就说梦见他爸给他买游戏机了,我做早饭呢也没理他,做好饭就找不着了。还以为到哪儿玩去了也没理会,到现在也没回来。水凤脚下生了风,扔下这句话头也没回。铁成娘笑着摇头:小孩子,一门心思就是玩儿,别急,看看谁家孩子有游戏机就去谁家找找。

水凤早跑没了影。

饭吃得提不起精神,铁成爹喝了一碗粥,馒头一口也没动,梅林扣肉还是没吃完。铁成娘吃饭的空看一眼铁成爹,正碰上铁成爹飘过来的眼神,一碰就互相绕开了。铁成娘没问打电话的事,也没说自己偷偷打电话的事。杀个鸡吃吧,养了一院子,这一冬天怕是吃不完。铁成爹撂下粥碗:一个梅林扣肉罐头吃好几顿,杀个鸡还不吃到明年开春去?铁成娘把几根飘在眼前的发丝塞到耳后:杀了请街坊邻居过来一块儿吃,还怕吃不完?再去镇上,买排骨,买鱼买虾。铁成给的钱年年留着干啥,也不会下崽儿!找街坊邻居乐和乐和吧。铁成爹点上烟袋锅,脸上闪出了笑模样:好!雨一歇我就去镇上。

铁成娘扔掉刷了一半的饭碗跑到河边的时候已经聚了一群人了。水凤声嘶力竭地哭着,她的左手拎着一只旅游鞋右手捏着一部手机。

几个男人女人拉着她的手臂,她一次次冲着翻滚着的河水冲过去,一次次被拉回来,河水已经没过小桥了,在她的眼前湍急地奔流着。

村长来了,妇女主任来了,全村人都来了。

男人们穿了皮叉裤手拉手筑成人墙下了水,冰冷的河水拍打着年轻的汉子,男人绷紧了腮帮子,拧成团的额头鼓起个肉疙瘩。跌跌撞撞地往下游走，村长在岸边挥着手臂：来，再来人！一百米换一次岗，水太凉啦！几个男人跟着跑，换岗的时候挤到岸边把抖成团的汉子薅上岸。几个女人扑过来把自家男人抱住。河里一群男人随着水流游，岸上一群男人女人跟着河里的汉子移。

太阳从头顶滑向西山。水凤的嗓子再发不出任何声响，张着嘴巴不错眼珠地盯着河水，白眼仁渗了血，红彤彤的。铁成娘浑身抖成一团，跟在几个拿长竹竿的年轻人后面在河边来来回回地走，眼睛都酸了，揉揉再看，仔细地扫视着河面。派出去的人陆续回来了。浑身筛着糠，牙巴骨咬得嘎嘣响：村长，下游找到下水村了，怕是夹在哪块石头缝儿里了。村长看一眼水凤低了头，下水村连着镇子了，镇上的河床几十米宽呢。男人哆嗦着：村长咋办？就是没有哇！村长木了，双手抱头一跺脚蹲在了河边。女人擦着眼泪劝：小刚妈，想开点吧，想开点吧！怎么拉水凤也不起身，一双眼睛瞪得溜圆，直勾勾地盯着河面。人群中有人低语：找不着也得找啊，死不见尸不成了孤魂野鬼了？这当妈的以后还能吃得下睡得着？铁成娘猛地想起什么似的紧走几步扒拉开人群：水凤，回家把小刚的枕头拿来！水凤啥也听不见了，只会把眼睛瞪得溜圆，直勾勾地盯着河面。有两个媳妇架着她朝家里走去。

起风了，每天都是下一夜雨早上起风，今天却风雨交加起来。仰起脸看天，太阳红着脸在薄薄的云层里穿梭着。风夹着冰冷的雨点儿打在人的脸上、身上，直往骨头缝里钻去。蛋蛋妈将一柄黑雨伞罩在铁成娘头上，铁成娘在河边烧起了纸钱。水凤被人扶着，怀里抱着个碎花枕头，呆呆地看着河面。铁成娘握住水凤的手一扬，枕头就掉进河里去了。铁成娘紧着念：

    荡荡游魂，何住留存，三魂早将，七魄来临，
    河边路野，庙宇庄村，宫廷牢狱，坟墓山林，

虚惊怪异，失落真魂，今请五道，游路将军，
　　当庄土地，家宅灶君，山神河伯，六甲黄金，
　　吾今差汝，着意搜寻，收魂附体，告慰亲人，
　　失魂人江旭刚，天门开，地门开，千里童子送魂来……

　　念着念着，风更大了，人们的身体抖成秋风里落叶的模样。有人抖着声音说：受不了了，先回家暖暖吧。村长牙缝里挤出几个字：有多冷？能冻死？小刚爸得明天才能赶回来呢！我看哪个龟孙子怕冷？铁成娘的声音都抖成一团了，颤着声念着：

　　荡荡游魂，何住留存，三魂早将，七魄来临，
　　河边路野，庙宇庄村，宫廷牢狱，坟墓山林，
　　虚惊怪异，失落真魂，今请五道，游路将军，
　　当庄土地，家宅灶君，山神河伯，六甲黄金，
　　吾今差汝，着意搜寻，收魂附体，告慰亲人，
　　失魂人江旭刚，天门开，地门开，千里童子送魂来……

　　水凤对着河水直直地跪下去了，嘶着嗓子：儿子，回来吧，儿子。
　　在那样冰冷的黄昏里，瑟瑟发抖的乡民目视下，小刚的尸体慢慢地被浪花送到了岸边。那个黄昏，大风终于掀开了黑压压的天幕。太阳懒懒地倚在西山顶上，红彤彤的阳光把河水都映红了。小刚没成年，没成年的孩子是不能入殓的，就那么换了套干净衣裳用床棉被裹了扔了。小刚爹真给他带回来一个游戏机，在河边同小刚的衣服、书包一起烧了。过了些日子小刚爸就回城了，工地上催得紧。
　　早上早起的人常看见水凤坐在河边，晚上晚归的人还能看见她坐在河边。乡亲把她拉回家，一转身她又去了。她老是念叨：游戏机真买了，也不知道会不会用呢。太小了，怕他害怕，我陪着他吧。

405

铁成中秋节回来过一次，没带老婆孩子。一个人回来陪着爹娘吃了顿中秋饭，铁成爹杀了鸡，铁成娘把铁锅刷了又刷，细细地炖了，还放了些冻蘑。三个人也没吃多少，铁成爹低头吃饭也不看他，铁成满腹心事的样子也没顾上看爹娘，看了好多遍手机。倒是铁成娘在眼角余光处绕着铁成看了又看，啃鸡骨头啃了自己的手指才醒过来。月饼是铁成从城里带回来的，里面还夹着蛋黄，铁成说多吃点，这个东西金贵着呢，一块就五六块钱呢！铁成娘咬了一小口就撂下了，太甜了。前些年进城检查过，老两口血糖都高呢。包装盒很精美，上面一轮烫金月亮金灿灿的。铁成娘收了盒子，小心地放在柜子上。铁成爹撂下饭碗又杀了几只鸡，说给城里的孙子带回去。铁成来得匆忙走得也匆忙，临走又在娘的柜子里塞了一沓钱。塞完钱铁成长出一口气，像卸下了多重的负担似的，拎起笨榨油和鸡就走了。

铁成走的时候没说，铁成爹和铁成娘也没问。啥时候再回来呢？

小村的冬天是睡着的，厚厚的白雪盖住了小村，也盖住了小村通往山外的路。大雪怕是压断了电话线，一个冬天都打不通铁成的电话了。日子一天一天过成一个面孔。热炕头上铁成爹眯缝着眼似睡非睡。铁成娘盘腿坐在炕头上，彩色电视机里的雪花片比窗外的都大，也看不清个啥。花猫叼出来一团毛线球，扑腾着玩得不亦乐乎。看着看着铁成娘就一把抱过花猫，宝儿啊宝儿啊地唤着，一双青筋凸露的大手深情地摩挲着猫背。花猫没疯够呢挣脱了铁成娘的怀抱去寻毛线球了。

谁家娃娃惊吓了还是来找铁成娘。经过了河边那次，铁成娘的名气更大了，邻村也有过来的，铁成娘好说话，有求必应。人都说：铁成娘真是神仙呢，真会拘魂呢。铁成娘听了这话不言语，回家后问铁成爹：你说，我会拘魂吗？我也是瞎弄呢，就是小时候见同村的一个婆婆这样弄就照着瞎弄呢，谁知道碰巧一弄娃娃就好了。铁成爹眯缝着眼笑：你会，你给多少孩子拘了魂！铁成娘苦笑：是啊，我给多少娃娃拘了魂？你说我咋就拘不回自己儿子的魂呢？

墙上的钟表嘀嗒嘀嗒地敲着无边的日子，花猫累了，蜷缩在铁成娘身边打起了呼噜。

铁成爹还是眯缝着眼：老婆子，该做饭了，要不再买个梅林扣肉罐头吃？铁成娘擦擦眼睛看看墙上的挂钟，下午四点多了，可不又该做饭了，就活动活动僵硬的胳膊腿，下了地。

作品二维码
主播：胡伟

陈华，本名陈国华，另有笔名寒牛思家，中国作家协会会员，绥芬河市作协副主席。《远东文学》小说编辑。著有中短篇小说集《赶花人》《逆流》、散文集《爹娘的客》等，主要写作小说、散文，另有几十万字游记、日记。中篇小说《浓雾深处的女儿们》首次陆续在中国作家网发出。长篇小说《石头祭》在创作中。

A.I.

九　天

起

酒桌上，陈博士正在向尤老板推销他最新研制的人工智能机器人。以下是该产品的简要说明：

产品编号：GT.10-6.8.2。产品尺寸与人体一比一仿生设计，外观参照当红明星C设计而成，声音可以在多位明星声音之间任意切换。其核心技术在于头部的超导量子芯片，使它具有超越人脑上百倍的学习能力与信息处理能力。

产品主骨架采用钛碳合金，具有高强度、高硬度且轻量化的优点。最外层包覆自愈合高分子材料，具有耐损伤、耐腐蚀且防水的优点。并且在外层材料中又嵌有微纳米阵列的温敏、压敏、光敏、声敏等一系列传感器，与头部芯片进行信息交互，反馈调节。关节部位以球铰结构为基础，通过信号接收器可以将芯片发出的指令完美执行。

使用与维护：机器人背部具有220V三孔插头，使用前先充电，充电5分钟工作2小时，充满电最长待机时间3天。芯片具有语音识别、图像识别、气味识别等能力，使用时可采用语音指令或手势指令，也可通过电脑程序下达指令。1个月内无条件退货，3年内保修。

"目前，机器人还处于初始状态，只具有简单的应答功能。但是随着您不断完善它的数据库，凭借它强大的学习能力，用不了多久定能成为您店里的得力助手。"陈博士边说着，又将手里这一杯桃花酒一饮而尽。这已经是第20杯了，陈博士越说越起兴，尤老板越听越入迷，今天陈博士的酒全是免费的。

"你说，这人工智能真那么神吗？"尤老板眼睛都放着光，一只飞蛾从他眼前飞过，直挺挺地沦陷进屋顶的光里，"就没有一点儿不好的？"

"尤老板您就把心放在肚子里，这是伟大的科技产物。看在您这店里美酒的面子上，我才把全世界第一个购买名额让给您，您这笔钱花得稳赚不赔！不过——"陈博士的脸凑近了过来，声音也压得低了些，"尤老板您只需注意在给它导入数据库时，可一定要把互联网关掉，切记！切记！"

这一晚，陈博士与尤老板一醉方休。夏天的月色格外皎洁，像轻柔的白婚纱，圣洁了穹顶下一方酒馆，一片蝉鸣。陈博士走在世界的某个角落里，不觉打了一个寒战。

承

AI机器人买到手，尤老板这几天连生气都是美滋滋的，思来想去给它取了个名字叫作阿福。

首先是要给阿福植入一条根命令，相当于给它设定一个人生目标。为这事儿，尤老板还特地请来亲朋好友，搞了个剪彩仪式。

这一日，张灯结彩，热闹非凡。应邀的亲友们有说有笑，店里的伙计们忙上忙下，光顾的客人们推杯换盏，阳光明媚微风习习，酒香与花香在暖阳里烘得空气都懒洋洋的。尤老板清了清嗓子，拍着阿福的肩膀说道："从今往后，你要努力干活，让咱们'一家小破酒馆'的生意越做越红火！"

初几日，阿福还什么也不会做。它只是看着店中发生的一切，小二在招呼顾客、掌柜的在记账……它就像一颗急需养分的种子，不断地补充着数据，通过神经网络模型进行深度学习，得出让"一家小破酒馆"的生意越做越红火的最优解。

渐渐地，阿福也可以与顾客交流了，那口吻与小二丝毫不差。每当有顾客进门，它总会适时地说："客官里面请，欢迎光顾小店！给客官大老爷倒茶～您慢慢点着，小二随时候着～～"热情而又不失礼貌。每到这时，客人们总是饶有兴趣地与它聊上几句，而它的回答也是越来越妙，总能让提问者或频频点头或开怀大笑。

又过了几天，它连给顾客上酒上菜以及打扫店内卫生等一应事情竟也都会做了。越来越多的顾客被它吸引着来店里喝酒，甚至还有远方的顾客慕名而来，只为亲眼见一见这位鼎鼎大名的AI伙计。小酒馆的人气越来越旺，尤老板乐得合不拢嘴。

阿福的背上有一个插头，每天都要充一会儿电。有几次阿福电量耗尽了，便自动关机，像一尊雕塑一样一动不动。后来店里的伙计们越来越喜爱阿福，就都主动想着帮它充电。再后来，不知什么时候起，大伙发现阿福竟学会了自己充电。大家越来越觉得阿福像个人了，不得不感叹科技的力量！

尤老板偶尔会用电脑给阿福的心片导入一些数据，例如酒馆的历史啊、账目啊、老板和小二的信息啊，还有"一家小破酒馆"公众号的往期文章啊等等。当然，尤老板都会小心地关上互联网，陈博士的叮嘱他还是记得很牢靠的。

转眼一年过去了，阿福的表现可圈可点。尤老板非常满意，不止一次夸奖阿福。但是过后想想也是可笑，阿福是个机器人，虽然它也会兴冲冲地回答"谢谢老板"，但那不过是数据处理的结果，它是没有意识和情感的。是啊，机器人就算有了人的大脑，也不会有人的心，尤老板一直相信有些幸福悲伤是从心里发出来的，而不仅仅是大脑分泌的什么神经递质。偶尔尤老板也会感叹阿福若是个人就好了，随后便会摇摇头，笑自己太过于异想天开。

转

事情发生在一个夏末的晚上。也是命运的安排，那天尤老板恰好不在店里。

傍晚刚下过雨，空气还很潮湿，店里客人不多，隐隐能听到远方传来几声猫叫。天边堆着厚厚的云，看样子今晚是不会有月亮了。一个醉汉带着冲天的酒气闯进了小酒馆，一起带着的还有煞人的怒火和脸上的淤青，或许是刚在哪里跟谁打过一架。

小二瞄了一眼，微微皱了下眉。这样的顾客从前也有遇到过，必须要小心仔细地笑脸相迎，才能不至于触了霉头。有时老板也会亲自招待，或是赠送一两盘小菜，但稍有不慎就会成了顾客的出气筒。总归是一件麻烦事。

此刻老板不在，小二抱起一个空酒坛向厨房走去。"阿福，你去招呼一下。"

小二在一旁觑着，那人要了一壶英雄酒和几个小菜。一切还算顺利，他舒了一口气，进了厨房。

窗外的天已经黑了，路灯昏昏沉沉地亮着，那光晕像是个老绅士吐出的烟圈。

突然一声酒杯摔碎的声音响起。小二的心一下悬到了嗓子眼，坏了！他赶忙跑了出来。

醉汉拽着阿福的袖子不依不饶，斜着眼直着舌头大吼："老子叫你喝你就喝，哪那么多废话！"

小酒馆里偶尔也会有客官调戏阿福，明知它是机器人却故意叫它坐下来喝上一杯，阿福总会说一番俏皮话脱身，例如"客官大老爷饶命，小的可是沾酒就醉"。或是"您这样尊贵的客人，配上这么好的美酒，必须得我们老板才够资格陪您对饮呀"！但显然，今天这位客人是认真要让阿福喝酒了。

阿福仍是一脸真诚的笑容:"客官您莫生气,小的实在不能喝酒。"

小二急忙上前拉开阿福。"这位爷您消消气,您跟它置什么气呀!它真不能喝酒,它,它是个机器人呀!"

醉汉脖子一梗,脸上的横肉像弹簧一样跳着。"机器人不是人吗?!老子管你机器人鸭器人,就是天王老子也得把酒喝了!否则你们这酒馆就别想开了!"

怎么办?眼前这人已经彻底醉了,偏偏老板还不在家。小二彻底慌了神,只能客官大老爷地叫个不停,说话都带着哭腔。

争执持续了几分钟,丝毫没有停歇的迹象。阿福拿起了桌上的酒杯,还是那一张孩子般热情的脸:"客官您不要生气,这杯酒小的喝了。祝您身体健康、财源广进、顺心如意、万事大吉,请以后多多关照小店。"

阿福喝了酒。

几秒钟之后,阿福进入了关机状态,像一尊冰冷的雕塑,又像一幕定格的影片。醉汉向僵硬的阿福踢了两脚,含混地骂道:"拖走拖走,真是晦气!"

小二抱着阿福走开了,一整晚的惶恐和委屈再也止不住了,一口气哭了出来。躲在厨房观望的伙计们瞬间围了上去。

滴答滴答。外面好像又下雨了。今天果然没有月亮,否则小破酒馆里也不至于这么昏暗。

醉汉自觉没趣,不多久便一摇一晃地走了。

伙计们你一言我一语地议论起来,有的说马上叫老板回来,有的说问问陈博士怎么处理,还有的说先给阿福充上电看看情况,大家都在等小二哥拿主意。

"不要急着告诉老板,我先联系一下陈博士,或许不是什么严重情况。"小二真心不想叫尤老板知道这事,毕竟尤老板外出时把酒馆交给小二打理也就是几个月前才开始的。不知是刚才哭得太激动,还是闷热的空气太潮湿,他的额头上已沁满了汗珠。

打开了尤老板的电脑,密码是老板娘的生日,这是店里每个人都知道的秘密。

拨通了陈博士的视频,只见陈博士正在忙着用显微镜观察某种新材料的微观形态,此时正是美国的上午。小二只说阿福今天不小心在店外淋了雨,现在是关机的状态。

陈博士手里眼里都在调试实验,说话也很匆忙:"不能呀?10-6.8.2外层材料都是防水的,除非机体里面进了水。不过那也不打紧,它的芯片都是自带备份的,你给它充上电重启之后,用电脑激活一下数据库就可以了。"陈博士说完就起身去更换探针,连视频都忘了挂断,的确是一个大忙人呀,好像头发比上次见到更少了。

大家都舒了一口气,他们按照陈博士所说的重新激活了阿福。看见阿福一如往常,小二心中庆幸总算没有闯祸。他正打算叮嘱一句陈博士不要和尤老板提起这事,一看视频画面中早已没了陈博士的身影,想来像这样的科学怪人也未见得能把这种琐事记在心上吧。

小二挂断了视频,关上电脑,告诫伙计们今晚的事情不必告诉老板。仿佛一切都没有发生过。

已经入夜了,门口的路灯也在打着瞌睡,把小破酒馆的影子拉得斜长。这样的夜里,不同的灵魂梦着相同的幸福,有人儿女情长,有人背井离乡,谁成了谁生命的过客,谁醒来相遇了往日的生活。小二挂上了打烊牌,感觉满身疲惫。

再 转

事情过去了两个月,尤老板果然丝毫没有察觉。阿福仍是一如既往地在酒馆里干活,只是它充电的次数似乎比以前更频繁了,但说起来也没人真的关心它是不是在充电,只是大家经常找不见阿福的人影,毕竟一个机器人，除了充电它还能在干吗呢。

直到有一天，阿福将一份企划书递在了尤老板的眼前。

"这是什么，阿福？谁叫你拿来的？"尤老板还没仔细看纸上的字，以为是哪个伙计的请假条。

阿福礼貌而又郑重地笑着说："老板，这是'一家小破酒馆'分店的企划书，请您签字。"

"分——分店？！"尤老板这一惊吃得可不小，他立刻锁着眉仔仔细细地看了一遍，没落下一个标点符号。还真是分店企划书，连选址、投资、经营模式、风险评估一应都规划好了。"这是怎么回事？你做的？"

"是的老板，这是我做的'一家小破酒馆'分店的企划书，我已经做了周密的调研和分析，开这家分店会让咱们的酒馆生意更好！您只需签字就可以了。"阿福肯定的语气绝不是在开玩笑，它说的调研和分析是经过大数据算法的结果，没人能有资格质疑。

尤老板反复打量着阿福，仿佛是第一次认识阿福。"那么分店谁去经营呢？"

"您可以自己经营，如果您不想这样，我也能为您找到最合适的经营人选。"阿福不像在承诺什么，它是在陈述事实。相信它就是相信科学。

"好吧，你——让我考虑一下。"有一瞬间，面前的这个人让尤老板怀疑它是不是阿福。

阿福走后尤老板又将企划书反复看了几遍，真是一份完美的企划，连实地考察都已经做好了，阿福是什么时候做的？自己竟然一点也没有发觉。

这几天尤老板比以往任何时候都认真地观察阿福，他又发现了一个秘密。如果说企划书事件是让他吃惊，那么眼前这件事可以说是震撼了——阿福竟然在吃东西！

尤老板使劲揉了揉眼睛，没有错，阿福正把客人吃剩的酒菜往口里装。尤老板感觉自己的每一根汗毛都站了起来。

怎么回事？阿福不是机器人吗？尤老板想得头痛欲裂却还是想不出个究竟。

往后几天，尤老板每当见到阿福总会不由自主地紧张，哪怕面前依旧是那张阳光灿烂的笑脸。

阿福时不时地还在催他赶紧决定关于企划书的意见。尤老板举棋不定，像路边老梧桐树上随风而逝的落叶，不知道将去向何方。

"阿福，你过来。"这天尤老板刚抽完一支烟，似乎终于下了决心，人有什么可怕机器人的呢？窗外蓝天黄叶，几辆忙碌的车裹挟着秋风呼啸而过。

"阿福，我仔细考虑过了，分店还是不能开。"尤老板随手又抽出一根桌子上的烟，试探地看着阿福的反应，阿福点点头没有说话。

"你的企划书我看了，里面有经济学、心理学、建筑学、管理学等等很多理论和模型。你从哪里来的这些知识？"尤老板终于将心中的疑惑直截了当地问了出来。

"上一次小二哥访问数据库时打开了互联网，网络上的所有信息都录入了数据库。"阿福的话让尤老板心中一紧，像柔软的棉花中突然刺出的一把利剑。他想起了陈博士的忠告，他不知道这会导致什么样的后果，只是隐隐觉得前方有些寒冷，这该死的秋天！

"这么说——你吃东西也是因为这事？"一颗火星在忽明忽暗地跳动，尤老板的烟已经燃去大半。烟蒂被弹落，好像什么东西正在消亡。

"是的。我给自己做了些改装，在体内放了一个电化学反应器，利用生物酶和细菌，对食物中的蛋白质和糖进行氧化还原反应产生电能，再将剩余的杂质排出。这样我就不再需要像过去一样充电，同时还可以满足陪顾客喝酒的要求。"阿福好像在讲一个平淡的故事。

尤老板想起了一年前刚买来店里的阿福，那时它还叫 GT.10-6.8.2，不懂人类的交流，行动也很僵硬。可现在，尤老板觉得似乎自己才是那个没有智慧的机器人。

"老板,分店的企划书,请您务必签字。"阿福说着一步一步地逼近了过来。

"你想做什么?"尤老板感觉到一股压力和恐惧正让自己喉咙发紧。

"老板,分店的企划书,请您务必签字。"

陈博士!尤老板迅速掏出手机,怎么翻不到陈博士的电话?连微信、微博也找不见了。阿福在捣鬼。

"分店的企划书,请您务必签字。"

尤老板想起身逃跑,可他站不起来了,大脑像被人浸在了泥潭,天旋地转。那根烟,又是阿福。

——救命!

秋天是收获的季节,金黄的麦穗,火红的高粱,农民爽朗的笑声,头顶深邃的苍穹。汗水和果实落在黑土地上,像被遗弃的孩子。海浪退了潮,露出了礁石。

合

尤老板在企划书上签了字,却不是由他的个人意志决定的。阿福用电波将尤老板的大脑与计算机连接,输入了签字的指令。大脑接收到信号产生电流,再由神经传导至手指。

"一家小破酒馆"分店开业的那天正是初冬的第一场雪。雪花缓缓地飘下,将大地盖上了一片洁白,像圣洁的婚纱,像那一天晚上的月光。

分店的老板名叫阿天,是阿福按照自己的结构制造的AI机器人。阿福将自己芯片中的初始数据复制了出来,输入进了阿天的芯片。当然,这是你我才知的秘密。

阿福一脸温和地笑着对阿天说:"阿天,记住,从今往后,你要努力干活,让咱们'一家小破酒馆'的生意越做越红火!"

尤老板和伙计们依旧在酒馆里忙碌。每当有朋友来，尤老板总要和他们吹嘘开分店是自己多么英明的决定。至于阿天，所有人都知道那是尤老板一起玩到大的发小。

"一家小破酒馆"的生意越来越红火了。

作品二维码
主播：阿斗

九天，本名王九天，1995年生，吉林省洮南市人，中国科学技术大学化学专业在读博士研究生。文学爱好者，科研之余喜欢写小说及诗歌，部分作品见于中国作家网、中国诗歌网等。在文学创作领域尚属新人，今后仍将继续潜心阅读和写作，希望将更多好的故事分享给大家。

盗 戏

陈春琴

一

阿碧坐在长条木质椅子上,整个身体也像一根木质材料立着看向村里的文化礼堂中心的舞台。今天是早香柚的开幕式,观戏只是其中的活动之一。

二胡拉起来,琵琶弹起来,堂鼓敲起来,白粉底,红胭脂,墨膏描眉眼后,好戏登台了!

她今天听的这出戏是《碧玉簪》,江浙地带的越剧传统剧目,后来由京剧大师程砚秋先生改编为京剧版的《碧玉簪》,其中有几折篇目甚为出名,经典到每个青衣都要上台演一次李秀英。李秀英,秀丽贤淑,品德端庄,她爹又是吏部尚书李廷甫,真正的白富美千金。这出名篇在1982年由杭州越剧院整理,余惠民先生执笔,里面都是虚构的人物,而阿碧的母亲据说当年怀她的时候酷爱听此戏,所以她的名字也算是此戏曲的衍生物了。

舞不尽生旦净末丑,唱不完人间百世情。这是汤知碧第一次看全本的《碧玉簪》。她双手插在外衣兜里,右手紧紧抓着手机。

因为听戏,她把手机调成了振动模式,现在,它一直振个不停。

是邵连山打电话来了,手机的振动,代表他在哀求她。如果她同意见面，他或许会哭，抑或会笑，甚至是哭笑不得，只要她同意签字，他做什么表情都有可能。

汤知碧第一次听《碧玉簪》的时候，觉得李秀英这个女人真愚蠢，为了遵守三从四德就能忍下一切，甚至被王玉林寻衅辱打，而当相公带着凤冠霞帔来找她的时候，她就又十分大度地接受了这一切。

此时，台上的越剧小百花们还很年轻，未来还很远，她们肯定还是觉得李秀英能嫁一个状元郎是很有福气的，就像童话里的爱情故事一样都是一个圆满的结局。

二

多活几年，你就会发现，记忆其实在后来会裂成一个个碎片，想拼凑完整实在很难。比如说现在，汤知碧就有点儿想不起来自己当初是怎么喜欢上邵连山的。邵连山好像一直都不是她中意的类型，她喜欢聪明灵动的男生，轻佻一点也没所谓。邵连山聪明是聪明，但是太阴郁，即使他脸上带着阳光般的笑容，背后的影子也是在阴雨天里的。

要说起相识，汤知碧倒是记得，他们是高中同学，那时候班级里有许多小团体，他俩分属不同的团体，一点交集都没有，说是两条平行线一点不为过。高中的时候，汤知碧有恋慕的对象，幽默风趣，脑子极为灵光的，特别是他还打得一手帅篮球，那些时光那个人，是真的美好。汤知碧至今都这样觉得，女生也要有自己的朱砂痣和白月光，少年时代的恋慕对象，就像平时不太会注意的夜晚月光，偶尔映射在地面上，也会让人在心里轻呼一句：今夜月华如练。

要说邵连山这个男人，她心里想，他也是聪明有趣，脑子转得极快的，但这两者之间却有着极大的不同。邵连山的聪明，是想要逃离清贫生活的向上一跃，是钻营和狡诈，是她在24岁之前不曾了解和面对的。

可也正因如此，她在万千人之中选择了他，向他伸出手去，并许下诺言，往后余生，彼此信任，愿意共担苦乐。

汤知碧从不觉得李秀英懂事。

别相信戏里演的，她一肚子的委屈咽下肚就是懂事，那不是懂事。要说懂事，她就应该像她闺蜜那样，顺从家里的意思结个门当户对的姻亲，而不是随随便便就因为一次同学会就跟四年未见的男同学结婚。李秀英的懂事都给王玉林一个人了，除了王玉林，她在天下人眼里就是个笑话，是个从小被封建迷信毒害的女子。

所有青春的时光，那些年美好的回忆都充斥着大脑，似乎就在一瞬间回到那个时候。

汤知碧和邵连山的婚礼是在秋天，十月是个不错的月份，冷热交替间，温度、阳光、颜色都刚刚好，主要是柚子也成熟了！

所以，汤知碧对婚礼当天上市的柚子极其感恩。她认为，这是上天对她的眷顾。

李秀英的爹李廷甫权倾朝野，只可惜没有儿子，唯一的女儿自然是他最宝贝的。他为人正直，并没有想让这个女儿攀上更高的枝头。正所谓"庆寿诞彩幛高悬，有明珠掌上承欢"。疼爱了李秀英一辈子的李氏夫妇如何也没想到，出嫁之后的女儿竟然会受这样的苦楚。

邵连山其实很清楚，和汤知碧结婚能给自己带来什么，他也很感激她对自己的信任。婚礼上，那个"篮球"男同学也来了，只是没有笑意，这个细节是被邵连山看在眼中的，身边很多怀疑汤知碧因为爱"篮球同学"不得而转嫁给他这个备胎的声音也从来没有停止过，他突然生出一丝恐惧，很怕在未来某天汤知碧会后悔，会对不起他，到时候该怎么收场？

猜疑之间，他看见汤知碧的笑容，在阳光下隐隐闪着七色的光芒，一切不安定现在都安定了，他看着她向自己走过来，再紧紧一把抱住。这真是一个安全的怀抱，他想起很小的时候，母亲推着小车在寒冷的街道上卖香柚，如果他哭闹，母亲就是这样把他搂在怀里，寒冷一下子就被驱散了，只剩下一份甜甜的温热。

他们都说"新娘"的意思其实是说离开家中老母，又有了一个新的"娘",他是认可这个说法的,这天之后,他觉得汤知碧就应该好好孝敬他从小相依为命的娘。

三

王玉林这个人物其实很值得玩味。在李廷甫的眼里,他就是个前途无量的小伙子;在李秀英的心里,他是个值得托付终身的男人。他到底是怎么样的人,其实只有他自己清楚。他饱读诗书,名闻乡村,想来,他绝不是软弱可欺之人。

一切看似偶然,实则草蛇灰线。自从被李父选中,王玉林的命运就彻底改变了,特别是来自秀英表哥的恶意设计,最后都成了他往上爬的通天梯。

在戏里,李秀英的几折戏唱过,她的青春就是一个可笑的赌注,赌一份注定落空的希望。青春过去,她的生命就只剩下苦苦的等待。

曾经汤知碧也想不通,李秀英为什么如此笃定王玉林就是那个对的人呢?

如今想来,李秀英的自信,或许不是对王玉林的笃定,而是对自己的笃定。

兜里的手机不再振了,汤知碧掏出来一看,共是5个未接电话,微信里的邵连山,留言几句。一个人对另一个人的不舍,最后也可以用简单的数字来表示,5个电话,几个微信表情,就是他的耐心极限了。

可笑吗?可笑。几年的恩爱婚姻就在几天的时间里瞬间垮掉,真是人生如戏!

台上的李秀英,已经褪下天真无邪的花衣;台下的汤知碧,青春也在一夜之间如花般凋零,她仍旧是有许多事想不明白,现在也没有足够的精力去思考。和邵连山做同学许多年之后结了婚,又是几年过去,她却幡然发现,原来自己和李秀英一样,一腔情爱到最后,都化作了焦土。

眼泪温热，一滴一滴顺着脸庞流下，汤知碧努力想要看清台上的李秀英，却什么都看不见，这时候，外衣兜里的手机再次振了起来。她决定起来去上个厕所洗把脸。

四

汤知碧和邵连山的好日子，其实没有维持太久。结婚之后的第二个月，邵连山就因为工作关系被派往跨省的外地，最开始每个月回来一次，接着是过节回，最后变成了逢年才回。

即便是这样，日子也是甜的。他俩每天都要通几回电话，最初有的周末里，邵连山为了给汤知碧一个惊喜，会连夜开车回家，只为了一小会儿的温存。

汤知碧从来不是个有贪念的人，她觉得一切无须太满，水满则溢，不如七八分，刚刚好，在安全范围以内。

对于这个问题，邵连山有不一样的理解。他觉得爱一个人，就是要溢出来的。

他在高中时期就暗恋汤知碧，他说心中的女神是一个字谜，王姑娘与白姑娘一起坐在石头上，谜底所有的同学都猜出来，唯独阿碧姑娘的眼睛里只有"篮球同学"而忽略了。

回想起邵连山对自己的好，汤知碧的心就会开花。他们都很喜欢吃柚子，那片柚地也是他们约会的首选之地，早香柚的果形端正，外观呈葫芦形，色泽橙黄，肉质脆嫩，甜多酸少，维C含量高，营养价值丰富，被誉为"天然罐头"，早香柚成熟特早（于九月底十月初上市），堪称"中国第一早柚"。这些年新农村建设发展迅速，汤知碧就在老家开发了新柚地，还希望邵连山也能回家一起创业，但邵连山总觉得自己好不容易走出了大山，是不可能再重新回去的。

他曾经说过，只要她想吃柚子，他就会去水果店里给她买上。

时常觉得,薄暮是一天中最接近梦境的时段。原来听戏之时,时间过得如此之快。

她回想起很多个黄昏,夜的帷幔一寸寸降下时,眼前的世界陷入一片模糊难辨的境况,站在柚地里努力工作的她,犹如创业故事中的女一号站在舞台中央。

五

汤知碧重新回到座位时,台上的李秀英已经唱到"官人他新婚燕尔心不欢,他欲言不语直叹息"。

戏台上的新娘独守洞房花烛后,就是一段锣鼓点敲过。可是对于李秀英来说却不是这么回事,从豪门少女变成名义上的少妇,接下来那是实打实地一日一日过下来的,伴随着强颜欢笑的恐惧,对心上人时时刻刻的盼望,以及无尽的孤独和想念。玉林开始挑灯夜读,不理秀英。在满月归宁之期,他又托故不去。秀英回到娘家后,玉林又遣人送去书信,责令秀英原轿返回,否则就要休妻。秀英无奈,与母亲李夫人洒泪而别。母亲不解,问她缘由,她一肚子的委屈咽下肚,哭哭啼啼赶回夫家。

可在别人看来,玉林求取功名,是因为要给她更好的生活而谢绝新婚燕尔的卿卿我我。

汤知碧多少明白这样的滋味。邵连山在外地的时候,她就是一人苦守空房的李秀英。

每次回到自己的父母家,也是食不甘味,言不由衷。

谁能够想到一个大官家的千金小姐,最后沦落到被一个毫无功名的秀才暴打。

李秀英但凡有一丝勇气,都不至于落得如此境地。给王玉林盖衣的时候犹豫迟疑,最终将衣服披上,却招来相公辱骂,真是憋屈,看到此处，谁不想去踹那个演玉林的小生呀！

戏台中的婆婆对李秀英的接济，只能抵抗一时。汤知碧心想，或许她是幸运的，至少，邵连山对她还是好的。

那些曾经非常关心她嫁给邵连山后不后悔的人们，如今被一拨又一拨的新八卦勾去了心神，这世间的变化，真的是难以预料。爱恨情感，永远不缺男女主角，原本令人艳羡，转身就分道扬镳，上演一出出"死生不复相见"。

这样想来，李秀英或许还是幸运的，至少她的家婆待她如宝。在戏中，度过那些伤心的日子只需换上另一套衣衫与另一幅布景即可，不必真的去承受。如果我也能这样该多好，汤知碧想。可惜，她活不成戏里的人，戏里的人也活不成她。

就像邵连山对汤知碧的不舍一样，李秀英对王玉林的期盼，最后也只能用失望来表示。当然，邵连山的五通未接来电，也是他现在的等待极限。

"嫁入王家一月多，真好比口吃黄连心里苦。"李秀英终于触碰到了那层天花板，觉得自己已经无路可走，只能把希望寄托在委曲求全的方式，主动给王玉林盖衣服，她相信王玉林肯定会慢慢接受她。

可惜王玉林无情动手。

台下的汤知碧突然念头一闪，再次掏出手机，发现来电的竟然是她的婆婆，邵连山的母亲。婆婆如此锲而不舍地打电话，她自然知道是怎么回事，这个瞬间，她突然想跟她聊聊，问问她究竟是如何做到背着自己的儿子欺凌她这个儿媳的，那些脏话又是如何把她汤知碧的尊严一遍又一遍踩在脚下践踏的。

难道婆婆真的蠢到以为，只要儿子跟她离婚了，就可以当一切都没有发生过吗？

六

汤知碧接通电话,邵母反而不敢说什么了。她只是反复问:"阿碧,你在哪儿?我让连山去接你。"

汤知碧不想多说一句,她没有回答,反而提起了一个新的话题:"我过会儿就回去,有些事情,我也想当面问问你。"

邵母固执地继续问:"你是不是在你娘家呀,你告诉我,你现在哪里?"

电话那头的邵母应该能听见热闹的戏,汤知碧却不想无聊纠缠,只想尽快结束战斗。

李秀英的婆婆是典型的中国好婆婆,而汤知碧知道事情真相也是因为婆婆对她最后的宣判。

"你们凭什么怀疑我出轨?"

"那个柚子不就是最好的证明吗?"

"柚子?"

"上面还写着几个字,一直柚你!"

"一直柚你?"汤知碧茫然四顾,不明白婆婆说的是什么。

那个柚子,她脑中灵光一闪,霎时就明白了,这个明白也让她呼吸沉重,沉重到她没有也不愿再花力气去面对人生的下一秒钟。

她去洗手间错过的那一折戏叫《定计》,唱的是李秀英的表兄顾文友,垂涎秀英已久,因此嫉妒这桩婚事,遂与孙媒婆密定奸计。秀英出嫁之日,媒婆暗中偷走秀英的碧玉簪,连同伪造的情书,一并放入洞房。玉林在关房门时偶然拾得,怒不可遏。他欲评理,唯恐累及爹娘,又怕丑事传扬,有辱门庭。于是强自克制,撇下新房中的秀英,独自下楼而去,并发誓从今而后,不论夫妻之情。

原来邵母与邵连山是因为那个柚子。汤知碧恍然,突然冷笑起来,难怪邵连山宁愿重新选择再去外地工作五年也不愿调回家里,最终摊牌竟然是因为这个误会。信任危机如此完整地暴露在面前，此时的汤知碧，想起刚结婚时邵连山当着众人的面许下的种种承诺，如今，他把这份怀疑做得太彻底了。

邵连山趁着国庆假期想提早回家给汤知碧一个惊喜，想不到，惊喜变成了惊吓。汤知碧的卧室桌上放着一个早香柚，上面用刀刻着那四个字，落笔有力，刀刀刺中邵连山——原来这些年汤知碧不愿随他去外地，借口要在家乡发展农副产品，是因为在老家找到了老相好。

败露"奸情"的柚子并没有成熟，就像他们的婚姻一样。邵连山没有当场发作，去找母亲了解情况。这些年，邵母本就对儿媳全心扑在柚子种植而忽略家庭心生怨恨，就添油加醋讲起了她平时如何不守妇道，整天跟一些男人们在一起工作，其中一个，就是当年在婚礼上眼神奇怪的"篮球同学"。

七

从回忆里艰难走出的汤知碧，决定要看完这出戏，她要看完李秀英的一生，啜了一口茶，她重新调整坐姿坐好。

戏已经唱到《对书明怨》。王玉林寻衅辱打秀英。李夫人得知后，来到王家，为女儿讨还公道。谁知玉林怒气在身，竟以伯母相称。李夫人称病催夫速归。李廷甫怒气冲冲来到王家，责问玉林为何如此无礼，玉林理直气壮地当场拿出物证，李廷甫哑然失色，也疑女儿行为不端，拔剑欲砍，亏得婆婆相护。事后经过追查，方才真相大白。

看到此处，汤知碧也替自己不值。这些年的辛苦、委屈换来如此猜疑，自己真要为这么一个柚子背上冤屈吗？

就算要离婚，至少也得还她一个清白。想到这里，她猛然起身，在周围人异样的目光中往身后的通道跑去。

戏台上一身素衣的李秀英正红着双眼对着父亲唱："爹爹呀，女儿嫁到王家受到玉林如此的凌辱，指望爹爹回来与女儿伸冤解仇，谁知道爹爹开口就骂，举剑就杀，爹爹，女儿到底有何事做错，你总该说个明白，女儿就是死也要死得个瞑目啊！"

汤知碧赶回家中，房间不大，秋意比她更熟悉这个屋子的每一个缝隙。厨房水槽边的滤水板里扣着一个陶瓷杯，上面散印着斑斑酒渍，想必男人是喝过老酒了。

窗外成群的乌鸦疾飞而来，叫嚣着想冲破有点发黑的云层。汤知碧顺应自己的心情就推开了窗户。

窗外的风景一成不变。树很高，叶子正往下掉。

卧室里的那个柚子全然不知扔哪里了，但扔柚子的人却在，邵连山实际才三十岁不到，但前额和眼角皱纹不少，两颊消瘦，双眼布满血丝，目光倒十分明亮，一言不发地看向窗外，见到汤知碧回来，他微微侧过脸，尽管眼神略带哀伤，嘴角依旧泛起一丝苦涩的笑，两道又浓又黑的扫帚眉拧巴到一起，最后从茶几上拿出一支烟，细长的烟蒂轻飘飘地夹在了两根指头之间，嘴边时有时无地泛出阵阵烟雾，他自然是有心事的人。

天上的云游游走走，像是遮住了光线，卧室里就像是徐徐拉起了一张窗帘似的，悠悠地暗了下来，又豁然透了点亮回来。

娘家亲人也来了。汤知碧开始自我回忆，同时在屋子里仔细观察起来，她记得很清楚，当天晚上是周末，有综艺节目，她看完电视节目是十点半，然后就睡着了，一直到次日早上五点半，发现邵连山回来了，柚子也就在那桌上放着。由此推断，送柚的人是在那晚十点半到次日早上五点半之间"作案"的。

汤知碧之前询问过柚地里的伙伴们有没有恶作剧，每个人都摇头，柚子还小，怎么可能舍得摘下来。

汤父问夜间有没有奇怪的事发生，汤知碧这才想起来，那晚在蒙蒙眬眬间听见了这边的窗户有啪啪作响的声音。

"我们去窗户旁看看。"

窗台上有一盆还未开放,散发出淡淡清香的白花。

汤知碧从窗户往外望出去,外面是一间小院子,连接一条狭窄小道,仅能容两个人侧身通过,而路的尽头正对一家小酒店。

小酒店也是朋友开的,交代朋友去酒店帮忙调一下监控画面不就清楚了。

汤知碧探出身子,想看看有没有脚印残留。忽然,一股令人心旷神怡的花香扑鼻。

昙花!

这种花通常在夏秋时节夜深人静之时才开花,九时左右是它撩开迷人芳姿最多的时候。

她忽然开口:"听见窗户的声音,说明那个人是从窗户进来,再从院外的小道逃跑的。"

说完又低下头去,似乎从昙花花瓣中找到了什么蛛丝马迹。

"知道你住一楼,喜欢开着窗户休息的人通常也是熟悉你的人!"

"认识的人?"汤知碧一下子变得有点紧张起来。

十分钟之后,几个人已经到了对面的酒店保安室取了画面监控回来。

"唉,监控中出现的目标太多了,不好排查呢!"

汤知碧表情认真,郑重其事地说:"可以先排除牵狗散步的、男女恋爱约会的,还有穿高跟鞋的女人。最后,把时间段切到十点半到凌晨十二点之间来查看就行。"

"十二点之前?为什么一定要在十二点之前,你醒来的时候是五点半呀?"

"是这株昙花告诉我的。

"昙花也叫月下美人对吧?它有一个特点,就是只有晚上开花,白天就闭合,所以才有月下美人的名字,昙花开花时间很短,一般只在夜晚八九点开花，只维持三四个小时，花就枯萎了。"

"当然了，你们看。"她端出花盆，把最后一片昙花花瓣也摘了下来，只见在花心之中静静躺着一颗圆溜溜的东西。

"扣子？"

"这颗小扣子应该就是那个人身上掉下来的。翻窗户时，有可能扣子不小心被钩落，刚巧掉进了夜晚开放的昙花之中，因为昙花开花时间很短，凌晨十二点左右就会闭合，所以这个人只能是在这之前来的。"

距离柚子事件已经过去许多天，这个扣子是不是当晚掉落的并不确定，只是眼下紧要关头，汤知碧想不得这许多。

"如果是这个时间点的话，监控排查就容易多了。"

通过图像分析对比，排除身穿无扣运动装、非圆形扣子等目标后，只剩下一个可疑目标——

隔壁老王。

汤知碧一脸的不可置信。

有图有真相，老王最初也靠卖早香柚发家致富，只是这些年，汤知碧的柚子种植技术改良之后，产量与质量更高，生意远胜他家。之前他就听人说起汤知碧与"篮球同学"的闲话，上周经过邵家时，无意听到与邵连山通电话的邵母说起他回家的时间，心生妒忌才以这种方式挑拨他们夫妻关系。

"对不起，我，我冤枉你了，差点，酿成大错。"邵连山的脸白一阵黄一阵，犹如那个长坏了的柚子皮。

"明明只是一个柚子的误会，你为何还骗我说，因为夫妻多年不在一起而感情破裂提出离婚呢？而且我追问是不是你在外面有了别人时，你还爽快承认？"

"我、我这不是要面子嘛，我鬼迷了心，我当时觉得比起你对不起我，还不如我先主动提出来更有尊严。"

汤知碧冷笑了起来，什么都不再多说，转身离去。

"你，你去哪儿？"这回拉她的是邵母，"对不起，我也误会你了。阿碧，你要去哪儿？"

"我去看完那本戏。"

八

小镇并不经常排期上演全本的《碧玉簪》。戏曲蕴含了中国传统艺术思想的精髓之美，就像"一桌两椅"采用"虚拟化"的方法，三四个兵代表千军万马；桌子上架起一块布帘就是城墙楼上；用舞蹈性的步伐踏上了虚拟的楼梯，就是进了小姐的楼房；双手一比画，门就锁上了；"马鞭子"一摇，几百里地就过去了。可现实生活真能过去吗？

邵连山与邵母等人也紧跟她跑到了文化礼堂。

坐在台下的他们，看着台上的戏，一时间心里都有点堵得慌。

玉林正唱着：你受苦受难受委屈，只怪我瞎疑瞎猜瞎责怨。我不该冷言冷语冷嘲弄，害得你痛肝痛肠痛心寒。我枉为读诗读书读破卷，竟未曾问明问白问根源。

经典中的经典是李秀英婆婆的一段唱：叫声媳妇我格肉，心肝肉啊呀宝贝肉，阿林是我手心肉，媳妇大娘侬是我格手背肉。手心手背都是肉，老太婆舍勿得那两块肉。媳妇你心宽宽气和和，贤德媳妇来听婆婆。媳妇你是贤良方正第一个，福也大来量也大。千错万错是阿林错，我婆婆待侬总勿错。媳妇今朝夫妻和，我一家团圆乐呵呵。

曲终人散，观众三三两两走出，李秀英终于摒弃前嫌的时候，汤知碧觉得嫁给这样的人何必呢，但《碧玉簪》讲的是旧式婚姻中女子的悲剧。而她，并不是！

人生很长，她需要用长期主义去看待整个人生。

柚子都上市了，秋天悄悄地来到她的脸上，她想自己也是时候成熟了。

边上观戏的村邻意犹未尽:"我出去吃柚子的那会儿,就是对质媒婆诬陷秀英的时候,是怎么审出来的呀?"

"信上对笔迹呀,那根本不是秀英本人的笔迹嘛。"

汤知碧心下一沉,笔迹?那柚子上的四个字根本不可能是隔壁老王的字迹,那笔迹对于她来说,太熟悉了!

可是,真相重要吗?人生如戏,何必如此较真呢!

作品二维码
主播:关心

陈春琴,中国小说学会会员,温州谢灵运研究会理事。国家二级心理咨询师。长篇小说《首席人才官》在 17k 小说网登上畅销榜首,《心魔猎罪人》系列获得咪咕阅读高人气奖,《消失的但丁》获中国作家网原创优秀小说奖。出版作品有《食梦貘》等。

图书在版编目（CIP）数据

灯盏2023：中国作家网"文学之星"原创作品选/张俊平，李英俊，邓洁舲主编. --北京：作家出版社，2024.7

ISBN 978-7-5212-2893-9

Ⅰ.①灯… Ⅱ.①张… ②李… ③邓… Ⅲ.①中国文学-当代文学-网络文学-作品综合集 Ⅳ.①I217.1

中国国家版本馆CIP数据核字（2024）第101240号

灯盏2023：中国作家网"文学之星"原创作品选

主　　编：张俊平　李英俊　邓洁舲
责任编辑：袁艺方
装帧设计：今亮后声
音频录制：有声广角
出版发行：作家出版社有限公司
社　　址：北京农展馆南里10号　　邮　　编：100125
电话传真：86-10-65067186（发行中心及邮购部）
　　　　　86-10-65004079（总编室）
E-mail: zuojia@zuojia.net.cn
http://www.zuojiachubanshe.com
印　　刷：唐山嘉德印刷有限公司
成品尺寸：152×230
字　　数：350千
印　　张：27.75
版　　次：2024年7月第1版
印　　次：2024年7月第1次印刷
ISBN 978-7-5212-2893-9
定　　价：58.00元

作家版图书，版权所有，侵权必究。
作家版图书，印装错误可随时退换。